Fritz Rudolf Fries

*Die Nonnen von Bratislava*

Fritz Rudolf Fries

# *Die Nonnen von Bratislava*

Ein Staats- und Kriminalroman

Piper
München Zürich

ISBN 3-492-03655-4

Gesetzt aus der New Baskerville
Gesamtherstellung:
Offizin Andersen Nexö Leipzig GmbH
Printed in Germany

*Gisela Lindemann in Memoriam*

Im Frühlicht sind Mexiko, die Gräber von Vincennes, der Boulevard Arago und ein Hotelzimmer ohne Unterschied.

*Jean Cocteau, Das Blut eines Dichters*

# *Teil Eins*
# Ausfahrt

Capitaine de jour la terre
n'est pas ronde.

*Aragon*

# I

Wie komme ich an diesen Ort, ich weiß es nicht. Das Licht steht kalt über dem Fluß. Es zieht herüber aus Afrika, legt sich über die weißen Tische und Stühle des Cafés, das niemand aufsucht, der Kälte wegen – oder ist es die frühe Morgenstunde? Man hat vom Ufer einen guten Blick auf den Goldnen Turm. Ein rundes Ungetüm in dieser Stadt arabischer Minarette und christlicher Kathedralen. Sein Anblick rührt mich, seit jeher, ich weiß nicht, warum. Schlitzäugig erwidert der Turm den Blick. Ich schaue zurück und winke, eine Geste aus der Leere bodenloser Erinnerung. Ich sehe mich winken. Ich stehe auf den Planken eines Seglers, ein betäubendes Geschrei hinter mir, das nicht das Geschrei meiner Verfolger ist, es ist das Geschrei der Überlebenden, die mit mir auf die Ausfahrt warten, Begnadete wir alle, unsere Hoffnung das offene Meer. Der Fluß ist breit, viel breiter als an diesem Morgen, das Schreien nimmt zu, es ist, als wollten wir uns zur Eile antreiben, aber niemand hetzt uns, niemand jagt uns, jetzt nicht mehr, die gültigen Papiere in der Tasche, die Passage ist uns sicher, gute Winde vorausgesetzt, Amerika das Ziel.

Je länger ich hier stehe, desto weniger weiß ich, wie oft ich diese Flucht angetreten habe.

Wie komme ich an diesen Ort, ich weiß es nicht. Die Stadt heißt Sevilla. Ich winke, und es kommt der Kellner und sieht mich an wie einen Feind. Sein erster Gast an diesem Februarmorgen. Wenn mir jetzt die Worte versagen, bin ich ein Fremder.

Ja, sagt der Kellner und dehnt das Wort aus. Ja: Jemand, der mit einem einzigen Wort alles bestätigt, was man im Kopf hat.

Ich schweige, als könnte ich mich zu keiner Bestellung entschließen. Kalt, sagt der Kellner und schüttelt sich übertrieben. Hier neigen alle zum Übertreiben. Ein Wunder, daß sie keine Oper in der Stadt haben. Aber sie haben eine, fällt mir ein, ich habe das Programm unterwegs gelesen, angeschlagen an eine Stadtmauer. *Don Giovanni.* Ich weiß nicht, wer dieser Gastarbeiter Giovanni ist, dem ich auf keiner der leeren Straßen an diesem Morgen begegnet bin.

Kennen Sie Don Giovanni, frage ich den Kellner, um ein Gespräch zu beginnen. Ich hasse es, Leuten zu befehlen. Und sei es für eine Tasse Kaffee.

Der Kellner überlegt, als könnte es sich um einen Apéritif handeln. Aber nein, er lacht. Don Giovanni! Opera buffa, sagt er und holt zu großer Bewegung aus: Viva la libertà!

Ich zucke zusammen. Es ist der Ruf, der unsere Ausfahrt begleitete. Es ist der Ruf, mit dem meine Frau mich verlassen hat. Ich schaue über den Fluß, auf den Goldnen Turm. Er rührt sich nicht vom Fleck. Von irgendwo bringt der Wind den sehr langsamen Marsch einer Militärkapelle. Es klingt wie der Auftakt zu einer Folter. Als dehnten sie jede Note, bis sie zerplatzt. Der Kellner ändert sofort seine Haltung und schaut über die Balustrade ans andere Ufer. Ecco è la marcia, sagt er. Er hält mich noch immer für einen Ausländer. Ich schüttle den Kopf, als möchte ich diesen Teil des Gesprächs jetzt beenden. Ich verlange, die Hände in die Taschen meines hellen Anzugs vergraben und am Kellner vorbeisehend, ein Glas Manzanilla. Der Kellner pfeift durch die Zähne, was alles bedeuten kann. Die beste Manzanilla kriegen Sie drüben in Triana, sagt er im Gehen. Dann bringen Sie mir einen

Campari, sage ich, aber er ist schon verschwunden. Von der anderen Uferseite dröhnt mit einmal eine Autokolonne, als begänne erst jetzt der neue Tag.

Zum ersten Mal in Sevilla? fragt der Kellner, als er das Glas mit Nachdruck auf eine Untertasse setzt. Der Wein schwappt über den Rand und liegt als rote Lache auf dem Untersatz. Ich erschrecke, es sind die Nerven, sage ich mir, was soll es sonst sein, ich habe sein Kommen nicht bemerkt. Tatsächlich sitze ich noch immer in diesem Café. Ich nehme einen Schluck und nicke wortlos. Zum ersten Mal in Sevilla nach vierhundert Jahren, möchte ich sagen und suche nach Worten. Sobald man das Herr-und-Knecht-Verhältnis beenden will, stellen sich die Probleme des Austausches ein.

Und Sie, sage ich, um ihn abzulenken, wo kommen Sie her?

Ich kenne die Leute hier, ich weiß, daß ich jetzt einer Geschichte ausgeliefert werde, die von besserer Qualität sein wird als der Wein. Aber ich werde enttäuscht, er sagt nur: Ich? Immer aus Sevilla, mein Herr, und zu Diensten, ich hasse jede Art der Fortbewegung, denn bin ich nicht auf den Beinen von früh bis spät? Zu Fuß wäre ich längst in Amerika angekommen oder in Mexiko, was näher liegt, wenn Sie wollen, und wohin mein Vater, Gott verdamme ihn, ausgewandert ist, als ich drei war. Politische Gründe, Sie verstehen.

Ich nicke. Nach Mexiko, sage ich.

Nach Mexiko. Oder Argentinien. Ist auch egal. Meine Mutter hat nie Post von ihm bekommen. Und hat es ihm genützt? Gestorben wäre er auch hier, ich meine, er verließ ja das Land aus Protest gegen die Verhältnisse hier. Ich weiß nicht, ob Sie die Geschichte dieses Landes kennen.

Ich lächle. Aber kannte ich die Geschichte dieses Landes? War es noch immer das Land, das ich kannte?

Welche Geschichte? frage ich, um das Gespräch nicht abreißen zu lassen.

Na, alles bis auf den Tag, sagt der Kellner, der ganze Schlamassel, erst die einen, dann die anderen. Es ist wie beim Fußball, wenn man sich für Fußball interessiert. Ich interessiere mich nicht dafür. Es ist, sieht man von den Frauen ab, alles gleich. Also wozu weggehen.

Ich hatte das Glas ausgetrunken und bestellte ein zweites. Jetzt merkte ich, daß ich mit leerem Magen hergekommen war. Wieso hatte ich nicht im Hotel gefrühstückt? In welchem Hotel? Wieso hatte Catalina nicht mit dem Frühstück auf mich gewartet? Ich sah auf den Fluß, der die Farbe veränderte. Mir fiel nicht ein, wo ich die Nacht verbracht hatte.

Ich traute mich nicht, als der Kellner mit dem zweiten Glas kam (und der Wein wieder über den Rand schwappte), ihn nach Brot zu schicken. Aber er stellte einen Teller vor mich hin, voll von geschälten Nüssen.

Spanische Nüsse, sagte er, schmecken so gut wie Ihre amerikanischen.

Ich bin aus Sevilla, sage ich, aber er erwidert: Bravo, bravissimo!

Und ob ich die Stadt kannte. Als ich in der Pension ankam, jetzt fiel es mir ein, hatte ich das Telefonbuch aufgeschlagen. Es gab ein Dutzend Alemáns in Sevilla, feinste Adressen, Leute, die in Palästen aus dem 17. Jahrhundert wohnten, die sie mit ihren Steuerschulden renovierten oder mit dem Nebenverdienst, den sie in Vorbereitung der Weltausstellung herausschlugen. Rothaarige Bastarde, diese Alemáns, wenn es die meiner Sippe waren, zu allem konvertierbare Bürger, die ihre Kinder pünktlich zur Erstkommunion schickten in Matrosenanzügen und Engelskleidern. Ich hatte sie wiedererkannt in den Illustrierten, in denen ich blätterte, während ich auf den Zimmerschlüssel wartete; der Haß hatte mir die Erinnerung zurückgegeben, der Haß auf diese Alemáns, die mich auch in diesem Jahrhundert aus ihren Palästen verjagen würden, weil ich es nicht geschafft hatte, einer der Ihren zu werden. Diese Schiffsreeder, Baumwollimporteure, Weinhändler, Zuckerbarone, Waffenschieber, sie waren nicht länger die Alemáns, die ihren Glaubensbrüdern am Sabbath heimlich Brot und Wein gereicht hatten.

Ich lief durch die Stadt, schmeckte den billigen Wein nach, ich war keiner von ihnen, nie gewesen. Mein Vater – es fiel mir nicht ein, womit mein Vater sein Geld verdient hatte. Es fiel mir nicht ein, wo wir in Sevilla gewohnt hatten. Eine Straße, die nach der Schlange des Sündenfalls benannt war? Gefängnismauern, ein Gefängnis für Kinder, Halbwüchsige in meinem Alter. Mein Vater hatte als Gefängnisarzt, erinnerte ich mich im Gehen, eine freie Wohnung über dem Gefängnishof gehabt. Ein Maler kam manchmal und wurde eingelassen und bewacht, während er seine Pinsel in die Farben tauchte und seine Leinwände spannte. Kostbares Tuch aus Flandern, das wir ihm stahlen, um daraus ein Hemd, eine Hose nähen zu lassen, helles Zeug wie mein Anzug jetzt. Die Bilder waren schlecht, sie taugten kaum zur Illustrierung der Gespräche über Kunst, die mein Vater und der Maler führten. Die Patres kauften sie auf oder die Weinhändler, etliche werden noch immer bei Alemán & Söhne hängen oder in ihren Banktresoren verschwunden sein, melonenessende Gauner, die genußvoll die Kerne ausspucken, kahlgeschorene Diebe, die aussehen wie das blühende Leben, keine Krätze, keine Läuse, keine Narben von Messerstechereien. Die himmlischen Jungfrauen eines anderen Malers, den wir kannten, hätten sie ohne jede Verlegenheit in ihr Bett nehmen können. Blaue und weiße Gestalten, die Augen aufgeschlagen, aber Sevilla hält sie fest, läßt sie nicht in den Himmel fliegen, heilig sind sie wie Oblaten und süß wie Mandelmilch. Die nackten Füße wie Brotlaibe, so schweben sie über den Köpfen all der abgetriebenen Kinder, die, zu früh gestorben, im Limbus darben müssen, während sie lüstern hinaufschauen, unter die Röcke der Jungfrauen, deren zarte Füße sie berühren, als möchten sie sie in den Mund stecken, manche Frauen mögen das, und die Jungfrauen verdrehen die Augen, wie die zu gut genährten Kommunionskinder in dieser Stadt, wenn sie auf dem Weg zur Beichte an einer Konditorei vorbeigeführt werden, aus der es nach Marzipan, Nonnenfürzchen oder Eidotterschnitten nach einem Rezept des heiligen Leandro riecht.

Woher nahm dieser Maler seine Modelle? Es waren die Novizinnen im Kloster der Barfüßigen Nonnen, das Ferdinand III. von Kastilien und León 1249 gegründet hatte: Mein Gedächtnis ist das eines Schullehrers.

Die beiden Polizisten auf der anderen Straßenseite schauen mich schon eine Weile an, daß ich unwillkürlich nach meinem Paß greife. Ein Überläufer, ein Ketzer in Sevilla, das mag man hier nicht, ich bin sicher, sie lesen meine Gedanken. Ich winke ein Taxi herbei, denn ich will sie wiedersehen, die geleckten Straßenkinder und die blonden Jungfrauen in ihren langen luftigen Kleidern, die von einer blauen Schleife in der Taille gerafft werden.

Museo de Bellas Artes, sage ich zu dem Fahrer.

Eine Droschke überholt uns, ein mit schwarzem Wachstuch ausgeschlagenes Gefährt, gezogen von einem Schimmel.

Von so einer Kutsche aus, mein Herr, würden Sie mehr von der Stadt sehen, sagt der Taxifahrer und dreht mir sein Kindergesicht zu. Wieder einer, der mich für einen Zugereisten hält. Es ist die Blässe in meinem Gesicht, sage ich mir, das Gesicht eines, den die Stadt ausgesperrt hat.

Ich will die Bilder in dem Museum sehen, sage ich, nun fahr schon.

In der Kutsche sitzen Ausländer, eine blonde Frau, deren Alter ich nicht erkennen kann. Alle blonden Frauen sehen, wenn sie ihr Gesicht nur halb verdecken, wie junge Frauen aus. Der Mann ist alt, oder die Brille macht ihn alt. Er stützt sich auf einen Stock, vielmehr, da er ja sitzt, stützt er die Hände auf den Knauf. Er macht ein Gesicht, als hätte er seine Studien im Archivo de Indias nur für einen Augenblick unterbrochen, um die Frau auszuführen. Er schaut geradeaus, als ginge ihn das alles nichts an, als habe er sich der Zumutung, in eine offene, nach Pferdearsch stinkende Kutsche zu steigen, nur dieser Frau zuliebe ausgesetzt, einer demnach jungen Frau; denn was täte ein alternder Mann nicht alles für eine jüngere Frau, ob sie nun seine Ehefrau ist oder nicht.

Sind sicher Engländer, sagt der Fahrer und überholt die Kutsche mit Verachtung. Wohin sagten Sie, wollten Sie? Ich wiederhole mein Ziel in der Calle San Roque.

Aber das ist eine Kirche, sagt der Fahrer und wendet.

Wir fahren zweimal über den Fluß, der seine Farbe weiter verändert hat, ohne daß wir die Calle San Roque finden. Möchten Sie etwas anderes sehen, fragt der Junge und zeigt auf die Giralda, die in seinem Rückspiegel auftaucht. Oder ich besorge Ihnen Adressen, sagt er und dreht sich offenen Mundes um.

San Roque, sage ich, ich bin auf einer Pilgerreise.

Wir biegen um den Marktplatz, ein Geviert von Buden, ein Frühmarkt für Obst und Gemüse und Blumen. Hier sehe ich die beiden Insassen der Kutsche aussteigen und verwundere mich, wieviel kleiner der Mann ist.

Er stützt sich jetzt mit der Linken auf seinen Stock. Ein Schlapphut, denke ich, würde ihm gut stehen und ihn größer machen, ein Hut, wie ihn der Vetter Philipps IV. trug. Ich muß lachen, denn ich weiß nicht, wieso mir jetzt der Vetter des Königs einfällt, mit dem ich keine Geschäfte hatte und an den mich der Mann in seiner Tweedjacke erinnert. El Primo war kein leiblicher Vetter des Königs, sondern nur ein Beamter der Krone, der diesen Spitznamen trug. Und vielleicht ist auch dieser, der nicht wie ein Engländer aussieht, ein Beamter der Krone in Madrid. Wie heißt der neue König, ich bin sicher, auch der Fahrer weiß es nicht.

Ich bezahle die übertriebene Summe und steige aus. Das ist nicht San Roque, sagt der Fahrer.

Dafür imitiert hier das Leben die Kunst, sage ich. Die Frau, die mich anschaut, als hätte sie mein Kommen erwartet, ist weniger alt als ich dachte. Aber auch weniger jung. Die Bekanntschaft mit einer Ausländerin wäre am ersten Tag der Freiheit auch in dieser Stadt einer jener Zufälle, auf den man, ist man allein, hofft. Ich nicke ihr zu, ehe ich mich umdrehe und die Richtung einschlage, aus der ich gekommen bin.

Das Museum war geschlossen. Die Stadt, die ich kannte, schien immer mehr der Vergangenheit anzugehören. Hinter den Bauzäunen wuchs die Stadt der Weltausstellung aus Glas und Aluminium. In welche Stadt würde es den Beamten mit seiner Blondine ziehen? In welchem Café würden sie sitzen, indes er in einem Reiseführer blättert und sie Ausschau hält nach Männern in hellen Anzügen? Ich hatte vergessen, mich zu rasieren, aber bei einem Rothaarigen fällt es kaum auf, wenn er einen Tagesbart hat. Vielleicht daß sie ihn verläßt, um einen Gang durch die Stadt zu machen, eine Besorgung, und der Zufall führt uns ein zweites Mal zusammen. Von welcher Art waren die Zufälle beschaffen in einem Leben, das ich nun ein zweites Mal führen wollte?

Die afrikanische Sonne stieg höher, und die Apfelsinenbäume zeigten ihre leuchtende Frucht. Die Straßenreinigung öffnete ihre Wasserfontänen. Die Schatten wurden kürzer. Ich trug meine Müdigkeit in den Park. Scheuchte zwei räudige Katzen von einer Steinbank, die einem Sarkophag aus blauweißen Kacheln glich. Ich streckte mich aus, legte die Zeitung unter den Kopf, prüfte die Eleganz meiner Schuhe und schaute hoch zu den Palmen. Hier wollte ich liegen bleiben, schlafen, vielleicht träumen, bis zum Sonnenuntergang.

Ich mußte geschlafen haben, denn als ich aufschaute, sah ich schattenhaft vor mir eine Gestalt. Es war nicht die blonde Frau des Beamten, derlei Wunder geschahen nicht. Es war eine Frau, die mir auf der Straße kaum aufgefallen wäre. Doch hier im Park, unter den Bäumen und Blüten, in meinen Schlaf tretend, der gewiß oberflächlich gewesen war, verklärte sich mir ihre Erscheinung. Sie schickte einen prüfenden Blick auf den liegenden Mann, aus Augen, die vermutlich das schönste an ihr waren, von einem unwirklichen Blau, von einer Kraft, die kaum erlaubte, ihre übrige Erscheinung genauer zu betrachten. Sie trug eines dieser indischen Kleider, lang wie die Gewänder der himmlischen Jungfrauen, ein geblümter Stoff, so dünn, daß ihn jeder Windstoß auflösen könnte. Blätter, die kaum ihre Nacktheit bedeckten. Jetzt glich sie einer Bettlerin von der Bahnhofstraße, mit Schatten im Gesicht wie von Hunger und Entbehrung. Auch ihre Frisur schien zerstört, dieses über die Ohren fallende strähnige Haar, aschblond bis rötlich im Ton. Ich richtete mich auf und fand die Worte nicht, die unser beider Existenz in irgendeine Verbindung hätten bringen können.

Schön hier, sagte sie, und ich brauchte eine Weile, bis ich aus ihrer Stimme den ausländischen Akzent heraushörte, der zu ihrer Geschichte paßte.

Es ist mir sehr unangenehm, Sie zu stören, aber ich bin in einer Verlegenheit.

Ich weiß nicht warum, aber für gewöhnlich fangen Frauengeschichten bei mir immer so an. Jemand ist in Verlegenheit und appelliert an mein gutes Herz, das mir so deutlich aus den Augen spricht.

Kann ich helfen?

Ich bin eine Touristin aus einem Land, das Sie vermutlich nicht kennen werden. Ein Land, genau gesehen, das es nicht mehr gibt, aber das tut vielleicht nichts zur Sache, und ich bitte Sie, mein Inkognito in dieser geographischen Hinsicht höflich entschuldigen zu wollen.

Wie jeder Ausländer sprach auch sie in den Wendungen eines verschollenen Romans.

Auch ich bin aus einer Zeit, die Sie vermutlich noch nie erlebt haben, sagte ich, nun ganz wach und entzückt, eine Geschichte (eine Lüge?) mit einer anderen beantworten zu können. Womit kann ich dienen, meine Dame?

Ihre Dame? sagte sie, und es klang etwas durch, das nicht zu ihrer zunächst hilflos erzählten Geschichte passen wollte.

Nur eine Floskel, sagte ich und suchte nach Zigaretten. Sind wir nicht in Sevilla, wo der Anblick einer schönen Frau die Zeit aufhebt? Aber kommen wir zur Sache.

Ja, kommen wir zur Sache, sagte sie und nahm eine Zigarette. Sie stand noch immer vor mir, und ich bat sie, Platz zu nehmen.

Es ist an dem, sagte sie, daß ich bestohlen worden bin, hier in Ihrem Sevilla, vor dem Hotel, und in meiner Mittellosigkeit werde ich weder in das Land zurückkehren können, das es nicht mehr gibt, noch in das, das mein Land usurpiert hat.

Ist denn Krieg in Europa?

Ach, lesen Sie doch die Zeitung, die Sie da auf der Bank haben.

Ich lese keine Zeitungen, sagte ich, ich kaufe sie mir zur Tarnung.

Zur Tarnung?

Geben Sie nichts auf meine Worte. Zuweilen verliere ich mich in fantastischen Zusammenhängen.

Sie auch?

Womit kann ich dienen?

Eine kleine Anleihe, sagte sie, nichts als ein Darlehen, das ich Ihnen zurückerstatte, wenn ich mir erlauben dürfte, Sie nach Ihrer Adresse zu fragen.

Ich habe keine Wohnung, sagte ich, jedenfalls vorläufig nicht. Nehmen Sie das Darlehen als Geschenk und vergessen Sie mich, wenn sie zu Hause sind.

Das wird mir kaum gelingen, sagte sie und barg eine Hand wie in Verlegenheit zwischen den Falten ihres Kleides, das nun die Rundung ihrer Schenkel betonte. Eine neue Art von Prostitution? Oder was wollte sie eigentlich? Ich nahm meine Brieftasche und reichte ihr zwei größere Scheine, die sie ungeprüft in ihrer Handtasche versenkte.

Erlauben Sie, daß ich mich bedanke, sagte sie, und schon lagen ihre Arme um meinen Hals.

Auch in den nächsten Minuten arbeitete mein Gedächtnis zuverlässig, so daß ich später an meiner Version festhalten konnte, die Dame nicht vergewaltigt zu haben. Denn nach dem ersten Kuß, den wir tauschten, glitten wir von der Steinbank und fielen aufs Gras. Es ging alles sehr schnell, als erfüllten wir uns beide einen lange unterdrückten Wunsch. Der Zufall der Begegnung schien eine gut eingespielte Kalkulation zu sein, so daß von einer Nötigung keine Rede sein kann. Im Fallen, und bevor sie die Augen schloß, entdeckte ich einen winzigen Fleck, wie ein Rußkorn, in einem ihrer blauen Augen. Ihr Körper war jünger als ihr Gesicht, wie man es bei Frauen, die viel geliebt haben, oft beobachten kann. Ich glaube, daß diese Feststellung, die ich niemandem mitteilen wollte, mir half, mich nicht ganz an sie zu verlieren, als ich in sie drang. Alles andere, währte es länger als eine Minute, war wie die gleitende Rückkehr in einen Traum, den ich vielleicht auf der Bank geträumt und vergessen hatte – bis zu dem Augenblick jedenfalls, da ich mich abermals verhaftet sah und mit verbundenem Kopf aufwachte und verhört wurde.

Als wir gewaltsam unterbrochen wurden, so weit reichte meine Erinnerung, hielt sie noch immer die Augen geschlossen. Es ist dieses Gesicht, das ich nicht vergessen kann, diese maskenhafte Hingabe, der offene Mund, die Zunge, die über die trockenen Lippen fährt und die Berührung mit meiner Zunge sucht, und dann hörte ich die Stimmen der Angreifer und sah ihre Enttäuschung, da bin ich sicher, und dann verlor ich das Bewußtsein.

Ich hatte, als ich erwachte, das Gefühl, geblendet worden zu sein. Aber es war das Licht, dem ich ausgesetzt wurde, das in meinem Kopf dröhnte. Mein Kopf war verbunden. Ich trug eine Binde um die Stirn nach Art eines arabischen Turbans. Ich suchte meine Zigaretten, mein Feuerzeug. Ich war nicht beraubt worden. Ich trug meinen hellen Anzug, an dem kein Makel war, meine Schuhe wie zuvor, ich griff nach dem Paß: der fehlte. Ich griff nach der Brieftasche. Fand darin die Karte meiner Pension sowie alles Geld, das ich zuvor besessen, mit Ausnahme der beiden Scheine, die ich der Verführerin gegeben hatte.

Ihren Paß bekommen Sie später, sagte eine Stimme. Der Mann war ein Schatten an einem Schreibtisch. Das Bürozimmer, wenn es eines war, verschwand hinter lauter Schatten. Erst als ich die Wand lange genug anstarrte, entdeckte ich einen Kalender mit einer Abbildung nach Zurbarán, der heilige Franziscus von Assisi, die Rechte liegt anklagend an der Brust, die Linke hält einen Totenschädel. Auf einem Felsblock ein Buch. Das Kalenderblatt beruhigte mich; ich hatte es im Büro meiner Pension gesehen. Den Monat auf dem Kalender konnte ich nicht entziffern.

Wir haben März, sagte der Mann, den ich hören, aber nicht sehen konnte. Sie waren eine Weile krank, wir haben Sie pflegen lassen. Seien Sie unbesorgt. Die Verletzung am Kopf heilt schnell.

Der Mann saß hinter dem Licht, das mich blendete. Ab und zu stieg eine graue Fahne ins Licht, der Rauch seiner Zigarette, zweierlei Grau vermischte sich. Von Mal zu Mal leuchtete die Glut seiner endlosen Zigarette auf wie ein Warnsignal.

Sie sind angeklagt der Vergewaltigung am hellichten Tag, im Parque María Luísa. Sie haben es zugegeben und den Polizeibericht unterschrieben. Schauen Sie selbst.

Das ist nicht meine Unterschrift, sagte ich.

Nicht Ihre Unterschrift? Dann unterschreiben Sie hier zum Vergleich.

Er reichte mir Stift und Papier.

Ich zögerte. Ich schrieb: *Mateo Alemán* und tauchte den Familiennamen in das Dornengestrüpp eines Schnörkels.

Der Schatten verglich beide Unterschriften und sagte: Bis auf den barocken Schnörkel, perfekt. Identisch. Mateo Alemán. Wer sind Sie, Herr Alemán, und warum sind Sie nach Sevilla gekommen?

Ich fragte mich, welche Akten er auf seinem Schreibtisch durcheinander brachte. Aus dem Gefängnis war ich 1973 entlassen worden. Wäre ich in der Zwischenzeit denn in Mexiko gewesen?

In meinem Kopf der Schmerz war wie ein Messer, wie ein Stück Metall, das durch die Gehirnkanäle fuhr, auf und ab.

Ich bin gekommen – meine Worte kamen gegen meinen Willen –, ich bin gekommen, um meine Reisegenehmigung vorzulegen und nach Mexiko auszuwandern. Es ist eines Auftrags wegen. Unsere Heilige Mutter Kirche hat mich beauftragt, das Leben des Heiligen Padre ... (ich suchte den Namen).

Aguiar y Séijas, sagte der Schatten wie selbstverständlich, und ich dankte mit einem Kopfnicken: Das Leben des Heiligen zu schreiben.

Sie wollen die Biographie eines Heiligen schreiben, Sie, ein Verfasser schmutziger Romane, pornografischer Machwerke, Sie, ein Verbrecher?

Euer Ehren, sagte ich, es sind zwei Romane, die im Grunde nur einer sind, mein einziges Werk, und es ist im ganzen Königreich mit allerhöchster Druckgenehmigung erschienen.

Der Schatten rauchte und schwieg. Jetzt vernahm ich eine andere Stimme, ein zweiter Schatten, der links von mir sich bewegte.

Wir wissen alles über Sie, Mateo Alemán, sagte der zweite Schatten. Wir wissen auch, warum Sie das Land verlassen wollten. Weil Sie Angst haben, als Spitzel der Inquisition enttarnt zu werden. Die Erde dreht sich. Unser König ist nicht länger gut zu sprechen auf die Inquisition. Also nicht gut zu sprechen auf die Spitzel der Inquisition. Der Zorn des Volkes könnte auch Sie liquidieren.

Ich erschrak. Ich verstand nur zu gut, wovon er sprach. Dennoch würde ich mich retten können. Ein anderer war gemeint, ein anderer Mateo Alemán. Ich zuckte zusammen wie unter einem Elektroschock. Mit beiden Händen berührte ich die lächerliche Stirnbinde.

Ich bin nicht der, den Sie meinen, sagte ich. Alemáns gibt es Dutzende in Sevilla, in jedem Telefonbuch stehen ihre Namen. Ich heiße Mateo Alemán, aber ich bin nicht Mateo Alemán, ich bin gestern, ich meine im Februar, als geheilt entlassen worden aus der Psychiatrischen Abteilung in ...

Wir sind über alles informiert. Unsere Fragen sollen Ihnen Vertrauen geben. Wir wollen Ihnen helfen, zurück zu sich selbst zu finden. Oder sollen wir Sie anklagen, am ersten Februar, aus Kolumbien kommend, auf dem Flughafen von Schiphol mit einer Ladung Kokain, mit Crack, mit anderen Giften gefaßt worden zu sein?

In meinem Kopf war nichts als Kälte.

Aber nein, sagte ich, die Herren irren, ich bin der Schullehrer Mateo Alemán, aus dem Gymnasium in der Calle Obispo, ich habe mich einmal für den wiedergeborenen Mateo Alemán ausgegeben, auf einer Schulfeier, anläßlich meines Romans, ich meine des Romans von Mateo Alemán, aus dem ich den Kindern vorlas.

Sie lügen auch jetzt, sagte der eine Schatten. In Sevilla waren Sie der letzte politische Gefangene des Franco-Regimes. Als man sie entließ, gaben Sie sich für den wiedergeborenen Mateo Alemán aus, einen Juden, den der König vor vierhundert Jahren nach Mexiko abgeschoben hatte.

So oder so, die eine oder die andere Hälfte Ihrer Person, gehört zu einer schmutzigen Geschichte.

Beide Schatten brachen in ein Gelächter aus, so daß der Rauch ihrer Zigaretten in schneller Bewegung ans Licht drängte.

Für uns sind Sie der richtige Mateo Alemán, der Zuträger, der Vertraute der Inquisition. Bei uns bekommen Sie den richtigen Stempel auf Ihren Reiseantrag.

Ja, sagte ich, ich kann gehen?

Der eine Schatten bedrohte mich mit dem roten Punkt seiner Zigarette. Sie vergessen den Hauptpunkt der Anklage, sagte er, die Vergewaltigung. Die Polizei steckt Sie dafür ins Loch, und nicht zu knapp.

Sie sind nicht die Polizei? fragte ich.

Die Schatten lachten, und ich hörte das Geräusch von Gläsern, die sie sich auf ihren Tischen vollzugießen schienen.

Wir sind eine bestimmte Art von Polizei. Im besonderen Auftrag, wenn auch gewiß nicht im Auftrag Ihres Königs, sagte der eine Schatten.

Dagegen haben wir einen Auftrag für Sie, sagte der andere Schatten und hielt ein wenig sein glänzendes Gesicht ins Licht. Wir könnten Ihnen helfen, wenn Sie uns helfen. Und den Hauptpunkt der Anklage – sehen Sie – (ich sah einen Zettel im Licht) vernichten wir wie dieses Papier, das ich jetzt zerreiße. Kommen Sie uns entgegen, mein lieber Alemán, nur bei uns können Sie ein Leben nach Belieben haben. Ein paar Monate Arbeit in unserem Auftrag, und am Ende sind Sie ohne jede Anfechtung wie neugeboren.

Der Schmerz in meinem Kopf ließ nach, als ich meinen Widerstand aufgab und mir vorstellte, wie ich für diesmal einer Verhaftung entkam.

Was ist das für ein Auftrag, sagte ich.

## II

Hier läuft alles zusammen und gafft. Ich habe mir nichts vorzuwerfen. Mein Paß ist in Ordnung. Meine Königin residiert in diesem Land. Der königliche Beamte drückt mir einen Stempel in den Paß. Lesen Sie, sagt er. Hinterher weiß ich nicht mehr, in welcher Sprache er es gesagt hat. Es ist, als ob das Echo aller Sprachen in meinem Kopf hallt. Es muß mit dem Fall zu tun haben, mit dem Überfall im Parque María Luísa – vor einiger Zeit. Mein Kopf hat es nicht vergessen, er schmerzt noch immer, als verteilten sich sanfte Stromstöße über seine Oberfläche, ein Knistern, das ich sehen kann, ein blitzartiges Zündeln, sich mäandergleich verteilend, daß ich die Hand vor die Augen halten muß. Die Dunkelheit ist meine Zuflucht. Später lese ich, was der Beamte mir in den Paß gedrückt hat. Eine Aufforderung, mich binnen 24 Stunden bei der Ausländerbehörde in der Stadt vorzustellen. Ich ein Ausländer? Als wäre dies nicht länger ein von uns besetztes Land. Zu meinem Erstaunen habe ich Sevilla mit einem mexikanischen Paß verlassen, als käme ich von dort zurück, wohin ich eigentlich reisen wollte. Ein Auswanderer mit behördlicher Genehmigung Seiner Königlichen Majestät. Die Bedingungen damals waren eindeutig: Der Antragsteller mußte verheiratet und er durfte weder Jude noch Converso sein. Hastig schlage ich den Paß auf. Nirgendwo finde ich ein aufgedrucktes, hebräisch stilisiertes J.

Ich befinde mich in Brujas, in Bruges-la-Morte, in Brügge. Die Einheimischen sprechen es aus mit geräuspertem Kehllaut, was verächtlich klingt. Ausgerüstet bin ich wie ein beliebiger Tourist, Kamera und Stadtplan. Als hätte mir ein Reisebüro alles Sehenswerte aufgeschrieben und angekreuzt. Das kleine Hotel am Belfried ist informiert. Meine Bestellung, an die ich mich nicht erinnern kann, ist hier eingegangen. Mein Zimmer ist kurios genug, ein Verschlag nur in ziemlicher Höhe. Höher ist der Turm, den ich nicht sehen kann. Sein Läutwerk alarmiert mich viermal in jeder Stunde. Alles vibriert, als säße ich in einem Boot, den Wellen ausgesetzt. In meinem Gepäck finde ich einige Dinge, die ich mir nicht erklären kann. Etwa dieses Diktiergerät mit eingelegter Tonkassette. Ich drücke eine Taste, und eine Stimme, die ich nicht vergessen habe, obschon ich das Gesicht dazu nicht erkennen konnte, hinterm Rauchvorhang seiner bitter riechenden Zigaretten, sagt, als teste sie das Gerät, monoton und gleichgültig: IHR AUFTRAG IN BRÜGGE LAUTET: 1. AUSLÄNDERBEHÖRDE. 2. TEILNAHME AN DER MATEO-ALEMÁN-PREISVERLEIHUNG. 3. KONTAKTAUFNAHME MIT DEM PREISREDNER HERRN DR. ALEXANDER RETARD.

Offenbar verläßt sich der unbekannte Auftraggeber auf meine Neugier. Oder auf den Schmerz in meinem Kopf, sobald ich an Widerstand, Flucht denke.

Wie kann es einen Preis mit meinem Namen geben? Und wer ist dieser Preisredner? Ein Franzose mit Neigung zu den hispanischen Wissenschaften? Die Sorte kenne ich. Aristokraten, die sich herablassen, uns Bauern jenseits der Pyrenäen in Augenschein zu nehmen. Die ihre Schlauheit aus unserem Retardieren gewinnen. Aber der Mann muß wohl selber ein Verlangsamter sein, ein Verspäteter, Zuspätgekommener, falls der Auftraggeber das alles richtig programmiert hat und der Retard nicht am Ende ein Renard ist, ein Fuchs und Angeber von der Sorbonne. Ich bin Mateo Alemán. Ich bin seit vierhundert Jahren tot. Was kann er über mich wissen.

Auf der Ausländerbehörde mußte ich nicht lange warten.

In welcher Angelegenheit besuchen Sie unser Königreich? fragte der Beamte, und ich glaube, er fragte es auf Spanisch, wenn auch mit seltsamen Schnörkeln, als habe er einmal als Dolmetscher für den Herzog von Alba gearbeitet.

Ich bin, sagte ich und brannte mir eine Zigarette an in diesem Dienstzimmer, wo vermutlich Rauchen verboten war, ich bin Teilnehmer an der Mateo-Alemán-Preisverleihung in Ihrer Stadt.

Der Beamte prüfte noch einmal meinen Namen und nickte überrascht, als hielte er mich für den Preisträger.

Da darf ich gratulieren, sagte er und drückte einen Stempel in meinen Paß.

Ich war zuvorkommend behandelt worden. Man hatte mich vor allen anderen aufgerufen. Auch dies würde ein rassistisches Land sein. Einen Gutgekleideten wie mich, der sich mit einem Batisttaschentüchlein den Schweiß von der blassen Stirn wischte, ein Rothaariger dazu, Engländer oder Amerikaner, Schwede oder Kanadier, den ließ man nicht lange warten inmitten der schwitzenden Völker, die kein Geld hatten, ihren Schweiß mit feinster Kosmetik zu dämpfen. Dennoch, meine Königin konnte sich freuen, so viele Untertanen, so viele Bittsteller in ihrem Lande zu haben. Sie blickten kaum auf, als ich vor ihnen aufgerufen wurde. Die Frauen schauten geradeaus, diese dunklen Gesichter vor den getünchten Wänden, bunte Fetzen um den Leib gegürtet. Es waren alle Schattierungen darunter, von Mali bis Manila. Als ich aufstand und zur Tür ging, spürte ich die Blicke der Männer in meinem Rücken. Wirksamer als die Natternbisse ihrer Blicke wäre es gewesen, mir ein Bein zu stellen im Augenblick, da ich die Türklinke herunterdrückte. Niemand machte sich die Mühe, mit etwas Situationskomik den Bittgang in diesem Amt (sicher waren sie alle Antragsteller auf Asyl) weniger demütigend zu machen. Die Männer erinnerten mich an unsere ausgewiesenen Mauren. Warum kamen sie jetzt zurück – bittend? Hatten wir sie bei ihrer Ausweisung aus Spanien für alle Zeit zu Bittstellern gemacht?

Als ich wieder durchs Wartezimmer zum Ausgang wollte, hörte ich, wie der Name des nächsten Antragstellers aufgerufen wurde: Herr Dr. Alexander Retard!

Ich drehte mich so jäh um, daß die wartenden schwarzen und braunen Völker meinem Blick folgten, und alle lächelten. Gewiß, der Mann war komisch, wie er auf kleinen Füßen mit kurzen Schritten, die ein Stock mit Silbergriff stützte, zur Tür des Dienstzimmers wollte. Einen Hut müßte er tragen, dachte ich, ein Hut, wie ihn Don Diego de Velásquez zu tragen pflegte, um sich größer zu machen. El Primo, dachte ich, das kann doch nicht El Primo sein, auferstanden, um mir Gesellschaft zu leisten. Unwillkürlich suchte ich im Wartezimmer nach der blonden Frau, die ich an seiner Seite gesehen hatte, in Sevilla, in der Touristenkutsche am Paseo. Dr. Retard, der Preisredner, verschwand durch die Tür, auch er ein Privilegierter dieser Europäischen Gemeinschaft, die sich die Grenzvölker vom Leibe halten möchte. Ich fragte mich, welchen Paß der Mann wohl vorzeigte, und warum auch er der Fremdenpolizei aufgefallen war. Ich werde das herausfinden. Ich habe Glück, mein Auftrag korrespondiert mit meiner Neigung. Die blonde Frau saß nicht im Wartezimmer. Wie kam ich überhaupt darauf, sie in eine Verbindung mit dem Akademiker zu bringen. Vielleicht hatte er sie sich nur in Sevilla zugelegt, bei einem Vermittlungsbüro, das in Vorbereitung der Weltausstellung mit einer Schar blonder Damen aufwartete.

Ich gebe zu, die Wollestraat auf und ab gelaufen zu sein in der Hoffnung, sie zu finden. Würde sie nicht Jane heißen? Auch sie eine Wiederkehr in dieser gespenstischen Stadt, wo die Touristen, wenn sie Kirchen, Plätze und Museen belagern, den Mord nicht verhindern können, der immerzu an ihr begangen wird. Überhaupt schien es eine Stadt der Mörder und Totschläger zu sein. Brügges Schoonste Dag: eine Jungfrauenprozession, ein Opfergang. Die Heiligblutprozession – Kreuzfahrer ziehen aus zu Pferde. Festzug vom Goldenen Baum – aus

Anlaß der Enthauptung des Riesen vom Mont Saint-Michel. Wieder ein Festzug vom Goldenen Baum: am Tag der Ermordung von König Karl dem Guten. Das Licht am Dijver zog die Stadt in den Grund. Wohin war sie geflohen, Dr. Retards Jane? Kaufte sie Strohblumen von den alten Frauen? Mit den toten Blumen ging sie in die Liebfrauenkirche. Ich ging ihr nach. Ich fand sie nicht. Sie würde Kirchen lieben, so wie ich sie in der Kutsche gesehen und mir ein Bild von ihr gemacht hatte. Eine Frau, die zu lange gewartet hat. Eine jugendliche Bigotte. Keine Frömmlerin, aber eine zu erweckende, von Kirche zu Kirche wandernde, sich dabei verjüngende Frau. In Gedanken bringt sie ihr Votivbild an, ein Herz aus Karton, wie man es auf der Straße kaufen konnte, um es selber zu beschriften. Dieser Katholizismus schmeichelte den Sinnen und den Wünschen, und deshalb war er verlogener als der unsere, der den Tod vor die Auferstehung setzt.

Froren diese Kanäle zu, auf denen sich die Touristen in kleinen Booten vergnügten? Ich gab auf, Jane zu finden, gehörte nicht zu meinem Auftrag. Mein Auftrag war es, Retard zu observieren. Aber auch hier würde das Geheimnis eine Überraschung enthalten, die der Auftraggeber nicht einkalkulieren konnte.

Hätte ich vor der Tür der Fremdenpolizei auf Retard warten sollen?

Ich bin Mateo Alemán, sagte ich später zu ihm und genoß seine Sprachlosigkeit. Er zog die Brille auf die Nasenspitze und betrachtete mich mit seinen entzündeten Augen. Ganz meinerseits, erwiderte er spanisch und korrekt, als hätte ich lediglich das Vergnügen festgestellt, ihn kennenzulernen. Ich bin Mateo Alemán, wiederholte ich. Sie haben mich in Ihrer Laudatio hochleben lassen, wie soll ich sagen: *überleben* lassen. Jetzt trete ich quasi aus ihren Worten heraus und reiche Ihnen eine Hand, die nicht aus dem Grabe kommt.

Er betrachtete die Hand, erfaßte durch seine dickgerandeten Gläser meine ganze Erscheinung. Ich trug den hellen Anzug, den ich in Sevilla getragen hatte, was ihn zu erstaunen schien. Der Mateo Alemán seiner Würdigung würde Lederwams und samtene Beinkleider tragen und an Feiertagen den Manschettenkragen seines beneideten Kollegen Cervantes. Die Blässe meines Gesichts war nirgendwo verbürgt; nur die roten Haare, die ich kurz und mit einer Andeutung von Scheitel trug. Er dagegen leistete sich eine Gelehrtenmähne, die sein Haupt mit einer Aura schlafloser Nächte umgab. Der Anzug war nachlässig, die Kragenschleife gab ihm eine gewisse Feierlichkeit, die dem Anlaß gewidmet war. Tatsächlich erwies sich der Griff seines Stöckchens aus der Nähe gesehen als Katzensilber, von schweißiger Hand verfärbt, ein wenig geckenhaft, wo bei seiner Not, sicher auf seinen Beinen zu stehen und zu gehen, eine orthopädische Krücke mit Ellenbogenstütze angebrachter gewesen wäre. Doch wer betont schon freiwillig seine Gebrechlichkeit mit den kassenärztlich empfohlenen Zeichen?

Sie sind, vermute ich, ein Nachfahr des berühmten Alemán, ja? sagte er, bemüht, mich in eine akademische Ordnung zu bringen.

In diesem Punkt (und in einigen anderen dazu) wollte ich ihn nicht aufklären.

Nehmen Sie mich für eine Inkarnation, das schließt Verwandtschaft nicht aus, und im übrigen, cher maître, was ist Zeit in einer katholischen Stadt wie Brügge, in einer Monarchie wie Belgien?

Er winkte ab. Es käme, sagte er, auf einen Versuch an, Sie in andere Länder mitzunehmen, Ihre Begleitung wäre mir ein Vergnügen. Bewahren Sie Ihre Anonymität. Gibt es denn in Europa heute noch ein Land, wo es auf Wahrheit ankommt? Ich selber komme aus einem Land ...

Er brachte den Satz nicht zu Ende, denn die Dame trat zu uns, die in Abwesenheit des Preisträgers den Preis entgegengenommen hatte in diesem zerschlissenen Festsaal, in dem sonst Kegelabende stattfanden oder Vorträge über die Autonomie von Flamen und Wallonen. Später sagte ich mir, daß Retards geringes Interesse an meiner Herkunft wohl damit zu tun hatte, daß er das Geheimnis um den Mateo-Alemán-Preis nicht zu lösen bereit war. Denn der Preis war einem Schriftsteller verliehen worden, der aus Kiew stammte und der verhindert war, in eigener Person die Preissumme von etlichen Inflationspeseten in Empfang zu nehmen. Er hatte seine Schwester geschickt, die in einer Tracht auftrat, die sie als Nonne ausgab, wenn auch von einem mir unbekannten Orden. Sie übertraf an Länge uns beide, und Retard stellte mich beinahe flüsternd vor, als begänne zur Stunde zwischen uns eine Konspiration, in die wir die Dame mit einbezogen. Mit lauter Stimme aber nannte er ihren Namen: Nadja Tschernowa.

Die Hoffnung ist schwarz, deutete ich amüsiert ihren Namen. Retard verfinsterte sich, als verriete ich ein Inkognito. Nadja nickte auf uns herab. Sie war, in ihr mehrfach geschlungenes langes Gewand gehüllt, von bedenklicher Magerkeit. Dabei jedoch von einer rhythmischen Körperlichkeit. Die uns beiden eine gewisse Unruhe brachte, wie man sie beim Anblick eines Mannequins auf dem Laufsteg empfindet. Ein erotischer Appell, der zugleich eine Fata Morgana ist.

Sie sprechen Russisch, sagte Retard, und ich dachte, daß ich im Sinne meines Auftrages schon zu viel von mir verraten hatte. Nadja verstand Retards Bemerkung als Aufforderung, mich auf russisch zu befragen: Woher kommen Sie? Wer hat Sie geschickt?

Es ist nichts, sagte ich, und ohne daß ich es verhindern konnte, wurde ich zum Sprechautomaten, der in der angebotenen Sprache fortfuhr, einer Sprache, die ich nie gelernt hatte. Es ist nichts, ich bin nichts als der spanische Korrespondent einer Tageszeitung. Ein paar Jahre habe ich in Moskau verbracht, log ich, und Retard fest ansehend, sprach ich auf spanisch weiter.

Allein, das Mißtrauen oder die Neugier des Philologen waren geweckt. Noch ehe ich wußte, aus welchem Land denn Retard nun kam, sprach er Deutsch mit Nadja, oder wie sie wirklich heißen mochte, und wieder schaltete ich mich ein wie ein Automat und sagte, ohne daß Retard darauf achtgab: Also sind Sie Deutscher?

Denke dir, sagte Retard, er behauptet, Mateo Alemán zu sein.

Wundervoll, erwiderte Nadja und reichte mir noch einmal ihre Hand: ein lebender Preis! Ein Jammer, daß ich das Buch nicht geschrieben habe, um Sie mir verdienen zu können, mein Herr …

Retard schien es nun eilig zu haben, diese (und sei es nur sprachliche) Übereinstimmung zwischen mir und Nadja zu stören, indem er vorschlug, ohne jede andere Begleitung einen Mittagstisch zu finden.

Er schien die Stadt zu kennen, so sicher wie er mich und die vermutlich falsche Nonne durch die grauen Gassen führte. Wir paßten uns seinem langsamen Schritt an, aber es sah dennoch wie eine Flucht vor den anderen Ehrengästen der Preisverleihung aus. Die würden wir am Abend alle wiedersehen, auf dem Empfang der Spanischen Botschaft, die eine Hotelhalle gemietet hatte, zu Ehren des erlauchten Namens.

Kommt die Königin?

Der Festredner sah mich von der Seite an.

Welche Königin? Ein Jahr vor Erscheinen des zweiten Bandes Ihres Guzmán de Alfarache erobern spanische

Truppen Ostende, da können Sie also nur Margarete von Österreich meinen.

Ich gab mich geschlagen. Ein Schullehrer hat zu schweigen, wenn ein Akademiker spricht. Was immer ich von mir behaupten würde, er wüßte es am Ende besser.

Wir besetzten ein Straßenlokal, das mäßig besucht war. Nadja nahm zwischen uns Platz, ihre langen Beine stießen uns versehentlich an, ehe sie sich schlangengleich, die Nonnenröcke hochgezogen, um die Tischbeine zu winden schienen. Wenn Retard sie meinetwegen mit Mißtrauen beobachtete, so war ich weitaus mehr vor ihr auf der Hut.

Retard entschied die Getränkefrage: Ein Rodenbach, sagte er zum Kellner, was anderes kommt gar nicht in Frage. Er sah mich dabei auffordernd an, als wollte er meine Kenntnisse prüfen.

Ein Rodenbach, sagte auch ich und sah ihn dabei an: seltsam daß es kein Gericht à la Jane gibt – oder haben Sie eines entdeckt, Herr Doktor?

Bleiben Sie besser in Ihrem Jahrhundert, mein Bester, sagte er, das ist zwar nicht symbolistisch, aber konzeptistisch genug, um für gewisse Bedürfnisse auszureichen.

Nadja zögerte und bestellte ein Mineralwasser. Einen Dichter in Form von Bier zu genießen, sagte sie, das ist mir zu katholisch.

Sehen Sie, sagte Retard, als der Kellner das Wasser brachte, das ist das russische Getränk par excellence, ein Wässerchen, ungetrübt, man weiß nicht, was sich darin verbirgt. Hinterher ist es unsere Aufgabe, den Rausch dieser Hoffnungsträger von gestern zu analysieren.

Hoffnungsträger von gestern? Ich gebe zu, ein Zeitungsmann aus Sevilla kommt in Mitteleuropa nicht ohne ein wenig Nachhilfeunterricht aus.

Auf diese Frage schien Retard gewartet zu haben. Das

herbe Bier in kleinen Schlucken trinkend, gab er sich als Bewohner eines untergegangenen Landes aus, als abgewickelter Wissenschaftler einer plattgemachten Akademie, Kader- und Denkschmiede, wie er sagte, in der Hauptstadt einer deutschen demokratischen Republik (Nadja prustete und versprühte dabei ihr Mineralwasser).

Vereinigung oder nicht, sagte ich zögernd, es ist noch immer nicht das Habsburgerreich unserer Majestäten, darin die Sonne nicht unterging.

Da haben Sie recht, höhnte Retard. Noch nicht! Die Besetzung Flanderns haben wir gerade hinter uns, aber ich bin nicht sicher, ob es zu einem Aufstand der Geusen kommen wird.

Das käme auf einen Versuch an, sagte ich.

Nadja musterte abwechselnd mich und Retard und schob uns die Speisekarte zu. Retard nahm die gebundenen Blätter, als enthielten auch diese seine Geschichte. Abgewickelt, wiederholte er, aus dem Fenster geworfen zu den Trümmern der Mauer da unten am Potsdamer Platz (tatsächlich war, wie ich später sah, sein Institut im neutralen Wohnkomplex eines Berliner Vorortes untergebracht. Die neuen Herren hatten die Mietverträge nicht erneuert und den aufrechten Wissenschaftlern gekündigt).

Eine Revolution, höhnte Retard (obschon niemand das Wort benutzt hatte), während Nadja für uns beim Kellner eine Seezunge bestellte und mehr Rodenbach für die Herren. Eine Revolution! Eine Restauration wars! sagte Retard. Zugegeben, dieser Sozialismus war längst eine Leiche, wir alle haben sie ins Grab gebracht, zu spät womöglich, als die Sache schon zu stinken anfing. Aber eine Revolution? Wo waren denn die Revolutionäre? Wem haben sie gedroht? Worte öffnen Fäuste, heißt es. Am Ende zeigte sich: Bananen öffnen Fäuste.

Die Seezunge wurde uns auf die Teller gelegt, und wieder versuchte Nadja abzulenken, den Preisredner auf andere Dinge zu bringen, so daß sich Retard endlich besann und seine Begleiterin fragte: Du hast den Scheck?

Nadja nickte, und dann tranchierten wir in Ruhe den platten Fisch, und Nadja freute sich an der Symmetrie der weißen Gräten.

Wie heißt überhaupt der Preisträger?

Guzmán de Alfarache, scherzte Retard.

Kusmin Korolenko, sagte Nadja und ergänzte ohne zu erröten: Eigentlich sind wir, mein Bruder und ich, Ukrainer.

Für einen Spanier, sagte Retard, belanglos. Für diese Leute gibt es nur Russen oder Moskowiter. Der Rest sind Franzosen – Synonym für argwöhnische Menschen.

Das ist richtig, sagte ich, dagegen, die Spanier, ihr Stolz und Edelmut ...

Retard ließ seinen Spazierstock, den er zwischen den Knien hielt, einen Freudentanz aufführen. Es hat funktioniert, rief er, er ist ein Chauvinist wie wir alle. Dagegen sind wir Hugenotten, als die besseren Franzosen, die eigentlichen Lehrer des Menschen. Auf die letzten Dinge, fuhr er fort, sich den Bierschaum vom Mund wischend, kommt man erst im Alter.

Nehmen Sie mich ruhig auf als verlorenen Sohn, sagte ich und hatte endlich Gelegenheit, Nadjas Gesicht ganz zu erkennen. Denn sie schälte sich aus ihrer Nonnenhaube, die aus einem Meter Tuch bestand, um die Stirn und die kurzgeschnittenen roten Haare gewickelt. Auch Retard schien nicht unempfindlich für den Effekt dieser Verwandlung.

Wie alt sind Sie eigentlich? fragte er, als wir beim Kaffee saßen und er seine Zigarre rauchte.

Ich zögerte und gab mein Alter mit vierzig an.

Das passende Alter für eine Reinkarnation, sagte Retard, ein Mann an der Schwelle der Weisheit.

Bevor wir aufbrachen, machte er mir das Angebot, auf das ich gehofft hatte, nämlich ihn (und vielleicht auch Nadja) auf einige Reisen durch Europa (wie er sich ausdrückte) zu begleiten. Seine staatlich verordnete Arbeitslosigkeit lasse er sich nicht gefallen, er denke nicht daran, wie andere seiner Kollegen, in einem Vorruhestand unterzugehen.

Kommen Sie mit, sagte er, und wir schauen uns diese nun vereinte Welt an. Zwei Vortragsreisende in Sachen Alemán und Kusmin Korolenko. Übrigens ein wunderbarer Roman, den Sie lesen sollten.

Nadja beeilte sich, ein Exemplar aus ihrer bodenlosen Handtasche zu ziehen. Ich bedankte mich und steckte das Buch ein. Warum heißt es *Der 13. November*?

Ein Titel, sagte Retard, der die Zukunft erforscht. Vorerst schreiben wir, wenn ich nicht irre, April.

Er bestellte, um meine Einwilligung, ihn zu begleiten, zu feiern, eine Runde oude Genever. Auf die Welt und auf Jane, sagte er und hob sein Glas. Erst jetzt fiel mir der übertrieben große Ehering an seiner kurzen Hand auf. Dann, als er seine Brieftasche nahm und aufklappte, entdeckte ich ihr Bild unter der Klarsichtfolie. Retards Jane, oder wie immer sie hieß, war die Frau, die ich aus Sevilla kannte. Sie war sehr viel jünger als er. Wie hatte er sie erobert?

Nehmen Sie mich mit in Ihr Berlin, sagte ich.

Alles der Reihe nach, sagte Retard.

Nadja beobachtete mich. Zwei Rothaarige, wir mißtrauten einander auf den ersten Blick.

Et comme Bruges aussi était triste en ces fins d'aprèsmidi! zitierte Retard, als wir das Lokal verließen und richtungslos durch die Stadt streiften. Vor dem Minnewater und seinen Schwänen (die Retard für verzauberte Nonnen ausgab) blieben wir stehen.

Von welchem Orden sind Sie eigentlich? fragte ich Nadja, und Retard, seine Zigarre erneut in Brand setzend, erwiderte für seine Begleiterin: Es ist der auch in Kiew gegründete Orden von Glasnost und Perestroika, vergleichbar mit den Albigensern des Mittelalters. Nadjas Schweigen schien die Worte ihres Meisters Lügen zu strafen.

Vom Turm des Belfrieds fiel die Zeit wie mit Hammerschlägen auf uns. Die rasselnde Turmuhr provozierte einen Eisregen, dem wir ausgeliefert gewesen wären, wenn nicht Nadja aus ihrer Tasche einen Schirm gezaubert hätte, so daß wir uns an ihre Seite drängten. Jemand (auch er im Dienst meiner Auftraggeber?) fotografierte uns. Als ich später das Foto sah, fehlte ich darauf. Ich erinnere mich, wie wir lange so gestanden hatten, bis der Belfried die volle Stunde schlug, und Retard sagte:

Wenn Gott spricht, erlebt auch Voltaire einen Augenblick der Besinnlichkeit.

Wir verabredeten uns für 19 Uhr im Festsaal des Hotels »Ten Wijngaarde«. Am Eingang nach einer Legitimation gefragt, grub ich die Hand in die Tasche – noch immer trug ich den viel zu hellen Anzug, den ich mir nach der Entlassung aus dem Gefängnis (aus dem Sanatorium, nach der zweiten Verhaftung) im Corte Inglés gekauft und den ich bei der Abiturfeier meiner Schule getragen –, ich fand einen Ausweis, der mich als Korrespondenten des *Espectador Sevillano* ausgab, einer Zeitung, die unter Philipp III. bekannt war für ihre promonarchistischen Stellungnahmen. Dabei hätte ich wetten können, den Einlaßdienst zu kennen, diesen blaßrosa Beamten mit einem Binder vor der Hemdbrust, von der Art, die man am Kragenknopf aufsteckt: es war der Kerl, der am Vormittag meinen Paß geprüft und mich beglückwünscht hatte.

Ihre Katholischen Majestäten glänzten durch Abwesenheit. Auch meine Hoffnung, Retards Jane zu sehen, in einem veilchenblauen langen Kleid vielleicht, wurde enttäuscht. Es war der gewöhnliche Empfang einer Botschaft, die ihrem Statthalter freilich den Weg von Brüssel nach Brügge zugemutet hatte. Retard erschien, hinter ihm die zu Boden blickende Nonne Nadja; er ein Zeremonienmeister, der seinen Wert zu kennen schien, wie ich überhaupt bereits am Anfang unserer Bekanntschaft bewunderte, wie er sich in diesem Wald ausgewachsener Menschen, längerer Beine und Arme bewegte wie herablassend, mit einer Handbewegung winkend und sich seinen Weg bahnend.

Diener in den Pluderhosen spanischer Etikette boten Getränke an, und ich fragte mich, welches Getränk ich um 1587 bevorzugt haben würde. Diesen Whisky gewiß nicht, und dieses rote Abführmittel, das Nadja gierig in sich hineingoß, wohl auch nicht. Dazu wurden Tapas gereicht, belegte Oblaten, für die es in Madrid offenbar eine Zentralbäckerei geben mußte, welche die spanischen Botschaften in aller Welt belieferte.

Retard, zu meiner Überraschung, schien in seinem Element. Er stellte mich dem Botschafter vor, den ich bereits am Vormittag beobachtet hatte, einen hageren Aristokraten, der mit seinen eisblauen Glitzeraugen die Damenwelt sondierte und der mich mit gespielter Gleichgültigkeit begrüßte, als hätte er meinen Namen nicht verstanden, mit weichem Händedruck, der eine Art Mißtrauen auf beiden Seiten zurückließ.

Der Dichter höchstpersönlich, wiederholte Retard, indem er mich noch einmal dem Botschafter empfahl. Einer aus der untilgbaren Sippe der Alemáns, Exzellenz:

Europa rückt zusammen, ein Converso, der gut vierhundert Jahre alt ist, leiht seinen Namen einem Preis, den ein ukrainischer Autor bekommt. East meets West, freilich lobe ich mir die Unterschiede. Ich bedaure einmal mehr, daß Korolenko nicht anwesend sein kann, um seine Rechte zu reklamieren. Stellvertretend für ihn gibt es hier (nun zog er auch Nadja in den Dunstkreis des Botschafters, der aus seinem grauen Anzug nach Aramis duftete) diese hinreißend lange Dame, die seine Schwester ist.

Der Botschafter drückte mit beiden Händen Nadjas Rechte, als wäre sie die wiedergeborene heilige Teresa von Avila.

Wohl um Nadja nicht zu sehr in Verlegenheit zu bringen, wiederholte Retard, was er am Vormittag schon gesagt hatte, verwies noch einmal auf die Bedeutung Kusmin Korolenkos und seines Romans *Der 13. November.* Dabei fiel womöglich nur mir eine Ergänzung auf im Vergleich zu Retards Laudatio am Vormittag. Da hatte er uns erzählt, der Preisträger könne nicht persönlich erscheinen, weil er in einem Kloster bei Moskau seinen nicht zu unterbrechenden Meditationen nachgehe; jetzt hieß es, während Retards Rechte, das Whiskyglas umklammernd, einen Halbkreis beschrieb: Korolenko sei von der in vielen Dingen leider doppelzüngigen Politik seiner Regierung an der Ausreise gehindert worden. Man müsse befürchten, er befinde sich, nach altem Brauch, in einer psychiatrischen Anstalt. Die Damen und Herren von der Presse schrieben Wort für Wort mit, als sei dies die interessantere Version. Blitzlicht tauchte uns in ein eiszeitliches Blau – Nadja hob jedes Mal die Hand vor die Stirn, wie um sich zu verstecken. Gab es ein Foto von diesem *Guzman Korolenko,* wie ich ihn bei mir nannte? Es gab kein Foto von Guzman Korolenko, die Presse begnügte sich mit Fotos von Retard und von

Nadja. Retard sprach noch einmal von den alten Zensurmaßnahmen im neuen Moskau und zog sich so die Schelte eines deutschen Journalisten zu, eines Jüngelchens in einem Alter, da man in Sevilla gerade die Erste Kommunion hinter sich gebracht hat. Ein Land, sagte der Pressemann, das in der Morgenröte der Freiheit stehe – und werde hier verdächtigt.

Retard nahm den Fehdehandschuh auf und sagte, es sei offenkundig, daß gewisse Kreise die Schwierigkeiten eines Landes im Aufbruch noch vertiefen wollten, um es gänzlich in die Brüche gehen zu lassen.

Der Zeitungsjunge übersetzte sich, was er hörte, und schrieb: *Dr. Alexander Retard, wegen Parteizugehörigkeit und dunkler Vergangenheit aus der Ostberliner Akademie der Wissenschaften evaluierter Romanist hielt die Laudatio auf den abwesenden Preisträger, der zu Recht eine Sensation des diesjährigen Bücherfrühlings genannt werden kann. Kusmin Korolenko, ein Name, den man sich merken muß, ein Wortführer des russischen Menschen an der Schwelle seiner Wiedergeburt … Doch was hörten die Gäste auf dieser Preisverleihung in Brügge aus dem Munde des Preisredners? Es war das bekannte Arsenal marxistischer Mottenkisten, jenes sozio-biographische Gebräu aus dem wurmstichigen Regal von Basis und Überbau …*

Ich trug ja das schmale Buch in der Jackentasche, und neugierig auf den ersten Satz schlug ich es auf – und fand nichts. Es war ein Blinddruck, ein Buch mit leeren Seiten, es sei denn, der Text wäre mit unsichtbarer Tinte geschrieben worden. Ich unterdrückte ein Gelächter.

Retard hatte das Buch am Vormittag einen Schelmenroman genannt, auch einen Reise- und Kriminalroman. Ein Rauschen in meinem Kopf hatte mich daran gehindert, alles zu verstehen, was er über mich sagte. Es war gewiß eine akademische Rede auf einen der größten, wenn auch verkannten Schriftsteller des Goldenen

Zeitalters. Die Veranstalter hatten Retard ein flaches Pult hingestellt, auf dem er sein Manuskript geschickt versteckte, so daß es aussah, als spräche er frei. Mit nach oben zeigenden Gesten schickte er seine Sätze in die Hotelhalle. Diese Fischhändler ließen sich die Kultur etwas kosten. Er wechselte einige Male die Brillen, die er zur Fern- und Nahsicht benötigte, was seinem Auftritt Rhythmus und Abwechslung gab, für diejenigen, die nichts vom Inhalt seiner Rede verstanden. Hier, wo vor vierhundert Jahren unsere Inquisition das Feld hatte räumen müssen und der päpstliche Index offenbar immer lax gehandhabt worden war, verstand kaum einer die Anspielungen Retards, daß Schriftsteller wie Alemán, Quevedo, Lope, Cervantes nicht minder, es verstanden hatten, ihre ketzerischen Ideen derart in ihren Büchern zu verstecken, daß nur findige Leser, Spurensucher aus Passion, diese zwischen den Zeilen zu entdecken wußten. Andererseits, sagte Retard, waren diese Autoren eingebunden in ihre Zeit, das heißt, ihre Ideen ergänzten, korrigierten, malten das Bild weiter aus, daß die Bürokraten des Goldenen Zeitalters zu restaurieren vergaßen.

Diese Belgier, sagte ich mir, waren eher Augenmenschen, das Buchstabieren überließen sie ihren französischen Vettern; sie selber kamen mit einem Symbolismus aus, mit Chiffren, die bestenfalls die Rezeptur zu einem Aroma waren, Gedichte, die sich wie Würfelzucker in einem Glas Tee auflösen ließen. Freilich machte ihnen keiner ihre Bilder nach, auf denen sie mit ihrem Besitz prunkten, während sie gleichzeitig die Vergänglichkeit von Schönheit zeigten, doch niemals die Vergänglichkeit des Besitzes. Am Abend aber, da die Presse die Cocktail-Stunde des spanischen Botschafters nutzte, um Retard Fragen zu stellen, schien die Eloquenz des Akademikers gestört. Zu sehr schien ihn meine Nähe zu beunruhigen. Abergläubisch wie jeder Krüppel ging ihm mein plötzliches Auftauchen durch den Kopf. Denn welcher Zufall hatte uns zusammengeführt gerade in einem Augenblick, da er seine unterbrochene wissenschaftliche Laufbahn mit einem Buch über diesen Mateo Alemán zu überbrücken gedachte.

Die Presse hielt sich schadlos für den abwesenden Korolenko und erkundigte sich mehr nach Mateo Alemán. Retard verteilte sein Wissen mit vollen Händen, während Nadja, die falsche Nonne, sich sichtlich langweilte. Ich hatte Lust, sie in aller Öffentlichkeit nach den Glaubensregeln ihres Ordens auszufragen. Doch wer wird nach Geheimnissen fragen, wenn er selber Geheimnisse hat.

Retard erklärte noch einmal die Aufmerksamkeit jener Autoren für Ethik, Moral und Politik aus ihrer Angst vor Verfolgung. Wer verfolgte sie denn? Im Jahrhundert der Gegenreformation – Retard schien zu schwanken, wie er das Wort aussprechen sollte, ob verächtlich oder verständnisvoll; da in Nord-, Mittel- und sehr viel weniger in Osteuropa der lutherische Teufel die Seelen verdarb, wurden in den katholischen Ländern die Akten neu gelesen, die man dort über die Zweifler angelegt hatte. Und so stieß man die Conversos ans Licht, die getauften Juden, die Scheinchristen, die zur Beichte gingen und ihre Todsünde, zu Hause an den Bräuchen der Väter zu hängen, in der Beichte verschwiegen. Mateo Alemán beispielsweise war ein Converso, vermutlich auch Cervantes, und so fort durch die Liste erlauchter Namen wie Diego de Siloé, der Erbauer der Kathedrale von Granada, oder Andrés Laguna, Botaniker und Naturforscher, und der spätere Leibarzt des Papstes Julius III., Torres Naharro; der Dichter und Komponist Juan del Encina, der Mathematiker Pedro Nuñes, vielleicht auch der heilige Johannes vom Kreuz, die heilige

Teresa sehr wahrscheinlich. Man war in bester Gesellschaft, doch brannte jedem der Boden unter den Füßen, buchstäblich. Die horrende Angst vor der Garrote (wenn man bereute), vor dem Feuer, das bei lebendigem Leibe den fraß, der nicht bereute – wer hätte es nicht besser beschrieben als Mateo Alemán? Beschrieben mag nicht das rechte Wort sein, denn die Angst wurde verinnerlicht und brach hervor als Unmoral, Schamlosigkeit, Frechheit, dies alles auf den Seiten eines der komischsten Romane der Zeit, im Guzmán de Alfarache, der zugleich eine Art zweites Buch Hiob ist, das in die Ausweglosigkeit führt, der Held wird am Ende zur Strafe auf eine Galeere verbannt – und ob er freikommt, wissen wir nicht, denn der versprochene dritte Band ist nie erschienen. Womöglich hat der Autor sein Manuskript mit ins Grab genommen, als sich seine Spur in Mexiko verlor.

Während Retard sprach und die Damen und Herren der Presse mitschrieben, als müßten auch sie diesem Alemán zu neuem Leben verhelfen, blickte er immer wieder auf mich, als fragte er sich, ob er mich zum Zeugen seiner Worte aufrufen sollte.

Und auf diesem Feuerboden, fuhr Retard fort, auf diesem heißen Blech, das von unten von den Schergen der Inquisition angeheizt wurde (und unter ihnen die Conversos waren die eifrigsten beim Einheizen), in dieser Hölle zu Lebzeiten, wo Menschen verschwanden und ohne Prozeß hingerichtet wurden, was geschieht da in den Künsten, in der Philosophie sogar? Literatur und Kunst tanzen einen Reigen, der Baum, dessen Wurzeln im Feuer stehen, blüht! Das Goldene Zeitalter leuchtet herüber über die Grenzen, während Europa in spanischen Stiefeln ging und litt.

Retard steigerte sich und beschrieb mit seiner erloschenen Zigarre konzentrische Kreise, die der Botschafter gern gestört hätte. In Vorbereitung des Kolumbus-Jahres (1992) dachte er an seine Anweisungen, gerecht, aber patriotisch, mit der Vergangenheit, zumal im Ausland, umzugehen.

Retard verließ jäh sein Jahrhundert, oder doch das, in dem er so gut wie ich zu Hause war, und das Thema wechselnd, sagte er: Dabei werde ich schnell an eine andere Zeit erinnert, die über Nacht in den Orkus der Geschichte fiel, vor gut einem Jahr, wenn Sie wollen: Je mehr Staat, und ich meine den diktatorischen einer deutschen demokratischen Republik, desto mehr Literatur. Je tiefer die Politiker die Köpfe in den Sand eigener Mißwirtschaft steckten, desto höher hingen wir die Fahnen der Fantasie und Fiktion in die Wolken der Utopie, die so hoch sind, daß sie gerade noch an des Phöbus' Sonnenwagen streifen …

Diese Höhenflüge erschöpften die Aufmerksamkeit der Presse. Die Schreibstifte knickten weg, als rutschten sie aus, die Gesichter zogen sich hinter private Vorhänge aus Zigarettenqualm zurück, die müßig stehenden Diener wurden herbeigewunken, der Botschafter schien zufrieden, reichte dem zum Schweigen gebrachten Redner noch einmal die Hand, aber niemand fotografierte, dieses Bild war längst im Kasten, Nadja konnte sich endlich zur vollen Größe erheben, sie bog das Kreuz wohlig atmend durch, Retard setzte die Fernbrille auf und versuchte der Hand des Botschafters zu entkommen, während er sich nach mir umschaute, wie um zu sagen: Diese Leute sind unfähig, das eine Jahrhundert mit dem anderen zu vergleichen.

Welches Land hat er am Schluß gemeint? fragte mich ein Portugiese. Haben Sie verstanden, welches Land er gemeint hat?

A luta continua, sagte ich, und ergänzte: er hat das Land des Königs Sebãstiao gemeint.

Der Portugiese schüttelte den Kopf. Anders als wir Andalusier haben diese Lusitanen mit ihren Gesichtern wie Bauchschmerzen keinen Sinn für Humor.

Ein paar Herren umringten die Nonne, um noch ein paar Angaben über ihren Bruder (oder über sie selbst) zu bekommen. Nadja diktierte ihnen ihre Einschätzung des Romans, und da ich in der Nähe stand, hörte ich zum ersten Mal etwas von der Geschichte eines Jungen aus Workuta, der mit einer in die Prawda gewickelten Bombe nach Moskau will.

Am anderen Tag schienen alle Bäume in Brügge zu grünen wie von innen illuminiert. Nadja bestand auf einer Bootsfahrt, die Retard ihr versprochen hatte. Als wir zur Anlegestelle kamen, überfiel uns ein schrilles Rufen.

El Primo! schrie eine Falsettstimme, und ein Mann unbestimmten Alters, der in einem Rollstuhl mit Motorantrieb saß, gestikulierte mit seinen dicken Ärmchen und zuckte mit dem, was von seinen amputierten Beinen übriggeblieben war.

Eine Armee von Rollstuhlfahrern überfiel uns, ein Manöver aus aller Herren Länder, nach den Wimpeln zu urteilen, die an den Wägelchen angebracht waren. Sie verstopften den Zugang zum Bootshaus. Und als wir versuchten, uns dazwischenzuschieben, stieg ein Pfeifkonzert auf.

La Zanca, la Zanca! schrie ein Mädchen, eine etwas dickliche Puppe, die mich an La Boba de Soria erinnerte mit ihrem teigigen Gesicht, darin die Augen wie Rosinen waren. Offenbar hatten die Spanier in dieser Armee die Mehrheit, denn jemand, der mich zu kennen behauptete, fragte mich: Mateo, wieviel Mal am Tag fickst du deine Zanca, dein Storchenbein, und alles schrie los in einem Gelächter, das wie das Brunstgeschrei von Katzen klang. Sie zeigten auf Nadja, die nichts verstanden hatte.

Retard blieb höflich, hob seinen Stock wie zur Begrüßung, entschuldigte sich auf spanisch für unser Drängeln, versprach, daß wir zurücktreten und auf das nächste Boot warten würden. Der in seinem Rollstuhl zappelnde Spastiker stellte sich vor: Francisco Lezcano, bekannt auch unter dem Pseudonym El Niño de Vallecas. Tatsächlich sah er aus wie Velásquez ihn gemalt hatte, als der Zwerg zum Hofstaat des Prinzen Baltasar Carlos gehörte, nachdem ich Spanien verlassen hatte.

Retard ging darauf ein und erwiderte wie selbstverständlich:

Dann sind Sie El Vizcaíno, wie Sie eigentlich heißen, ich erinnere mich, Sie im Prado gesehen zu haben.

El Niño de Vallecas schien hocherfreut darüber zu sein, daß man ihn kannte. Er schrie seiner Nachbarin zu, einen alten Freund gefunden zu haben, der, wie er, bei Baltasar Carlos verkehrte.

Nadja, inmitten dieser fröhlichen Lemuren in ihren blanken Wägelchen neuester Bauart noch größer als sonst, zeigte eine Verlegenheit, wie ich sie später kaum noch einmal an ihr beobachten konnte. Für die Invaliden sah es wie Hochmut aus.

Chica, que se te cae la cara, rief ihr El Niño de Vallecas zu.

Komm, laß uns hier weggehen, sagte sie zu Retard und hüllte sich enger in ihren blau-weißen Mantel, eine Störchin, die durch einen Krötenteich stakt.

Mateo, sagte der, der mich angesprochen hatte, ich geb dir, was du willst, wenn ich sie mal anfassen darf.

Retard lüftete einen imaginären Hut und versuchte den Rückzug anzutreten.

Nächste Woche bei Baltasar Carlos, rief ihm El Niño

zu. Wir machen hier einen Ausflug, auf Kosten der Europäischen Gemeinschaft. Die Internationale der Rollstuhlfahrer. Bedingung ist, du mußt unter einszwanzig sein.

Retard bedankte sich für das Gespräch, versprach zu kommen, und von der erhöhten Straße aus sahen wir, wie die Männer, die am Bootshaus die Karten rissen, sie aus den Wägelchen hoben und in die Boote setzten, wo sie mumiengleich einer am anderen saßen, während der Bootsführer in drei oder vier Sprachen die versunkene Schönheit Brügges heraufbeschwor.

Wortlos erreichten wir das große weiße Auto, von dem Retard wie von einer Geliebten gesprochen hatte, und dann verließen wir durch das südliche Tor die Stadt.

## III

Geh und jage den Bösewicht.

Retard begleitete seine konservierte Musik aus dem Autoradio mit Rezitativen und Ausrufen. Geh und jage den Bösewicht! Kennen Sie das?

Ich verneinte.

Es war erstaunlich, wie er mit diesem schrottreifen Vehikel, einem weißen Volvo 320, zurechtkam. Retard sprach von diesem Gefährt wie von einer Frau, der man ständig schmeicheln müsse, damit sie einem zu Willen sei, und dabei rutschte er auf den abgesessenen blauen Kunststoffbezügen hin und her, die flackernden Anzeigen des Armaturenbretts im Auge behaltend. Es schien stets zweifelhaft, ob etwa die Anzeigen des Tachometers mit der tatsächlichen Geschwindigkeit übereinstimmten.

Nadja lag auf den Rücksitzen, einen nackten Fuß hatte sie zu uns zwischen die Vordersitze gestreckt. Retard, den das Fahren zu berauschen schien und der achtlos seine glimmenden Zigarrenstummel in die trockene Landschaft warf, kraulte ihr den Fuß, dieses empfindsame Organ, worauf sie mit einem zerrissenen Lachen reagierte.

Die russische Leidenschaft, erklärte Retard, geht von den Füßen aus.

Er schob mir den Fuß zu, vor dessen Berührung ich zurückscheute.

An uns zog die parkartige französische Landschaft vorüber. Retard fuhr über Landstraßen, um die Gebühren für die Autobahn zu sparen. In meinen Taschen hatte ich eine mir unbekannte Scheckkarte gefunden, die zuverlässig auf meinen Namen eingetragen war. Sie hatten an alles gedacht. Einmal, während Nadja und Retard in einer Raststätte einkauften, schob ich eine meiner Kassetten in den Apparat: eine gelangweilte Frauenstimme nannte eine Reihe von Zahlen, die ich mitschrieb. Später setzte ich für die notierten Zahlen von 1 bis 26 die entsprechenden Buchstaben des Alphabets ein, und es ergab sich das Wort *Montpellier.* Aber da hatten wir den Ort längst verlassen. In Zukunft würde ich den Zahlen meiner Auftraggeber beizeiten Beachtung schenken.

Nach dem improvisierten Essen löste ich Retard am Steuer ab, der sich nach hinten zu Nadja setzte. Er bat mich, diese und jene Kassette während der Fahrt einzulegen, als müsse er sich einstimmen für einen Anfall von Zärtlichkeit, der nicht nur den Füßen der Sirene gelten würde. Mich ging das nichts an, ich brauchte meine ganze Konzentration für die gewundene Straße, für die Ortsschilder, die ich immer wieder verpaßte, so daß Retard mich aus dem Hintergrund dirigieren mußte. Ihm schien nichts zu entgehen, während er sonstwie beschäftigt war, wie mir gelegentliche Erkundungen im Rückspiegel zeigten. Tatsächlich wußte ich noch immer zu wenig über das Mädchen. Meine Berichte über die Kiewer Nonne würden spärlich ausfallen, aber wie mir schien, hatte ich eine unbegrenzte Zeit für meine Schlußfolgerungen. Da ich die Herkunft meiner Auftraggeber nicht kannte, nur ihre Absichten, ihre Neugier auf meine Eindrücke von diesen Reisen, würde es mir im Notfall schwerfallen, ihnen mit einer Lüge zu kommen.

Gegen meinen Willen dachte ich beim Fahren an Jane, konnte nicht vermeiden, mir ein Bild von ihr zu machen, das der Musik entsprach, die Retard sich wünschte. Auf Mozart folgten diese etwas schmierigen Tangos und Milongas aus den dreißiger Jahren. Rubias mujeres con locas pretensiones. Dachte auch er an Jane?

Wie heißt Ihre Frau mit Vornamen, fragte ich Retard in einer Pause. Sie haben es mir gesagt, log ich, entschuldigen Sie, ich habe es vergessen.

Die Frage war taktlos, aber irgendwie wollte ich ihn provozieren. Eine Dienerrolle war noch nie nach meinem Geschmack gewesen.

Issy heißt sie, sagte Nadja und kicherte ihr Schulmädchenlachen. Oder wie nennst du sie?

Retard sah uns beide an, als wäre dies ein Komplott gegen ihn, an einem heißen Nachmittag, am Rande eines grünen Kornfelds nördlich von Arles.

Issy heißt sie, weil ein Freund von mir sie so nannte, ein verstorbener, vielleicht nur verschollener Freund, dem auch das Auto gehörte.

Verschollen? war nun die Reihe an mir zu fragen.

Eine Seele im Fegefeuer, sagte Retard zögernd, vermutlich verunglückt, abgestürzt mit einem Flugzeug, das auf dem Flug nach Cuba entführt worden war.

Ach was, sagte Nadja, die nun Bluse und Jeans trug und von einer Nonne so weit entfernt war wie Arles von Kiew. Ach was, lüg uns hier keine Geschichten vor. Aus dem Staub hat er sich gemacht, dein Freund Ole Knut Berlinguer, Europens blasse Strände hat er verlassen, um sich mit deiner Issy in den Urwald zurückzuziehen. Ich Tarzan, du Jane! Dann hat er sie satt gekriegt und an die Fremdenlegion weitergegeben. Seitdem sieht sie aus, deine Issy, wie Marlene in Sternbergs *Morocco*, nur daß sie kein Happy-End in der Wüste fand, sondern nach ihrer Rückkehr in die DDR von dir väterlich aufgenommen wurde. Das Auto, die Frau, alles aus zweiter Hand.

Das alles, sagte Retard gequält, sind verwickelte Geschichten, die Ihnen, lieber Alemán, geläufiger sein werden, wenn wir Sie, wie ich hoffe, in meinem Haus als Gast begrüßen dürfen.

Bis dahin, sagte Nadja und zog ein Notizheft hervor, müssen wir unsere Tour de force absolviert haben, die Länder öfter denn die Frauen wechselnd.

Das ist leider richtig, sagte Retard. Ich bin ein akademischer Wanderprediger in Sachen Literatur.

Wer war dieser Berlinguer, fragte ich anteilnehmend.

Der ewige Jude, sagte Nadja und sah mich spöttisch an.

Eine Sepharde wie Sie, sagte Retard höflich, das schon, aber damit erschöpfen sich auch schon die Ähnlichkeiten mit Ihnen. Möglicherweise kommen die Toten, wenn sie zurückkehren, in anderer Gestalt wieder.

Ich schwieg. Die Rolle, die mir Retard zugedacht hatte, mich aus seinem Reisebegleiter zu seinem verschollenen Freund zu machen, behagte mir nicht.

Halten Sie es damit wie Sie wollen, sagte ich vage. Ich bin und bleibe Mateo Alemán.

Der Schatten Berlinguers ließ sich auch auf dieser Reise nicht bannen. Denn Retard schlug vor, durch Arles zu fahren, und entschuldigte sich mit den Worten: Berlinguer hat mir früher viel von der Stadt erzählt, als ich noch nicht reisen durfte. Und das sind ja für uns die Vorteile der neuen Zeit, man begegnet der Wirklichkeit in den Umrissen früherer Träume.

Nadja lachte, und in diesem Punkt teilte sie ihre Verlegenheit mit Retard.

Tatsächlich schien sich halb Europa an diesem Tag nach Arles auf den Weg gemacht zu haben. Retard erkannte seine neuen und alten Landsleute an den Nummernschildern ihrer Autos und drängte sich rücksichtslos mit seinem in Belgien montierten Schweden in die Phalanx der glänzenden Kolonnen. Nur junge Leute fuhren in alten, die nagende Zeit bloßstellenden Karosserien, und Retard konnte seine Glossen machen über den raschen Verfall jeder Technik im Vergleich zum retardierenden Geist.

Wir mußten weitab vom Garten der Irren parken, wie Retard das Ziel seiner Wünsche nannte, doch schien ihm diesmal der lange Weg nichts auszumachen. Enttäuscht war er beim Anblick der Schutthalden, der Sandberge und Handwerker im Innenhof des Sanatoriums, als hätte er eine Begegnung mit dem Maler van Gogh erwartet, der sich in Arles ein Ohr abgeschnitten und es einer Hure zum Geschenk gemacht hatte. Retard erinnerte uns in allen Einzelheiten daran, das Eifersuchtsdrama zwischen zwei Malern in einer Winternacht, ein dominierender Freund, Paul Gauguin, der den schwächeren Vincent van Gogh ausbeutet. Nur die Blumen, in ihren ausbrechenden Farben, erinnerten an den ausbrechenden Wahnsinn des Malers.

Ein abgeschnittenes Ohr, sagte Retard, eigentlich ein Ersatz für eine Selbstkastration, und das Ohr in der Hand, erinnert es nicht an das abgetrennte Geschlechtsteil einer Frau?

Nadja hielt sich die Ohren zu. Wenn du so weitermachst, sagte sie, kann ich bei den Touristen mit dem Hut herumgehen und für unser Abendbrot sammeln.

Retard hörte nicht auf ihre Worte. Ein abgeschnittenes Ohr, fuhr er fort, eine Eintrittskarte für die ewige Ruhe in so einem Haus: fantastisch. In Workuta war es die Strafe für einen Spitzel. (Nadja schrieb etwas in ihr Notizheft.)

Hier muß ich zu Protokoll geben, daß ein Brausen und Wehen in meinen Ohren entstand, begleitet von einem leichten Karbolgeruch in meiner Nase. Ich taumelte, griff mit beiden Händen an den Kopf, während ich auf eine Bank zustolperte und mich fallen ließ. Nein, ich trug keinen Verband mehr, das Stechen in meinem Kopf setzte ein, unter der Narbe ein Pulsen, dessen Schläge ich mitzählte, als könnte ich so einer Ohnmacht entkommen. Ich zählte bis 26.

Am Ausgang bückte sich Retard und hob einen Gummihandschuh auf. Er zeigte ihn Nadja und sagte: Fünf Möglichkeiten eines pluralistischen Präservativs.

Second hand, erwiderte das lange Mädchen. Ein Witz, den du von deinem Freund Berlinguer hast. Sie packte den Handschuh am Daumen und schleuderte ihn weg.

Was ist mit Ihrem Kopf, fragte Retard.

Es ist nichts, sagte ich, die Erinnerung an etwas, das vergangen ist. Es ist vorbei.

Die Erinnerung ist unser Feind und unser Richter, dozierte Retard, jetzt und in der Stunde unseres Todes.

Unwillkürlich bekreuzigte ich mich, und Retard sah mich erstaunt an: Ich bin nicht von der Inquisition, sagte er. Die hat noch immer die echten Schwarzröcke in ihrem Dienst.

Du überforderst ihn mit deinen Anspielungen, sagte Nadja und lenkte uns zu einem Straßencafé.

Retard bestellte einen Liter Rosé, Côte du Provence, wie üblich, dazu Oliven und belegte Brote, und später erkundigten wir uns nach Zimmern.

Workuta am Eismeer, schlug ich vor und blätterte das Buch mit den weißen Seiten auf. Wie beginnt Korolenkos Roman?

Über die Kunst des Romananfangs, sagte Retard und legte die schwere Brille neben das Glas, darüber streiten die Gelehrten. Denn kommt der erste Satz von den Göttern oder aus einer Planung von langer Hand? Denken Sie an Beethoven, der seine Einfälle durchstrich und mit dem Wort korrigierte: *meilleur.* Also den Göttern sollte man nicht trauen.

Wie beginnt denn Ihr Roman, sagte Nadja und berührte mich unter dem Tisch mit dem Fuß.

Er beginnt, sagte ich, wie folgt: Mein Verlangen, dir, wißbegieriger Leser, meine Abenteuer zu berichten, ist so groß, daß ich am liebsten sogleich damit beginnen würde, ohne dich erst weitläufig über meine Familie aufzuklären.

Sie zitieren eine alles verflachende Übersetzung, korrigierte Retard spöttisch. Hören Sie, wie Sie anfangen: El deseo, que tenía, curioso lector, de contarte mi vida, me daba tanta priesa para engolfarte en ella sin prevenir algunas cosas que, como primer principio, es bien dejallas entendidas, porque siendo esenciales á este discurso undsoweiter undsofort. Das ist doch bereits ein Programm, mein Bester – die essentiellen Kleinigkeiten, auf die der Leser einen Anspruch hat, bevor Sie ihm Ihre Familie sezieren. Freilich, was Sie persönlich betrifft, tappen wir Forscher da noch im Dunkeln.

Wir gaben dem Kellner ein Zeichen, eine zweite Flasche zu bringen. Beim Einschenken fiel uns beiden auf, daß uns Nadja verlassen hatte. Retard schien erst beruhigt, als er sie in dem Café auf der gegenüberliegenden Straßenseite entdeckte, am Tisch einer jener europäischen Wanderratten, wie er sich ausdrückte, einem Kerl mit zusammengebundenem Haar im Nacken und

Pickeln im Gesicht, Anhaltertyp, der zwischen den Knien in zerlöcherten Hosen seinen Rucksack hielt. Wir hatten ähnliche Typen, auch paarweise, am Straßenrand gesehen, uns zuwinkend, und Retard hatte Gas gegeben, wenn Nadja zurückwinkte und ihn beschimpfte, weil er nicht anhielt.

Wo waren wir stehengeblieben, sagte Retard und trank aus Nadjas Glas, das er vollgegossen hatte. El deseo, que tenía, sagte ich, in the beginning: Romananfänge an sich und speziell Ihr 13. November, den Sie mit meinem Roman verwechseln wollen.

Das ist schnell erzählt, sagte Retard, nun lustlos, obschon der Wein seine Augen verjüngt und seine Stimme belebt hatte. Es geht um diesen zusammengebrochenen russischen Bären, Ursus, der uns alle noch begraben wird unter seinem Gewicht. In Workuta, ein junger Mann, der in diesen Jahren über Nacht entlassen wird, ohne etwas zu begreifen, keine Zeitungen, kein Radio, kein Fernsehen haben ihn erreicht im ewigen Schnee. Er bindet sich die zerlöcherten Schuh, er taumelt los, er will Moskau erreichen und sich dort rächen für alles, für das Straflager, das seine Eltern geschluckt hat, und nur er, ein Greis von fünfzehn Jahren, ist übriggeblieben. Eine Art russischer Kaspar Hauser, die Sprache der Wölfe versteht er besser als die des Kommunistischen Manifests. Er geht nicht einfach los, er hat seine Rückkehr vorbereitet, eine Bombe gebastelt mit geklautem Dynamit. In Workuta wird die Kohle unter dem Eis herausgesprengt, wie Sie wissen. Je weiter er reist, mit Pferdeschlitten, Eisenbahnen, Lastwagen, je mehr er den Polarkreis verläßt, gewinnt er seine Sprache wieder. Es ist Frühling im Land, sagen wir, April.

Ein Wagnis, warf ich ein: gegen die Zeit zu schreiben. Woher wollen Sie wissen, was er im November erleben wird, wenn wir erst April haben.

Eben, sagte Retard, that is the question, eine Hamletfrage, die den Autor zu beschäftigen hat, nicht mich, diesen Kusmin Korolenko. Er sah sich nach Nadja um. Vielleicht sitzt er mit ihr da drüben?

Ich drehte mich um.

Nein, ein Scherz. Wie es weitergeht? Die Bombe, die er mit sich trägt, eingewickelt in eine Prawda, als wär's ein Laib Brot, er will sie in Moskau im Kreml detonieren lassen, im großen Zarensaal, bei der Audienz des Obersten aller Reußen, den beim Namen zu nennen seine Eltern, als sie noch lebten, verboten hatten.

Und weiter?

Die Fortsetzung erzähle ich Ihnen in Montpellier.

Machen Sie sich auf einen unterhaltenden Abend gefaßt, sagte Retard, Sie werden die Blüte unserer dichtenden Jugend erleben, eigens aus Berlin angereist.

Plakate in Schaufenstern und im Hotel verkündeten unsere Ankunft in der rätselhaften Metapher einer Schönen, im schwarzen Spitzenhemd, die ihren anmutigen Rücken, umgeben von Reisegepäck, zeigt.

Les belles étrangères, die schönen Fremden, sagte Retard, so heißen wir hier. Ein Wort, über das mein verschollener Freund Berlinguer eine Dissertation schreiben wollte. Aber sie warfen ihn vorher aus der Akademie.

Ich wundere mich, sagte Nadja, daß du es nicht für ihn geschrieben hast.

Mich, Kindchen, warfen sie in den Knast, als du noch das Lied von der kleinen weißen Friedenstaube im Kindergarten sangst.

Eine Abordnung der Universität von Montpellier, Damen und Herren, holte uns vom Hotel ab, und da sah ich sie, meine Zunftskollegen, wie Retard sie nannte, die dichtende Jugend. So jung sind sie wohl nicht, flüsterte ich Nadja zu in einem Versuch, mich auf ihre Seite zu schlagen. Sie fauchte böse zurück. Die Franzosen, Germanisten in einer Mimikry, die mit der sprachlichen Fertigkeit auch eine gewisse teutonische Trägheit erworben zu haben schienen, eine gewisse Unnachsichtigkeit auch, so wie sie gestörte Gesichter machten, als ein schrill geführtes Telefongespräch an der Rezeption in ihre gesetzten Begrüßungsworte fuhr. Ein wenig erschrocken schienen sie auch darüber zu sein, daß ihre Gäste, sah man einmal von Retard und seinem unbeherrschten Gang ab, einem Comic von Pierre Christin und Enki Bilal entstiegen schienen. Retard erklärte es mir später mit den Folgen einer ungenügenden Nachkriegsernährung sowie mit sadistischen Gewohnheiten deutscher Eltern. Der hochgelobte Dichter in der Runde, gewiß der Jüngste, ein in die Höhe geschossener Knabe, gerade dieser, den Retard nicht genug loben konnte, wenn er ihn mit Hölderlin verglich, sei das Opfer seines Vaters. Der, aus einer Familie von Gefängnisärzten kommend, habe sein Kind ständig mit Restbeständen von Vigantol geimpft, einem Vitamin-D-Präparat, das unter Hitler entwickelt worden war. Krankhafter Riesenwuchs sei die Folge gewesen.

Und nun sehen Sie sich die Frau an, die Schriftstellerin, diese liebenswürdige Kollegin, die ich aus meinen akademischen Tagen kenne, als sie noch versuchte, Stalins Fragen zur Sprachwissenschaft mit den Theorien eines Roman Jacobsons zu versöhnen.

Aber, sagte ich, rechnen Sie doch einmal nach. Jacobson und Stalin …

Sie vergessen, erwiderte Retard, daß in unserem Musterstaat die Zeit eine andere Beschaffenheit hatte. Sie ist, ich meine die Schriftstellerin, das Opfer einer Art Gelenkrheumatismus geworden, einer Krankheit, die den Mangel an Bewegung in unserem Staat ausdrückte.

Ich zweifelte an der Richtigkeit seiner Worte, konnte mich aber ihrer Logik nicht entziehen.

Einen haben Sie mir noch nicht vorgestellt, sagte ich zu Retard. Offenbar weil er einen ganz durchschnittlichen Eindruck macht?

Schauen Sie nur genauer hin. Äußerlich so durchschnittlich wie ein Postbeamter oder ein Vertreter für Lexika. Aber sehen Sie seinen Tick: aller Augenblicke nimmt er die Brille von der kantigen Nase, um sie überflüssigerweise zu putzen. Dabei kneift er die Kalmückenaugen, die er hat, zu einem Schlitz zusammen, so daß man nicht sagen kann, benutzt er das Manöver, um besser spähen zu können oder schließt er die Augen, um nichts sehen zu müssen? Da auch seine Texte diese Ungewißheit verraten, zwischen scharfer Beobachtung und einer vagen Innenschau, hat er den größten Erfolg. Unter uns, ganz zu Unrecht.

Dann setzten wir uns in Bewegung. Die Gastgeber luden zu einem Mittagessen. Provencalische Sitte, wie Retard vermutete, feudale Erinnerung, sich die Minnesänger an die Tafel zu holen; denn aus dem Bauch kommt das Lied, so hieß ein altes romanisches Sprichwort, das man im Norden nicht kannte, wo die Barden, wie einst Ossian, im Nebel sangen und aus Hunger Visionen hatten. Mit derlei Gerede schien Retard bei unserem Gang über den Marktplatz von der Komik unseres Anblicks ablenken zu wollen. Er hatte so eine Art, sich selber durch Worte unsichtbar zu machen, die mir zusagte. Denn die gesammelt blickenden Herren von der Universität, die eine Dame eingeschlossen, die Dr. Poniatovsky als Kollegin aus Nantes vorstellte, Germanistin, wenn auch Muttersprachlerin, aus Norddeutschland gebürtig. Mager, adrett und mit Schalksaugen – Sie sind doch nicht im Ernst der richtige Alemán? fragte sie mich und schüttete sich aus vor Lachen. – Aber gewiß doch, erwiderte Retard, wir sind alte Freunde, Frau Dr. Mühlenbeck und ich – was die schöne Fremde auf der Stelle bestätigte, indem sie sich herunterbeugte und Retard einen Kuß gab. Einmal mehr schienen unsere Begleiter bei soviel Vertrautheit an eine Verschwörung zu glauben, indes sie selber den Eindruck von Wärtern, bestenfalls Ärzten machten, die ihre Patienten ausführen, der Öffentlichkeit aussetzen, wie um ihre psychische Festigkeit und physische Stabilität zu testen. Dem alle überragenden Dichter stieg in Augenblicken der Entspannung ein mongoloider Ausdruck in seine Basedowaugen, eine blauäugige Infantilität, mit der das Genie Schwachsinn vortäuscht. Nadja, die jüngere Männer nicht übersehen konnte, wie ich beobachtet hatte, hielt sich an seiner Seite, griff immer wieder nach seiner Hand, seinem Arm, bis der Dichter einwilligte, das kranke Kind zu sein, das sich an der Hand der Krankenschwester über den weiten Platz führen läßt.

Den größten Raum aber beanspruchte die Schriftstellerin, die ihre Krankheit insofern beherrschte, als sie sich nicht davon abhalten ließ, in gewundenen Sätzen von sich zu sprechen, die ihre Begleiter nur mit Mühe verstehen konnten, weil sie ausreichend Abstand zu ihr halten mußten. Denn sie bewegte sich gleichsam maschinenartig, hob die Knie beim Gehen übertrieben hoch, wie zu einer gymnastischen Übung, und begleitete jeden Schritt mit entsprechend kantigen, an den Schwungarm eines Lokomotivrades denken lassenden Bewegungen, die bei einem gesteigerten Tempo die ganze Person aufgelöst haben würden, wie im Bild einer Lokomotive bei Marinelli.

Der schnurrbärtige Erfolgsautor hielt sich an Retard, als wünschte er diesen für sich einzunehmen. Retard antwortete einsilbig, obschon der Autor die letzten Kahlschläge gegen die Kultur in Berlin aufzählte – was

Retard, der seit Februar seinem Land den Rücken gekehrt hatte, interessieren mußte.

Retard war es, der am Nachmittag in die erste Veranstaltung einführte, nachdem der amtierende Germanist, ein Dr. Poniatovsky, die Begrüßungsworte gesprochen hatte, die auch mich einbezogen, wenn auch irrtümlich – ich sei ein gegenwärtig in Berlin lebender, mit dem Stipendium der Ford-Foundation versehener mexikanischer Autor. Womöglich hatte Nadja ihm diesen Unsinn erzählt, der mich in die Verlegenheit bringen würde, mein Geheimnis zu lüften oder mich an den Lesungen zu beteiligen. Retard und Nadja blickten sich belustigt an, als ich genannt wurde. Die heitere Rundfunkfrau aus Bremen machte sich ihre Notizen.

Dies nun ist die fünfte Kolonne der Revolution, begann Retard die Autoren vorzustellen. Der Erfolgsautor sah sich zu seiner Überraschung in seinen Thesen bestätigt; er hatte unterwegs irgend etwas gesagt wie »Schreiben ist die Anstrengung, die Zeiger der Uhr auf fünf vor zwölf zu rücken«, oder einen ähnlichen Unsinn. Freilich war Retard ein zu geschulter Rhetoriker, um seinen ersten Satz stehenzulassen. Er drehte ihn um, löste ihn auf, spielte eine Weile mit den Begriffen Fünfte Kolonne und Revolution. Doch je länger er sich das ihm heilige Wort Revolution reservierte, es zurückgab ans 18. Jahrhundert und es ein wenig streckte, daß man seine Essenz noch im Code Napoleon wahrnehmen konnte, um so mehr verwarf er die letzte Berliner Novemberrevolution – oder ist die Eröffnung, rief er, einer Filiale von Coca Cola schon eine Revolution?

Die Franzosen wiegten beifällig die Köpfe, doch je mehr er sich ereiferte, desto wohlwollender, meine ich, ging er mit den anwesenden drei Autoren um, nannte ihre Arbeiten Musterbeispiele, die deutsche Misere schreibend zu überwinden, diese Erbschaft, an deren

Folgen wir alle litten (wie immer er das meinte); verglich den geistesabwesenden Dichter mit Hölderlin. Langsam erwachte der aus seiner Schwermütigkeit und schüttelte den geschorenen Kopf. Den Erfolgsautor verglich er mit Heine und Börne, als Dichter so groß wie als Pamphletist (Retard hatte wahrlich eine Art, seine Komplimente in Klopapier zu verpacken); stellte dann mit liebevollem Seitenblick seine (löwenmähnige) ehemalige Kollegin aus der Deutschen Akademie der Wissenschaften zu Berlin vor, die ihre der Parteidisziplin gehorchende Isolation verlassen hatte und eine Dichterin auf der Straße geworden war, wo sie jedermann mit Rezepten gegen die neue (staatlich verordnete) Entfremdung versah ... Aber auch sie schien diese Einschätzung mit angedeutetem (vielleicht der Krankheit verschuldeten) Kopfschütteln verneinen zu wollen.

Hier nun sollten Sie einen Punkt setzen, verehrter Herr Doktor, meldete sich der Dichter, und Dr. Poniatovsky, der eine Diskussion schon zu Beginn der Veranstaltung vermeiden wollte, bat den Dichter, etwas vorzutragen.

Auf andere Weise als Retard besaß auch der Dichter die Gabe des Wanderpredigers, aus Schlaf und Traum heraus seinen Text vortragen zu können. Was der Dichter rezitierte, paßte ebensogut auf den November 1917 wie auf den November der Reichskristallnacht wie auf den November 1989. Die Zuhörer, Seminaristen wie Dozenten, ließen sich mitreißen, eine Bewegung entstand, und als es in dem engen Raum zu heiß wurde, öffnete jemand die Tür. Wäre der Dichter jetzt deklamierend hinausgegangen, wir alle wären ihm gefolgt, auch wenn er uns zurückbrachte in die Heilanstalt, aus der er ausgebrochen zu sein schien, dieses Riesenkind Karloff, das den Frankenstein spielt und dabei im Vorübergehen ein paar Passanten erwürgt. Die Gastgeber nickten, hier öffnete sich ihnen ein gutes Terrain, dieses Werk zu analysieren und zu hinterfragen; was den Dichter beseelte, kam ja von weit her aus der deutschen Geschichte. Dann schwieg Hölderlin wie auf den Mund geschlagen und verwandelte sich wieder in den Steppenwolf, in den mongolischen Jäger, in einen grinsenden Karloff, den Retard nicht mehr erreichte.

Dagegen war das Pamphlet des Erfolgsautors, der lange seine Gläser geputzt und dabei jeden Zuhörer zwinkernd ins Auge gefaßt hatte, vergleichsweise schwach. Dieser Aufruf, die Verbrechen eines achten Oktober zu untersuchen ... Polizei hatte auf jugendliche Demonstranten eingeschlagen, sie abgeschleppt zum Verhör und gedemütigt, Schwangeren in den Bauch getreten und den Männern ins Geschlecht. Letzte Zuckungen einer untergehenden Republik. Kam solches denn in Montpellier nicht vor? fragte ein Student. Wenn es vorkam, sagte der Autor, stünde es am nächsten Tag in allen Zeitungen. Dagegen fand sich nichts an jenem neunten Oktober in der Berliner Presse. Erst die Literatur, sagte Retard und zeigte mit seinem Stift auf den Autor, klagte an. J'accuse, setzte Retard hinzu, im Vertrauen darauf, daß diese Germanisten Zola nicht gelesen hatten.

Der Doktor aus Berlin hatte die Gastgeber überzeugt, die Dame als letzte hören zu wollen. Gut so, es war der Höhepunkt. Eine ausgewogene Prosa, die den Tag und die Nacht mischte, den Verstand und die Fantasie, Geschichte eines Mädchens, dem jedes Zeitgefühl abhanden gekommen ist und das die Geschichten von Mutter und Großmutter, als Einfädelungen in die verlorene Zeit, ablehnt. Sogar Nadja hörte zu und kritzelte nicht länger Schnurrbärte und anderen Zierat in die Fotos der Teilnehmer im Prospekt der Veranstaltung. Auch hier lockte das Bild der schönen Fremden in ihrem durchbrochenen Unterhemd. Nadja hatte ihr einen Liebhaber dazugemalt, der mit kräftiger Hand den kleinen, von Koffern beinahe versteckten Hintern tätschelt. Stärker als der Tod ist die Liebe: notierte Nadja einen Satz, und da ich nicht aufgepaßt hatte, wußte ich nicht, ob sie mitschrieb, was die todeskranke Schriftstellerin uns vorlas.

In der Nacht war an Schlaf nicht zu denken. Durch hölzerne Jalousien und Balkons drang es in die Zimmer, die Botschaften dieser trommelnden Analphabeten, wie Retard sagte, als wir uns gegen Mitternacht schlaflos im Vestibül des Hotels trafen. Man hatte vergessen, uns zu warnen: es war die Nacht einer traditionellen Geistervertreibung in Montpellier, und vielleicht auch in anderen Städten der Provence. Was die Stadt an Jugend aufzubieten hatte, versammelte sich auf dem Markt und trommelte auf Teufel komm raus. Welle auf Welle der solcherart beunruhigten Nachtluft prallte gegen die Mauern, und falls sich die Geister auf dem Markt versammelt haben würden, suchten sie nun Zuflucht in den Häusern und quälten die dort Eingeschlossenen. Der Nachtdienst im Hotel las ungerührt seine Zeitung unter der trüben Lache einer altertümlichen Lampe. Nach Mitternacht erlosch dieses Licht, als hätten die vertriebenen Geister auch dies vorbereitet. Der Pförtner raschelte im Dunkeln mit der Zeitung, klatschte in die Hände, und ein Faktotum, das trotz des Lärms geschlafen zu haben schien, schlurfte heran und steckte gähnend Kerzen in eiserne Halter. Im zuckenden Schein des schwachen Lichts, das unruhig nicht vom Luftzug sondern vom Trommellärm war, erkannten wir ein neues Gesicht in unserer Runde. Retard und ich erhoben uns und verschwanden dabei mit unseren Köpfen in der Finsternis.

Machen Sie doch keine Umstände, meine Herren, sagte eine helle, genau modulierende Stimme. Es war die Dame aus Nantes, die bei der Lesung ganze Seiten mit ihrer kleinen Schrift gefüllt hatte.

Retard stellte mich vor und sagte dann: Frau Dr. Mühlenbeck, Spezialgebiet Romantik. Oberman und Werther, also die Liebe schlechthin.

Nicht nötig, mein lieber Alex, sagte sie. Der Herr und ich kennen uns bereits.

Sie reichte mir die Hand: Helga für meine Freunde.

Ach, ihr kennt euch, sagte Retard, den eine Situation, die er nicht vorausgedacht, geplant oder studiert hatte, wie immer hilflos machte.

Teils teils, sagte die Dame und legte ihr Plaid ab. Eine Königin der Nacht, die vermutlich schwebend die Treppe heruntergekommen war.

Willst du was trinken, sagte Retard.

Für die nächtliche Ruhestörung sollte das Hotel doch einen Trost anbieten können, meint ihr nicht auch? Ich bevorzuge Scotch. Leider ist die eiserne Reserve in meinem Flachmann längst ausgetrunken.

Retard lachte, wie eingeweiht in die Gepflogenheiten dieser Dame. Ich erhob mich, und sobald ich von Dunkelheit umgeben war, verstummte das Trommeln. Aber es verstummte nur in meinem Kopf. Dafür hörte ich das bekannte Brausen und Sausen, das sich steigerte, als fiele ich immer tiefer in einen Malstrom.

Warten Sie, hörte ich Retard rufen. Nehmen Sie einen Leuchter mit.

Den Leuchter in der Hand stand Frau Mühlenbeck neben mir, und das Licht drückte die Schatten weg in ihrem Gesicht, das aus der Nähe schmal und zerbrechlich war und den Betrachter mit einem spöttischen Blick bannte. Später würde sie sagen, als ich die Faszination ihrer Augen lobte, daß es ein über die Jahre einstudierter Blick sei, von den Sommersprossen abzulenken und von einem zu kleinen Mund mit unregelmäßig gestellten Zähnen.

Das Trommeln kehrte wieder, als ich den Leuchter auf den Tresen des Nachtportiers stellte. Ein alter Mann, der Schlimmeres erlebt hatte als Lärm, überflüssige Gäste im Vestibül und einen Stromausfall, der ihn an die Nachkriegsjahre und also an seine Jugend erinnern würde. Ich bestellte eine Flasche Scotch, mit einer Schale Eis. Der Portier erhob sich, ohne die Augen zu öffnen.

Retards Nervosität ließ sich durch den Whisky keineswegs beruhigen. Wir mußten ihn lauwarm trinken, weil die Küche geschlossen hatte. Es war nicht nur die Trommelei, wie von einem sadistischen Großmeister diktiert, die mal lauter, mal leiser an unser Trommelfell schlug. Es war Nadjas Abwesenheit in dieser Nacht, die ihn unruhig machte. Vermutlich hatte nur die Schriftstellerin ihr Bett nicht verlassen; alle anderen waren draußen bei den Trommlern und den feuerspeienden Gauklern der Nacht von Montpellier.

Dabei ist sie, sagte Retard, als wüßten wir, daß er an Nadja dachte, auf besondere Art gefährdet.

Frau Mühlenbeck nickte, sie kannte auch diese Geschichte, doch bat sie um eine Wiederholung. Eine kluge Komperatistin, dachte ich, die beim Vergleich unterschiedlicher Textfassungen die Wahrheit an den Tag bringen will.

Retard sprach wie gewohnt leise, so daß ich nicht alles verstand, obschon er für seine Sätze auf die Perioden abschwellender Trommelsoli wartete.

Sie ist, sagte er, in der Nacht besonders ängstlich. Ein Trauma, wißt ihr. Ein junger Mann, den sie besonders geliebt hat, so jedenfalls erzählt sie, sei bei einem nächtlichen Motorradunfall ums Leben gekommen. Sie selber, als Beifahrerin, sei mit einer leichten, wenn auch stark blutenden Wunde davongekommen. Er aber lag da ohne jede äußerliche Verletzung, ein schlafender Apoll, den die Götter zurückverlangt hatten.

Frau Mühlenbeck schlug ein helles Gelächter an: Mein lieber Alex, der du uns hier eine Geschichte von Orpheus und Euridyke erzählen willst … finde ich ganz allerliebst. Was du nicht wissenschaftlich verarbeiten kannst, gerät dir zur Dichtung. Aber entschuldige bitte, was geschah dann?

Der alte Mann vom Tresen schlurfte heran und stellte eine zweite Flasche auf den Tisch, die keiner bestellt hatte, aber die uns willkommen war.

Was geschah dann? Sie weigerte sich, an seinen Tod zu glauben. Und verlor den Verstand, als man ihn begrub. Seitdem ist sie wie eine zweite Juana la Loca, Johanna die Wahnsinnige, auf der Suche nach ihrem toten Geliebten. Als ich sie kennenlernte, lebte sie in einer psychiatrischen Anstalt. Aus irgendeinem Grund faßte sie Vertrauen zu mir, und seitdem ziehen wir durch die Welt.

Und der Roman ihres Bruders? fragte ich.

Wieder explodierte Frau Mühlenbeck in einem Gelächter, das im Schein der Kerzen unheimlich gewesen wäre, hätte es nicht an die Albernheit eines jungen Mädchens erinnert.

Der Roman, sagte Retard zögernd, als wüßte die Germanistin nicht längst auch dieses Geheimnis, entstand, nachdem ich sie aus der Anstalt, ich will nicht sagen befreit hatte, obschon ich sie gegen den Willen der Ärzte herausholte, denen ich klarmachte, daß ständiges Reisen die Melancholie einer jungen Frau am besten kuriert.

Was schon meine Großmutter wußte, sagte Frau Mühlenbeck, als sie sich am Tag nach der Hochzeit in einen Lokomotivführer verliebte.

Ihr versteht, sagte Retard, daß ich mich für sie verantwortlich fühle.

Der gute Alex, sagte Frau Mühlenbeck. Nicht umsonst hält man sie hier im Hotel für deine Tochter.

Retard goß uns, noch kurzsichtiger in der Dunkelheit, die Gläser voll und schwieg. Vielleicht hoffte er, wir würden ihn auf den Markt begleiten, um Nadja vor der Rückkehr ihres Apolls zu retten. Es mußte inzwischen drei Uhr nachts sein, da nur noch wenige Trommler sich mit den letzten Geistern ein Gefecht lieferten, eine Stunde, da die Erde wüst und leer ist, die Schläfer sich zu den Toten gesellen, und die Engel der Finsternis den Schlafenden böse Träume schicken. Der Whisky trübte mein Bewußtsein derart, daß ich nicht zu Protokoll geben kann, wie ich mich auf einmal in Helga Mühlenbecks Zimmer wiederfand. Sie hatte die zweite Flasche mitgenommen, auch zwei Gläser, so daß ich annehmen kann, ein Opfer ihrer Kalkulation gewesen zu sein. Ein Windstoß bewegte die Gardine, es war wie ein Atemzug, der das wiedereinkehrende Schweigen ankündigte. In der Ferne sprang ein Automotor an, auch dies ein Zeichen, daß der neue Tag nicht weit sein konnte, und vielleicht war Musik zu hören, aus dem Taschenradio der Germanistin aus Nantes.

Retards Erzählungen, sagte Frau Mühlenbeck und bat mich neben sich auf das kleine Plüschsofa, das sich kühl anfaßte. Es ist komisch, was ihm immerzu passiert. Wobei ich diese Geschichte mit Nadja nicht ganz glaube, aber das ist seine Sache. Ausgezogen ist er nicht, um Nadja die Depressionen auszutreiben, sondern um die Vergangenheit wieder aufzurichten. Den im Osten abgebrochenen Arm der Göttin Utopia. Diesen trägt er mit sich herum, um ihn der Dame zurückzugeben, aber sie ist verschwunden ... Währenddessen dreht sich die Welt etwas schneller, als er laufen kann, wie ein Clown auf einer Drehbühne, er trägt den Arm, und die Göttin ist womöglich auf der anderen Seite der Bühne.

Ein schönes Bild, sagte ich, doch in meinem Kopf war nichts als Leere.

Und welcher Göttin huldigst du? sagte sie, und ich roch ihren Atem, in welchem sich der Alkohol, die schwarzen Zigaretten, die sie ständig rauchte, und ein Hauch Parfüm mischten.

Manchmal ist die dümmste Antwort die einzig mögliche, und so sagte ich: Ich, Madame, folge der Göttin der Liebe. Und wie jedem verlogenen Don Juan blieb mir nun nichts anderes übrig, als meinen Arm um ihre Schulter zu legen und meinen Mund ihren Mund suchen zu lassen. Seit meinem Sturz in Sevilla, wie ich die dunklen Wochen nannte, die meiner Verhaftung folgten, war mir der Gedanke an Frauen abhanden gekommen. Helga Mühlenbeck war nackt unter ihrem Kleid, das sie wohl rasch übergeworfen hatte, zusammen mit dem obligatorischen Cape, als die Trommler sie aus ihrem Bett vertrieben. Auf meine Umarmung sagte sie leise, als wüßte auch sie ihr Stichwort: Komm. Und im Zwielicht des Morgens wurde alles nur noch unwirklicher, ich sah mich, schloß ich die Augen, nackt auf ihr liegen, meine Hände suchten ihren schmalen Leib ab, betasteten die trockene Haut einer nicht mehr jungen Frau, und während sie nicht aufhörte zu reden, warteten wir, daß die Worte in den Rhythmus zweier Leiber übergingen, zurückfänden ins archaische Sicheinanderreiben, bis der Funke endlich aufsprang und Feuer wurde. Ihre Spalte war feucht, ihre Schamlippen schwollen an, einen Augenblick war ich glücklich über diese Entdeckung meiner Finger, aber dann wußte ich, daß es nicht dieser Körper war, den ich suchte, und eine Erinnerung befiel mich, wie so oft in der Dunkelheit meiner Gefängniszelle oder in der Einsamkeit eines Krankenlagers.

Ein jegliches hat seine Zeit und alles Vornehmen unter dem Himmel hat seine Stunde. Lieben: hat seine Zeit.

Ich sah Catalina, wie sie von ihrem Stiefvater ins Zimmer geschoben wurde. Er tat dies mit ausgestrecktem Arm, als treibe er eine Gefangene vor sich her. Darin würde er Übung haben, dieser Hauptmann Alonso Hernández de Ayala, ein Maurenfresser vor dem Herrn. Meine Mutter bekreuzigte sich wie stets, wenn sie einen Uniformierten sah, auch wenn die leisen Herren in Schwarz uns viel gefährlicher waren als dieser rumpelnde Haudegen mit seinen Tressen und Stulpenstiefeln. Meine Mutter war Witwe und ich wieder einmal arbeitslos. So meinte der Hauptmann verschiedene Probleme auf einen Schlag erledigen zu können. Mich würdigte er zunächst keines Blickes, obschon er ohne meine Einwilligung sein Geschäft nicht unter Dach und Fach kriegt. Auch Catalina schaut mich nicht an, aber ich weiß, sie kennt mich, sie hat mich ausgespäht, wenn ich herumlungere in den Anlagen von Sevilla, aus dem Schatten in die Sonne trete. Aus ihrer kühlen vergitterten Kammer muß sie mich gesehen haben, mit dem grünen Feuer ihrer Augen, den Augen der Schlange im Paradies. Vielleicht hat meine Mutter sich ihretwegen bekreuzigt, ehe sie einen imaginären Staub von den Stühlen wischt und die Herrschaften zum Sitzen auffordert.

Ich bin schwarz, sagt Catalinas Bild, schwarz aber gar lieblich, ihr Töchter Jerusalems, wie die Hütten Kedars, wie Teppiche Salomos.

Es ist alles ganz eitel, sagt mein Blick, ganz eitel.

Und die Blicke meiner Mutter sagten täglich: Hüte dich, mein Sohn, vor anderen mehr; denn viel Büchermachens ist kein Ende, und viel Predigen macht den Leib müde.

Nur der Hauptmann macht keine Sprüche, sein Blick wandert hin und her und nimmt Maß an den Gegenständen in unserer armseligen Wohnung in der Collación de la Magdalena. Wir unterschreiben den Kontrakt, der uns mit zweihundertzehn Golddukaten an den Maurenfresser ausliefert – und der gelöscht wird, sobald ich, Mateo Alemán, sein Mündel zur Frau nehme, in welchem Fall die Schuld mit der Höhe einer noch nicht festgelegten Mitgift verrechnet werde. Meine Mutter unterschreibt seufzend. Ich kratze einen unleserlichen Namen mit viel Schnörkelwerk unter das Verdikt.

Kehre wieder, kehre wieder, o Sulamith, daß wir dich schauen. Was sehet ihr an Sulamith?

Catalina konnte mit dieser Art Minnedienst, den ich mit den schönen Worten der Bibel schmückte, nichts anfangen. Sie kannte weder das Hohe Lied Salomos noch die Schönheit der Braut Christi. In die Kirche ging sie, weil der Stiefvater es so verlangte. In der Kirche hatte sie mich das erste Mal gesehen. Jetzt sah ich sie im Hause meiner Mutter, und ich liebte sie nicht. Warum diese? Und jeder Kuß, der das Darlehen kleiner machte, entschärfte den Vertrag, bei dessen Erwähnung sich meine Mutter immer ans Herz griff. Ich lief durch die Stadt, doch es gab nichts zu verdienen für einen glanzlosen Absolventen einer medizinischen Fakultät, für den Sohn eines toten Arztes, der seine Kunst an den Gefangenen verschwendet hatte und dem keine Verbindungen zu den Reichen und Mächtigen seines Namens in der Stadt entstanden waren.

Wende deine Augen von mir, Catalina. Denn sie machen mich brünstig, aber lassen kalt mein Herz. Dabei zweifle ich heute, ob ein junger Mann von 21 Jahren diese Unterschiede zu machen gewillt ist. Es mußte eine tiefere Abneigung sein, die ich später in langen Sätzen untersuchte. Denn befreit nicht Liebe aus dem Gefängnis, in welchem uns Familie, Staat und Gesellschaft hält? Und war dies hier nicht das Gegenteil davon, die Bestätigung von Abhängigkeit, wenn ich den Ehevertrag unterschrieb?

Ich hetzte durch die Stadt, auch die beste Anstellung als Hilfsarzt im Spital hätte mir in fünf Jahren nicht die Summe eingebracht, die ich sofort brauchte. Und ging ich mit den Armeen Don Alonsos nach Neapel und nach Übersee, ließ ich meine Mutter mit der Schuld zurück und mit einer Schwiegertochter, die mit ihrem Gerede einer unerschütterlichen Treue zu mir die Heuchelei, die zwischen den beiden Frauen vom ersten Tag an herrschte, so bitter machen würde wie der Essigschwamm, der Unserem Heiland am Kreuz gereicht wurde. (Ich liebte es durchaus, hatte ich Zuhörer, meine Vergleiche aus der *christlichen* Religion zu nehmen, aus dem Neuen Testament mehr als aus dem Alten, in welchem freilich ein Converso wie ich naturgemäß besser zu Hause war.)

Wie schön ist dein Gang ... du Fürstentochter. Deine Lenden stehen gleich aneinander, wie zwei Spangen, die des Meisters Hand gemacht hat. Dein Bauch ist wie ein Weizenhaufen, umsteckt mit Rosen: Waren wir allein, schützte ich mich mit dem Hohe Lied Salomos gegen ihre Erwartung. Würde ich sie entjungfern, bevor ich das Geld beisammen hatte, konnte sie mit Leichtigkeit klagen und mich zur Ehe zwingen. Eitel wie sie war, ließ sie sich das biblische Lob gefallen, als hätte ich es in der Hitze der Nacht erfunden.

Noch scheute ich die Unterwelt von Sevilla. Ein Überfall auf einen Goldtransport, wenn die Schiffe am Goldenen Turm anlegten und die Barren in Säcken herausgetragen wurden: ich hätte Mitglied einer Bande sein müssen. Die Träger keuchten unter den Augen der bärtigen Arkebusiere, in deren Rücken, die Hände in den Gewändern, die Geheimen standen und lauerten, und in den Seitenstraßen, die zum Tresor führten, falls nicht alles sofort im Bauch des Turms verschwand, patrouillierten Schlägertypen, die ihr halbes Leben auf den Galeeren verbracht hatten, wo man sie von den letzten Wünschen und Sehnsüchten kastriert hatte. Jetzt war ihnen ein Glas Branntwein wichtiger als ein Sack Gold. Für zwei Gläser hätte man einen Mörder dingen können, der den Hauptmann ins Jenseits befördern würde: aber was half das. Der Kontrakt war im Schrank eines Notars deponiert, und die Schuld würde von einem der unzähligen Erben des Hauptmanns eingeklagt werden, und sei es, daß ein Beliebiger, gegen ein wenig Bestechung, sich vom Notar, der die Papiere verwahrte, zum Sohn oder Neffen des Toten machen lassen würde. Es war dies *ihre* Welt, aus der sie mich hinausdrängten (als hätte ich je in der richtigen aller Welten gelebt), und sie wußten sie gegen jede Veränderung, gegen jeden Eingriff abzusichern.

Dein Hals ist wie ein elfenbeinerner Turm, sagte ich am Abend zu Catalina, die über diesen Vergleich beleidigt war. Ich legte meine Hände um ihren festen, sehr schönen, sehr weißen Hals, den sie nie der Sonne aussetzte, und drückte zu. Sie stöhnte voller Wollust, öffnete die Beine, warf den Hintern herum, daß der Rock von ihr fiel. Andere Wäsche trug sie nicht, und so drang ich von hinten in sie ein. Anderntags unterschrieb ich den Ehekontrakt im Beisein des Hauptmanns, der dann das Hochzeitsmahl bezahlte. Er sah mich an, wenn er das Glas hob, als hätte er mich hereingelegt. Doña Catalina verschlang, was von der Summe blieb und nun Mitgift genannt wurde, im Handumdrehen. Sie hatte die drei Laster müßiggehender Frauen: sie war genäschig, wollüstig und putzsüchtig. Und sie drängte meine Mutter aus dem Haus.

Ist sie eine Mauer, so wollen wir silbernes Bollwerk darauf bauen. Ist sie eine Tür, so wollen wir sie befestigen mit cedernen Bohlen.

Die Nacht darauf war still, die Trommler zogen weiter. Retard hatte am Nachmittag referiert über etwas, das er Jahrestage nannte, Ereignisse in seinem Land, die nun ein Jahr zurücklagen. Er begann mit dem 13. November 1989, da die noch amtierende Staatspartei die Mehrheit hat und eine ihrer Gallionsfiguren, eine beliebte, an den ersten Präsidenten der Republik erinnernde Vaterfigur, Ministerpräsident wird. Dieser verspricht die demokratische Erneuerung des politischen Lebens und schlägt eine Vertragsgemeinschaft zwischen den beiden deutschen Staaten vor. Doch im Kopf hat er längst kapituliert, während unten, an der Basis, das Fußvolk die Langsamkeit entdeckt, das Nebeneinander beider deutscher Staaten, Schulter an Schulter, gelegentliche Liebesblicke aus seitwärts gedrehten Häuptern nicht ausgeschlossen. Doch was geschieht?

Eh bien, rief Retard am Vormittag aus und gestikulierte hugenottisch mit seinen zu kurzen Armen: Nun erst recht zeigten die Medien uns ihre Hexenkünste, in Großaufnahme die Bilder demonstrierender junger Leute in Erfurt, die mit einmal das ganze Vaterland entdeckt haben wollten, und im Verdopplungseffekt von Bild und Realität gesellten sich andere junge Leute, die in Bitterfeld und Borsdorf die Bilder gesehen hatten, zu ihnen auf die Straße. Dazwischen die eingeschaltete Werbung, die das Ziel anzeigte, wenn auf der Straße die Parolen sich verflüchtigten. Dann fährt der Ministerpräsident ins andere deutsche Land, an einem 13. Februar 1990, mit Sorge begleitet von seinen die Föderation anstrebenden Genossen. Er fordert eine Soforthilfe von 15 Milliarden Mark – und wird per Fußtritt aus Bonn hinausgejagt. Am ersten Juli tritt der Staatsvertrag zwischen den beiden deutschen Staaten in Kraft. Die deutsche Mark, die Wunderwaffe (wie Retard sagte und empört ruderte) tritt als alleiniges Zahlungsmittel in ganz Deutschland in Kraft. Eine europäische Mythologie, die schon länger eine Völkerwanderung in Richtung Deutschland bewirkt hatte – Jugoslawen, Polen, Italiener, Spanier –, materialisiert sich und verhilft zum gnadenlosen Anschluß des einen Teils an den anderen am 23. August. Politik, sagte Retard (und Frau Mühlenbeck, die ihn belustigt beobachtete, schob ihren Recorder noch näher an ihn heran), Politik, die mit Bonbons gemacht worden ist, mit der Illustrierung feindosierter Bilder, Freiheit, Gleichheit, Brüderlichkeit als Saisonprogramm der Kaufhäuser. Das Prinzip Fressen und Gefressenwerden als Egalität. Die Enthüllungen der Medien über das Schandsystem des Sozialismus waschen den Kapitalismus porentief rein. Wir sind, sagte Retard, wieder im 19. Jahrhundert.

Hier nun wollte der Dichter nicht länger schweigen. Vom beifälligen Augenzwinkern des Erfolgsschriftstellers begleitet, rief er: Und Sie, Herr Doktor, machen uns hier den Drahtseilakt des Umkehreffekts vor: die mit Korruption und Dummheit ungenießbar gemachte Suppe des Sozialismus wollen Sie mit dem Spülwasser überholter Wissenschaft anreichern und mit den Gewürzen Ihres Unbehagens schmackhaft machen.

Ich muß zugeben, daß dies die Seminaristen, Studenten wie Dozenten, überforderte. Die in der Nacht vertriebenen Geister schienen zurückzukehren und sich auf die freien Plätze zu setzen. Wäre Napoleon in diesem Augenblick aufgetaucht und hätte zum Sturm gegen das unruhestiftende Deutschland aufgerufen, beinahe jeder wäre ihm gefolgt. Vergeblich versuchte Dr. Poniatovsky an die Pariser Thesen des Mai 68 zu erinnern – *la fantaisie au pouvoir*, um Retards Sozialismus ins Blochsche Prinzip Hoffnung zu verpacken, wie die Taube in den Zylinder. Es half nichts. Niemand schien sich daran zu erinnern, was im Mai 68 in Paris geschehen war. Als die Teilnehmer eines Managerkurses in den Raum drängten, wurde Retard daran erinnert, seine Redezeit überzogen zu haben. Er kapitulierte mit einem konspirativen Blick, wie ich meine, in Richtung Nadja. Die Nonne hatte inzwischen ganze Seiten mit einem Comic strip gefüllt, den sie vor mir verbarg. Vielleicht war es eine Fortsetzung des fiktiven Workuta-Romans.

In der Nacht saßen wir wieder in der Hotelhalle. Die Stadt schien zu schlafen. Es gab wieder Elektrizität. Nadja hatte auch in dieser Nacht das Hotel verlassen. Frau Mühlenbeck und ich vermieden, zu nahe beieinander zu sitzen, um nicht noch einmal den unvermeidlichen Schritt der vorigen Nacht zu tun.

Alex, forderte sie Retard auf, erzähl uns etwas. Und der Doktor klatschte in die Hände, der Nachtpförtner erschien, und wir bestellten auf Wunsch der Dame den schottischen Whisky.

Übrigens, sagte Frau Mühlenbeck, werden wir uns in der Schweiz wiedersehen, wenn du in Luzern deinen Vortrag hältst. Zu einer Art Versöhnungsfest, wenn du willst. Eine in letzter Minute stornierte Ehescheidung, sozusagen.

Ich wartete auf ihr bekanntes Lachen. Es kam nicht. Sie suchte nach ihren Zigaretten in der blaugrauen Packung. Retard machte eine Geste, als zeigte er auf die Taschenflasche in den Falten ihres Umhanges. Er schaute erstaunt, als sei er enttäuscht. Gut, gut, sagte er, die Schweiz mag dafür der ideale Ort sein, eine verlorene Leidenschaft wiederzufinden. Oberman oder Werther? Ich sehe, du bleibst bei deinem Thema. Ein wenig anachronistisch, wie?

And besides the wench is dead, sagte Frau Mühlenbeck, die noch zur Generation gehörte, die mit *A Farewell To Arms* großgeworden war.

Und mit einmal versammelten sich in diesem Hotelfoyer, dachte ich, lauter Frauengestalten, wie anklagende Erinnyen, Nadja, Jane, Petronilla, Lena, Helga – hatte ich eine vergessen? Ach ja, Catalina.

Sie müssen wissen, Alemán, sagte Retard, diese Frau ist gefährlich. Jemand hat sie auf unsere Fährte gesetzt, damit die subversive Spur, die wir durch Europa ziehen werden, ordentlich registriert wird.

Solange ihr keinen Staatsstreich beabsichtigt, sagte Frau Mühlenbeck, wird sich die Öffentlichkeit nur mäßig für deine aus Nostalgie und Staatsräson gemischten Äußerungen interessieren.

Ich griff zum Glas, und Frau Mühlenbeck explodierte einmal mehr in einem Lachen, bei dem es mir kalt über den Rücken fuhr.

Womit willst du die Eidgenossen beglücken? fragte sie: Mit neuen Enthüllungen über Korolenko?

Retard brannte sich eine Zigarette an, schrieb mit der glühenden Spitze Hieroglyphen in die Dunkelheit und sagte: Ich erzähle euch eine Episode aus den ersten Kapiteln. Wanja, der Junge aus Workuta, der mit einer in die Prawda gewickelten Bombe nach Moskau will, entdeckt auf einer Bahnstation – eine von diesen windschiefen, aus Holz gebauten Stationen im hohen Norden, die aussehen, als könnte der Wind sie umblasen, der Schnee sie zudecken –, daß der nächste Zug hier erst übers Jahr halten werde. Da erblickt er das Mädchen auf einer Bank, mutterseelenallein, sie nuckelt an einer Limonadenflasche, aber die Flasche ist leer. So geht er zum Ausschank, der zugleich der Konsum des Ortes ist, und er hat die Wahl zwischen Buttermilch und Tee. Er kauft ihr Milch, weil er sie für ein Kind hält. Als er sie nach ihrem Namen fragt, fletscht sie die Zähne, aber nach dem ersten Schluck Buttermilch antwortet sie: Lena. Er setzt sich neben sie und fragt sie weiter aus.

Aber nun schweigt sie, und ihr müßt sie euch vorstellen wie eine von diesen kleinen Kratzbürsten, flachsblond mit Sommersprossen und mit Wolfsaugen, naja, eine sibirische Lolita.

Wieder lachte Frau Mühlenbeck und legte ihre Hand über die Hand Retards. Ich stellte mir das Mädchen vor und ahnte, Retard würde hier ein Jugendbild seiner Frau entwerfen, und je länger ich sie mir vorstellte, desto mehr verschmolz ihr Bild, das Bild Janes (oder wie sie heißen würde) mit dem Bild dieser sibirischen Lena, um schließlich das Bild Petronilas zu werden, über die ich früher oder später erzählen würde. Lange beschrieb Retard Lenas Feindseligkeit, ihre wortlose Abwehr gegen Wanjas animalische Annäherungsversuche, sie zu wärmen, indem er einen Arm über ihre Schulter legte. Schließlich willigte sie ein, ihn nach Moskau zu begleiten. Auch sie war unterwegs, davongelaufen aus einem Kinderheim, und spätestens als ein Bus eintraf, um die vergebens auf den Zug wartenden Reisenden zu befördern, erinnerte Frau Mühlenbeck an jene Zeit ihrer vierzehn Jahre, die sie in einem Internat in Holstein verbracht hatte, ihrem Vater davongelaufen, der sie in einem Schweizer Internat zur Gesellschaftsdame habe ausbilden wollen.

Und nun fahre ich Jahr für Jahr mit meinem Ehemann in die Schweiz, das sei doch seltsam.

Und warum, sagte sie und unterbrach Retards immer mehr ausschweifende Erzählung, die in einem Viehwaggon ihre Fortsetzung fand, warum liest du nicht einfach aus dem Buch von Korolenko vor?

Es gibt dieses Buch nicht, sagte Retard, wie es die Wirklichkeit nicht gibt. Aber immerhin, es lassen sich verschiedene Lebensläufe gleichzeitig beobachten.

So kamen wir durch das Rhônetal in die Schweiz.

## IV

Das große, aber sanft gleitende Fahrzeug ins Tal fahrend (indes Nadja im Fond vor sich hin träumte), sagte Retard: Vielleicht zwölf- oder fünfzehnmal habe ich im Traum eine Gegend in der Schweiz gesehen, die ich schon früher kennengelernt hatte. Aber jedes Mal, wenn ich im Traum dort vorbeikomme, erscheint mir diese Gegend völlig anders, als sie in Wirklichkeit ist, und immer ganz so, wie ich sie das erstemal geträumt habe.

Worauf Nadja antwortete (und es klang, als probten sie beide einen Dialog für einen Auftritt): Geheuchelte Liebe ist eine der Geißeln der Gesellschaft. Warum sollte sich die Liebe dem öffentlichen Gesetz entziehen können?

Und wieder Retard: Erlaubt die Freude! Gebt uns das Recht dazu, damit man sich Tugend erwerbe. Zeigt die Vernunft unter euren Gesetzen, damit man sie ehre, ermuntert zur Lust, damit sie Gehör findet, wenn ihr befehlt, daß man leide.

Korolenko in Jasnaja Poljana? sagte ich.

Nein, sagte Retard: Oberman, oder vielmehr: Senancour, ein Franzose, der im achtzehnten Jahrhundert die Liebe in der Gesellschaft neu definierte. Darüber werden wir heute abend mehr hören, wenn ich den Eidgenossen einen Vortrag über den romantischen Roman halte – *romanesque ou romantique.* Ich möchte den Schweizern nicht mit unserer langweiligen deutschen Geschichte kommen, auch wenn wir seit Wilhelm Tell natürlicherweise gute Beziehungen haben. Senancour erlöst die Liebe aus ihrer Flüchtigkeit, aus ihrer Zeitlichkeit, und seine kitzligen Naturen lieben am Ende alles gleichermaßen, wenn es nur Natur ist, Frauen, Wälder, Blumen und Berge. Wir werden nicht umhin können, einen Abstecher zum Dents du Midi zu machen. Es wird Ihnen gefallen, Alemán.

Da war ich mir nicht sicher. Mir schien dieser Abstecher in die Schweiz wie eine zu große Entfernung von meinem Auftrag. Hier würde sich in Tälern und Bergen nichts verborgen halten, was mit den neuen europäischen Verhältnissen zu tun hatte. Die Glaubenskriege waren über dieses Land hinweggegangen; während es seine Kühe molk und seine Tresore füllte, nahm es diesen und jenen Glaubensflüchtling auf. Der das Land dann wieder verließ, um die Gastgeber nicht mit einer Revolution zu brüskieren.

Wir Andalusier, sagte ich, können auf diese Verwerfungen der Natur verzichten. Die absoluten Bekenntnisse des Schöpfers lassen dem freien Willen seiner Geschöpfe nicht viel Spielraum. (Wie man sieht, fiel es mir leicht, in Retards Kategorien zu denken und zu sprechen.)

Wie zu erwarten war, gab er mir recht, sagte aber dann: Sollten Sie ein Wiedersehen mit Frau Dr. Mühlenbeck scheuen – wir könnten uns aus dem Weg gehen. Schließlich wird sie an der Seite ihres langweiligen Mannes erscheinen, eines Versicherungskaufmanns aus Lübeck, glaube ich, und ihrer beider Sohn ist auch nicht besser, nur wortkarger.

Auch Nadja fühlte sich beim Anblick der übereinandergetürmten Felsmassen unbehaglich, von deren Höhe die Wasser der Urzeit zu Tal stürzten. Sie kramte eine Kaninchenfelljacke aus ihrem Gepäck und legte sie sich über die Schultern. Retard reichte ihr eine Taschenflasche, die wir in Montpellier mit Whisky gefüllt hatten.

Als wir einen Gasthof am Wege fanden, parkten wir im kleinen, mit grauem Kies bestreuten Hof des schmukken Anwesens. Zwei Bernhardiner, wie zu erwarten war, flankierten die Treppe, ohne uns eines Blickes zu würdigen.

Womit du sie treffen könntest, sagte Nadja, nachdem sie bei der sanft blickenden Wirtin in gewohnter Unhöflichkeit für alle einen Schoppen Roten bestellt hatte: Hier, zitiere ihnen diese Stelle, die ich mir eingeprägt habe: Es gibt hier wie überall, ja, vielleicht ein wenig öfter als anderswo, Familienväter, die zutiefst davon überzeugt sind, daß eine Frau kaum lesen zu können braucht, um sittsam und tugendhaft zu sein; denn die es sich einfallen lassen, das Schreiben zu erlernen, schreiben sogleich ihren Liebhabern ... Die andern haben keinen Anbeter.

Ich dachte an Herrn Mühlenbeck, und auch Retard sagte: Dies würde unserer Freundin Helga gefallen.

Und was sollen sie können? fragte Nadja, während die Wirtin, ungerührt vom Anblick dieses deklamierenden Mädchens, das ein Tuch ins rote Haar gebunden hatte und den weiten Rock schürzend, die Füße in die Verstrebung von Retards Stuhl schob, uns die Gläser hinstellte. Suppe kochen und Küchentücher abzählen, sagte Nadja.

Ich werde es zitieren, sagte Retard, aber ich werde es mit Zustimmung zitieren.

Das habe ich mir gedacht, sagte Nadja, daß auch du deine Frau ausbeutest. Mit ihren weißen Zähnen zog sie sich eine Zigarette aus der Packung, die mir gehörte.

Haben wir nicht, sagte Retard und genoß den herben Landwein, haben wir nicht in Ehepaar Mühlenbeck ein Exempel vor Augen? Eine Frau, die besser lesen und schreiben kann als ihr Mann, muß auf Dauer eine unglückliche Frau sein. (Nadja protestierte, Retard winkte ab.) Zum Ersatz verkehrt sie mit den romantischen Geistern einer Epoche, aber – es sind Geister. Ihre Artikel und Konferenzen verraten allemal die Sehnsucht nach Erotik, nach einem Apoll an Leib und Seele – die verkappte Lust der Romantiker auf ein Griechenland des Materialismus, das nur Goethe auf seine Weise für sich gefunden hat.

Noch eben, sagte Nadja und zog einen Schmollmund, war hier die Rede von einem Ehepaar und von Aussöhnung statt Scheidung. Ich für mich finde jede Aussöhnung zum Kotzen. Lüge und Bequemlichkeit. Am Ende ist es immer eine Unterwerfung, der Anschluß des einen Teils an den anderen.

Die Politik laß für später, Kindchen, sagte Retard und fuhr fort: Haben als hätten wir. Das beste Eherezept. Steht schon in der Bibel.

Ich suchte im Kopf die Stelle, konnte sie aber nicht finden.

Und was soll das Gerede von einem Geheimdienst, für den sie arbeitet? fragte ich Retard.

Bei ihrem Beruf, erwiderte er, kann es sich nur um den Geheimdienst des Fürsten Metternich handeln, der die Erfahrungen Ihrer heiligen Inquisition, Alemán, auf das übrige Europa übertrug.

Ich nickte, und Retard ergänzte: All diese Dichter und Denker, mein lieber Alemán – und wem sage ich das! –, sind Konspirateure, geborene Aufwiegler, kein Staat kann sie sich leisten, ohne sie zu observieren. Nehmen Sie nur mein untergegangenes Land. Dabei wäre es besser gewesen, man hätte uns als Berater ins Zentralkomitee geholt – und ich meine nicht die Hampelmänner, die es so weit brachten, daß sie dem Generalsekretär ins Ohr flüstern durften.

Jean-Jacques Cronegk zum Beispiel, kicherte Nadja.

Der starb beizeiten, sagte Retard entschieden, in Alémmo. Die Frage ist nur, fuhr Retard fort, wie lesen Geheimdienste die Texte von Schriftstellern?

Und ich hatte mir, sagte Nadja, ein richtiges Familiendrama in den Schweizer Bergen vorgestellt, ein Matterhorn ganz aus Argumenten, und wer bei diesem Ehestreit das letzte Wort nicht findet, stürzt freiwillig in die Tiefe. Statt dessen, sagte Nadja und fand kein weiteres Wort. Sie bestellte Käse zum Wein, Schweizer Käse mit großen Löchern.

Retard stellte sein Glas auf das karierte Tischtuch und hob eine Hand. Ich sah, wie er den Mund öffnete und schloß, die Augen zur Decke schickte, aber ich hörte nichts von dem, was er sagte. Ich sah ihn, und er verwandelte sich vor meinen Augen in einen Professor, der mich in Salamanca verhört hatte. Es war zur Zeit meines Medizinstudiums, und in dem grob gepflasterten Raum mit seinen langen Holztischen roch es betäubend nach den Herbarien, die wir anlegten, um Kenntnis von den Heilkräutern zu bekommen. Ihre Namen herzusagen, war wie eine Litanei, die den Kranken wieder gesund machen würde. Aloe (bei Verstopfung), Bockshornklee (bei Schwächezuständen), Mariendistel (bei Gallen- und Leberleiden) oder Eukalyptus ... Der Arzt, der sie verschrieb, mußte aufpassen, nicht bei der Inquisition als Hexenmeister angezeigt zu werden. In Salamanca begann ich zu schreiben. Die Leiche eines jungen Mädchens im Anatomiesaal, zur Schau gestellt und später seziert, trotz des Kirchenverbots, hatte mich dazu gebracht. Wenige Seiten, die verschollen sind, und auch ihr Inhalt fällt mir nicht mehr ein. Womöglich war das Mädchen aus Liebeskummer gestorben, giftige Kräuter waren in ihrem Magen gefunden worden, und sollte mein Text eine Liebeserklärung enthalten haben, dann wegen der seltsamen Ähnlichkeit der Toten mit der ungeliebten Doña Catalina, die ich heiratete. Beide Frauen hatten für mich später die Ähnlichkeit von Zwillingsschwestern, nur daß ich mit der Toten

Mitleid hatte. Eine Ruhe ging von ihr aus wie von einer erfüllten Liebe. Die Kommilitonen hielten sie für eine Wachspuppe, bis der Professor den ersten Schnitt tat und etwas Blut, dünnflüssig, ziemlich hell, heraustrat.

Ich hatte eine Zeichnung des unversehrten Leibes angefertigt, und was scheinbar eine Beschreibung ihres Körpers war (nach den Angaben des Professors), mußte wohl auch eine Liebeserklärung an die Tote gewesen sein.

Haben Sie das geschrieben, Mateo Alemán? fragte mich später der Professor und hielt mir die wenigen Seiten unter die Nase, als wären sie ein gezinktes Kartenspiel. Jemand mußte sie mir gestohlen und ihm ausgehändigt haben. Also gehörte auch der Professor zur geheimen Bruderschaft der *familiares*, die für das Heilige Offizium Informationen sammelten?

Haben Sie das geschrieben?

Ich bejahte, und der Professor las, durch seine dicke modische Brille blinzelnd, einige Sätze vor. Es ist eine Schweinerei, rief er, eine Blasphemie gegen den Leib, den wir von Gott haben.

Es ist eine typische jüdische Blasphemie, Alemán. Ich verwarne Sie hiermit und übergebe die Blätter dem Feuer.

Retard hielt sein Feuerzeug an Nadjas Zigarette.

Was kritzeln Sie da? fragte Retard und nahm mir die Speisekarte weg. Auf der Rückseite des Blattes zeigte sich der Akt einer liegenden Frau.

Ich weiß nicht, sagte ich, ich war in Gedanken.

Nadja riß das Blatt an sich, lachte und sagte: Erinnerungen an Frau Mühlenbeck. Was solls, ich habe Hunger.

Sie drehte das Blatt um und las die Speisekarte. Wir waren die einzigen Gäste, und als die Wirtin kam, baten wir um Rösti mit Spiegelei als die einzigen kulinarischen Höhepunkte der Küche.

Retards Vortrag am Abend, am Vierwaldstädter See (wie von Hodler gemalt, sagte Retard), füllte einen Saal, etwas größer und dekorativer als unsere Gaststube. Der Redner zögerte den Anfang hinaus und schickte immer wieder Nadja, um zu erkunden, ob denn Frau Mühlenbeck endlich eingetroffen sei. Sie hatte einen Mitschnitt für die Deutsche Welle angeboten, der das spärliche Honorar des Abends verdoppeln sollte. Aber auch weit über die angekündigte Zeit war nichts zu sehen von einer Dame in den Gewändern einer Königin der Nacht. Retard ruderte mit Schwung und Hilfe seiner Krücke in den Saal. Der gut besetzt war. Ein Vortrag auf Abonnement, erfuhr ich, die anwesenden Herrschaften zelebrierten dies einmal monatlich wie einen Theater- oder Konzertbesuch. Ausgesuchte Garderobe die Reihen auf und ab, gesammelte Gesichter, funkelnde Brillen, manch ältere Dame musterte Retard durch einen Lorgnon, vermutlich aus dem Nachlaß von Rousseau. Voltaire am Lac Léman hätte nicht mehr Aufmerksamkeit erwarten dürfen als dieser Dr. Alexander Retard, der als Akademiemitglied einer freilich ungenannt bleibenden Akademie eines ungenannt bleibenden Landes angekündigt worden war.

So gehen auch unsere Jahre hinab und mit ihnen die Zeitalter der Menschheit, verkündete Retard mit dem ersten Satz seines Vortrags. Mich erstaunte mehr und mehr seine Begabung zum Wanderprediger, seine dozierende Art zwischen Kanzel und Katheder; die Illusion, die er im Saal erzeugte, frei zu sprechen, wo er doch ein minutiös ausgearbeitetes Manuskript unter der Leselampe hatte. Und nach langen Passagen, die sich mit Werk und Person Senancours befaßten, mit einer Aufforderung, an die Liebe zu glauben, an die Natur (und was wollten diese Zuhörer, diese Lehrer, Ärzte, Dentisten, Apotheker, Kommunalpolitiker denn anderes), nach Aufforderungen zum Enthusiasmus (daß ich fürchten mußte, Nadja würde provozierend anfangen, in der Nase zu bohren oder sich ihre Fut zu kratzen), sagte Retard abschließend: Der Mensch ist vergänglich – mag sein, doch wenn schon untergehen, dann nur widerstrebend; und wenn uns das Nichts erwartet, so wollen wir dafür sorgen, daß dies nicht Rechtens sei!

Applaus, Applaus. Niemand am Vierwaldstädter See wollte untergehen, alle wollten nach der Erbauung der Seele, die ihnen dieser Dr. Retard gegen Eintrittsgeld verschaffte, in ihre Volvos, Saabs, Jaguare, Mercedes oder Porsches steigen und den späten Abend bei … verbringen, eine gut gekühlte Flasche Chardonnay auf dem Tisch, eine Forelle vom See auf dem Teller, für deren ökologische Makellosigkeit das Haus mit seinem guten Namen bürgte.

Retard zählte die Fränkli, als wir an seinen Tisch traten und gratulierten.

Ein guter Jugendweihe-Vortrag, sagte Nadja, ein wenig abgewandelt könntest du ihn auch auf Beerdigungen halten.

Wenn wir auf den Hund gekommen sein werden, sagte Retard, der sich noch immer ärgerte, daß Frau Mühlenbeck nicht erschienen war.

Wir hatten uns Zimmer im grenznahen Ort reservieren lassen, im erstbesten Ort, den der Zufall bot. So fuhren wir in der Nacht zurück in unseren Gasthof, und ich lenkte den Volvo, um den erschöpften Redner zu schonen. Der erholte sich rasch, im Fond mit Nadja beschäftigt, deren erotische Energie mit dem Autofahren zuzunehmen schien. Ich vermied den Blick in den Rückspiegel, hätte im Dunkeln ohnehin nichts wahrnehmen können, aber ich ahnte, wie Retards halber Arm unterm Rock seiner Begleiterin verschwand und er ein wenig von der Energie in sich aufnahm, die Nadja so freigebig aus ihrer Mitte verströmte.

Und so kamen wir gegen Mitternacht in der nun schon vertrauten Gaststube an. Und da saßen sie, Helga Mühlenbeck und ihr Mann, wenn auch nicht Hand in Hand, doch so, als hätte unser spätes Auftauchen den längst fälligen Beifall von unserer Seite hinausgezögert. Kaum gelang es ihnen, die Freude der Aussöhnung noch einmal, und für uns, auf die müden Gesichter zu kriegen. Retard schob sich schnaufend noch von der Anstrengung, die Stufen zur Gaststube in zu großer Eile genommen zu haben, dicht an ihren Tisch heran. Frau Mühlenbeck hielt ihm beide Hände hin, aus deren Umklammerung sich Retard allzu rasch befreite. Die kleine Wunde an ihrer Schläfe war rasch erklärt. Herr Mühlenbeck, den wir hier zum ersten Mal zu Gesicht bekamen, doch ohne uns ein rechtes Bild von ihm machen zu können, erklärte die verschorfte Wunde, die er mit einer Blume verglich, mit einem unerwarteten Steinschlag auf der Wanderung ins Baltschiderthal, das Rhônetal vor Augen, und es folgten noch andere Stationen, die er mit Genuß nannte, auf andere Art als seine Frau ein Wortfetischist, wo man bei seinem Beruf als Versicherungskaufmann doch eher Zahlen erwartet hätte.

Verlaufen haben wir uns schon, sagte Helga und sah mich an, wenn auch aus großer Ferne, verlaufen, und wer verläuft sich nicht in der Mitte seines Lebens... Dante nicht wahr. Und so wäre es an mir oder an Retard gewesen, zu ergänzen: Che la via diritta era smaritta...

Und wieder ging die Tür zur Gaststube, und zwei Polizisten traten herein, als gehörten auch sie zu einem Theaterstück, dessen Ausgang noch keiner kannte.

Grüßten in ihrem archaischen Dialekt und rieben sich die Hände, wie man es für ein Volksstück erwarten konnte.

Kalt, sagte Retard und rieb sich seinerseits die Hände.

Einer der Polizisten entfernte sich, und wir hörten ihn in der hinteren Gaststube telefonieren. Unsere Gespräche verstummten.

Was sagt er, fragte Herr Mühlenbeck, und Helga antwortete: Es ist eine Leiche gefunden worden im Eschgraben.

Mann oder Frau? sagte Nadja.

Vermutlich ein Wilddieb, sagte Herr Mühlenbeck mit viel zu lauter Stimme und winkte die Wirtin herbei.

Frau Mühlenbeck hüllte sich in ihren weiten Mantel, den sie nicht ablegen wollte, obschon die Gaststube überheizt war und wir in Nähe des grünen Kachelofens saßen. Sie rauchte ihre französischen Zigaretten, und als die Wirtin noch immer nicht mit dem Wein kam, zog sie ihre Taschenflasche aus dem Umhang. Sie war zersplittert und durch die Lederumhüllung sickerte die aromatische Flüssigkeit.

Wir trennten uns am Morgen. Das Ehepaar Mühlenbeck stieg in den Daimler, der vermutlich der Versicherungsfirma des Ehemannes gehörte.

Merkwürdig, sagte Retard später, als wir in unserem Auto saßen, merkwürdig, wie leichtfüßig sie mit einmal wirkte, als berührten ihre Füße den Boden nicht.

Nadja, die es sich wie immer im Fond bequem machte, sagte etwas, das wir nicht verstanden.

Es wäre Ihnen lieber gewesen, sagte ich zu Retard, sie hätten einen Nachruf auf sie schreiben können?

Es sind diese Zeiten, sagte Retard, da die Versicherungskaufleute die Helden sind und sich sogar eine Madame de Staël ihnen unterwirft.

Ich entfernte mich, indem ich die Augen schloß: es war ein Nachmittag wie dieser, blauweißes Winterlicht über der Plaza Santa Ana, in Madrid. Lope und ich saßen auf einer Bank und fütterten die Tauben mit Sonnenblumenkernen, als ein Frau vorbeiging, in einen weiten Mantel gehüllt, eine aschblonder Zopf lugte aus ihrem Halstuch. Lope, in seiner unverschämten Art, betrachtete sie von oben bis unten und sagte: Das ist sie.

Wer? sagte ich.

Die Muse, sagte Lope und stieß mich in die Seite.

Ich kann nur eine Frau sehen, sagte ich, eine gute Erscheinung und für eine Muse hat sie zu viel Rasse.

Zu jedem Werk die passende Frau, sagte Lope. Warum? Nie weiß man, wer sie in Wirklichkeit sind. Desto unergründlicher wird dein Werk sein.

Meine Muse, sagte ich, ist ohne Gesicht.

Weil du dich nicht traust, sagte Lope, sie in dein Bett zu nehmen.

Ich öffnete die Augen, sah eine schlanke Hand Nadjas an den Knöpfen des Autoradios drehen. Tatsächlich hätte ich in diesem Augenblick gern gewußt, wie die Leiche vom Eschgraben ausgesehen hatte.

Schließlich waren Sie lange Zeit auf seiten der Macht, mein lieber Alemán, sagte Retard: Wie kam es zum Bruch?

V

Wir befanden uns den zweiten Tag auf den Straßen der Alten Welt, wie Retard sich ausdrückte. Er hatte beschlossen, nicht die südliche Route übers italienische Oberland zu nehmen, sondern lieber auf den mautfreien deutschen Autobahnen zu fahren, die uns auf die Kämme des Bayerischen Waldes bringen würden, und später ins böhmische Land.

Sie reden von meiner Zeit als königlicher Untersuchungsbeamter in Sevilla und Madrid?

Unter anderem, sagte Retard, der auf dem Beifahrersitz saß und den zunehmenden Verkehr mit Nervosität beobachtete.

Sie können nicht schnell genug ihrer Gegenwart entkommen, sagte er, als würden wir nicht alle schnell genug vernichtet werden. Fahren Sie langsamer, Alemán.

Nadja lag im Fond und las ein Herrenmagazin.

Früher, sagte Retard, in *unserem* Jahrhundert – Sie erinnern sich: ein Kurier Seiner Majestät, der den Fall einer Stadt, den Tod eines Infanten, den Sturz eines feindlichen Königs zu melden hatte, brachte es zu Pferde höchstens auf vierzig spanische Meilen pro Tag, also an die zweihundert Kilometer. Wir, Sie und ich, wären bestenfalls per Sänfte gereist, Sie als Beamter, ich als Catedrático, mit einer Geschwindigkeit von knapp zwanzig Kilometer pro Tag.

Ich achtete, mit einem Überholmanöver beschäftigt, nicht weiter auf seine Worte. Der betagte Wagen brachte es dabei auf stöhnende hundertzwanzig Stundenkilometer, und die Kühlanzeige zitterte im roten Feld. Immer wenn ich schneller als Hundert fuhr, sah Nadja erwartungsvoll von ihrem Magazin auf, und unsere Blicke trafen sich im Rückspiegel.

Unser Jahrhundert, nahm ich Retards Bemerkung auf, als die Strecke wieder überschaubar wurde, es brachte so um 1547, dem Jahr meiner Geburt, Siege an allen Orten.

Gott wurde Spanier, sagte Retard, oder wie es unser Kaiser Karl V. sagte, als er bei Mühlhausen in Deutschland die katholischen Truppen zum Siege führte, in seiner Rüstung aus getriebenem Gold, das bärtige habsburger Kinn dem Feind zugewandt: Ich kam, sah – und

Gott siegte. Mit dem Protestantismus schien es für eine Weile ein Ende zu haben. Heute, muß ich zugeben, sagte Retard, bin ich durchaus Parteigänger des Kaisers und seines Sohnes Philipp, für den Sie später Beschaffungsbeamter wurden. Damals freilich hätte ich, mein Hugenottenblut, wissen Sie, sagte es mir, damals hätte ich in den Reihen der Protestanten gekämpft.

Wir wären Feinde gewesen, sagte ich und brannte mir mit dem Zigarrettenanzünder des Autos eine Zigarette an. Nadja nahm sie mir aus der Hand, kaum daß ich den ersten Zug tun konnte.

Sie waren nie im Krieg, sagte Retard. Anders als Ihr ruhmreicher und von Ihnen beneideter Kollege Cervantes, der bei Lepanto beinahe seine Schreibhand eingebüßt hätte.

Eine Übertreibung, es war eine Quetschung, zwei Finger, die etwas steif blieben, obschon er sie täglich in Weihwasser badete.

Bleiben wir eine Weile bei der Politik, sagte Retard. In Frankreich raffte Gott Franz I. von der Bühne, Spanien konnte aufatmen. In England starb der Ketzer Heinrich VIII., man kann annehmen an der Lustseuche, die ihm seine Frauen zutrugen, bevor er sie hinrichten ließ. Nun war Ihr Philipp berufen, als ein Überlebender ein Weltreich zusammenzuhalten, und seine Völker daran zu hindern, den rechten Glauben aufzugeben. Da mußte an alles gedacht werden, bis ins kleinste. Was war die Folge? Die große Idee wurde von tausend Bürokraten verwaltet, gewendet, in kleine Stücke geschnitten, sie wurde beschlafen, bepißt oder kastriert. Als am Ende ein Krieg gegen England nicht ausbleiben konnte, gab man der Armada sogar spanische Ammen mit, damit die englischen Säuglinge mit der katholischen Milch dieser vermutlich baskischen und asturischen Prachtweiber die rechte Denkungsart mitbekamen. Warum haben Sie nicht gegen die Engländer gekämpft, wie Ihr Busenfreund Lope, Alemán?

Protektion, log ich, ein schwaches Herz, oder womöglich verpaßte ich die Ausfahrt der Armada.

Spanien, das Schatzhaus des katholischen Glaubens, Habsburgs liebstes Kind, nachdem man die Comuneros alle aufgeknüpft hatte, weil sie im Namen der wahnsinnigen Königin Johanna regieren wollten und eine zeitlang den jungen Kaiser aus dem Land jagten.

Das war vor meiner Zeit, sagte ich.

Ich weiß, ich weiß, sagte Retard, aber Sie waren das Opfer dieses in den Abgrund treibenden Weltreiches. Es hatte sich zu Tode expandiert. Nach Westen gab es keine Grenze mehr, und im Osten regierte Iwan der Schreckliche, doch zu weit entfernt, um unsere Habsburger zu beunruhigen. Eigentlich, wenn ich es recht bedenke, machen wir einen Fehler, nicht über Österreich zu fahren.

Ich wollte damals unbedingt nach Madrid, um mein Glück zu machen.

Sonnenklar, sagte Retard, Madrid, das war das Moskau des 16. Jahrhunderts.

Politisch gesehen, ja, ideologisch war Rom unser Moskau.

Verderben Sie mir nicht meine Analogien, sagte Retard.

Später wußte ich, jemand wachte über jeden meiner Schritte. Man glaubte sich mit Gott im Bunde (Retard sah mich erstaunt an), und es ist der Teufel, der Gott abgelöst hat. Im Labyrinth des königlichen Palastes befand ich mich ziemlich im Kopf des Reiches, zusammen mit Philipp und seinen Räten. Tatsächlich verfügte ich nur über wenige Meter im Labyrinth, jeder Schritt zu viel wäre mir zum Verhängnis geworden, ein Absturz in Fallgruben, die schlimmer waren als der Tod: Man wurde aus den Registern gestrichen und hatte nie gelebt. Mit dem Rücken zur Macht, das war angenehm. Vorn empfing ich die Bittsteller und reichte sie weiter an den nächsthöheren Beamten. Es waren fast immer Anträge, die den schwachen Versuch machten, das Gesetz ein wenig zu übertreten, seine Schrift auszulegen, seine Macht zu umgehen. Auswanderungsgesuche, Schuldscheine wegen umgangener Einfuhrzölle, Verleumdungsklagen, Angebote, in Königsnähe dienen zu wollen, als Schreiber, Koch, Fensterputzer oder Gärtner.

Kamen auch Frauen? fragte Retard.

Auch Frauen, die vor allem. Immer übt die Macht eine seltsame Faszination auf Frauen aus, dabei ist ihr Hang zum Dienen nur Verstellung, die ihnen ihrerseits Macht verschaffen soll.

Sehr gut beobachtet, sagte Retard. Nadja, die sich kein Wort entgehen ließ, beugte sich vor und fuhr uns mit ihren langen Fingern in den Kragen.

Wann habt ihr gottverdammten Machos vor, eine Pinkelpause einzulegen, sagte sie und grub uns die Nägel tiefer in den Hals. Ich wehrte ab, während Retard sich den Schmerz gefallen ließ.

Wir befinden uns gerade in einem Jahrhundert, sagte er, in welchem wir dich nicht unterbringen können. Folglich können wir dir auch keine Pinkelpause gewähren.

Ich hielt an, fuhr ein wenig auf den Grünstreifen, und Nadja stieg sofort aus, um im Versteck der geöffneten Tür sich hinzuhocken und die Röcke zu heben. Retard sah sich beunruhigt um und sagte: Freilich ist ihre Schamlosigkeit irgendwie zeitlos. Ihr einziges Gefühl für Zeit besteht darin, daß sie von Mai bis in den September keine Culotten trägt.

Danke, sagte Nadja und schlüpfte wieder auf ihren Sitz. Danke, es kann weitergehen.

Retard ballte die Faust, in der er einen Apfel barg, den er Nadja zuwarf.

Die Frauen, die in den Palast kamen, fuhr ich fort, sollten mein Verhängnis werden. Nicht nur, weil die oberen Ränge auf Jungfräulichkeit bestanden und mich verdächtigten, diese den Damen geraubt zu haben, die ich vermittelte. Ich verfiel darauf, von den Möglichkeiten verführt, welche die Macht einräumt, eine Art Sklavenhandel zu fördern. Für zweiunddreißig Dukaten verkaufte ich einmal einem Freund vom Indienrat eine aus Tunis stammende Maurin, die ich für eine getaufte Christin ausgab und jünger machte, als ihre reifen Formen vermuten ließen. Dabei merkte ich nicht, wie das Heilige Offizium Punkte gegen mich sammelte, und als uns Seine Heiligkeit aus Rom den jungen Kardinal Alessandroni schickte mit einer Botschaft an den König, tappte ich in die nächste Falle.

Ich erinnere mich an Ihre Geschichte, sagte Retard. Der junge Alessandroni war auf seine Art ein Lebemann. Er ließ sich Zeit, beim König vorstellig zu werden. Statt dessen lud er Sie jeden Tag ein, in seine gut gekühlte Residenz am Manzanares. Er war ein Feinschmecker, ein junger Fant, der mit seinen roten Strümpfen einem Storch glich. Im Grunde war er ein Vorläufer und gehörte mehr ins 18. Jahrhundert. Zuweilen erlaubt sich der Weltgeist solche Späße und schickt jemand in die falsche Vorstellung.

Wer sich verläuft, kommt immer wieder zurück.

Ecco è la marcia, sagte Retard und gebot eine Gesprächspause, während er eines seiner geliebten Mozartstücke in den abgenutzten Recorder steckte.

Verzeihen Sie, sagte er gleich darauf und hielt die Musik an: Es sind nicht die Klänge Ihres Jahrhunderts. Aber leider habe ich keinen Soler und keinen Scarlatti auf Lager.

Ich bin nicht musikalisch, jede Musik ist in meinen Ohren aggressiv, eine Art Überredungskunst, denn es sind die Dämonen, die durchs Ohr kopulierend in unseren Kopf eindringen.

Reden Sie keinen Unsinn, erwiderte aufgebracht Retard. Musik ist das Göttliche in uns, die Freude schöner Götterfunken, auch wenn ich gerade diesen Beethoven so schnell nicht wieder hören werde, nachdem man ihn in Berlin verhunzt und zu einer Musik der Mauerspechte gemacht hat, zu einer Nationalhymne von Jacobs Kaffee und der großdeutschen Spießer. Daß ich nicht lache!

Statt seiner lachte Nadja und hielt uns eine geschälte Banane hin. Aber Bananen ißt du doch noch, sagte sie. Retard schüttelte sich und biß dann doch in die hingehaltene phallische Frucht, da er sich auch sonst keine Zweideutigkeit Nadjas entgehen ließ, wenn er sie nur auf sich beziehen konnte.

Das sind, sagte er kauend, Anspielungen, Banane, Beethoven, mein lieber Alemán, die wir Ihnen besser nach unserer Rückkehr in Berlin erklären werden.

Dann drückte er auf den Recorder, und das Divertimento von Mozart nahm seinen Lauf. Ich hoffte, er würde nicht anfangen, mir alles über Mozart zu erzählen, der in diesem Jahr von der Musikindustrie königlich ausgebeutet wurde.

Wir waren bei der Macht, sagte Retard etwas später, und wie Sie zu ihr standen, bevor es zum Bruch kam.

Es war eine korrumpierende Macht, sagte ich, und die logische Folge war, daß ich meinen bürgerlichen Beruf verfehlte.

Als Arzt? Der Arzt ein bürgerlicher Beruf? Seien Sie froh, daß Sie nicht unter diese Ausbeuter des menschlichen Ungenügens geraten sind.

Ich wäre kaum sehr weit gekommen, in einem Jahrhundert, da die Medizin mehr der Schlächterei glich. Betäuben und abschneiden, das war unsere Kunst.

Sie hätten ein wenig Astrologie ins blutige Handwerk einbringen können, denn was die Medizin weitergebracht hat, war nicht der eigentliche Fortschritt in den Naturwissenschaften, sondern der Verfall des Glaubens und somit die Arbeitslosigkeit der Beichtväter. Der Mensch brauchte einen neuen Beichtvater, den fand er im Arzt. Das alles hätte Sie nicht gereizt?

Bestenfalls wäre ich Gefängnisarzt geworden wie mein Vater, sagte ich, und Nadja, die aus irgendwelchem Grund dieses Gerede über Ärzte und Medizin nicht vertrug, brannte sich eine Zigarette an und sagte: So laß ihn doch endlich von seiner dicken Maurin erzählen, die er als Sklavin verkaufte, und laß uns endlich hören, warum sie ihn einsperrten.

Den Wunsch unserer Dame werden Sie nicht überhören wollen, sagte Retard und schlug eine längere Pause im Schatten des Mischwaldes vor.

Ich hatte mit der Mitgift meiner Frau spekuliert und ... (ich verlor den Faden meiner Erinnerung).

Und ein Schiff nach Übersee ausgerüstet, half Retard.

Nichts dergleichen. Ich erwarb eine Ausfuhrlizenz für den Wollhandel und blieb auf der Wolle sitzen. Darauf verkaufte ich die schöne Sklavin Magdalena, und da ich keine Lizenz für den Menschenhandel besaß, wurde ich eingesperrt. Das Gefängnis von Sevilla war eine Art Bühne, eingerichtet für ein Stück in drei Akten: Man kam hinein und durchschritt zuerst das Goldene Tor. Das war noch vergnüglich, denn Männlein und Weiblein saßen hier zusammen und jeder versorgte sich mit den Dingen, die ihm fehlten, Kleidung, Nahrung, Wein, kurze Liebesfreuden im Schatten zweier bestochener Ganoven, die ihre weiten Mäntel aufspannten, damit die Liebenden sich ihrer eiligen Operation ungestört hingeben konnten.

Sie auch? fragte Nadja und entfaltete ein Tuch auf dem spärlichen Gras, auf das Retard die Äpfel legte, die wir in Luzern gekauft hatten.

Er auch, log Retard.

Dann kam man durchs Silberne Tor: getrennt nach Geschlechtern diesmal. Hier verabreichte mir ein Kerl, der sein Gesicht versteckte, zwei Stockhiebe. Nur zwei: das war das Maß für einen Schuldgefangenen. Ein Dieb bekam vier, ein Mörder fünf. Erst wenn man das Kupferne Tor durchschritten hatte, wurde man in die Zelle gestoßen, mit Handschellen und Fußfesseln.

Aber es wurde Ihnen geholfen? sagte Retard.

Mein Sündenregister war nicht groß genug, um lebensgefährlich zu sein. Ich merkte bald an den Verhören, daß alles nur ein Vorwand war, ein Planspiel, mich einzuschüchtern und weich zu machen für künftige Aufgaben. Womöglich war auch die ›Bruderschaft zum Hl. Kreuz von Jerusalem oder der Nazarener‹, der ich 1567 beigetreten war, eine Art Vorbereitungsschule gewesen. Dort hatte man mich zum Hermano Mayor gemacht und soviel Vertrauen in mich gesetzt, daß ich im Namen der Bruderschaft den Kauf der Kapelle von San Antonio Abad für die Nazarener tätigen durfte.

Man riecht noch immer den Weihrauch, sagte Nadja und brachte ihre Nase an mein Gesicht, in dem Sie gebadet haben.

Ich streckte eine Hand aus, um sie von mir fernzuhalten, und sie reichte mir wie zur Versöhnung einen Apfel.

Die Bruderschaft war eine Art Akademie, wenn auch eine begrenzte. Die Welt ein Jammertal, von geiler Natur überwuchert, aber da erscheint die Lichtgestalt des Nazareners, der den Zustand der Welt definiert, ausspricht, und im Benennen zeigt er zugleich die Möglichkeiten der Überwindung an. Die treue Gefolgschaft zu ihm und seiner Lehre befreit den Menschen aus der selbstverschuldeten Unmündigkeit.

Hervorragend, sagte Retard und lachte, darüber, mein lieber Alemán, sollten Sie in Bratislava, wo man noch katholisch ist, einen Vortrag halten.

Das Thema in seiner historischen Entwicklung, sagte ich, gehört Ihnen.

Die Nazarener von Sevilla, eine Art früher PEN-Club, schlug Retard vor. Was haltet ihr davon?

Der Rauch seiner Zigarre schickte eine unbekannte Schrift in den blauen Himmel. Nadja beobachtete eine Familie, die auf dem nahen Rastplatz versuchte, leere Cola-Büchsen und Plastikbeutel aus dem Auto in einen Behälter zu werfen, was nicht gelang.

Ich war das jüngste Mitglied der Bruderschaft, sagte ich, die anderen waren betagte betuchte schnauzbärtige glatzköpfige dickbäuchige Herren, die ihre Berufe nicht preisgaben. Mich, ihren Jüngsten, schienen sie aufgenommen zu haben, weil sie jemanden brauchten, auf den sie alles abladen konnten, Aufträge wie Verfehlungen. Sie beeilten sich durchaus nicht, mich im Gefängnis zu besuchen, oder wie es die Brüderlichkeit geboten hätte, meine Schulden zu bezahlen. Statt dessen schickten sie mir ein Traktat in die Zelle, eine Schrift über den Lebenswandel der Heiligen Agatha, einer Märtyrerin, der die Römer die Brüste abgeschnitten hatten. Ich kam nicht dahinter, worauf die Mitbrüder anspielen wollten. Womöglich auf meine Ehe mit Doña Catalina. Sie war unfruchtbar geblieben, und also war es im Sinne der Heiligen Schrift keine Ehe mehr. Wenn die Brüder versagten, so war Catalina eine zuverlässige Frau. Ich meine, zuverlässig, weil sie eine Formalistin war. Ein Ehemann im Schuldturm, darüber zerrissen sich die Nachbarinnen das Maul. Und so dachte sie darüber nach, wie sie den normalen Zustand wieder herstellen konnte, und fast wäre es ihr gelungen, mich ins eheliche Gefängnis zurückzuholen. Sie verpfändete alles, was sie an Schmucksachen besaß, bestach diesen und jenen Beamten, bürgte mit ihrer Habe und mit der Ehre einer verheirateten Frau. Und so nahm man mir die Fesseln ab und ließ mich frei im Gefängnis herumlaufen, durch alle drei Höllenkreise. Und nie zuvor und nie in späteren Jahren empfand ich ein so großes Glück, ein Lebender unter lebenden Menschen zu sein. Tatsächlich hat jeder Verbrecher einen Sinn für die Realitäten des Daseins. Nichts Fremdes ist in seinem Kopf, keine Ideologie verführt ihn, keine Träume entfremden sein im Zirkelmaß der Verordnungen festgehaltenes Leben.

Retard wiegte den Kopf: Sollten Sie hiermit für das Ameisenglück des reduzierten Menschen plädieren, müßte ich Ihnen die Freundschaft kündigen.

Ich verneinte: Womöglich war es nur eine frühe Faszination über den klaren Verstand des Bösen.

Ich weigere mich, Ihnen zu folgen, sagte Retard. Und der Nazarener Ihrer Bruderschaft erschien Ihnen nicht in der Zelle?

Ich selbst war der Nazarener, sagte ich, denn ich vergab jedem seine Sünden, indem ich versprach, sie in einem Buch zu beschreiben – und also zu erklären. Das war sehr viel, denn es hatte mit der Ehre der Gefangenen zu tun, die bei den Verhören immer wieder in den Dreck gezogen wurde. Ich erinnere mich an einen jungen Kerl, kaum älter als siebzehn, angeklagt, vom Tisch seines Herrn täglich die Reste gestohlen zu haben. Er wurde nach wenigen Wochen freigelassen, aber man strafte ihn damit, daß er für fünf Jahre eine Glocke an seinem Hals tragen mußte, festgeschmiedet an eiserner Kette, so daß sein Kommen und Gehen schon von weitem gehört wurde. Als ich ihn wiedersah, hatte er den

Verstand verloren und verlangte nach der Glocke, die ihm die Ärzte im Irrenhaus abgenommen hatten.

Nadja hielt sich die Ohren zu, als hörte sie das Geschrei des Jungen, der nach seiner Glocke verlangte.

Retard räusperte sich und drückte seine Zigarre aus. Jedes Zeitalter, sagte er, versucht von seiner eigentlichen Ideologie ins Phänomenale abzulenken. Eine Gefahr für jeden Schriftsteller, wie Sie am besten wissen, wenn er diesen Schritt mitvollzieht. Denn alles, was Sie bisher erzählen, mein lieber Alemán, ist der phänomenale Versuch, abzulenken, ich meine, abzulenken von den Werbungen des Heiligen Offiziums, denen Sie schließlich erlagen.

Ich weiß nicht, sagte ich, ob ich erlag. Ich hatte im Gefängnis meine Auswanderung nach Mexiko beantragt, oder sonstwohin nach Neuindien. Die Vorschriften dafür waren streng. Nur ehelich gezeugte Bürger aus alter christlicher Familie, die nie mit der Inquisition in Konflikt geraten waren, durften ausreisen. Zwei Bürgen bot ich auf, den Graveur Gonzálo Arcos und Gonzálo de la Banda, der ein Meister in der Fabrikation von Dolchen war.

Keine Empfehlungen, sagte Retard: Der eine verstand sich auf Illusionen, der andere auf den Tod.

Es waren alte Freunde meiner Familie. Aber es sollte anders kommen. Ich wurde ins Zimmer des Gefängniswärters gerufen. Zu meiner Überraschung erwartete mich mein alter Professor aus Salamanca, der mich einst verwarnt hatte, als ich die sezierte Leiche eines jungen Mädchens beschrieben hatte.

Daß wir uns an einem solchen Orte wiedersehen würden, sagte er und schlug die Röcke seiner Kutte über die Knie zusammen, hätte ich Ihnen voraussagen können, Herr Magister. Die Universität des Lebens – bei freiem Eintritt. Nun, wir alle sind Sünder (er bekreuzigte sich). Aber schlimmer als der, welcher strauchelt, ist der Lügner. Und Sie haben das Heilige Offizium belogen, Alemán, mit Ihren Angaben. Sollen wir auch den neuen Kontinent bevölkern mit Lügnern, Sodomiten und mit Juden? Getauft oder nicht, Sie haben es verschwiegen und Ihren jüdischen Ahnen ein zweites Mal ins Gesicht gespuckt!

Nun, er wußte, wie er mich treffen konnte. Er zündete mir den Scheiterhaufen quasi von zwei Seiten an, Jehova und die Inquisition Hand in Hand.

Was haben Sie noch geschrieben: Groß, von guter Gestalt, gesund, rotblond, besonderes Kennzeichen, eine Narbe am Handgelenk. Rechts oder links?

Links, sagte ich. Ein Andenken an einen Überfall.

Und längst aktenkundig, sagte er und schichtete seine Papiere. Sie sind (er straffte seine Person) nicht nur ein Lügner, diese gibt es wie Sand am Meer, schlimmer: Sie versuchen die Fundamente des Staates zu unterwandern. Dafür, Alemán, merzen wir Sie aus, für immer.

Auch damals hätte ich nicht sagen können, was für ein Gesicht der Professor hatte. Ich habe nicht nur über die Jahre sein Aussehen vergessen, es wurde mir auch nicht deutlich, als ich damals vor ihm stand.

Es sei denn, fuhr er fort, Sie zeigen Reue, und ich meine keine Reue, die in einsamer Zelle still für sich hingreint, brütet und mit Gott hadert wie einst Hiob. Reue ist der Motor selbstloser Tätigkeit, und unser Angebot, Alemán, ist, wir nehmen Sie auf als dienendes Mitglied Unserer Familie, als ein *familiar*, das ist ein Vertrauensposten, ganz unten zwar, aber mit einer Laufbahn bis ganz oben! Seien Sie kein Narr, unterschreiben Sie hier, daß Sie das Überhandnehmen der Feinde unseres wahren Glaubens beunruhigt und Sie deshalb alles tun wollen, was in Ihren Kräften steht, diese Bedrohung von uns und den Grenzen unseres

Staates abzuwenden. Ihre Unterschrift öffnet Ihnen die Tore dieses Gefängnisses, das ist selbstverständlich. Nun?

Nun? sagte Retard leise und sah mich an.

Was hätten Sie an meiner Stelle getan?

Retard zögerte nicht: Mich haben sie damals so billig nicht gekriegt.

Damals? sagte ich und wußte für Sekunden nicht, in welchem Jahrhundert und an welchem Ort wir dieses Gespräch führten. Damals, dachte ich, ein halbes Jahr vor dem Tod des Diktators, am Tag meiner Reinkarnation.

Ich unterschrieb, sagte ich.

Logo, sagte Nadja.

Und was wurde aus Ihrer Donna?

Sie schien nicht überrascht, als ich zu Hause ankam. Als hätte sie alles so kommen sehen. Schmaler war sie geworden, ein Schatten ihrer selbst, ihre Brüste, die in ihren Blusen und Kleidern lebten wie gefangene Tiere, schienen sie verlassen zu haben. Eine heilige Agatha.

Die heilige Agatha, sagte Retard, ich habe sie mir in einer stillen Stunde im Musée Fabre in Montpellier angeschaut, war eine sizilianische Märtyrerin, die nach dem Konzil von Trient freigegeben wurde als Motiv für die Maler des späten sechzehnten Jahrhunderts. Villegas Selvago vergleicht sie mit der kleinen Schwester im Hohelied Salomonis: »Sie ist noch jung an Jahren und hat keine Brüste.« Dennoch ist sie die Heilige der Muttermilch.

Lenk nicht ab, sagte Nadja und bog das Kreuz, als wollte sie ihre schmalen Brüste in dem weiten Kleid noch mehr verbergen.

Es ist eines der erotischsten Gemälde, das ich kenne, sagte Retard, diese junge Frau mit dem vollen Gesicht und dem hintergründigen Blick, wie sie da ihre abgeschnittenen Brüste vor sich herträgt, anzüglich und der Empörung späterer Jahrhunderte gewiß.

Als folgte sie einem Telefonanruf des Marquis de Sade, sagte ich, um Retard eine Freude zu machen.

Sie hätte, sagte Retard, sich den Werbungen des heidnischen Präfekten Quintinianus hingeben sollen, aber sie tat es nicht. Wie hättest du dich verhalten, Kindchen?

Nadja biß in ihren Apfel, während Retard uns an ein Gedicht von García Lorca erinnerte.

## VI

Es geschah in einem Ort nahe der Grenze, an dessen Namen ich mich nicht erinnern kann, ein Kaff im Bayerischen Wald, dem sich Retard, nachdem wir Passau hinter uns gelassen hatten, nur mit Verwünschungen näherte. Einer von diesen vielen kleinen deutschen Orten, sauber aufgereiht Haus an Haus, die Kleidung der Bewohner auch an Wochentagen folkloristischer als anderswo, lederne Kniehosen die Männer, sogenannte Dirndlkleider die Frauen, das Oberteil auf Taille gearbeitet, und der Ausschnitt ohne Rücksicht auf Wetter oder Alter tief heruntergezogen. Die Männer mit verschieden langen Gamsbärten auf den Hüten geschmückt. Eine nach außen gestülpte Aggressivität, wie Retard sagte, die den Fremden anzieht und abstößt, Farbgebungen, die die Blicke anzogen, daß ihnen um so feindlicher begegnet werden konnte. Ich dachte, wie sehr wir uns in Spanien von der Mode der Flamen herausgefordert gefühlt haben, und sagte es Retard. Selbst die Polizei, sagte er, scheint bei diesem Kostümfest mitzumachen. Man kann sie nicht ernst nehmen. Die Schönheit der Landschaft, das Pittoreske ihrer Bewohner, sagte er, man muß es heute im Museum suchen, in den Bildern der Werefkin, der Münter oder Kandinskys.

Wie aus Puppenstuben traten die Bewohner aus ihren Häusern, aus ihren Apotheken, Metzgereien, Bäckereien, Konditoreien, alles frisch gestrichen und gelackt, verpackt, und die Blumenbeete gegossen, das kleinste Unkraut ausgemerzt. Hier auszusteigen, sagte Retard, wäre lebensgefährlich, es reicht, daß wir ihnen den Anblick unseres rostigen Autos zumuten.

Nadja zerknüllte die ausgerauchte Zigarettenschachtel und warf sie aus dem Fenster. Ein Wurf, der Unglück zu provozieren schien. Schon bogen wir in die Ausfallstraße ein, vor uns die Wälder zur Grenze. Da versagte das Auto, Retards geliebter und gehegter Weißer Wal, Erbstück seines stets mit Respekt beschworenen Freundes Berlinguer (verschollen oder verstorben), das in Belgien gebaute schwedische Ungetüm mit den zerschlissenen Polstern, dem durchgerosteten Auspuffrohr (wir waren unüberhörbar), den versagenden Scheibenwischern, der verklemmten Fensterkurbel. Es war das Kühlsystem, das versagte. Der Kühler kochte noch einmal auf, als wir die Motorhaube hoben, Wasser verdampfte und verströmte wie bei einer defekten Zentralheizung. Ein Bild, sagte Retard, das ich als Kind und auch später so oft gesehen habe, wenn die armen russischen Muschkoten am Straßenrand standen neben ihren kochenden Lastwagen des letzten Krieges, als befänden sie sich noch immer auf dem Vormarsch zwischen Lemberg und Berlin.

Wir standen um das Auto herum wie drei Ganoven, die mit einem gestohlen Fahrzeug nicht umgehen können. Es dauerte nur Minuten, und ein Polizeiauto hielt neben uns, beinahe unbemerkt, mit leise tuckerndem Motor. Retard griff nach seinen Papieren, noch ehe man ihn dazu aufgefordert hatte. Die Beamten winkten ab, behäbig in den Gesten und anteilnehmend im Tonfall. Sie blickten aufs Nummernschild und nickten. Ein Ostler, der sich diesen Schrott hatte andrehen lassen (wie später Retard ihre Blicke deutete).

Nach Brandenburg, sagte schließlich einer, kommen Sie damit wohl nicht mehr.

Retard nickte, und die Beamten streiften uns mit ihren wachen Augen. Sie nahmen die Sache in die Hand, handelten für uns, um unsere (wie aus einer anderen Zeit stammende) Erscheinung aus der Welt zu schaffen. Um uns herum war alles absolute Gegenwart.

Von ihrem Auto aus telefonierten die Beamten mit dem Abschleppdienst, und uns bestellten sie ein Taxi, in das wir unsere Koffer und Taschen luden. Nadja klaubte, was sie unterwegs ausgezogen, zusammen und stopfte alles in einen Plastikbeutel mit der Aufschrift MOSCOW DUTY FREE. Da faßte sie der eine Beamte noch einmal ins Auge und bat freundlich um ihren Ausweis. Das interessierte auch mich, und während Retard schon ins Taxi gestiegen war, die Krücke in der einen, die erloschene Zigarre in der anderen Hand, reichte Nadja den Beamten einen blauen Paß. Es war der ostdeutsche Paß, den auch Retard besaß, und kein russischer (himbeerfarben), wie Retards Geschichte über Nadja als einer Schwester des Mateo-Alemán-Preisträgers mich hatte glauben machen wollen. Der Beamte entschuldigte sich und verschwand mit dem Paß im Polizeiauto. Wieder wurde telefoniert, und wozu wir in Sevilla ein Jahr gebraucht hätten und fünf in Madrid, als ich Beschaffungssekretär war, vollzog sich in diesem namenlosen bayerischen Kaff in Minuten.

Ich bedaure, sagte der Beamte und baute sich vor Nadja auf, und er tat so, als vergleiche er noch einmal das Paßbild mit Nadjas magerem, von rotem Sichelhaar eingerahmten Vogelgesicht. Es liegt ein Haftbefehl gegen Sie vor, wir müssen Sie bitten, uns so lange Gesellschaft zu leisten, bis unsere Kollegen von der Kripo eintreffen.

Jetzt merkte auch der Taxifahrer, daß dies kein schnelles Geschäft werden würde. Retard in seinem Ärger schien noch immer nichts begriffen zu haben. Er kurbelte das Fenster herunter und steckte seinen reisemüden Gelehrtenkopf heraus: Je vous'en prie, sagte er auffordernd zu uns, was das Mißtrauen der Beamten weiter anfachte. Ausländer und aus Brandenburg? Nun baten sie auch mich und dann Retard, unsere Pässe oder Ausweise zu zeigen. Daß ich, meinem Paß nach, ein Mexikaner sein sollte, schien sie zu verstimmen. Auf diese Vermutung wären sie überhaupt nicht gekommen. Eher hätten sie in dir, sagte Retard auf spanisch und duzte mich mit einemmal in dieser Stunde der Gefahr, die uns unter den Blicken der Beamten zu Verschwörern machte, einen schweigsamen Schweden, versoffenen Iren oder Gott behüte einen ziemlich nördlichen Preußen vermutet. Denn wie holt man sich in Mexiko diese Sommersprossen, amigo?

Retard bekam seinen Paß sogleich zurück; eine gewisse Solidarität unter Landsleuten schien hier zu funktionieren – vielleicht, um mich zu beeindrucken. Auch ich bekam meinen Paß zurück. Daß die Ausländerbehörde in Belgien mich registriert und ich also bereits im Computer der Europäischen Gemeinschaft steckte, nahm ihnen ihr Mißtrauen.

Das Abschleppfahrzeug rückte an, und die Polizisten sahen zu, wie der Volvo wie ein erlegtes Wild an Ketten hochgezogen wurde.

Nadja, den Plastikbeutel in der Hand, stand sehr blaß und mit verbissenem Mund da. Ich wußte nicht, ob Retard inzwischen begriffen hatte, was vorgefallen war. Wieder hielt geräuschlos, wie aus dem Nichts materialisiert, ein BMW neben uns. Zwei Herren in Zivil, die schnellen Schrittes auf mich zutraten, der ich ihnen, die Hände in den Taschen, entgegensah. Einer der Beamten trat zwischen uns und zeigte auf Nadja. Nun war auch Retard ausgestiegen, so daß die Zivilisten uns beide meinten, als sie sagten: Es wäre gut, wenn wir Sie für etwaige Rückfragen zur Verfügung hätten, Sie werden ohnehin (Fingerzeig auf den abgeschleppten Volvo) bis morgen im Ort bleiben müssen. In welchem Hotel wohnen Sie?

Der Taxifahrer entschied die Frage und sagte gelangweilt: Hotel »Zur Brieftaube«.

Es blieb keine Zeit, ein Wort mit Nadja zu wechseln oder (wie in einem Film) etwas Zuversichtliches zuzurufen. Retard wandte sich ab, als müsse er sein Gesicht verbergen und stieg ein zweites Mal ins Taxi. Der BMW mit Nadja an der Seite eines der Herren bog vor uns in eine Nebenstraße.

Was hat s'n ausgefress'n, Ihre Tochter, fragte mich der Taxifahrer. Retard fuhr ihn an: Geht Sie erstens nichts an, und zweitens versteht der Herr zum Glück Ihre Sprache nicht.

Sie hätten den gottverdammten Ort nicht verwünschen sollen, sagte ich auf spanisch zu Retard, und vergaß, daß er mich geduzt hatte. Es gab in meinem Leben nur drei oder vier Leute, abgesehen von einigen Frauen, mit denen ich per du war.

La puta leche, sagte Retard. Am Hotel »Zur Brieftaube« angekommen, stapelte der Fahrer unser Gepäck auf dem Bürgersteig, nannte den Preis, kassierte und ließ uns stehen.

Eigentlich, sagte Retard und las zum wiederholten Mal die Angaben auf der Karte, die ihm der Mann vom Abschleppdienst gegeben hatte (der passenderweise auch eine Reparaturwerkstatt unterhielt); eigentlich wollte ich Ihrer Knastgeschichte die meine folgen lassen, 1957 bis 62, im Gelben Elend zu Bautzen, auf dem Hohenasperg der DDR.

Es hätte mich interessiert, sagte ich höflich, aber mehr noch interessiert mich für den Augenblick die Verhaftung Nadjas, unserer schwer einschätzbaren Reiseschwester.

Das kann ich mir vorstellen, sagte Retard. Ich zögere, Ihnen zu offenbaren, was ich weiß. Denn zunächst werde ich in Ihren Augen als Lügner dastehn.

Seien Sie in dem Punkt unbesorgt, wir alle lügen gelegentlich mit der Wahrheit. Sie ist keine Russin?

Nur mit der begabteren Seite ihres Körpers, sagte Retard und lachte heiser.

Wir saßen in der geblümten, mit Tischdecken, Grünpflanzen und Korbmöbeln neckisch versehenen Veranda des Hotels, das nach Sauberkeit roch. Ein Mädchen, in welchem Retard eine Tschechin oder Slowakin von jenseits der nahen Grenze vermutete (die neuen Neger, die Ostvölker), wischte die Treppe, die von der Veranda in die Etagen führte. Wir gaben ihr ein Zeichen, da sich sonst niemand blicken ließ, und bestellten bei ihr Kaffee und etwas Alkoholisches. Woditschka, ergänzte Retard, Slivovitz, Bororwitzka ... das Mädchen nickte und brachte zum Kaffee einen Enzian. Ich weiß nicht, wie sie es anstellte, aber als ich zum Glas greifen wollte, fühlte ich ein Stück Papier in meiner Hand, einen Zettel, mit einer Zahlenreihe. Big Brother läßt grüßen! Ich trank das wässrige Getränk mit einem Ruck aus, zum Erstaunen Retards, der noch einmal das Mädchen herbeiwinkte, ich hielt ihr meine offene Hand hin, und sie stellte, ohne uns anzuschauen, die Flasche auf den Tisch.

Nun, sagte Retard, es ist nicht viel zu erzählen. Kennengelernt habe ich Nadja, wie sie gewiß nicht heißt, auf einem Vortragsabend vor leichten psychiatrischen Fällen in einer Anstalt am Rande von Leipzig. Ich berichtete über einige Aspekte der neueren russischen Literatur, was sonst nicht mein Thema ist. Aber nach meiner

Evaluierung aus der Akademie (Retard kostete das Wort aus und goß noch einmal nach) konnte ich nicht wählerisch sein. Ich rutschte vermutlich schnell in mein Lieblingsthema, in jenes Was-vermag-Literatur-an-sich, wie sehr ist sie eine Bewußtseinsdroge, wie sehr war und ist sie, in unseren östlichen Ländern, Ersatz gewesen, ein Traum, der Träume erzeugte. Indes die Literatur des Westens eher ein Traum ist, der Ungeheuer erzeugt. Da kam dieses Mädchen auf mich zu, von weitem beobachtet von einer Schwester oder einem Assistenzarzt, der über sie wachte, vielleicht auch aus Eifersucht wachte. Ich sah sofort, daß sie nicht von dieser Welt war.

Übertreiben Sie nicht, sagte ich. Eine manische Leserin wird sie gewesen sein und mehr oder weniger die platonische Liebhaberin aller Dichter und Schreiber, der toten wie der lebenden.

So ungefähr, mein lieber Alemán. Es gab derlei Heilige wohl auch in Ihrem Jahrhundert.

Ich kann mich nicht erinnern, jemals in der Öffentlichkeit aus meinen Büchern vorgetragen zu haben.

Seien Sie froh, sagte Retard. Nun, wir damals, Nadja und ich, kamen sofort ins Gespräch, oder vielmehr es war ein raunender Monolog von ihrer Seite, dem ich mit konkreten Absichten Einhalt zu gebieten suchte. Wir beschlossen, gemeinsam ein Buch – nicht zu schreiben, uns eines *auszudenken*, einen Verlag zu gründen, einen Preis zu stiften, für den wir freilich die Geldgeber erst suchen mußten. Nadja lieferte sofort die Stichworte, in ihrer anhaltenden Schizophrenie gab sie sich für die Schwester eines noch immer im Gulag schmachtenden russischen Schriftstellers aus, ein gewisser Kusmin Korolenko, dem zu helfen war, wenn man sein Buch prämierte, egal ob das vollständige Manuskript bereits im Westen war oder nicht. Und so kamen wir schließlich nach Brügge. Den Rest kennen Sie.

Gut, sagte ich, aber was ist mit Nadjas Krankheit?

Mit einer Depression fing es an, sagte Retard zögernd. Habe ich Ihnen nicht davon in Montpellier erzählt? Ein Freund, der an der Mauer erschossen wurde? Ein Selbstmordversuch, der mißlang. Und dann versuchte sie mit einem Messer ihre Mutter anzugreifen, weil sie, eine Parteigenossin, indirekt Schuld trage am Tod des Jungen. Ich nehme an, ihre Mutter wird den Haftbefehl erwirkt haben. Am Ende wird es auf eine neue Einlieferung in die Psychiatrie hinauslaufen.

Was können wir tun?

Was haben wir damit zu tun?

Waren nicht auch Sie in der Partei?

Sollen wir nun alle in die Psychiatrie, sagte Retard und goß uns noch einmal die Gläser voll.

Die Geschichte mit dem Roman, den es nicht gibt, der erfundene Autor, man wird auch Sie belangen.

Kümmern Sie sich bitte, erwiderte Retard, um Ihre eigenen Fantasien.

Wer gab das Geld für den Preis, sagte ich, als hätte ich ihn nicht verstanden.

Eine von den hunderttausend Stiftungen. Eine Art Geldwaschanlage. Die Industrie verkauft Giftgas in den Iran. Dann stiftet sie zu Hause einen Preis, um jemand zu prämieren, der den Kommunismus bekämpft hat, der diese Art Schweinereien früher einmal an den Tag brachte.

Um von den eigenen abzulenken.

Retard zuckte die Achseln. Ich schwieg und steckte den Zettel mit den Zahlenkolonnen in die Brusttasche.

Und dieser Korolenko, sagte ich, gibt es den?

Wer weiß, sagte Retard. Zu jedem möglichen Text gibt es einen möglichen Autor. Die Fantasie an die Macht! rief Retard mit einmal aus, scheinbar ohne jeden Zusammenhang.

Das Mädchen, das noch immer so tat, als sei es mit dem Wischen der Treppe beschäftigt, drehte sich um und zeigte ihm einen Vogel.

Wie werde ich jetzt erfahren, sagte ich, wie der Roman endet?

Wir schreiben Anfang Mai, sagte Retard, und der Roman hat den November im Titel. Warten Sie ab. Wer zuviel weiß, den bestraft das Leben.

Werden wir nach Moskau reisen, um den Ausgang des Romans zu erfahren?

Vielleicht, sagte Retard. Falls Ihre Zeit es erlaubt.

Ich nickte und griff nach dem Zettel in meiner Tasche. Die Absichten meiner Auftraggeber waren wie ein Fahrplan, der sich nur von Station zu Station entziffern ließ.

Wußten Sie, sagte Retard (und spielte auf den Moskauer Reformator an), daß die einfachen Leute, die sogenannten russischen Seelen, Angst vor ihm hatten wie vor dem Teufel?

Nein, sagte ich.

Ich meine den neuen Luther, Sie wissen schon, den Thesenmacher und falschen Propheten. Einer mit diesen Muttermalen an Stirn und Glatze, den hat der Teufel schon im Mutterleib getreten, sagten die Leute.

Ähnlich sprachen wir, sagte ich lachend, in unserem Nazarener Verein über den Wittenberger und dichteten ihm einen Klumpfuß an.

Und, sagte Retard, hatte er etwa keinen?

Mich schien Nadjas Schicksal mehr zu beschäftigen als Retard. Am Nachmittag rief ich bei der Kriminalpolizei an, die am Telefon jede Auskunft verweigerte. Retard überraschte mich, als ich auflegte.

Sie brauchen sich nicht zu bemühen, sagte er. Man wird sie nach Berlin überstellen. Diese Beute gehört nicht in dieses Revier. Ich war bei der Polizei und habe eine Tasche mit ihren Sachen abgegeben, und ihr ein paar Zeilen geschrieben, die man ihr hoffentlich aushändigen wird.

Ich staunte. Er mußte sich ein Taxi bestellt und mit der schweren Tasche Treppen und Fahrstühle bewältigt haben, mit der Energie eines Liebenden oder eines Vaters.

Den Dicken (er meinte das Auto) können wir morgen abholen.

Die Rechnung für die Reparatur war beunruhigend hoch. Sie hatten ohne Aufforderung auch noch den Auspuff erneuert und andere Kleinigkeiten erledigt. Ich beglich gegen Retards Protest die Rechnung mit Hilfe meiner Scheckkarte. Denn verfügte ich nicht über ein Konto, das unermeßlich sein mußte wie die Gaben von Aladins Wunderlampe?

Poderoso caballero es Don Dinero, sagte Retard.

Die Zahlenkolonne auf dem zerknitterten Zettel in Buchstaben umzusetzen, gelang mir erst jenseits der Grenze. Retard war viel zu sehr mit seinem reparierten und geputzten Auto beschäftigt, um mich dabei zu stören. Er lauschte auf das Geräusch des wie immer heiseren Motors, klopfte ans Glas der Armaturen und betätigte jeden möglichen Schalter. Die Mechaniker hatten ihm den Sitz verstellt, den er nun wieder ächzend und verärgert seiner Statur anpassen mußte.

Indes wir die Straße nach Brno nahmen, dechiffrierte ich: BEWÖLKTES BRATISLAVA, HEITERER ABEND IN PIEST'ANY; GEWITTER ÜBER DEM SCHEUNENVIERTEL, BERLIN UND MAINZ HEISS.

Mir blieb dunkel, aus welchen Gründen Retard beim Anblick der slowakischen Landschaft ins Schwärmen

# VII

geriet. Er hob die Arme vom Lenkrad, und das auf schlechter Bergstraße, und rief: Schauen Sie doch, die Berge, die Täler, die Wiesen!

Haben wir nicht beinahe die gleichen Berge, Täler, Wiesen auf der anderen Seite der Grenze gesehen?

Die Grenze zwischen Tschechen und Slowaken, nun gut. Lassen Sie uns anhalten und die Stille und Schönheit dieser Bergwiesen in uns aufnehmen.

Ich hatte nichts dagegen, mir die Beine zu vertreten. Unter uns dehnte sich ein Abhang aus, und aus der Tiefe kam das Geläut und Gebimmel einer Schafsherde zu uns. Retard fand einen Feldstein, groß genug, daß er darauf Platz nehmen konnte.

Ihr Spanier, rügte er mich, habt keinen Sinn für die Natur.

Sie ist die Mutter der Täuschungen, sagte ich.

Sie ist die Mutter des deutschen Gemüts. Wie steht ihr zu den Deutschen?

Ich lachte und wußte, was er hören wollte. Ich besann mich, und dann fiel es mir ein: Ich sehr gut … sie sind von meiner Gemütsart, die anderen Nationen täuschen sich, wenn sie die Alemannen animalisch nennen, und ich wage zu behaupten, daß sie die großartigsten Menschen Europas sind.

Ja, sagte Retard, aber nicht die vornehmsten.

Zwei Spanier-Körper hat ein jeder Deutscher.

Ja, aber nicht das halbe Herz.

Wie wohlbeleibt!

Doch ohne Seele!

Wie frisch!

Und auch frostig!

Wie hochgewachsen!

Keineswegs hochgesinnt!

Welch goldenes Haar!

Und was für Gelbschnäbel.

Sie sprechen die älteste Sprache von allen.

Und die barbarischste auch.

Sie sind begierig, etwas von der Welt zu sehen.

Und wäre dem nicht so, sie wären nicht von dieser Welt.

Es gibt da große Künstler.

Aber keine großen Gelehrten.

Bis in die Fingerspitzen haben sie Feingefühl.

Es wäre besser, sie hätten es im Kopf, sagte ich.

Im Gehirn, sagte Retard, der seinen Gracián besser kannte als ich. Haben Sie ihn gekannt?

Mit Respektspersonen, sagte ich, scheue ich den Umgang.

Verehrung ist eine allgemein schwach entwickelte Tugend, sagte Retard.

Ich mußte Einblick in seine Akte nehmen, sagte ich, er hatte die ersten beiden Teile eines Romans ohne die Genehmigung seines Ordens veröffentlicht, er war ja Mitglied des Jesuitenordens, und danach bekam er Publikationsverbot, das er abermals durchbrach mit der Veröffentlichung des dritten Teils. Man erlegte ihm Buße auf bei Wasser und Brot und verbot ihm das Schreiben und das Lesen.

Es waren sanftere Zeiten, sagte Retard. Mit Ihnen wäre man anders umgesprungen. Was mich interessiert, ist: Wieso konnten oder mußten Sie Einblick in seine Akte nehmen? Als der dritte Teil seines Buches *Über die allgemeinen Laster des Menschen* erschien, 1657, war das ein halbes Jahrhundert nach Ihrer Zeit.

Niemand kennt das Jahr meines Todes, sagte ich, Ihre Zeitangaben, lieber Doktor Retard, sind eine seminaristische Setzung. Sie vergessen, daß ich der Diplomat der Universität von Sevilla bin und für meine Abschlußarbeit, 1975, *Der Dichter und sein Zensor*, mußte ich die geheimen Akten des Jesuitenordens studieren.

1975, sagte Retard und dehnte jede Silbe, während er auf einem Grashalm kaute. Natürlich wollten Sie sich an dem Alten rächen, der Ihren Roman auf seine Weise weitergeschrieben hatte.

Ich genoß den Vorteil, sagte ich, zwei Jahre zuvor, in einem Gefängnis des Diktators, Mateo Alemán geworden zu sein. Ich überlebte die Folter in dieser Inkarnation.

Retard sah mich lange an, als sei er über dieses Geständnis enttäuscht. Ich lenkte ihn ab, indem ich auf den Schäfer zeigte, der den Abhang hochkam, begleitet von seinen hechelnden Hunden und seiner auseinanderlaufenden Herde ungeschorener Schafe.

So etwa könnte Ihr Gracián ausgesehen haben, sagte Retard, ein Moralist, der die frische Luft der Berge mehr liebte als das von Weihrauch verpestete Gemach, wo er seine Bücher schrieb.

Wir wollen ihn nach dem Sinn des Lebens fragen, sagte Retard und erhob sich, um den Schäfer zu begrüßen.

Es war ein alter Mann, der unter seinem Umhang verschwand. Sein Gesicht im Schatten des großen Hutes war voller mürrischer Falten. Der Alte schob einen sehnigen Arm aus seinem Umhang und schien uns verscheuchen zu wollen. Zu seinem Verdruß merkte Retard, daß er kein Wort von der Sprache des Mannes verstand. Dann machte er den Fehler, den Alten auf russisch anzusprechen. Derart herausgefordert, holte dieser zu einer großen Verwünschung aus, in die seine Hunde einfielen, während die Schafe weiter grasten und sich über den Abhang verteilten. Nach einer Weile merkte ich, daß ich auch für diese Sprache, für das dörfliche Slowakisch des Alten, begabt war, denn ich übersetzte zur Verwunderung Retards, was der Schäfer uns drohend zurief.

Das ist nicht unser Gracián, sagte Retard, er macht eher den Eindruck, der Schwiegervater des Lebens zu sein.

Russen! rief der Schäfer, Russenschweine seid ihr, Auswurf Gottes, Landplage, hergefallen über unsere christlichen Länder wie die Heuschrecken, aus Prag habt ihr euer Hauptquartier gemacht, doch uns habt ihr nicht besiegt, das heiligste Land im Herzen Europas, Satansknechte, die ihr Mensch und Natur mit Füßen tretet und unsere Priester nach Sibirien verschleppt habt ...

Retard hob Stock und Arme und sah mich an. Klären Sie den Mann auf, Alemán, oder es gibt ein Unglück.

Ich versuchte den nackten Arm des Alten zu berühren, und fast hätte mich einer seiner Hunde angefallen. Während der Schäfer das Tier zu beruhigen suchte, konnte ich ihm zurufen: Wir sind Deutsche, Deutsche!

Retard grinste und sagte: Darf ich vorstellen, Herr Matthäus Teutsch, und ich bin Alexander Retard, ein Freund der Slowakei.

Der Schäfer schien mit einemmal wie vom heiligen Geist berührt. Er lüftete seinen Hut, kam noch näher auf uns zu und schloß uns in seine Arme, während die Hunde aufhörten, zu hecheln und die Zähne zu blekken; jetzt wedelten sie mit dem Schwanz.

Wir hatten Mühe, uns der nach Käse und Knoblauch riechenden Umarmung zu erwehren. Der Alte trat einen Schritt zurück, runzelte abermals die Brauen, zeigte auf das weiße Auto, schien von uns ein zweites Mal Maß zu nehmen, meinen hellen Anzug betrachtend sowie Retards Reisejackett aus großkariertem Glencheck.

Ja, Ihr seid die Leute, sagte der Alte und trat zurück (wieder knurrten die Hunde), mit Euch wird die Weisheit sterben.

Ich übersetzte für Retard, der nun aufmerksam zuhörte und von Mal zu Mal nickte.

Ich habe sowohl ein Herz wie Ihr, und bin nicht geringer als Ihr ... Fragt doch das Vieh, das wird Euch lehren, und die Vögel unter dem Himmel, die werdens Euch sagen. Oder redet mit der Erde ... Ja, bei den Großvätern ist die Weisheit, und der Verstand bei den Alten! Er nimmt weg den Hochmut der Obersten des Volkes im Lande, und macht sie irre auf einem Umwege, da kein Weg ist.

Ein Wanderprediger der Wende? sagte Retard. Fragen Sie ihn, ob er eine Antwort von uns will. Und sagen Sie ihm, daß auch ich ein Großvater bin.

Der Schäfer winkte ab und wurde wieder freundlich, fast zutraulich, bot uns einen Schluck aus seiner Flasche an, was wir ablehnten. Dann drückte er uns ein Abziehbild in die Hand, das wir an die Windschutzscheibe des Autos kleben sollten.

Gern, sagte Retard, und ich ahne, was der Text meint: Freiheit für die Slowakei ... ein Europa der Separatisten. Wie gut, daß wenigstens wir Deutsche für die Einheit votiert haben.

Der Schäfer nahm selber einen Schluck aus der Flasche, und ein starker und angenehmer Geruch nach Pflaumenschnaps verbreitete sich. Dann sagte er: Der Gottlose bebet sein Leben lang, und am Tyrannen ist die Zahl seiner Jahre verborgen.

Wie verbeugten uns und zogen uns langsam, die Hunde im Blick, in das Auto zurück. Retard fuhr zu schnell an, und der Alte verschwand hinter uns in einer Staubwolke.

Wie kann so harmonische Natur, sagte Retard und kaute an seiner Zigarre, einen so beschränkten Heiligen hervorbringen.

Er hat unentwegt Hiob zitiert, sagte ich, in der Bibel kenne ich mich aus.

Ich weiß, sagte Retard, Heilige und Verbrecher, als hätten wir in allen Jahrhunderten keine andere Wahl.

Und Sie und ich dazwischen. Die Rolle des Vermittlers ist immer die schwierigste.

Retard schwieg und war mit der Straße und der Landschaft beschäftigt. Er schob eine seiner Mozartkassetten in den Recorder, drehte laut auf, es war die Prager Symphonie, die Ersatz bot für eine Pressburger Symphonie, die Mozart nicht geschrieben hatte. Der erste Satz, wie immer, erschreckte mich bis ins Herz, eine schwarze Hiobsmusik, eine Teufelsmusik, welche die Verdammnis Don Juans ankündigt und an das Vorspiel zum *Don Giovanni* erinnert. Retard würde es später bestätigen.

So kamen wir nach Bratislava.

Ein Glück, sagte Retard und schien mich wieder wahrzunehmen, hier erwartet uns niemand.

Ich hatte mich nicht nach seinen Plänen erkundigt, nach seinem nächsten Vortrag.

Wir werden, sagte er, in Piešt'any am Vah, wo man die Lahmen heilt, verweilen und vor internationalem Publikum vortragen. Nur was?

Nadja wird Ihnen fehlen, ohne ihre Inspiration können Sie nicht aus dem nicht vorhandenen Roman Korolenkos vorlesen.

Sie werden staunen, sagte Retard und bat mich, aus seiner Mappe im Fond ein Diarium herauszunehmen.

Es ist ein Geschenk meiner Frau, sagte Retard, vor der Abreise, damit ich ein Tagebuch dieser Reise für sie führe, ein hintergründiges Ansinnen, nicht wahr? Sehen Sie.

Ich schlug die erste Seite auf: DER 13. NOVEMBER stand da, geschrieben in steilen Großbuchstaben, und dann folgte Seite auf Seite ein Text in winziger Schrift.

Es ist der Roman des Romans, sagte Retard, das nicht für die Öffentlichkeit bestimmte Protokoll unserer Bekanntschaft.

Wir parkten in Nähe des St. Martin-Doms, den Retard besichtigen wollte. Spätes vierzehntes Jahrhundert! So begaben wir uns mit anderen Reisenden in die weihrauchgeschwängerte Kühle des Mittelschiffs, wo das gedämpfte, dank der bunten Bleifenster ins Mystische verwandelte Licht auf die wenigen Beter fiel. Retard nahm umständlich Platz, den Stock zwischen den Knien. Ich ging herum und unterdrückte den zwanghaften Wunsch, das Knie zu beugen und die Hand das Kreuzeszeichen machen zu lassen. Niemand würde mich hier deshalb der Ketzerei verdächtigen und als Converso anzeigen, wie damals in Sevilla. Hinter mir kamen etliche Männlein und Weiblein, wie aus dem Altersheim, und betrachteten mich mißtrauisch. Ehe ich ausweichen konnte, befand ich mich in ihrer Mitte, aus der ich, während sie die abgenutzten Kniegelenke ächzend beugten, herausragte wie der Engel des Bösen. So beugte auch ich das Knie, um mich zu verbergen.

Retard, dem die Szene nicht entgangen war, grinste mir zu und erhob sich, ohne dabei merklich größer zu werden.

Ich erhob mich rasch, schlug unwillkürlich das Kreuz und schob mich durch die Schar der ärmlichen Alten, die einen verzweifelten Eindruck machten, was vermutlich täuschte und eher eine Art Maske war, die seit vielen Jahren auf ihren Gesichtern lag und sich nicht ablösen ließ. Einige tappten in die Bankreihe, aus der Retard heraus wollte, so daß er nach rechts weiterrutschte, bis er den Gang erreichte. Hier hatte er mich ganz aus den Augen verloren, so daß wir eine Weile durch den Dom irrten, bis wir uns im hinteren Teil, vor der Tür zum, wie wir meinten, Refektorium fanden. Es war eine ziemlich neue Tür, was die Konstruktion betraf, und zu unserer Überraschung bestand sie fast nur aus schwerem Glas, über das man vergessen hatte, den dunkelgrünen Vorhang zu ziehen.

Die Büglerinnen von Degas, sagte Retard beim Anblick des Bildes und freute sich.

Es sind zwei Nonnen eines unbekannten slowakischen Meisters, sagte ich, und wir hielten unsere Gesichter näher ans Glas.

Es mußten, dem Alter nach, Novizinnen sein, die eine über ein Bügelbrett gebeugt, indes die andere ihr irgendwelche Wäschestücke zuschob, die zu bügeln waren. Aus einer Art Salzstreuer schüttete eine ältere Nonne, die uns jetzt erst auffiel, Wassertropfen auf die Wäsche. Die Mutter Oberin, die ihnen beibringt, was sie sonst, zusammen mit ihrer Aussteuer, fürs Leben mitbekommen hätten. Die Szene hatte in ihrer Mischung aus praktischem Tun und geistlicher Entrückung (welche die Gewänder der Nonnen suggerierten) eine magische Anziehung. Überglänzt vom Glas und angestrahlt aus dem Hintergrund von einer einsamen Lampe, schien es zugleich ein prächtiges gerahmtes Bild zu sein, seltsamerweise lebendig geworden, wenn auch die Bewegungen der Büglerinnen und der Eifer der Wasserstreuerin etwas Mechanisches, Aufgezogenes hatten, so daß wir auf das Auslaufen des Mechanismus zu warten schienen, auf die Rückverwandlung in ein Ölgemälde aus dem fünfzehnten Jahrhundert, als der Dom mit einem Hochamt eingeweiht worden war und König Matthias I. Corvinus, wie mir Retard zuflüsterte (er war ja in allen Lebenslagen eine wandelnde, wenn auch hinkende Enzyklopädie), in Bratislava die erste ungarische Universität gegründet hatte.

Noch ein Mateo? fragte ich, und Retard nickte: Sie stehen einmal mehr auf historischem Boden, mein lieber Alemán.

Da traf uns der Blick der Mutter Oberin, und schon wollten wir uns wie zwei an der Badezimmertür ertappte Voyeure ins Halbdunkel des Doms zurückziehen, als sich die Tür öffnete und die Oberin, deren wächserne Züge ein Lächeln zu erschweren schienen, uns freundlich hereinwinkte, oder vielmehr bat, doch einen Schritt zu riskieren und den Fuß auf die Türschwelle zu setzen.

You may come in a little, sagte die Mutter Oberin, die Englisch für die basic language aller Reisenden hielt.

Oh ssänk yuh, sagte Retard, der ungern Englisch sprach und versuchte, an der Oberin vorbeizukommen, um die Novizinnen etwas genauer in Augenschein nehmen zu können.

Curiosity kills the cat, sagte eine von ihnen, und die andere kicherte, so daß die Oberin entschuldigend zu mir sagte: Never mind.

Never, sagte ich und entschuldigte mich dann auf slowakisch für unsere Neugier.

Oh, sagte die Mutter Oberin, Sie sprechen sehr gut unsere Sprache, und sie wiederholte den Satz für Retard, diesmal auf deutsch: Oh, er spricht sehr gut unsere Sprache.

Teuflisch gut, sagte Retard und schlug sich auf den Mund.

Eine bekannte deutsche Redensart, sagte die Oberin, machen Sie sich nichts daraus.

Nun fehlte noch, dachte ich, daß sie uns zum Sitzen aufforderte und Bier oder Wein anbot.

Die Büglerinnen hörten nicht auf zu bügeln, aber es war mehr eine auslaufende, einen anderen Zustand verratende Bewegung, die Retard mit seinen Blicken verfolgte wie eine Katze die vergeblichen Fluchtversuche einer Maus beobachtet. Es war unleugbar, daß beide Novizinnen nicht nur dank ihrer gestärkten, Sauberkeit ausstrahlenden Gewänder etwas Verlockendes hatten, wie eine gut verpackte Ware. Man spürte die Wärme unter diesen Gewändern, ahnte die Unruhe der Beine (Retard würde es später sehr viel deutlicher ausdrücken), die Rundung der Schenkel, die Spannkraft der Sehnen, die zu den Fersen hinunter eine Gefahr signalisierten, so daß die Füße tänzelten und ausschlugen, als erklänge im Dom die englische Sarabande eines unsichtbaren Orchesters.

À la bonne heure, sagte Retard, als wäre dies der Salon eines Pariser Faubourg.

Die Oberin mußte bei sich entschieden haben, die ungleichen Herren schnellstens wieder loswerden zu müssen. Sie kam, das wächserne Lächeln im Gesicht, aus der Tiefe des Bügelraumes zurück mit einem Blatt Papier in der Hand, einem Faltblatt.

Wir haben auch eine Druckerei, nicht ganz legal, flüsterte sie uns zu, und ihr Gesicht hatte Mühe, augenzwinkernd etwas Konspiratives auszudrücken.

Svoboda, sagte sie, Freiheit für die Slowakei!

L'udovit Stúr, parierte Retard mit dem Namen des slowakischen Nationalhelden im neunzehnten Jahrhundert. Gut daß er immer alles im Kopf hatte. Das Gesicht der Oberin schmolz hin bei der Nennung des heiligen Namens, und sie flüsterte uns andere Namen zu, die Retard leider nicht geläufig waren. Dann reichte sie uns das Faltblatt, schlug das Kreuzeszeichen über das Papier und über uns, und während unsere Augen nicht von den Novizinnen wollten, schob sie uns mit sanfter Hand durch die Glastür. Die Tür fiel ins Schloß. Wir blickten zurück, und die drei Nonnen erstarrten in ihren Bewegungen. Diesmal waren wir sicher, daß da anstelle der

Glastür seit vierhundert Jahren ein, vielleicht unlängst restauriertes, Gemälde hing.

Retard ließ sich im Hinausgehen von mir das Faltblatt übersetzen. Er winkte ab: Lesen Sie lieber, was da unterm Strich steht.

Unterm Strich zeigte sich die finanzielle Basis der Freiheit: Ein Eisbecher lud zum Besuch eines Cafés am Markt ein. Drei Mannequins zum Besuch einer Modenschau.

Und hier, sagte Retard, was ist das?

Es ist die Einladung, die Last Ihrer Seele, die Mühsal Ihres Körpers abzuwerfen im Massagesalon AURORA, in der ...

Lassen Sie uns unsere müden Schritte dahin lenken, sagte Retard, und ich erinnerte ihn daran, daß wir noch kein Quartier in der Stadt hatten.

Eben deshalb, sagte er.

Die Kostbarkeiten der Altstadt, wie Retard sich ausdrückte, wollten wir uns nicht entgehen lassen, solange die Restaurateure ihr Gesicht nicht geschminkt hatten. Im Gehen fiel ihm ein, er müsse endlich auch an Geschenke für die Lieben daheim denken, denen er noch nicht einmal geschrieben habe. Auch ich hatte noch keine Zeile nach Sevilla geschickt, vermutlich zum Verdruß meiner unsichtbaren Auftraggeber. Ich zog den Zettel aus der Tasche, den mir die Kellnerin zugesteckt hatte – BEWÖLKTES BRATISLAVA HEITERER ABEND IN PIEST'ANY, lächerlicher Code eines Geheimdienstes, der wie so oft in der Geschichte dieser Dienste einen verhinderten Dichter beschäftigen würde, sich diese meteorologischen Metaphern auszudenken. Ich zerriß den Zettel und streute die Schnipsel ins bewölkte Wetter über der Donau, wo sie bis zu den Malé Karpaty fliegen würden. Hotel »Zur Brieftaube«? Ich wußte, auch wenn ich keine Berichte schickte, daß sie mich observierten und als Chiffre auf ihren Bildschirmen haben würden.

Retard, in Gedanken wohl noch immer mit den Lieben daheim beschäftigt, hielt vor einem Schaufenster voller Damenunterwäsche.

Schauen Sie nur, sagte er, es ist ein platonischer Harem, diese wächsernen Mannequins, die die Strapse hängen lassen und denen die Brusthalter über den makellosen Brüsten spannen.

Ich hätte Bedenken, da hineinzugehen, sagte ich.

Obwohl Sie die Gabe der Verwandlung haben? Seien Sie kein Feigling, sagte Retard. Außerdem ist es die einzige und letzte Gelegenheit, zu besichtigen, was später meine Frau tragen wird.

Und für Ihren Sohn, fragte ich, um ihn abzulenken, was wollen Sie ihm mitbringen?

Es ist *ihr* Sohn, sagte er, und außerdem müßte ich dem eine Kalaschnikow mitbringen, darunter ist nichts zu machen, wollte ich mir seine Sympathie erwerben.

Der zerrissene Zettel fiel mir ein, die dritte Parole FEUER ÜBER DEM SCHEUNENVIERTEL.

Zu welcher Fraktion gehört er denn? fragte ich Retard, dessen Blicke über die Auslagen wanderten.

Lenken Sie mich nicht ab mit Ihrer verdammten Neugier, sagte er.

Ihr Heiliges Offizium könnte ohnehin nichts anfangen mit den Mischungen der neuen Zeit. Im übrigen ist der Knabe in dem Alter, wo der Funke des pubertären Idealismus rasch in materielle Gewalt umschlägt. Nur fragen Sie mich nicht, von welchem Feuer er seine Funken bezieht.

Ohne mich weiter zu beachten, trat er in den Laden. Ich beobachtete ihn durch die Scheibe, wie er seine kurzen Finger in die Seidenhöschen steckte und sie spannte; ich sah die wächsernen Mannequins lächeln und die lebendigen Verkäuferinnen strahlen über diesen Besuch eines Devisenkönigs. Sie öffneten für ihn mit williger Hand Schränke und Schubfächer, Kartons und Vitrinen, und ich ahnte, wie Retard die großen Geldscheine, von denen wir übergenug besaßen, aufblätterte, als wären es Zeitungen von vorgestern, und wie er bezahlte, ohne hinzuschauen.

Fast hätten sie, sagte er, als er beladen herauskam (und man ihm unter Danksagungen lange die Tür aufhielt), fast hätten sie das Zeug schnell mal angezogen, um mir meinen guten Geschmack zu bestätigen. Die Hülle und Fülle, um eine Prinzessin auf der Erbse zu beglücken, geschweige denn die holde Issy.

Issy? sagte ich.

Er gab mir einen langen Blick und sagte dann: Issy oder Jane oder Toska, das sollte Sie nicht weiter beschäftigen.

Ich nickte und lehnte ab, einen Blick in die Tüten und Verpackungen zu werfen, als Retard anbot, mir zuliebe die steifen Kunststoffschleifen aufzuziehen.

Der Zufall, den wir in Sevilla den mystischen Wirkungsfaktor X nannten, führte uns auf dem Weg zum Parkplatz in die Straße mit dem Massagesalon.

Aber hier ist es ja! rief Retard, das Aurora oder von mir aus: die Aurora. Kehren wir ein, mein Freund.

Mit einmal sprangen überall in Läden und Restaurants die Lichter an, die Bläue des Spätnachtmittags wich einem grellen, von roten und gelben Buchstaben getragenen Licht, das Retard mit kindlichem Staunen grüßte. Dann ließ ich ihm den Vortritt durch die schwere Tür, das Entrée mit seinen Marmorstufen, dem roten Läufer, einem Fahrstuhl, den Eiffel entworfen haben könnte und Mucha dekoriert. Ich nahm Retard ein, zwei Pakete ab, als wir die Fahrstuhltür öffneten, um in den zweiten Stock aufzusteigen.

Bedienen Sie sich auf keinen Fall einer anderen Sprache als der deutschen, mein lieber Alemán, sobald uns dieser Hörselberg aufgetan wird.

Ich staune, sagte ich. Je näher wir den deutschen Gauen kommen, desto patriotischer geben Sie sich.

Unsinn, sagte Retard, und straffte, so gut es ging, seine ganze Person. Ich möchte nur gleich die richtige Sektmarke angeboten bekommen und kein Tatarengesöff.

Ein richtiger Deutscher, sagte ich, braucht bekanntlich sein Glas Sekt, will er seinen Mann stehen.

Nietzsche, sagte Retard

Bismarck, sagte ich.

Aber da ging die Tür auf, die mehr einem Portal glich, und Schwaden starker Parfüms schlugen uns aus der rötlichen Dämmerung des Empfangssalons entgegen. Weit im Hintergrund öffnete sich eine blendende Tiefe.

Guten Abend, gnädige Frau, sagte Retard. Dürfen wir eintreten?

Ich hoffte, Retard würde diesmal darauf verzichten, mir das Dekor zu erklären, das ganz auf Art déco getrimmt war, und mir nicht beim Aufklingen der leisen Musik zurufen: Die Erste Mahler, zweiter Satz, die Tango-Imitiation!

Wir grübelten wohl beide einen Augenblick lang über die erschreckende Ähnlichkeit der Empfangsdame mit der Oberin im Bügelzimmer des St. Martin-Doms. Das gleiche wächserne Gesicht, dem freilich das Begrüßungslächeln weitaus besser gelang. Sie nahm uns das Gepäck ab, die Einkäufe, die Retard ihr ohne weiteres überließ. Leider trugen wir keine Hüte, um auch dieses Zeremoniell zu erleben, wie uns die Kopfbedeckung abgenommen würde von einer Domina, die eigens für Hutfetischisten angestellt war. Beim Anblick der Empfangsdame kam mir der Verdacht, die Aurora könne mit der von der Mutter Oberin so konspirativ angekündigten slowakischen Befreiungsbewegung zu tun haben, und so hätte auch hier Liebe mit Freiheit zu tun, Eros mit Svoboda. Retard würde es wohl eher als Korrumpierung beider angesehen haben. Ich lächelte und war einverstanden mit dem Besuch.

Mein Freund, der Schriftsteller Matthäus Teutsch, stellte Retard mich überflüssigerweise vor.

Ein Blick streifte mich, ein Erkennungsblick, den ich, erfahren wie ich war in solchen Blicken, schnell übersetzte: Was nützt ihm seine Camouflage, sagte der Blick, die roten Haare, die skandinavische Nase, der deutsche Name – a Jud' ists. Nichts weiter.

Sie verneigte sich vor Retard, der das Geld zu haben schien. Ein Krüppel gibt mehr als verlangt wird. Die Dame klatschte in die Hände. Wieder verständigten wir uns aus den Augenwinkeln; denn zeigte sich jetzt nicht eine der bügelnden Novizinnen? Es konnte nicht sein, es hatte, wie Retard später auseinandersetzen würde, mit diesem Mischungsverhältnis zu tun, dieser Wiener Melange, die auch in Bratislava entstanden war, Ungarn und Slawen, Deutsche und Juden, ein paar Spritzer Russisch und Tatarisch, und ziemlich viel südliche Romania. Davon waren diese Mädchen so schön, mit ihren betonten Wangenpartien, ihren weit auseinanderstehenden irisierenden Augen, waren diese nun braun, grün, blau oder alles zusammen. Ein Akzent setzender Lidstrich betonte nur wie ein Ausrufezeichen, wovon diese Gesichter sprachen.

Der Sekt, wie Retard es gewollt, war ausgesucht. Dann kam eine Menükarte, die zu jedem Gericht das Foto eines Mädchens zeigte (oder zu jedem Gesicht eine Speisefolge), so daß wir eine Weile beschäftigt waren. Ich gestehe, mein Appetit war gering, und Retards Eifer womöglich nur gespielt.

El amor, esa palabra, rief mir Retard zu und bestellte

sich ein blasses, junges Gesicht. Das Mädchen kam und glich einem Knaben. Ein Page, dachte ich, wie ihn der Herzog von Olivares bevorzugte. Sie war blond, so weit man das von ihrer geschorenen Frisur sagen konnte, und zeigte lange dünne Beine, die aus einem kurzen Rock wuchsen. Nichts vom Geheimnis der Novizinnen, den unruhigen Büglerinnen, war an ihr. Retard winkte mir zu und verließ den Salon, ein Professor, der sich von seiner Schülerin entführen läßt.

Mich zog, ehe ich es verhindern konnte, eine kleine fleißige Japanerin in den Baderaum, und ich wunderte mich, wie ich alles mit mir geschehen ließ. Das Wasser hatte die richtige Temperatur. Eine angenehme Müdigkeit überkam mich, oder betäubten mich die Badeessenzen, die das schiefäugige Mädchen, das immerzu lächelte und nach meinem Penis griff, ins Wasser schüttete. Lange wartete ich darauf, das Wasser würde sich mit japanischen Papierblumen bedecken. Ihrer Hände konnte ich mich nur erwehren, indem ich die ganze Person fest an mich drückte. Darauf begann sie zu zwitschern, in harmonischer Lautfolge, und ich schloß die Augen. Im Wasser rutschte sie auf mein nicht mehr zu kontrollierendes Glied, und ich lief aus, daß mich eine Schwäche am ganzen Körper erfaßte, als wären auch meine Arme und Beine voll von einer Substanz, die sich nun entleerte und das laue, wohlriechende Wasser anreicherte. Dann dämmerte ich in einen Traum.

Es war der Traum von der Abreise Doña Catalinas, meiner Frau. Es war die Zeit, als sie mich aus dem Gefängnis von Sevilla freigekauft hatte, wo ich hinter dem dritten Torbogen ohne Hoffnung lag. Ein Traum, der mich in die Wirklichkeit zurückbrachte? Doña Catalina war schöner geworden in der Zeit meiner Abwesenheit, blasser das Gesicht, grüner die Augen, schwärzer das Haar, in dieser Art, wie die Natur ihren Töchtern das Feuer zurückgibt, das so leicht in unserer ständigen Nähe zu erlöschen droht. Sie war, schien mir, begehrenswert geworden, und was mich noch mehr erstaunte, sie war nicht abgeneigt, sich lieben zu lassen. Waren wir uns bisher nicht immer aus dem Weg gegangen? Sie lockte mich von Zimmer zu Zimmer, und jedes Zimmer war leer, wie ausgeraubt, immer mehr Zimmer, viel mehr, als unsere Wohnung in meiner Erinnerung besaß; große weißgetünchte Zimmer mit schweren schwarzen Türen (in Wirklichkeit waren sie grau oder braun), und die Fußböden aus braunem Stein, und endlich, im letzten Zimmer das Bett, das sie nicht wie die anderen Möbel verkauft hatte, um meine Schulden zu bezahlen. Doch war es ein anderes Bett als das ich kannte. Wer hatte es ihr geschenkt? Es war über und über mit bestickten Decken geschmückt wie die Betten in den Häusern der Mozarabes, und in den Gitterstäben aus kunstvollem Schmiedeeisen flatterten Vögel, die sich verfangen hatten und lautlos mit weit geöffneten Schnäbeln schrien.

An der Art, sich langsam vor mir auszuziehen, ohne daß ich ihr helfen oder sie berühren durfte, erkannte ich sie wieder. Es konnte dies kein Traum sein, wie ich ihn geträumt hatte in meiner Zelle, darin die Frauen Gesichtszüge wie verwischt hatten, augenlos und ohne Seele. Sie legte sich langsam in ihrer großen und schönen Blässe auf die bunten Decken und lag ganz ruhig, mit angewinkelten Armen und geschlossenen Beinen, als müsse sie ein Zittern unterdrücken.

Ich habe Angst, sagte sie – ein Wort, das ich noch nie aus ihrem Mund gehört, und ich küßte sie, ihre schmalen habgierigen Lippen, die sich im Kuß öffneten und, vom Speichel benetzt, größer und voller zu werden schienen. Ich lag auf ihr und sie schob meine Hand auf ihr Geschlecht, das klein war wie das Nest des kleinsten

Vogels, und meine Finger suchten die winzige Nahrung des sich paarenden Vogels; und auch diese Höhlung, die ein Nest war in ihrer Schwärze, wurde größer und größer und verwandelte sich in den labyrinthischen Garten des Alcázars von Sevilla, darin wir im ersten Jahr unserer unfreiwilligen Ehe spazieren gegangen waren, um beim Anblick der Fontänen und Wasserspiele die Schönheit zu suchen, die wir in der Liebe nicht fanden.

Nun tat ich alles, was sie wollte, folgte jeder ihrer Bewegungen, paßte mich an, wenn sie die Beine an den Leib zog, die Schenkel öffnete, oder sich auf den Bauch legte, in einer unerwarteten Bewegung, die mich irritierte, während ich nichts anderes wollte, als zurück in ihren Schoß. Es geschah selten, daß wir bei der Willkür ihrer Gefühle und Ausbrüche gemeinsam ans Ziel kamen, aber hier, in diesem Bett, im letzten Zimmer meines Traums, gelang es mühelos und beglückend. Wachte ich auf? Sie mußte sich auf die Seite gedreht haben, so daß auch ich mich zur Seite drehte und hinter ihr lag, eine Hand auf ihrer Schulter.

Dann sah ich mich das Haus verlassen, während sie schlief. Ich verließ das leere Haus auf der Suche nach Geld. Niemand schien mich mehr in Sevilla zu kennen, als sei eine andere Generation herangewachsen, die sich nicht mehr an mich erinnern konnte. War ich denn nicht der Autor eines Romans? Das Manuskript lag bei einem Verleger in Madrid. Was wollte ich hier? Im Gefängnis hatte ich im Spiel gewonnen, einen Beutel voller Münzen. Ich zählte sie und schloß den Beutel, der Doña Catalina gehörte. Dann fiel mir ein Trick ein, den mir ein Gauner im Gefängnis erzählt hatte. Ich öffnete noch einmal den Beutel, nahm die kleinste Münze heraus, und kaufte bei einem Händler ein Glas mit honiggesüßtem heißen Wasser und einen Wecken. Mein Plan würde besser gelingen, wenn ich nicht mit einem knurrenden

Magen und dem Hungergesicht eines Ketzers in die Sakristei der Erlöserkirche trat.

Hochwürden empfing mich, und sein Mund verriet die Spuren von Schokolade, die ein teures Getränk in Sevilla war, aus den Kolonien importiert. Ich reichte ihm den Beutel und sagte:

Ehrwürdiger Vater, dies fand ich vor der Tür der Kirche, und als ehrlicher Finder bitte ich Euch, es zu bewahren, und heute abend, bei der Sechsuhrmesse, den Fund öffentlich zu machen, damit die arme Frau, ich nehme jedenfalls an, daß es eine arme Frau war, dem Ansehen des Beutels nach, ihr Geld wiederbekommt.

Ich schlug das Kreuz und beugte das Knie. Dennoch schien der fromme Mann mißtrauisch. Weniger was meine Geschichte betraf, eher war es das, was er in meinem ehrlichen jüdischen Gesicht las, das einem der wenigen Rothaarigen gehörte, die, von der Inquisition übersehen, in Sevilla übriggeblieben waren.

Was seid Ihr von Beruf und Stand, mein Sohn, fragte er, nachdem er den Beutel mit der Hand gewogen und betastet hatte, als hätte ich ihm eine der abgeschnittenen Brüste der heiligen Agatha gebracht.

Ich bin, sagte ich, Schreiber bei unserem Herrn Philipp III., aus Sevilla zwar gebürtig, doch in Madrid lebend. Hier besuche ich meine alte, in Ehren ergraute Mutter.

Die eine Lüge half der anderen, sich aufzurichten und dabei die Farbe der Wahrheit anzunehmen.

Kommt morgen wieder, ich bin sicher, wer den Beutel verloren hat, wird Euch den Finderlohn nicht vorenthalten.

Dann ging ich zurück zu Doña Catalina, weckte sie, erwehrte mich ihrer Arme, die nach mir griffen, gab ihr die Mandarine, die ich vom Tisch des heiligen Mannes mitgenommen hatte, und weihte sie in meinen Plan ein.

Sie fuhr hoch, warf die Schalen der Frucht nach mir und beschimpfte mich.

Verlogenes Stück Dreck, Betrüger, frommer Leute Ausbeuter, schrie sie, während sie immer mehr von ihrer blassen nackten Schönheit zeigte.

Nur so weiter, sagte ich und ermunterte sie: Jungfrauenschänder, Hurenbeglücker, Mutterficker und Schwesternbeischläfer.

Sie sah mich an und zog eine der bunten Decken über ihre Schultern.

Komm her, sagte sie.

Ich legte mich noch einmal zu ihr ins Bett, sie streichelte meinen Kopf und ließ sich erklären, was ich von ihr wollte.

Und so begab sie sich zur Sechsuhrmesse, erkannte ihren Beutel, und während Hochwürden diese ebenso seltene wie gute Tat lobte, dem ehrlichen Finder einen Platz im Paradies versprach und so das Herz der Kirchgänger rührte, rief er zu einer Kollekte für den guten Menschen von Sevilla auf. Ich bin sicher, er nahm sich den Zehnten aus der anständigen Summe, die da zustande kam. Doña Catalina, die, ohne zu lügen, erklärte, eine arme Frau zu sein, gab aus ihrem Beutel ein wenig Finderlohn dazu, und so hatten wir genügend Geld, uns am Abend satt zu essen, ohne unser Grundkapital anzutasten, und konnten Pläne machen.

Anderntags traf ich in der Stadt einen Bauunternehmer, der leerstehende Häuser auf Abbruch kaufte. Das heißt, ich gab die leeren Zimmer als unser Haus aus (das in Wahrheit Doña Catalinas Stiefvater gehörte) und verkaufte dem Mann die Türen und die Dachziegel. Das Bett und die Decken brachten wir ins Haus meiner Mutter.

Doña Catalina schien mit allem einverstanden. Der Unternehmer zahlte und sah sie dabei an: Welcher Mann, schien er zu denken, würde nicht alles tun, diese üppige weiße Taube für immer in einen goldenen Käfig zu sperren, um sie auf ewig zu besitzen. Dachte er dies, dann, weil er die Frauen schlecht kannte. Mit dem Geld reisten wir nach Portugal. In Lissabon fühlte ich eine nie gekannte Freiheit, und es war eine Freiheit, die im Traum und in der Wirklichkeit gleich stark war. Sie hatte mit dem Meer zu tun, das wir von den Hügeln der Stadt aus betrachteten. Ich ließ mich von den klagenden Gesängen ihrer Bewohner anstecken, so daß ich es Stunde für Stunde ohne Regung aushielt, im Schatten eines Hauses zu sitzen. Bald lernte ich die nasale Sprache der Portugiesen, und gemeinsam beklagten wir beim Wein das Verschwinden ihres Königs Sebastião, der vor wenigen Jahren den Tajo hinunter nach Afrika gefahren war, wo er mit tausend Gitarren die Melancholie der Wüste (und die Ungläubigen) zu besiegen hoffte. Vorerst hatte ihn die Wüste geschluckt. Würde er wiederkehren?

Mich verließ Doña Catalina in Lissabon. Das Meer mußte einen derartigen Sog auf sie ausgeübt haben, daß sie nicht widerstehen konnte. Ich verlor sie, als ich endlich anfing, sie zu lieben, das heißt, ohne sie nicht leben zu wollen.

Als ich aufwachte und nicht wußte, wo ich mich befand, durch die Zeiten und Jahrhunderte stürzte, hielt ich mich an dieser Liebe fest. Aufwachend fiel mir das Lied ein, das ich damals nach den Worten des Dichters Camões gelernt hatte, der ein paar Jahre zuvor an der Pest in Lissabon gestorben war. Anders als sein wehleidiger König war er, wenn auch einäugig, von seiner Weltreise zurückgekehrt. In diesem Hurenbett in Bratislava fiel mir sein Sonett ein: Alma minha gentil que te partiste … roga a Deus que teus anos encurtou, que tão cedo de cá me leve a verte …

Wir fanden uns, Retard und ich, am nächsten Morgen in einem Zustand somnambuler Wachheit wieder im Café am Ende der Straße. Da wir in der Aurora alles im voraus beglichen hatten, auch die Stunden der Nacht in den Zimmern des Hauses, das nach außen eine Pension war, schien diese Episode unserer Reise abgeschlossen.

Wenn ich auch nicht besonders viel geschlafen habe, sagte Retard und trank schlürfend den heißen Kaffee, so habe ich um so intensiver geträumt. Sie auch?

Ich nickte, gab aber keine Antwort. Retard schien auch keine zu erwarten, da er schon dabei war, mir seinen Traum zu erzählen.

Für eine Weile, sagte er, erlebte ich mich selbst in der Inkarnation meines noch immer schmerzhaft vermißten Freundes Ole Knut Berlinguer, und ich sage vermißt, weil sich mein Gefühl sträubt, ihn unter den Toten zu suchen, gemäß der offiziellen Verlautbarung des Büros für kulturelle Beziehungen mit dem Ausland. Übrigens erfolgte dies am 9. November 1979, im nachhinein ein seltsames Datum von einiger Prognostik, nicht wahr? Immerhin sprach das Protokoll damals von wahrscheinlich Vermißten, aber das war ein Euphemismus, wie er in der Republik üblich war. Dagegen ist seltsam, daß der Tod unseres Nationalpreisträgers, der jene Delegation von Politikern, Künstlern, Dolmetschern, wie mein Freund Berlinguer, begleitete, nämlich der bekannte Schriftsteller Jean-Jacques Cronegk – Ihnen nicht bekannt? –, also daß sein Tod im Ton eines unwiderruflichen Nachrufs mitgeteilt wurde. Nun, wie ich schon sagte, im Traum war ich Berlinguer. Das würde Sie erheitern, mein lieber Alemán, wenn Sie Berlinguer gekannt hätten. Aber ich, der ich in vielen Äußerlichkeiten das Erbe meines Freundes angetreten habe, der sogar, wie Sie noch sehen werden, seine Geliebte geheiratet hat, also ich war Berlinguer. Und sah demnach aus wie der retuschierte, in ein Farbbad getauchte Held einer dieser schwarzen Hollywoodserien aus den späten dreißiger Jahren. Namen fallen mir jetzt nicht ein, nehmen Sie, wen Sie wollen, wenn auch nicht gerade Rudolfo Valentino.

Der starb 1926, sagte ich.

Ja? sagte Retard, der nicht zugehört hatte, und fuhr fort.

Und dann fand ich endlich in den Traum, den ich schon so lange träumen wollte. Ich lag mit einer der Geliebten Berlinguers im Bett, einer Dame, der auch ich seinerzeit zuweilen erfolgreich den Hof machte, was mir nachträglich wie ein Betrug an meinem toten Freund erscheint; also ich lag bei dieser Dame, der wir verschiedene Namen gaben, als könnten wir so ihren Ehemann von der heißen Spur ablenken, Hyazinthe hieß sie oder Frau Hanska, die böhmische Seraphita, nach Balzac, oder geheimnisvoller, Madame Camille Aboussuan, nach einem Exlibris von Hans Bellmer …

Ich verschwendete einige Blicke an die sich entfernende Kellnerin und sagte, ohne ihn beleidigen zu wollen:

Eigentlich verwundert es mich nicht, cher docteur, daß auch Ihre Träume, wie soll ich sagen, enzyklopädisch mäandern.

Das liegt wohl an der Verspätung dieses Verhältnisses, das mich im Traum einholt, sagte Retard – inzwischen hat sich dies und das angesammelt.

Besagte Dame, fuhr er fort, die ein katzenhaftes, von Überarbeitung verdunkeltes Gesicht hatte und darin die porzellanblauen Augen einer Puppe …

Mit einem winzigen Rußkorn im linken Auge?

Retard zuckte zusammen. Er nahm die Brille ab und schaute hindurch und rief:

Woher wissen Sie das?

Es ist nichts, sagte ich, nichts, eine vage Erinnerung an Sevilla. Eine Gärtnerin, die ich im Februar im Parque María Luísa getroffen habe und deren Augen ich sozusagen mit einmal über mir hatte.

Im Februar? sagte Retard, als ich mit Issy, ich meine meiner Frau, eine Spanienreise machte, eine Art verspätete Hochzeitsreise, da wollen Sie Hyazinthe in Sevilla gesehen haben?

Sie schien mir eine Touristin zu sein, in Not geraten, sagte ich, und sie behauptete, aus einem untergegangenen Land zu kommen.

Retard sah mich mißtrauisch an.

Ich glaube, sagte ich, ich konnte ihr irgendwie behilflich sein …

Sie stoßen mich aus meinen schönsten Träumen, sagte er – und so schwieg ich und gab zu, mich womöglich beim Blick in die Augen jenes schicksalhaften Blumenkindes getäuscht zu haben.

Ein ziemlich laszives Kind, sagte Retard, zuweilen konnte sie aussehen wie ein Androgyn.

Das stimmt, erinnerte ich mich.

Retard bewaffnete sich wieder mit seinem schweren Brillengestell, rührte in der Kaffeetasse und sagte schwunglos: Um es kurz zu machen: Ich betrat (im Traum) mit ihr Berlinguers geheime Absteige, in einem Haus, das es nicht mehr gibt, altberliner Fassade, Seitenstraße, ein einsamer Baum im Hinterhof, ein Liebesnest, das Berlinguer nicht einmal mir verraten hatte. Und so, während ich noch in den Armen dieses ziemlich spröden, aber jungen slowakischen Mädchens heute nacht einschlief (übrigens unverrichteter Dinge), erwachte ich in der Wohnung jener ein Jahr darauf in den Berliner Himmel gesprengten Häuserzeile. Zufällig war es der 1. Mai, der wenige Schritte weiter auf der Frankfurter Allee wie in jedem Jahr begangen wurde, eine Pflichtübung mit Fahnen und Transparenten, mit Luftballons und Kindern auf der Schulter winkender Väter oder Mütter, wenn sie an den Tribünen vorbeikamen. Ich will das hier nicht ausmalen, es klingt bereits zwei Jahre später wie erfunden, aber ich erinnere mich, wie die Stimmung, auch wenn sie hektischer wurde beim Nahen der Fernsehkameras, eine Eigendynamik bekam, als klatschten die Leute sich selber zu, und wie bei jeder Prozession, Sie wissen das am besten, mein lieber Alemán, potenzierte sich das Gefühl des einzelnen mit dem der anderen zu einer den einzelnen wiederum überraschenden Überzeugungskraft, zu einer Kraft schlechthin. Eine Weile, während die Geräusche, die an Meeresrauschen erinnerten, durchsetzt von einer Lautsprechermusik, durch das offene Fenster drangen, lagen wir beinahe nichtexistent auf dem Bett, das sonst Berlinguer mit dieser Dame teilte. Doch dann war ich, ganz Inkarnation Berlinguers, imstande, meine Rolle zu erfüllen, und in der Steigerung ihrer Gefühle, wie mir nicht neu war, brach es wie Wahnsinn aus ihr – habe ich gesagt, daß sie Musikredakteurin war? Sie mischte in der Ekstase Tonfolgen aus Mahler Brahms Mozart, dank ihrer stupenden Kenntnisse, und erst auf dem Höhepunkt rissen die Tonfolgen, und der stoßweise Atem reichte nur noch für kurze Sequenzen à la Webern. Berlinguer hatte ihr einmal eine Jazz-Sendung eingerichtet, auf die ich behutsam zu sprechen kam, indem ich ihr einen seiner Titel vorsang – I always wanted to waltz in Berlin, waltz in Berlin – The way things look, we're waltzing right in ... Aber sie hielt mir den Mund zu, und in meiner Atemnot erwachte ich in einem ganz anderen Bett, allein übrigens, mein schönes nacktes Kind mußte mich um Mitternacht, ich glaube nach einem Telefonanruf, verlassen haben ...

Während er sprach und sprach, sah ich jene Dame, die mich im Parque María Luísa mit so wohlgeformten Worten angesprochen hatte, und wenig später hatte sich die Polizei meiner angenommen und mich bewußtlos geschlagen. Niemals würde ich erfahren, es sei denn am Ende vielleicht mit Hilfe von Dr. Alexander Retard, ob sie mich im Auftrag von Big Brother verführt hatte. Was ganz überflüssig gewesen wäre, es hätte genügt, mich tiefer in die Schächte meiner Vergangenheit zu führen, um mich gefügig zu machen.

Und was mag inzwischen aus ihr geworden sein, aus Ihrer Dame Hyazinthe, fragte ich den Doktor, der nun begonnen hatte, dem traumlosen Leben sozusagen zurückgegeben, sein Frühstück mit Appetit zu verzehren.

Arbeitslos ist sie, gekündigt, man hat ihr die Entlassungspapiere gereicht, mit Einzug der Sieger, die bekanntlich auch ihre eigenen Kapellen und Dirigenten mitbringen, in dieser Tragikomödie, die man seit zwei Jahren in meinem Land aufführt.

Und wovon lebt sie?

Die Sieger sind auf unsere Kosten großzügig, sie schütten ihre Arbeitslosengelder und ihre Vorruhestandsgelder über diejenigen aus, denen sie zuvor in den Hintern getreten haben. Ich weiß nicht, was sie macht. Vielleicht trägt sie einem Sänger die Noten nach, oder falls Sie sie wirklich in Sevilla gesehen haben, könnte sie dort mit ein wenig Glück die Musik der Weltausstellung organisieren.

Welche Klänge das immer wären.

Retard sah auf die Uhr, und ich nickte. Ich winkte die hübsche Kellnerin mit dem planetarischen Hintern herbei, und wir bauten einen kleinen Turm Münzen vor ihr auf den Teller.

Dann begrüßte uns Bratislava mit dem Charme einer

österreichischen Garnisonsstadt. Zwei Nonnen liefen über den Platz. Retard sah hoch und winkte.

Sie erinnern sich, sagte ich, in Brügge konnten die Nonnen sich in Schwäne verwandeln.

Allons enfants, sagte Retard.

# VIII

Heiterer Abend in Piešt'any?

Retard, keine Frage, war heiter, so als ließe er sich von der Magie des Heilbads beeinflussen, von der kolorierten Heiterkeit der blühenden Bäume, in deren Gesellschaft die kaisergelben Gebäude noch tiefer in der Vergangenheit verschwanden. Der Jungbrunnen am Vah! rief er aus, als wir uns im Hotel Balnea Palace einquartierten, wo ihn der amtliche Herr an der Rezeption begrüßte wie einen alten Bekannten. Mir dagegen war alles suspekt. Ein fauliger Geruch zog durch die Gänge und setzte sich auf die Gäste des Vestibüls, die ihre Leiden offenbar verinnerlicht hatten; denn Retard mit seiner Krücke vertrat hier eine Minderheit. Er hatte, als wir eintreten wollten, seinen Stock zu tief in den Fußabtreterrost am Eingang gegraben, so daß der Gummifuß, der ihn seit Brügge getragen, steckenblieb und nicht mehr gefunden werden konnte. Der Empfangschef versprach, in weniger als einer Stunde einen neuen Fuß zu besorgen. Ein schlechtes Omen? Retard verbat sich diesen Aberglauben, während ich die kleine Stockspitze betrachtete, mit der Obsession, mit der man auf eine unerwartete Amputation starrt.

Alle Sevillanos, entschuldigte ich mich, auch wenn sie keine Zigeuner sind, sind wie Lévi-Strauss geübte Zeichendeuter.

Der Strukturalismus meines Stockes, sagte Retard, erledigt sich mit der historischen Beschreibung. Diese erspare ich Ihnen, aber eigentlich sollten Sie sich hier in ihrem Element fühlen. Wir betreten wenn nicht die Unterwelt, so doch den Hörselberg des medizinischen Aberglaubens. Mineralhaltiges Wasser, Schlamm, der nach Pilzen und Wacholderbeeren duftet, während die von Dollar, Pfund und Mark vergoldeten Hände des Masseurs einen um Jahre verjüngen, oder um etliche Pfunde erleichtern.

Ich bin gesund, sagte ich, betrachten Sie mich lediglich als Ihren Sekretär.

Lassen Sie uns dennoch morgen gemeinsam ins Spiegelbad steigen, mein lieber Adlatus, das ist im Preis inbegriffen, alle anderen Behandlungen lehne auch ich ab. Tempus fugit. Und außerdem, man soll die Frau, die man liebt, nicht allzulange alleine lassen, Sie verstehen.

Ich sah ihn zweifelnd an, und es gelang mir nicht, Issy als eine Penelope vorzustellen, die auf die Heimkehr dieses akademischen Odysseus wartete.

Ausgerechnet im Thermia-Hotel, so galt die Verabredung einer Konzert-und-Gastspiel-Direktion, wie Retard die Veranstalter seiner europäischen Vortragsreisen nannte, sprach der Doktor aus Berlin über »Die Traumbündler – Gedanken zur Neubegründung einer Kommunistischen Partei«. Die Gäste saßen entspannt in Wiener Sesseln des Vestibüls. Auf dem Flügel eine Gallé-Vase mit künstlichen Chrysanthemen. Ein Hauch Österreich wehte durch den Raum, wie Retard meinte, wenn er mich auf die wie von Klimt entworfenen Abendgarderoben der Damen aufmerksam machte und auf die Mozartzöpfe ihrer Begleiter. Dem Redner hatte man ein niedriges Pult hingestellt, auf dem sein Kopf mit den offenbar seit Monaten unfrisierten Haaren wie eine Büste ruhte – jedenfalls für uns, die wir ihn aus der Tiefe unserer Lederfauteuils und Sofas betrachteten. Die Kellner, die alle auf den Namen Franz oder František hörten, wie ich dem Flüstern einiger Damen entnahm, bedienten rasch und lautlos und ohne Ansehen der Person, und nachdem jeder sein Getränk auf dem Tisch hatte und Retard sich zum wiederholten Mal Mineralwasser in sein Glas goß, konnte es beginnen.

Die Traumbündler, sagte Herr Dr. Alexander Retard (hatte ihn keiner vorgestellt?), meine hochgeschätzten Damen und – (er machte eine Kunstpause zwischen der Nennung der Geschlechter, was ihm einen Lachter bei den Herren ganz vorn einbrachte) und Herren: was haben wir darunter zu verstehen, diese Bundesgenossen eines Traums, es sind die Kinder der Romantik, Jean Paul ebenso wie Novalis und Kleist, denen Goethes Pantheismus wie die Libertinage eines Arrivierten erschien, der es sich bequem machen wollte, sich mit der Macht arrangiert hatte, Napoleon pries, der Code Civil galt ihm ebensoviel wie uns Nachgeborenen die Thesen der Oktoberrevolution – und da sie opponieren, sind sie auch schon zerstritten; denn gegen Napoleon kann man nur patriotisch zu Felde ziehen, und das hieß preußisch, und Preußen und Waffen, das war ein Synonym; gegen die Endzeitstimmung in der Staatstheorie eines Hegel konnte man nur rebellieren, indem man den Weg des Menschen ins Utopische verlängerte, und ihn nicht in der Obhut des Staates enden ließ; und schließlich, nach dem Tod des Diktators, erging es uns wie dem großen Joseph Roth, der von sich sagte: In der Tat bin ich ein österreichischer Legitimist, den Kaiser Otto unglücklicherweise zu früh von seinem Eid entbunden hat … Sie verstehen.

An dieser Stelle nickten die Österreicher, die die Gleichsetzung von Napoleon mit Stalin nicht verstanden hatten, jetzt aber hatten sie einen Faden gefunden, sich daran festzuhalten, doch Retard zerriß diesen sofort wieder, und nachdem er eine Weile Jean Pauls Traumbündler mit einer Fünften Kolonne verglichen hatte, die im Schoße des Alten operiert, um die etablierte Gesellschaft zu stürzen, führte er uns allmählich aufs Glatteis seines eigentlichen Themas, nannte die Rote-Armee-Fraktion eine solche Vereinigung von Traumbündlern, die eine auf Geld fundierte Moral und Gesellschaft habe stürzen wollen; und entwarf im Handumdrehen schwärmerische Bilder der beteiligten Frauen, die er, als hätte jeder im Saal Umgang mit ihnen gehabt, kurzum Ulrike und Gudrun nannte, die in ihrem Tun die Grausamkeit der Parzen mit der alles verbindenden Liebe junger Frauen aus der Urgesellschaft zu vereinen gewußt hätten, und die man zusammen mit den Männern vernichtet habe – und zwar nicht in einer einseitigen, vom Kapital geleiteten Aktion, der als Selbstmord kaschierten Hinrichtung, schlimmer noch, man habe sie vernichtet in einer die deutsche Vereinigung vorausnehmenden Übereinstimmung der Politiker in Bonn und Berlin.

Da wiegten die Herren in der ersten Reihe ein wenig die Köpfe. Ein Triumvirat saß da, dessen Blicken Retard möglichst auszuweichen suchte. Eine gewisse Unruhe machte sich auch unter den anderen Zuhörern breit. Aber es sollte noch schlimmer kommen.

Und was geschah daraufhin? fragte uns Retard, als säße er mit uns in einem Seminar seiner abgewickelten Akademie. Das Kapital rächte sich an der Regierung, die den Mord – er korrigierte sich – *die Hinrichtung* ihres Vertreters im Oktober 77 nicht verhindern konnte. Das Kapital ließ den Kanzler stolpern und setzte einen aufgeblasenen Popanz ihrer Interessen auf dessen Platz. Und dort sitzt er noch heute.

Immerhin schienen die Österreicher diese Schläge gegen das ungeliebte Nachbarland mit einer gewissen Schadenfreude aufzunehmen.

Es gab eine Zäsur. Ein Herr (hinter mir) verließ mit schleifendem Gang den Ort dieser Verdächtigungen.

Retard lenkte ein: diese Traumbündler aus Stammheim, sagte er, sie waren echte deutsche Romantiker, Brüder und Schwestern Büchners mit ihrem Ruf, den Krieg in die Paläste zu tragen. Inzwischen wissen wir, daß die Armen, sobald sie sich in den Palästen eingerichtet haben, ebensolche oder noch schlimmere Tyrannen sein können.

Und was ist mit dem Palast der Republik? fragte einer der drei Herren in der ersten Reihe.

Retard beachtete den Zwischenruf nicht. Heute sind wir, fuhr er fort, wie die Musterschüler der Geschichte: wir langweilen uns in ihrer Schule, wir wissen schon alles, kennen die Vergangenheit wie die Zukunft, und die Gegenwart haben wir nie besessen. Die etablierten Parteien wollen uns nur die Suppe, die sie uns auftragen, verschieden würzen. Es kommt aber darauf an, die Verhältnisse zu ändern und Hunger nach schärferen Sachen zu haben. Drum täte eine neue Sammlung gut, eine Koordinationsbewegung, die damit begänne, ein Europa der Traumbündler auszurufen. Laßt uns, rief Retard und hob mit Anstrengung die Arme über seinen Kopf, laßt uns in Korrespondenz treten, laßt uns Briefe schreiben, darin wir uns austauschen, uns alles sagen, was uns betrifft … die Neugründung einer Kommunistischen Partei begänne so in aller Öffentlichkeit und als eine Hochzeit der Sinne mit dem Verstand …

Das klang dennoch freundlich. Die Wiener Damen belebten sich in ihren steifen Kleidern, ihre Blicke begannen zu schmelzen und zu fließen bei der von Retard ausgelösten Vorstellung einer allumfassenden Briefschreiberei, welche das flüchtige, gedankenlose Telefonieren ablösen würde.

Hätte Retard jetzt, oder hätte ich in seinem Auftrag,

eine Liste herumgehen lassen, ich bin sicher, beinahe jeder hätte sich eingetragen, um zu den ersten Mitgliedern des Traumbundes zu gehören.

Sie schweigen, sagte Retard später zu mir, als wir wieder in unserem Hotel saßen und trotz wiederholter Beschwerde ein Essen für Diätpatienten bekamen.

Schweigen Sie nur, sagte er, hier geht es um mehr als damals im Verein Ihrer Nazarener zu Sevilla. Die Damen, Sie haben es gesehen, haben mich umringt und um Kontakte gebeten. Eine hat allen Ernstes gesagt und wunderbar dabei geflötet: Ich freu' mich so, Herr Doktor, daß ich in Ihnen einem österreichischen Legitimisten begegne. Dagegen die drei Herren in der ersten Reihe, die haben mir zwar die Hand geschüttelt wie einem alten Bekannten, und tatsächlich kannten wir einander. Der eine war der Parteisekretär der Hauptstadt, der andere ein Minister für dies und das, der unserer Akademie einen Besuch abstattete, wenn es galt, uns die Beschlüsse des letzten Parteitages in eine vernünftige Sprache zu übersetzen.

Und wie gefiel den Herren Ihr Vortrag? fragte ich.

Genosse Retard, haben Sie gesagt, sehr interessant Ihr Referat, aber Sie müßten eigentlich wissen, daß sich die Geschichte nicht wiederholt. Hätten Sie lieber zu einer Spende für die verfolgten Mitglieder von Partei und Regierung aufgerufen.

Retard lachte: Natürlich haben sie das nicht gesagt, aber vermutlich gedacht.

Anderntags im Spiegelbad des Thermia-Hotels sahen wir sie wieder. Retard flüsterte mir, als sie nackt an uns vorbei ins Bad stiegen, ihre Titel von gestern zu.

Jungbrunnen oder Jüngstes Gericht? flüsterte ich bei ihrem Anblick zurück. Lautlos liefen wir auf nackten

Sohlen den Gang hinunter zum Spiegelbad, einem Bassin mit stehendem, angewärmten Wasser, darin winzige kupferfarbene Plättchen schwammen. Langsam stieg ein jeder in die Flut und nahm am Rande des Beckens seinen Platz ein. Jedes Rudern mit Armen und Beinen war untersagt. Die Uhr über unseren Köpfen glich einer Bahnhofsuhr, die jede Minute mit hartem Schlag markierte. In der Schar der schwammig aufgetriebenen oder mageren Herren, alle von rosa Färbung, fielen die drei Genossen, wie Retard sie nannte, zunächst nicht auf. Ein jeder vermied es, auf die mehr oder weniger ausgeprägte Blöße des anderen zu blicken.

Auf dem Gang, da wir sie an uns vorbei ließen, sagte Retard: Der eine, der da mit den Haaren auf dem Rücken, schauen sie, wie aufrecht er läuft, obschon seine überlangen Arme seine Eitelkeit durchkreuzen. Das war ein Minister für die Innere Sicherheit. Der Kleinere, der, wie Sie zugeben müssen, einen beinahe knabenhaften Hintern zeigt, war der Minister für kulturelle Angelegenheiten, und der Dritte schließlich, der trotz seiner guten Proportionen ein Opfer seines Bauches ist, war der Parteibeauftragte der Hauptstadt. (Ich muß hinzufügen, daß ihre genauen Titel womöglich anders lauteten oder ich sie in Retards Übersetzung nur ungenau verstand.)

Da wir in ihrer Nähe im Wasser standen, wechselten sie immerzu die Position. Der Behaarte, den sie zunächst in die Mitte genommen hatten, wie es einem Chef gebührte, überließ dem Kleineren den Mittelplatz, um besser mit dem Stadtrat, oder was er gewesen war, tuscheln zu können, undsoweiter. Und erst da fielen sie auch den anderen Herren auf, die ihre eingenommenen Plätze gesammelten Gesichts behaupteten, als befänden sie sich in einer Kirche, den Blick auf die Uhr vermeidend; von allen Prozeduren, die das

Heilbad bot, war dies die angenehmste halbe Stunde des Tages. Es war klar, daß der Kulturminister, wenn er es war, sich dem Gerede der anderen beiden zu entziehen suchte. Ein Schöngeist, flüsterte mir Retard zu, ein Mirabeau unter lauter Banausen, sagte er, indem er sich am Geländer des Beckens abstützte und mit einem kleinen Aufschwung, vom Wasser getragen, beinahe mein Ohr erreichte: Wie unsere entschwundene Nadja ein Liebhaber von Schriftstellern und anderen Künstlern.

Im Augenblick, flüsterte ich, scheint er darunter zu leiden, daß das Wasser ihm die Frisur verdirbt.

Tatsächlich machte er einen verlorenen Eindruck, als wüßte er nicht, wie er in dieses Wasser geraten sein konnte. Seine Begleiter zogen Gesichter, als sei dies das Frauenbad, in das sie unerkannt, unsichtbar, hineingekommen waren, ein jeder ein Harun-al Raschid. Auch Retard, der sie brillenlos wohl nur mit den Augen der Erinnerung sah, schien auf den Moment zu warten, da sie einander ans Schienbein treten würden, während ihre strahlenden Gesichter irgendwelche Gifte spien.

Was Retard nicht sehen konnte, sagten ihm seine Ohren, denn beim nächsten Klimmzug – und ich kam ihm ja in die Knie gehend ein wenig entgegen, interpretierte er den ständigen Positionswechsel und das Zischeln der Genossen: Sie klagen einander an, flüsterte er, und es klingt wie eine längst durchdachte und formulierte Anklagerede, die sie am Tag ihrer Verhaftung halten werden. Gemeinsam beschuldigen sie den Bücherminister, die Schriftsteller nicht besser in Schach gehalten zu haben, aus der Zensur nicht das Autodafé einer Inquisition gemacht zu haben.

Ich zuckte zusammen und nickte. Eine Anschuldigung, die ich kannte.

Retard hörte nicht auf zu flüstern, und ich bezweifelte, daß er das alles aus ihren Zischlauten und grummelnden einsilbigen Erwiderungen heraushören konnte. Indes die beiden Dicken, sagte Retard, den Dolch im Rücken, einander beschuldigen, die Mauer geöffnet zu haben – in wessen Auftrag, welcher Geheimdienst hatte da die Finger im Spiel gehabt? aber in diesem Punkt verschweigen sie, was sie wissen.

Retard tauchte ein wenig unter, sichtlich genoß er die entspannende Wärme, die seinen steifen Gliedern so gut tat. Dann schwappte er wieder hoch, spuckte Wasser, und ich hatte Mühe, ihn zu verstehen:

Der Parteisekretär beteuerte seine Unschuld, er habe in seiner Jackentasche einen Zettel gefunden und verlesen, was die Weltpresse schon in der nächsten Minute als Sensation verkündete. Wer hatte ihm den Zettel in die Tasche geschmuggelt? und welch taktischer Fehler, daß sich keiner an die Spitze der Hunderttausenden stellte, um so eine gesamtberliner Republik auszurufen …

Auf diese Worte prustete der Dicke geradezu animalisch. Die Rolle des Mauerpförtners, sagte er (flüsterte Retard) gebühre ihm, die Rolle des Verkehrspolizisten auch, der ein Chaos in Berlin und Leipzig zu verhindern gewußt habe.

Spätestens an dieser Stelle fiel uns das grüne Gesicht Mirabeaus auf. Sehen Sie, flüsterte mir Retard zu, wie ihm schlecht wird, und man muß befürchten, daß er untertaucht, um seinen ewigen Frieden zu finden.

Als hätten die anderen beiden diese Worte gehört, nahmen sie den Minister in die Mitte, hielten ihn an den Armen und trugen ihn zur Treppe. Wir folgten ihnen langsam, und da drehte der Dicke seinen Kopf zu uns und zischte Retard zu: Reden ist Silber, Schweigen ist Gold.

Über uns schlug die volle Stunde, und wie wir gekommen, lautlos, mit schlurfendem Gang, reihten wir uns auf, hüllten uns ein in die weißen Badetücher und suchten mumiengleich den Ruheraum auf und begaben uns wenig später in die Kabinen der Masseure.

Unter der Hand der Masseure erwachten Retards einstige Genossen zu voller Lautstärke. Durch die dünnen Trennwände der Kabinen orteten sie den jeweiligen Liegeplatz des anderen. Dem Beauftragten für Sicherheit fiel ein Witz ein, den er nach links und rechts erzählte: Fährt Stalin im Zug, Zug hält auf freier Strecke, warum geht es nicht weiter? fragt Genosse Stalin. Keine Antwort. Stalin läßt den Lokomotivführer erschießen, Zug rollt ... (und so durch alle nachfolgenden Politiker). Der Letzte öffnet ein Fenster des Abteils und ruft, da der Zug schon eine Ewigkeit steht: Wir rollen, Genossen!

Korrigierend rief der Kulturminister mit seiner nicht allzu kräftigen Stimme durch die Wand: Verpatz nicht die Pointe, Dicker! Es war unser Generalsekretär der am Fenster stand, im Oktober 89 und rief: Unseren Zug in seinem Lauf, halten weder Ochs noch Esel auf!

Niemand lachte. Auch Retard verriet seinen Platz nicht durch Gekicher. Eine Weile hörte man die dumpfen oder klatschenden Schläge der Masseure.

Da wir am nächsten Morgen unsere Reise fortsetzen wollten, stand der Volvo, Retards Weißer Wal, auf vier platten Reifen. Jemand, dem Retards Vortrag nicht gefiel, mußte sie in der Nacht zerstochen haben.

# IX

Warum verschwieg ich meinem Reisegefährten, daß ich die drei nackten Männer wiedersah – während Retard sich auf dem Schwarzmarkt von Piešt'any bemühte, vier neue Reifen für unser Vehikel aufzutreiben. Ich konnte mir die Gelegenheit nicht entgehen lassen, ein Gespräch mit der gestürzten Macht zu führen, und ich hätte mich hier ein für allemal meines Auftrags entledigen können, alle Möglichkeiten für eine Restauration zu erkunden, wenn ich nicht selber, von der Pflicht des Chronisten angetrieben und von der Phantasie des Schriftstellers in Unruhe versetzt, auf eine solche Möglichkeit neugierig gewesen wäre. Neugier war schon immer mein Verhängnis gewesen, diese Triebkraft, die man zu den Ursünden des Menschen rechnen müßte, wäre nicht das Heilige Offizium selber die Inkarnation aller Neugier gewesen. Und was das Offizium tat, war wohlgetan. Mein Kopf schmerzte an diesem Morgen mehr als sonst, und ich mußte mich hüten, aus der ererbten Angst vor Verfolgung nicht in die vertraute Ferne des sechzehnten und siebzehnten Jahrhunderts zu fliehen.

So näherte ich mich den drei Herren, die ich zufällig auf einer Parkbank vor dem Hotel sitzend sah, und stellte mich als Reporter einer spanischen Tageszeitung vor. Eine diesbezügliche Karte fand ich zuverlässig in meiner Tasche. Aber es interessierte sie nicht, was auf dieser vermerkt war, und ich glaube, der *Espectador Sevillano* hatte sein Erscheinen im siebzehnten Jahrhundert eingestellt.

Zwei der Herren, hatte mir Retard gesagt, waren in jüngeren Jahren selber Zeitungsleute gewesen; vielleicht von daher ihre Bereitschaft, mit mir zu reden. Nur der

Dicke, der in einem makellosen Anzug alles andere als dick schien, fletschte die Zähne, was ein Willkommensgruß sein sollte. Er bot mir seinen Platz an, als hätte er die Absicht, sich zu entfernen. Die anderen beiden blickten ihn drohend an, und ich bat ihn, Platz zu behalten, ich könne ebensogut vor ihnen stehen und ihnen den Teufelsstab meines Aufnahmegerätes hinhalten.

Je länger ich so vor ihnen stand und auf ihre Gesichter herunterschaute, glaubte ich, beeinflußt zweifellos von der schlechten Verfassung meines Kopfes, ein Gespräch zu führen, das ich einmal im Zentrum der Macht mit dem Staatssekretär, dem Herzog von Olivares, geführt hatte (der sich damals um den Posten eines Königlichen Beraters bei Hofe bewarb), und es saß neben ihm der Vertreter des Heiligen Offiziums, Sitz Madrid, und – meine Erinnerung trügt durchaus nicht – der künftige König Philipp IV.

Ich fragte den Staatssekretär, der trotz seiner angegrauten Haare ein junges Gesicht hatte: Nichts, sagt man, sagte ich, kann in der geistigen Welt verlorengehen. Hat Ihre Kulturpolitik, da ihr nunmehr die Mittel und die Macht entzogen sind, etwas aufheben können für unsere Gegenwart?

Der Schöngeist, wie Retard ihn genannt hatte, räusperte sich, blickte durchs Spalier der Bäume hindurch auf einen Punkt in der Ferne und sagte: Wenn Sie die Gesamtheit unserer ehemaligen sozialistischen Länder ansprechen, dann kann ich mit Überzeugung sagen, unsere Kulturpolitik war erfolgreich. Sehen Sie: die Aufmerksamkeit, die wir den Autoren zollten, machte sich bezahlt, insofern daß sie auch uns, die Vertreter will ich mal sagen der Politik schlechthin, mit Aufmerksamkeit bedachten. Politik wurde in den Jahren vor und nach der Wende mit einmal etwas Vitales, nicht an Parteien Gebundenes. Und so erleben Sie heute in all diesen Ländern Künstler,

Schriftsteller, Philosophen an der Spitze der Macht – der tschechoslowakische Präsident beispielsweise ist ein Dramatiker, der bulgarische Präsident ein Philosoph, die bulgarische Vizepräsidentin, die ich gut kenne, ist Dichterin. Der ungarische Präsident Schriftsteller, der ungarische Premierminister gar ein Klaviervirtuose ...

Die anderen beiden grinsten und lachten, als hörten sie eine Reihe neuer Witze. Sie sahen auf ihren Genossen von einst, als wünschten sie, er möge auf der Stelle, am besten durch einen Herzinfarkt, von der Bank fallen. Der Herzog von Olivares tat ihnen den Gefallen nicht. Im Gegenteil.

Ich selber, sagte er, bin nunmehr politisch tätig, und bin es doch nicht ausschließlich, denn ich bin auch kulturfördernd dank meines Abgeordnetenmandats.

Nicht länger hielt es den Kirchenmann und den König auf der Bank. Sie sprangen hoch, fast hätten sie mich beiseite geschoben, sie wiesen mit dem Finger auf den Herzog und schrien: Du trittst ein für mehr Spinat und Rohkost in den Küchen derjenigen, die dich mit knapper Mehrheit gewählt haben. Klavierspieler an die Macht und Grünkohl gibt Kraft! Alles Quatsch.

Dann setzten sie sich wieder. Der König griff nach meiner Hand, um das Aufnahmegerät näher heranzuholen an sein schweres habsburger Kinn und an seine speichelnassen Lippen.

Das Dilemma dieser Künstler auf dem Thron, sagte er – mein Vetter in England komponiert sogar Madrigale! –, ist, daß sie Mühe haben, sich, wenn es brenzlig wird, zu entscheiden. Denn was sind sie denn nun: unabhängige Intellektuelle oder praktische Politiker? Und was ein praktischer Politiker ist, kann ich Ihnen sagen, ich selber war mal einer. Der muß schnelle und klare Entscheidungen treffen, und wenn es ums Entweder/Oder geht, muß er zuschlagen können – nicht wie deine

Intellektuellen (er wandte sich an den Herzog, der die Schultern hängen ließ und kränklich aussah) –, die fangen an zu meditieren, dem Volk philosophisch zu kommen, Sein oder Nichtsein das ist hier die Frage (der Dicke zeigte seine Zähne), und dann werden sie weinerlich und möchten sich am liebsten verpissen. Denn auch sie sind, wie jeder echte Intellektuelle, im Grunde Opfer der Verhältnisse. Die Hände zittern ihnen, wenn sie nach der Macht greifen. Die Menschen aber wollen keinen Weichkeks auf dem Thron haben. Sie wollen Leistung, Effizienz, Fachleute des Fortschritts …

Fachleute für Wahlfälschungen, sagte der Herzog und vermied es, den Dicken anzusehen.

Papperlapapp, sagte der König und erinnerte, wie er selber bis zur völligen Erschöpfung arbeitend, seinem Staat gedient habe. Und fast hätte er den Generalsekretär gestürzt, den senilen Greis, dem die Sätze wie aufgeweichtes Brot vom Mund fielen, mit dem richtigen Wort hätte er ihn vom Thron gekippt, wären nicht die anderen alle im Rat solche Feiglinge und Schisser gewesen.

Du gerade, höhnte jetzt der Dicke, als liefe nicht jedes Wort direkt in den schwarzen Kasten meines Aufnahmegeräts. Du gerade! Wir sind an einem Scheidewege, sagte er und schaute durch mich hindurch, die Augen hebend, daß ich das Gelbliche seiner Augäpfel betrachten konnte. Mehr sagte er nicht.

Am Scheideweg, versuchte ich nachzufragen: Könnte das nicht ein Neuanfang sein, angenommen, es gäbe genügend aufmerksame Köpfe, in denen der Funke der alten Lehre zum Feuer einer neuen Revolution entfacht würde? (Gut daß sich Retard nicht mein geschwollenes Pathos anhören mußte.) Das Wort Revolution schien allen dreien Unbehagen zu bereiten, sie bissen sich auf die Lippen, als hätte ich ihnen eine vergiftete Oblate gereicht.

Die Philosophen und die Dichter, sagte der Herzog von Olivares, werden uns nicht zurückbringen in den Oktober 17.

Erst kommt das Fressen, dann die Moral, warf der König dazwischen, das haben unsere Feinde besser begriffen als wir. Bananen öffnen Fäuste! Der Mann vom Heiligen Offizium legte wie brüderlich seinen Arm um die erhabene Schulter.

Der Herzog ließ sich nicht beeindrucken. Mir scheint, wir sind auf dem besten Wege, die Bürger unserer Länder neu zu sensibilisieren. Denn der Mensch, sagte er, lebt nicht vom Brot allein.

Als gute Katholiken, sagte der Dicke, sollten wir mehr der Gnade Gottes vertrauen als dem verkommenen Volk.

Nicht doch, widersprach der Staatssekretär: Vox populi, vox Dei.

Mit diesem Schlußwort hätte ich gewiß dem *Espectador Sevillano* eine Freude machen können. Allerdings zweifle ich, ob ich damit meinen Auftraggebern eine Freude machen kann. Diese korrumpierten, ihren Platz in der Geschichte verfehlenden Bundesgenossen, sollte es zur großen osteuropäischen Erhebung kommen, von der sie wohl hinter abgeschlossenen Zimmertüren träumen, würden am Tag X an der wiedererrichteten Mauer erschossen werden.

Ein schlechtgelaunter, gereizter Retard saß am Steuer des schmutzigweißen Autos, als wir endlich nach Norden fuhren. Das Auto war neu bereift, dank der Vermittlung eines Masseurs. Ich bot an, die Kosten zu übernehmen. Retard winkte ab.

X

Sie werden mir immer unheimlicher, mein lieber Alemán, sagte er. Welche Bonanza verschafft Ihnen denn diese Mittel? Am Ende sind Sie der Teufel in Person, der bekanntlich Gold scheißen kann.

Ich schwieg und fühlte mich unbehaglich. Retard schob eine Kassette ein, er schien keine Antwort zu erwarten. Zum wievielten Mal auf dieser Reise hörten wir Mozarts Dissonanzen Streichquartett in C-Dur, Köchel 465? Diesmal vermied Retard es, mich auf den Unsinn aufmerksam zu machen, dieses Quartett, der kühnen Harmonik seiner Adagio-Introduktion wegen, wie er sagte, das Dissonanzen-Quartett zu nennen. 22 Takte von bestürzender Logik und Schönheit!

Mir wars eine peinigende Musik, ich weiß nicht warum, eine abgründige und höllische dazu, und also eine mir vertraute, wenn Retards scherzhafter Verdacht eine wenn auch verdrehte Wahrheit enthalten sollte.

Ich weiß, sagte ich, als das Adagio ein Gespräch wieder möglich machte, ich erinnere mich, sagte ich, wie sich die Leute in Sevilla beim Anblick Lopes und meiner zu bekreuzigen pflegten.

Ach, sagte Retard und drehte die Musik leiser. Ecco è la marcia! Erzählen Sie! Das muß um Sechzehnhundertzwei gewesen sein, als das göttliche Scheusal, das Monstrum der Natur Sie in Sevilla besuchte, um in Ihrem Hause ungestört seine Micaela vögeln zu können. Ein Kuppler also waren Sie auch, zu allem anderen, mein lieber Alemán?

Es ist nicht erwiesen, sagte ich, ob er in meinem Haus wohnte, aber nehmen wir an, es war so. Außerdem, ich war sein Freund, und wer sonst sollte zwei Verliebten, die dazu über Kreuz verheiratet waren, zu einem Refugium verhelfen?

Sie war mit einem Amerikaner verheiratet, der zum Glück in den Kolonien starb, sagte Retard, und der ihr achthundert Dukaten Erbschaft vermachte, als er in

Peru den Geist aufgab. Und eine Menge Kinder dazu, die Sie, nehme ich an, hüten mußten?

Einige waren von Lope, sagte ich, aber Micaela hatte nur das Jüngste bei sich, ein Brustkind noch, die anderen waren in der Stadt verteilt, die Ältesten spielten bereits auf dem Theater, dessen Star sie war, Micaela Luján, eine Carmen des siebzehnten Jahrhunderts und Lope de Vegas Muse dazu. Sie war eine üppige Dame, ich wette, älter als er, der genaugenommen nur zwei Lebensphasen gehabt hat. Erstens die des feurigen Jünglings, mit schmachtenden wenn auch eiskalten grünen Augen. Zweitens die langanhaltende Phase des alten Mannes, über Nacht weißhaarig geworden und mit tiefen Falten um die spitzer werdende Nase.

Wer in vierundzwanzig Stunden, sagte Retard, eine Komödie schreiben konnte, wie Ihr Freund Lope, mußte des Teufels sein.

Womit wir beim Thema wären. Aber was hieß das, des Teufels sein?

Retard drehte seinen Mozart lauter: Hören Sie auf diesen Schlußsatz, sagte er, er treibt Ihnen die Teufel aus.

Mein ganzes Leben, dachte ich, hatte ich Luzifer in mir versteckt gehalten. Was ich von ihm verriet, nannte ich Guzmán de Alfarache, oder ich gab ihm den Namen von Frauen, über deren Schlangenkünste ich Abhandlungen verfaßte; und schließlich trat er in Gestalt eines Heiligen auf in meinem Traktat, und später in Mexiko in einem Aufsatz über die Sprache. Der gestürzte Engel, der in der Verbannung lebte. In den lichtlosen Kerkern der Inquisition. Luzifer, der sich verstellte, die Augen senkte, mit lahmer Hand das Kreuz schlug, zur Messe ging und dem Glauben seiner Väter abgeschworen hatte. Luzifer, der mit Wasser und Wein den Brand löschte, der in ihm schwelte, in der Angst, verraten zu werden oder sich selber zu verraten. Luzifer, der ein doppeltes Spiel trieb. Sich, wie Lope de Vega, aus Angst, in die Hölle auf Erden begab, freiwillig, in diese nach Tinte und Zwiebeln, nach Fürzen und ungewaschenen Füßen riechende Hölle der Amtsstuben im Haus des Heiligen Offiziums. Vertraute nannten sie uns, die tintenklecksenden Patres! und hielten unsre Hand lange fest mit ihrer weichen Hand. Der Tod, der von ihnen ausging, hatte etwas Weiches, Nachgiebiges. Aber hatte ich je einen mir vertrauten Menschen verraten? Hatte Lope, der geschniegelte, von allen geliebte Stückeschreiber, jemand verraten? Niemand war durch unser Wort auf dem Scheiterhaufen verbrannt worden, niemand. Aber wir waren die Schmeichler der Macht. Bei uns holte sie sich ein gutes Gewissen, falls sie eines brauchte. Sie kaufte uns die Angst ab, zog uns ins kleine vertrauliche Gespräch über die Lage und die Meinung unzufriedener Stückeschreiber in Sevilla; wer mit wem am Theater; wer gegen wen in der Congregation der Nazarener. Die Patres schrieben und schrieben, aber es schien, als malten sie ihre Kringel in der Luft, als überzögen sie die Luft, die wir atmeten, mit lauter Spinnennetzen, daß uns mit der Zeit die Lungen davon bluten würden. Voller Häme klagten wir Cervantes an. Vielleicht weil wir wußten, er sei irgendwie unverwundbar. Die eine Hand hatte er als Kriegsheld verloren, im Glaubenskrieg gegen die Türken, auf hoher See bei Lepanto; ein Stumpf ragte anklagend aus der kostbaren und immer beschmutzten Manschette seines Ärmels. Mit der anderen Hand schrieb er seine endlosen Sachen. Kam in seinen Texten das Wort *Converso* vor? Das Wort *Inquisition*? Das Wort *Scheiterhaufen*? Protestierte er, als man den Mauren nicht länger Asyl bot in Spanien? Er protestierte – ein wenig. Und schrieb und schrieb. Niemand beachtete ihn. Er ließ sich im Auftrag der Krone herumschicken. Er veruntreute Steuergelder. Man warf ihn in Sevilla ins Gefängnis. Er kam frei. Ärmer als je zuvor. Aber unbescholten. Reiste im Auftrag der Krone nach Oran. Stärkte dem Feldhauptmann in jenem vergessenen afrikanischen Außenposten den Rücken. Tat so, als käme er in der Rolle eines Staatssekretärs. Tatsächlich kam er als Briefträger. Fantasierte sich den Traum zurecht, die spanische Mittelmeerpolitik würde den Seeräubern aufs Haupt schlagen. Den Korsaren, die ihn in Algier sieben Jahre gefangen hielten. Ohne ihm ein Haar zu krümmen.

Lope verabscheute ihn. Es war, als bräche sich sein eigener Erfolg wie Schaum an diesem Felsen Cervantes. Den hoben sich die Götter oder die Patres für Größeres auf. Wir schwärzten ihn an, seine seltsamen Frauengeschichten, sein Sinnieren, sein Humanisieren, das nicht der Kirche folgte, sondern den Ketzereien eines Erasmus. Die Patres schrieben und schrieben und warfen die Akten weg. Der Mann war unverwundbar, und was ärger war, immer darauf aus, unsere Freundschaft zu suchen, der kleine schmächtige Mann mit dem dunklen Gesicht und dem rötlichen Bärtchen, den schlechten Zähnen und seinem Habitus einer aufgebügelten Armut. Niemals hätte der, weil er die Freiheit nicht hatte und weil er die Angst nicht hatte, meinen Guzmán de Alfarache schreiben können.

Es ist mit der Freundschaft, sagte Retard, als endlich die letzte Note seines Dissonanzen-Quartetts verklang und nur noch das laute Klopfen des Motors zu hören war, es ist mit der Freundschaft, sagte er, wie mit jedem beliebigen utopischen Inhalt. Man kann sie definieren, sie sich wünschen, aber man ist nie sicher, ob man sie auch hat, auch wenn die Beweise dafür glaubwürdiger sind als in der Liebe.

Es gibt nur Freundschaft im Zwielicht, sagte ich.

Im Zwielicht der eigenen Bücher, lachte Retard. Sie und Ihr Genosse Guzmán! Einen einzigen Freund, sagt der einmal, fand ich, und er war der beste und hingebendste von allen, denn er war von unserer eigenen Natur, die nie versagt und immer wartet, um unermüdlich zu schenken, und das ist die Erde.

Die Erde, der Tod, sagte ich. Ein Freund, nehme ich an, wird Sie damals verraten haben, als man Sie ins Gefängnis warf?

Ins Gefängnis warf, sagte Retard, das hätte noch Dramatik gehabt, und in der Wut hätte man sich wehren können. Aber nein, es ging alles andante con moto vor sich, schleichend, und ohne eine handfeste Anklage.

Ich frage nur, sagte ich, weil Sie mir diese Episode aus Ihrem Leben schuldig geblieben sind.

Er schwieg, und ich bot ihm an, den Platz mit ihm zu tauschen, damit der Verkehr und die Straße ihn nicht ablenkten beim Erzählen. Er war einverstanden.

Ein Freund hätte mich verraten? sagte er und brannte sich eine seiner Zigarren an. Ich hatte nur einen wahren Freund, und er ist, wie Sie wissen, tot.

Oder verschollen, sagte ich.

Falls man auch im Jenseits als vermißt gelten kann, dann ja, sagte Retard, und ich fürchtete schon, er würde jetzt wieder über diesen O. K. Berlinguer zu reden anfangen, der ihm mehr auf der Seele lag als seine gut dreißig Jahre zurückliegende Gefängniszeit.

Aber Sie haben recht, ein Freund hatte mich verraten, ein Freund, der von sich behauptete, mehr zu sein als Vater und Mutter, ein treuer Genosse fürs Leben, einer, der immer recht zu haben vorgab, die Partei. Enttäuschend war, daß dieser Freund mit Lügen kam. Hatte man ihn enttäuscht, bitte, er hätte es vorbringen können, man wäre bereit gewesen, seine Fehler einzusehen. Nichts dergleichen. Ich wurde, damals Assistent an der Leipziger Universität, verhaftet, in grauer Frühe aus dem Bett geholt, die ersten Straßenbahnen fuhren, und ich fand mich lange nicht zurecht, wieso ich mir an diesem Tag den Luxus eines Taxis leisten konnte. Die Partei hatte mir ein Dienstauto geschickt, und ich saß im Fond eingezwängt zwischen zwei Typen, die nach Rasierwasser rochen und kaum älter waren als ich. Nicht im Traum wäre mir eingefallen, daß ich dabei war, für sieben Jahre Abschied von der Stadt zu nehmen.

Mit welcher Lüge kam man Ihnen, sagte ich, als führte ich hier ein Interview.

Mit der dümmsten, sagte Retard. Ich hätte geplant, mich nach Westberlin abzusetzen, zum Klassenfeind an die dortige Universität. Erste Lüge. Zweite Lüge: In meiner Wohnung an einer proletarischen Straße im Osten sei ein Waffenlager gefunden worden. Alles Lügen, die freilich der Primitivität meiner Vornehmer besser entsprachen als der eigentliche Grund: nach ungarischem und polnischem Modell einen Debattierklub eröffnet zu haben, wo wir, einige Assistenten, Neugierige aus anderen Berufen, ein Schriftsteller, uns Gedenken machten über das Wahrheitsmonopol unserer Partei.

Hatten Sie denn keine anderen Möglichkeiten, das Dogma in Frage zu stellen?

Mein lieber Alemán, sagte Retard, in Deutschland geht die Wahrheit nicht in spanischen, sondern in Hegels Stiefeln. These: Antithese: Synthese.

Die Synthese, sagte ich, um ihn zu ärgern, ich meine die Synthese der Vereinigung werden wir wohl vorfinden, sobald wir Ihr Heimatland erreicht haben.

Je schneller Sie fahren, sagte Retard, desto kürzer meine Geschichte. Und im übrigen ändern wir die Reiseroute. Ich habe nicht die geringste Lust, womöglich im Beisein des Fernsehens, meine Zelle in Bautzen zu besuchen.

Schade, sagte ich, auf diesen Anblick hatte ich mich gefreut, wir beide auf der Pritsche Ihrer Zelle sitzend.

Sitzend? Das war sowieso verboten.

Auch für Sie? fragte ich.

Was glauben Sie, wie viele Ärzte meinen Gesundheitszustand untersuchten. Zunächst galt ich als Simulant, dem jeder, der wollte, die Krücke wegnehmen konnte. Aber Sie lenken mich ab.

Er gab sich noch einmal Feuer mit Hilfe des archaischen Zigarrenanzünders. Tatsächlich, sagte er, kam auch bei der Verhandlung ein halbes Jahr später der eigentliche Grund der aufgekündigten Freundschaft nicht zur Sprache. Wer sich wie Dimitroff im Reichstag vorkommen wollte, die Faust geballt: nitschewo.

Sie hätten, sagte ich, auf das Spiel eingehen können. Sich der Sodomie, was weiß ich, der Unzucht mit Minderjährigen bezichtigen sollen, entweder um den Ehrenpunkt dieser Freundschaft weitgehend zu schonen oder einfach nur um ihre Freiheit zu gewinnen in einem Ausbruch absurden Humors.

Man merkt, sagte Retard, daß Sie weißgott aus einer anderen Zeit stammen.

Und die Mitangeklagten? fragte ich.

Sehen sie nur, sagte Retard und schaute aus dem Fenster, wie hier alles kaputtgeht. Der böhmische Wald, eine aus der Zukunft zurückkehrende Armee, alles Skelette. Auch die Natur kündigt uns die Freundschaft.

Die Mitangeklagten, wiederholte ich. Was ging mich dieser Wald an, darin ich mich weder als Kind noch als Liebender aufgehalten hatte. Wie sentimental er doch sein konnte, dear Alec!

Die Mitangeklagten, fand Retard zurück, meist alles Philologen wie ich, Schüler eines Lehrers, der in Plötzensee knapp dem Fallbeil entkommen war, in einer anderen Zeit. Man konnte fast alles mit uns machen, solange die Wissenschaftlichkeit unserer Lehre nicht in Frage gestellt wurde – was ja auch das Selbstgefühl der Richter untergraben hätte, oder sagen wir lieber: ihren irrationalen Glauben an die Macht der parteilichen Ideologie. Und so waren wir vereint, wir auf der Anklagebank und sie auf der Richterbank, im gemeinsamen Glauben an eine bessere Zukunft. Das war doch bei Ihnen auch nicht anders gewesen, oder? Wir redeten uns in Gedanken mit Danton, mit St. Just an, in der Hoffnung, wir würden noch den Kopf des uns richtenden Robespierre rollen sehen. Man sage nicht, die Richter wären alles gekaufte Mieslinge gewesen, auch sie waren Werkzeuge der Geschichte, und auch Robespierre war ja seinen Zeitgenossen als ein lächerlicher, rechthaberischer Anwalt erschienen, keine Frau hätte sich freiwillig zu ihm ins Bett gelegt.

Ihre Meinung von den Frauen …, sagte ich, führte den Satz aber nicht aus.

Voilà, sagte Retard. Meine Meinung von den Frauen änderte sich in jenen Jahren im Gelben Elend. Von den gefangenen Frauen bekamen wir kaum etwas zu sehen. Aber meine Helene (er hatte diesen Namen noch nie genannt, und ich stellte keine Frage) hielt mir die Treue, oder was mehr war, sie tat alles, was sie im Rahmen der Gesetze tun konnte, in einer Zeit, da Häftlinge noch nicht Handelsobjekte waren – ein gutes Gewissen gegen Devisen. Womöglich hätte sie mit den beiden kleinen Kindern nicht durchgehalten ohne die Hilfe meines Freundes Berlinguer. Sie sehen, wie die Wurzel dieser Freundschaft beschaffen war, sagte Retard, und im übrigen wußte ich, daß meine Helene nicht der Typ Frau war, nach dem Berlinguer sich verzehren würde. Da kannte ich ihn zu gut. Ihren sephardischen Stammesgenossen und Don Juan, dem Sie in keiner Weise ähneln.

Ich schwieg und beschleunigte ein wenig, in der Hoffnung, das altersschwache Vehikel würde uns sicher über die Grenze bringen.

Nun, fuhr Retard fort, wir ziemlich jungen Leute, in der Hoffnung freilich, unser Professor würde höheren Orts, im Zentralkomitee der Partei, für uns bürgen, blieben gelassen. Was konnten diese alten Hasen, auch wenn sie die Schneidezähne zeigten, gegen uns junge Hunde ausrichten. Nun, die Hoffnung war eitel, der Professor zog sich auf die reine Forschung zurück. Solange auch nur *eine* Insel verteidigt werden konnte, mochten die Schiffbrüchigen im Meer ertrinken. Nicht so der mitangeklagte Schriftsteller, den im übrigen keiner von uns gelesen hatte. Weder besaß er die diabolische Dreistigkeit Ihres Lope de Vega, noch (mit schönem Lächeln zu mir) die schlafwandlerische Sicherheit eines Mateo Alemán, der die Folgen des Jüngsten Gerichts immerzu auf seinen Helden Guzmán projiziert, während er wie ein zweiter Hiob die Geworfenheit des Menschen beklagt und bejammert (ich lächelte zurück, schwieg aber); noch war unser Schriftsteller von den Göttern gesalbt, daß er unverwundbar erschien wie Ihr einhändiger Cervantes. Im Grunde war er der geborene Stadtreporter, begabt für die Zufälle des Fait Divers, Schicksale, die von Erde waren und in Erde endeten, wie es, glaube ich, Ihr Guzmán einmal sagt.

Ich nickte, konnte mich aber nicht erinnern.

Schlacken der Menschheit! rief Retard fröhlich. Fußball, Liebelei, kleine Betrügereien, Kino am Wochenende, im Urlaub nach Binz, wo man das Leipziger Allerlei vermißte. Nun war er selber zum Fait Divers geworden, und es zeigte sich, daß er diesen Schicksalsschlag als einen solchen empfand. Jedenfalls in den ersten Monaten. Dann meldete sich sein Talent zu Wort.

Wir alle, führte er bei der Verhandlung aus, seien das Opfer eines Komplotts gewesen – eines literarischen Komplotts. Wir hätten, von unbekannter Hand zugeschickt, die schlimmsten Comics in unseren Briefkästen gefunden, Landserhefte, Superman-Geschichten, Fantastereien religionsstiftender Überirdischer, der längst verbotene Held unserer Schulzeit, Sun Koh, Produkte eines Leipziger Schullehrers, habe in immer neuen Reinkarnationen unser Bewußtsein verdorben. Wie konnte es sein, daß dieser korrumpierende Schund, heimlich gedruckt in den Lauben von Schrebergärten, die jedem Leipziger bekannt, Namen trugen wie Hoffnung West oder Morgenröte, den Augen der Staatssicherheit entgangen war?

Retard sah mich triumphierend an, als wäre ich dieser Schriftsteller gewesen. Diese Schuldzuweisung, sagte er, hätte eine Kette neuer Anklagen schmieden können, die unsere gekauften Verteidiger vielleicht in kühner Attacke hätten sprengen können – wären nicht die Urteile bereits fertig aus Berlin geliefert worden. Die Strafe fiel barbarisch hoch aus. Der gewaltsame Umsturz der Verhältnisse wurde uns als Absicht angedichtet. Der 17. Juni 1953 und der Budapester Aufstand von 56 hatten die Angst der Partei, es könne sich aus unseren Fantasien ein Staat der Gelehrten herausbilden, nur vergrößert. Wir empfahlen den Richtern Platon als Pflichtlektüre im nächsten Parteilehrjahr, aber sie verstanden die Anspielung nicht, interessierten sich nach erfolgter Urteilsverkündung auch nicht, ob wir hier den Namen eines bislang verschwiegenen Komplizen genannt hatten.

Als am Nachmittag die Türme von Prag am schwach erleuchteten Himmel auftauchten, schwieg Retard. In Berlinguers Geburtsstadt, hatte er gestern gesagt, wolle er ein Gebet für den toten Freund sprechen. Kaddish für Berlinguer? Nein, nein, sagte Retard, er war ja wie Sie ein Überläufer und also getauft.

Später fand ich heraus, daß Retard in diesem Punkt gelogen hatte.

# *Teil Zwei*
# Im Haus

Es ist eine alte Geschichte, daß in Deutschland die Patrioten nur die Karikatur der guten Deutschen sind.

*Curzio Malaparte, Technik des Staatsstreichs*

# I

Wer auch immer eine Beschreibung Retards von mir verlangen würde, ich war sicher, damit dienen zu können. Hatten wir nicht unsere Tage zusammen verbracht? Hatte ich nicht seine stets flüchtigen, wie in Erinnerung an eine andere Liebe absolvierten Zärtlichkeiten mit der nun abwesenden Nadja beobachtet? Seinen Eifer hinterm Pult so vieler Vortragssäle – seinen von zuviel Wein beförderten Sarkasmus? Ich kannte ihn dennoch nicht, bis ich der Gast in seinem Hause wurde, unterwegs aufgelesener Beifahrer, Herr Matthäus Teutsch, wie er mich seiner Frau vorstellte, alias Mateo Alemán, dessen Bekanntschaft er, wie er sagte, seit Jahren suchte, um ein Buch über mich zu schreiben, die längst fällige Biografie dieses zu Unrecht im Schatten der anderen Autoren des Goldenen Zeitalters stehenden und vergessenen pikaresken Autors. Issy gab mir die Hand, und ihren Blick deutete ich so, daß sie in mir denjenigen wiedererkannte, der ihr in Sevilla nachgegangen war. Vielleicht täuschte ich mich auch, denn sie hatte so eine Art, den Leuten lange die Hand zu geben, sie nicht loszulassen, solange ihr Mann mit seiner jeweiligen Vorstellung nicht zu Ende war – und Retard liebte die barocken Vorstellungen. Tatsächlich zeigte sich in dieser scheinbaren Herzlichkeit, wie ich meine, eine tiefe Abwesenheit, als suchte sie in ihrer eigenen Vergangenheit nach der Person, der sie gerade die Hand gab. Retard sprach noch immer, kündigte an, daß ich für längere Zeit hier einquartiert werden sollte, und Issy (längst darauf vorbereitet) begriff endlich und öffnete die Tür zu einer zweiten Diele in der Wohnung, durch die wir in einen etwas kleineren Raum kamen.

Dann ist dies Ihr Zimmer, sagte sie, und öffnete mir die Tür einer Kammer. Sie tastete das Bett ab, als wäre es nicht tadellos gemacht, wies auf Stuhl und Schrank, und als ich mich umdrehte, sah ich nicht Retard in der Tür stehen, sondern einen pubertär aufgeschossenen jungen Mann mit schmalem Gesicht, rasiertem Kopf, von dem die Ohren weit abstanden, großen spöttischen Augen, auf die das Licht vom hohen Fenster der Kammer traf, ein Blick, der keine Neugier auf den Fremden verriet.

Das ist Amos, sagte Retard, ich habe Ihnen von ihm erzählt, unser Sohn also.

Ich nickte und reichte dem jungen Mann die Hand. Es war, als gerieten meine Finger in einen Schraubstock. Issy lächelte dieses Lächeln, das ich noch oft an ihr beobachten würde und das mir schon in Sevilla nicht gefallen hatte.

Amos, sagte ich und war wie immer verlegen beim Anblick von soviel Jugend, die mir das Gefühl gab, in die Bodenlosigkeit der Zukunft zu blicken. Mir schwindelte zwischen diesen Extremen, der Abwesenheit sozusagen von Mutter und Sohn am jeweils anderen Ende der Zeit.

Amos, wiederholte ich, da haben Sie ja einen Propheten im Haus, der den Mauern von Zor das Feuer prophezeite, daß die Stadt ihrer drei oder vier Laster wegen zerstört werden würde.

Der junge Mann lachte verächtlich, und Retard sagte: Ein Bibelkenner, unser Gast, da werden Sie sich mit meiner Frau gut verstehen.

Hören Sie nicht auf ihn, sagte Issy und bat zum Kaffee auf den Balkon: Wir haben einen strahlenden Mai.

Retards Wohnung umfaßte die obere Etage einer

Villa, die um 1920, wie Retard erklärte, das schönste und teuerste Gebäude im Ort gewesen sein mußte. Am Ende des Jahrhunderts war es nun eines der vernachlässigsten Gebäude hier. Nur die Bäume, sagte Retard, als wir auf den Balkon traten, bewahren auf ihre Art die stilistischen Absichten des Architekten. Sehen Sie nur diese jugendstilgerechte Farbmischung, das Lindgrün des einen Baumes, das Weinrot der Buche, und dort die Pappel, auflodernd wie aus einem Gemälde von Greco. Dagegen das Haus – nichts als Flecken und Löcher und herabfallende Dachziegel.

Die anderen Mieter? fragte ich.

Unter uns ein Ledergrossist, sagte Retard, dem die Frau gestorben ist und der selber langsam zur Mumie wird, ledern im Gesicht. Er verbringt seine Tage und Nächte vor den Pornographien seiner Videokassetten. Früher verboten, jetzt gibt es das alles frei Haus zum Trost unserer Rentner.

Amos kam und griff sich ein Stück Kuchen. Kauend entschuldigte er sein Weggehen.

El amor, esa palabra, erklärte Retard (mit Blick auf Amos), und Issy bat, nicht ausländisch in ihrer Gegenwart zu sprechen.

Gewiß doch, sagte Retard und streichelte ihren Arm. Unser Gast spricht alle Sprachen, er wird auch die deine beherrschen.

Was soll denn das nun wieder heißen, sagte Issy und goß mir Kaffee ein. Mein Mann, erklärte sie (ohne mich anzusehen), hat in allem so eine Art, mir die Welt erklären zu wollen, sei es bei der Lektüre eines Romans, vor dem Fernseher oder wenn Besuch kommt.

Ich nickte und dachte, daß sie mit keiner Miene zu verstehen gegeben hatte, daß mich ihr Mann als eine Art Weltwunder eingeführt hatte, als einen Zombie, ewigen Juden, zumindest als Inkarnation desjenigen, über den er seit Jahren schreiben wollte. Was war sie für eine Frau? Ich kam lange nicht dahinter, und auch Retard schien keine Eile zu haben, mir mehr über sie zu erzählen, als er bereits getan. In Brügge hatte er nichts dagegen gehabt, wenn ich sie mir auf dem Hintergrund einer romantischen Erzählung von Rodenbach vorstellte. Die Wirklichkeit schienen die Fotos jener Helene anzudeuten, die er durchaus nicht versteckte in dieser Wohnung, die seine erste Frau gewesen war. Helene, eine Schullehrerin, ein rundes abgeschlafftes Gesicht, von nachlässig gelockter Frisur gerahmt, viel älter als Retard aussehend, jene Helene, die des Doktors sieben Jahre auf dem Hohenasperg, wie er seine Gefängniszeit zuweilen nannte, mit Bravour, mit Tapferkeit und Treue und mit drei kleinen Kindern überstanden hatte. Helene, die einen Monat vor dem Fall der Mauer zur Direktorin der Schule von Petersdorf ernannt worden war und nun als Bevorzugte des alten Regimes galt, wie Retard sagte, und entlassen worden war. Ein Glück nur, ergänzte Retard, daß wir da schon längst geschieden waren. Ich hätte es womöglich nicht über mich gebracht, sie allein zu lassen.

Issy schwieg zu diesen Erklärungen, mehr Kaffee ausschenkend. Und Retard in der Rolle des besorgten Ehemannes und Vaters schien mir unglaubhaft. Oder trog mein Bild vom akademischen Touristen, der die Zeiten bewältigt als ein Reisender im Stile von Humboldt oder Albert Schweitzer, wenn er den jeweiligen Eingeborenen in der Fremde das Licht seiner mählich erloschenen Berliner Akademie brachte. Dr. Alexander Retard, ein Einzelkämpfer in den Regionen des Klassenfeindes. Hier, in den auf calme, luxe & volupté abgestimmten Räumen seiner Wohnung, im Würfel der schön geschnittenen Zimmer, unterm Stuck der Jahrhundertwende und auf den blumenreichen vietnamesischen

Teppichen, vor seinen Büchern und Bildern, schien er mir, seltsam genug, immer kleiner zu werden, gleichsam zum Detail seiner Sammlungen zu schrumpfen. Wer, wenn nicht seine Frau, hätte ihm Größe und Gegenwart geben können?

Beide waren gute Gastgeber, als könnten sie nur so, in Anwesenheit eines Dritten, zu sich selbst finden. Denn ihre Schwierigkeiten miteinander hatten, so fand ich bald heraus, mit den vermischten Zeiten zu tun, die in dieser Wohnung waberten wie chemische Verbindungen. Untereinander korrespondierte das Ehepaar auf so unterschiedlicher Ebene, daß jedes Gespräch so laut geführt wurde, weil es ungeheure Entfernungen bewältigen mußte – und für meine Ohren also feindlich klang. Und die lauten Stimmen, leider auch in meinem Beisein, schienen sie auf eine Art zu wecken, die erst recht die Entfernungen aufzeigten, so als stünde jeder an einem anderen Flußufer und beschuldigte den anderen, irgend etwas, das Glück, die Vergangenheit, das Leben an sich im Fluß untergehen zu lassen, rettungslos, doch dabei mit gegenseitiger Schadenfreude. Woher kam ihnen diese Feindschaft?

Issy en fin, sagte abends Retard, als wir allein saßen und dem Cognac zusprachen. Im Hintergrund eine leise Musik, ich wette, es war das sattsam bekannte Dissonanzen Quartett des Herrn Mozart. Retard saß in einem tiefen Ledersessel, eine Katze auf den Knien. Issy, sagte er und streichelte das schläfrige Tier, ihren wahren Namen verschweig ich, sie war einst eine der großen Lieben meines Freundes Ole Knut Berlinguer. (Das war mir so bekannt wie das Dissonanzen-Quartett.) Aber sie war gewiß nicht eine seiner absoluten Lieben, soviel ist sicher. Sie war eines der Mannequins, das mit meinem Freund auf dem Flug nach Cuba entführt wurde und im Busch von Alémmo strandete. Von da an wären wir auf ihren Bericht angewiesen, doch sind ihre Worte wie die ganze Person an sich unzuverlässig oder sagen wir besser: changierend. Tatsächlich blieb Berlinguer verschollen bis auf den Tag, während sie, anfangs für tot erklärt, wieder auftauchte. Über Tripolis und Tanger oder vielleicht über Kuwait und andere Länder der Emirate kam sie nach Berlin, Hauptstadt der DDR, zurück. Im Gepäck, die Geschichte, ein Ölmilliardär habe sie aus Alémmo gerettet, aus den Fängen der schwarzen Befreiungsarmee – *kwacha Alémmo!* und habe sie an die nördlichen Ränder Afrikas gebracht, in Gold und Seide verpackt, und habe sie dann seinem Harem einverleiben wollen.

Aber, sagte ich, mein lieber Alex, wiederholen Sie jetzt nicht eine mir bestens vertraute und von mir erfundene Geschichte, sagen wir die der Liebenden von Osmin und Daraxa?

Schon möglich, sagte Retard und vertrieb mit seinem Zigarrenqualm die Katze von seinen Knien. Schon möglich. In jenen Breiten ist ja die Zeit stehengeblieben. Vergeblich versucht man jetzt, sie mit den neuesten schweizer Chronometern zu messen. Issy jedenfalls, so erzählt sie, fand mit Hilfe eines westdeutschen Bildreporters, der für sein Sensationsblatt da unten fotografierte – Harems wie aus 1001 Nacht! – in die Freiheit, mit Hilfe des Auswärtigen Amtes, nein, warten Sie: es war ja noch die alte Zeit, das Ministerium für Auswärtige Angelegenheiten, vermutlich im Einvernehmen mit dem Ministerium für Staatssicherheit, schaltete sich ein und holte Issy heim ins Reich.

Fantastisch, sagte ich. Wie alt war sie da?

Keine Ahnung, sagte Retard, aber kaum älter als heute, das sehen Sie doch selber.

Ich nickte und bat um mehr Cognac.

Und dann tauchte sie wirklich in Berlin auf, wie ein

Nachlaß, wie eine zu entschlüsselnde Botschaft meines lieben Freundes Berlingueur (fuhr Retard fort). Ich eilte zu ihr, die in einer miserablen Einzimmerwohnung am Prenzlauer Berg wohnte. Zu meiner Überraschung war sie nicht allein. Sie hatte ein Kind, einen Sohn. Und was glauben Sie wohl, sie stellte mir ihren Amos als Frucht Berlinguers vor – ein Sohn meines verstorbenen Freundes! Aber es könnte auch der Sohn des Ölscheichs sein. Nur: Rechnet man die Jahre zurück, kommt doch Berlinguer in Frage. Denn der Knabe ist um ein weniges älter als ihre Geschichte und könnte somit vor der Entführung nach Alémmo gezeugt worden sein. Welche Erinnerungen das Kind hat, weiß ich nicht.

Aber die Ähnlichkeit mit Ihrem Freund, sagte ich, ist sie auffällig?

Retard schwieg und schien mit der Antwort zu zögern. Es ist wie mit jenem Kind in den Wahlverwandtschaften, das dem Geliebten ähnelt, der nachweislich nicht der Erzeuger war. Eine für Goethe typische Pointe!

Retard erhob sich und zeigte auf das Buch in seiner Bibliothek, das zu lesen er mir dringend empfahl.

Es ist, was Ihnen doch mehr als mir auffallen müßte, etwas Wüstenhaftes um ihn, ich meine, Gazelle und Tiger mischen sich in seinem Blick, und dazu die Unverbindlichkeit seiner Gefühle, die Anmaßung der Meinung, verbunden mit einer Disziplin, er trainiert irgendeinen Kampfsport, die ihn zur Kampfmaschine erzieht, gegen meinen Willen übrigens.

Mir scheint, sagte ich lachend, daß Sie erstens ein Rassist sind und zweitens die Gefühle eines liebenden Vaters zeigen.

Mag sein, sagte Retard, aber zum Lachen ist mir nicht dabei, denn jede gemeinsame Beschäftigung mit dem Jungen, ich meine, wenn meine Frau und ich über ihn reden, führt sie zu irgendwelchen Oasen, fern von mir.

Ihr Problem ist, sagte ich zögernd, in Ihrer Frau den verschollenen Freund wiederfinden zu wollen, ohne das Problem des Geschlechtertauschs beachtet zu haben.

Ein gutes Bonmot, sagte Retard. Mehr von der Art, und ich wäre genötigt, Ihnen die Gastfreundschaft zu kündigen.

Eine interessante Frau, lenkte ich ein, und wenn wir schon über sie spekulieren, wäre es da nicht denkbar, daß sie Amos auch vor Berlinguer verschwiegen hatte, und der Vater also jemand wäre, den wir beide nicht kennen?

Allah ist groß, sagte Retard, und Kinder sind fremde Menschen.

Wir alle sind Zufälle, sagte ich, die einen Urheber suchen.

## II

Im übrigen stand alles im Zeichen des kommenden Geburtstages des Hausherrn. Wissen Sie, daß er ein Schwein ist? fragte mich Issy, als wir allein waren, und lachte auf mein verdutztes Gesicht.

Ein Schwein – natürlich meine ich sein chinesisches Sternzeichen, das Jahr seiner Geburt. Ein Schwein ist, sagte sie und zweifellos memorierte sie, was sie gelesen, ein Schwein ist naiv, vertrauensvoll und ehrlich. Ein reiner Tor, läßt sich leicht übertölpeln, ist aber ein gutes Arbeitstier, dabei sinnlich, sensibel, liebt auch Wein und Gesang.

Genug, sagte ich. Und zu welchem Zeichen gehören Sie, Madame?

Nennen Sie mich bloß nicht Madame, sagte Issy und gab mir einen ihrer großen Blicke. Ich bin eine Tigerin.

Issy, die Tigerin, sagte ich, das klingt vorzüglich, und

ich will nur hoffen, daß sich Schwein und Tiger gut vertragen.

Zumindest hatte sie das feine Gehör einer Tigerin. Sie wandte den Kopf zur Tür, an der Retard stand, ich weiß nicht, ob schon geraume Zeit.

Wenn Sie ein wenig unseren Ort kennenlernen wollen, Alemán, sagte er, dann steigen Sie doch zu Issy ins Auto, sie hat wie an jedem Tag ihre Einkäufe zu erledigen und könnte Sie mitnehmen.

Ich müßte auf die Bank, sagte ich, ein mittelloser Gast in der Fremde ist ein schrecklicher Gast.

Keine Sorge, sagte Retard, bei uns sind Sie gut aufgehoben, und im übrigen ist Issy eine Philosemitin par excellence.

Issy blitzte ihn an und machte eine Geste. Retard verzog das Gesicht und entschuldigte sich bei uns beiden mit einer Verbeugung.

Ich empfehle mich, ich habe in meinem Garten zu arbeiten, sagte er und verschwand.

Und so stiegen wir in Berlinguers fleckiges Auto, dessen Tücken ich zu gut kannte. Issy fuhr erstaunlich sicher, mit jener Mischung aus Präsenz und Abwesenheit, mit der sie einem die Hand gab. Unser Manöver, aus dem weitläufigen Grundstück herauszufahren, beobachtete ein dickliches Gesicht, das nach Retards Beschreibung seinem Nachbar im Untergeschoß, Herrn Grabowski, gehören mußte.

Auch ohne Retards bissige Kommentare erinnerte der Ort im leuchtenden Grün seiner Bäume und mit seinen heruntergekommenen Einfamilienhäusern an die mexikanischen Siedlungen meiner Vergangenheit, wenn über Nacht das Gerücht aufkam, irgendwo sei Gold gefunden worden. Auch wenn man hier die Schürfer nicht sah und die Natur gewiß andere Farben malte als in Mexiko, so erkannte man auch hier die Gier der

Spekulanten & Händler, am Boom teilzuhaben. Schnell hochgezogene Verschläge, Imbißbuden und Trinkhallen standen am Straßenrand, in den Obstgärten, und an größeren Hallen, Supermärkten, wie Issy erklärte, wurde gebaut. Ein Depot für Gebrauchtwagen beherrschte jetzt mit Girlanden und Fähnchen ein Gelände, das im Vorjahr eine Apfelplantage gewesen war. Und auf von Baum zu Baum über der Dorfstraße gezogenen Spruchbändern verkündete jeder das Produkt, das er verkaufen wollte.

Es ist schon ganz wie bei Ihnen, sagte Issy, und ich sah sie fragend an. Sie fuhr mich zur Filiale einer Bank. Auch die Bank hatte schnell gebaut und in Goldgräberstimmung ihren Container am Rande des Schulhofes hingesetzt.

Die Schule Ihres Sohnes?

Nein, Amos besucht ein Berliner Gymnasium, sagte Issy, und in meinem Kopf bildete sich der Satz *Feuer über dem Scheunenviertel.* Würden meine Auftraggeber wissen, wo ich mich befand?

Ich sollte es in wenigen Minuten erfahren. Denn als ich meine Kreditkarten dem gutgebügelten und gestylten Mädchen vorlegte und die Summe Bargeld nannte, die ich einlösen wollte, kam die Angestellte nach wenigen Minuten mit der Auskunft zurück: Bedaure, Ihr Konto ist gesperrt worden. Sie verglich noch einmal meinen Namen auf dem vorgelegten Paß mit den Angaben auf ihrem Zettel.

Es ist so, wie ich sage. Tut mir leid.

Issy stand neben mir, und da man sie als Kundin begrüßt hatte, wollte sie sich für mich beschweren. Das Feuer der Tigerin, dachte ich, als ich sah, wie sie die Augenbrauen hob und das Bankmädchen anfauchte: Sie müssen sich irren, sagte sie, der Herr ist ein Freund meines Mannes.

Die Angestellte schien über diesen Satz eine Weile nachzudenken, und vermutlich gehörte sie einem Tierkreiszeichen an, das vernünftiger argumentieren würde. Sie blickte uns eine Weile an und reichte mir einen Zettel, den sie so diskret wie möglich aus ihrer parfümierten Hand herüberschob in meine. Ich zuckte die Achseln und bat Issy zu gehen.

Wir fahren in die Kreisstadt, sagte sie, zu einer anderen Bank. Die hier sind so blöd wie sie schon immer waren.

Im Auto betrachtete ich den Zettel, der eine Anzahl Buchstaben und Zahlen enthielt, die ich später entschlüsseln würde. Es war eine Botschaft von Big Brother, was hatte ich anderes erwartet.

Es ist unnötig, sagte ich, ich muß es an anderer Stelle klären.

Die Botschaft lautete: VON NUN AN SIND SIE EIN ARBEITSLOSER ASYLANT. STELLEN SIE EINEN ASYLANTRAG, UND SUCHEN SIE EINE BESCHÄFTIGUNG.

Wie hatte ich glauben können, den Plänen und Programmen meiner schattenhaften Auftraggeber entkommen und dazu noch wie der Erbe eines Millionärs auftreten zu können.

## III

Ein Geschenk für Retard fand ich in meinem Gepäck. Ich konnte mich nicht erinnern, es eingepackt zu haben. Es war die Fotokopie meiner Taufurkunde, ausgestellt am 28. September 1547, in der Kirche von San Salvador …

Mit Leichtigkeit hätte man aus der 5 eine 9 machen können, wäre das Jahr in Ziffern und nicht in Worten geschrieben worden; aber auch so fiel es Issy nicht auf, die nur das Datum der Taufe las und sogleich nachrechnete, daß ich zu ihrem Sternzeichen gehören müsse – ein Tiger, der einem anderen Tiger begegnet.

Und was geschieht dann? fragte ich.

Beide gehen sich aus dem Wege.

Was an sich unnatürlich wäre, sagte ich.

Doch gingen wir uns tatsächlich aus dem Wege in diesen Tagen, auch wenn ich ihr bei der Vorbereitung half, so gut ich konnte. Retard tat, als ginge ihn das alles nichts an. Er saß auf dem Balkon, registrierte verärgert den zunehmenden Verkehr auf der Straße vor dem Anwesen und kommentierte die Nachrichten, die er dem *Neuen Deutschland* entnahm. Amos, sofern er in der Nähe war, begleitete die Sarkasmen seines Vaters (oder Stiefvaters) mit heiser-pubertärem Lachen, dem nicht anzuhören war, ob er über die Ereignisse spottete oder über den Anspruch Retards, in allen Maßnahmen der Regierung die Diktatur einer Besatzungsmacht zu sehen. Freilich war Amos selten anwesend, was Retard gleichermaßen zu ärgern wie zu entspannen schien. Ich fand auch in diesen Tagen nicht heraus, welche Spannungen und Energien in diesem Hause die Großwetterlage bestimmten.

Und so kam der erwartete Tag. Der Vormittag wäre verlaufen wie sonst auch, unsere Geschenke legten wir auf den Frühstückstisch – Issy brachte Blumensträuße, und Retard riß behutsam, aber ohne große Neugier, Papier auf, um sich zu vergewissern, daß etwelche Kleidungsstücke, Hemden, Pullover, Socken darunter zu finden waren; Amos schenkte einen Band Karikaturen von Robert Crumb – *Fritz the Cat* und Schlimmeres, das sich über das Ende der Hippie-Bewegung und der Achtundsechziger auf eine selbstzerstörerische Weise lustig machte. Retard ließ sich die Gelegenheit nicht entgehen, einmal mehr an Berlinguer zu erinnern, zu dessen Hausautoren Crumb gehört hatte. Meine mit Hilfe von Issy gerahmte Geburtsurkunde, kostbar in ihren Schnörkeln und Klecksen, ihrer altmodischen Schrift, studierte Retard lange und mit Freude. Es sei dies, sagte ich, der Grundstein zu Ihrer Mateo-Alemán-Biographie. Issy schenkte ihm den Roman eines Russen, der in Berlin lebte, und Retard, das Buch in der Hand, fragte mich später: Denken Sie noch an unseren Roman, der Junge aus Workuta, mit der Bombe in der Hand?

Wie kommen wir ohne Nadja in den November? sagte ich.

Da haben Sie recht, ohne Nadja will ich an dem Text nicht fiktionieren.

Wir schauten uns beide um, ob wir auch allein waren. Was wußte Issy von Nadja, fragte ich mich.

Dann wäre der obligatorische Mozart auf den Plattenteller gelegt worden und jeder hätte, den Blick auf den blühenden Mai vor den Fenstern des Hauses, seinen Gedanken nachgehen können, wenn nicht schon der erste Gast gekommen wäre. Es war eine ältere Dame, die Issy abgeholt hatte. Retard umarmte sie lange, und sie umarmte ihn, und beide schienen etwa gleich groß, so daß mir Amos, in Anlehnung an Crumb zuflüsterte: Paula, the aunt. Paula die Ameise, hatte ich verstanden, und er korrigierte: Die Tante.

Er meinte aber sein Familienverhältnis zu ihr, denn Retard stellte sie mir als seine Schwester Paula vor.

Sie erinnerte mich an meine Schwester Leonor Moscosa, auch wenn Paula etwas kleiner und dicker war. Ihr Gesicht glich (wie das Leonor Moscosas) einem Kind, das über Nacht alt geworden ist. Es hat weder dem Ansturm der Natur noch dem der Kosmetik standgehalten. Man hatte über die Jahre dies und das mit dem Gesicht angestellt. Es hat sich geduldig gezeigt, aber übriggeblieben ist eine traurige Müdigkeit, eine beleidigte Verschlossenheit. Paula reichte mir verstört die Hand. Sie hatte sich offenbar gefreut, der erste Gast zu sein. Nun war ich ihr zuvorgekommen.

Meine Schwester Paula, sagte Retard noch einmal und fragte sie scherzhaft nach ihrem Geschenk. Paula entschuldigte sich, während sie ein Päckchen aus ihrer Handtasche zog, mit den gestiegenen Preisen und den Ausgaben im Haushalt einer alleinstehenden Rentnerin. Retard knüpfte das Päckchen auf und zeigte uns einen Packen alter Postkarten: Leipzig um die Jahrhundertwende.

Es war das erste Mal, wenn ich von Retards Bericht über seine Verhaftung und die Jahre in Bautzen absehe, daß er einen Zeugen seiner Vergangenheit aufbrachte, eine Verwandte, die stets mit fatalen Erinnerungen aufwarten kann, unkorrigierbaren, aber auch unersetzlichen Geschichten. Was wußte ich schließlich über seine Vergangenheit? Seine Herkunft? Die Hugenottenherkunft schien glaubhaft angesichts dieser ein wenig verängstigten, vergrämten Dame, die mich nur im ersten Augenblick an meine Schwester Leonor Moscosa erinnert hatte, an die Frechheit ihrer scharfen Zunge. Tatsächlich glich Paula mehr einer Figur von Velásquez, und auch Retard mußte diese Nähe zu einer anderen Vergangenheit als der nur persönlichen spüren, und als er ihr mit etwas Verlegenheit meine gerahmte Geburtsurkunde zeigte, setzte sich Paula sofort in eine Beziehung zu mir, wenn auch über den Umweg der Korrektur.

Es muß wohl *neun*zehnhundersiebenundvierzig heißen, sagte sie, da sind sie also bedeutend jünger als ich, Herr Alemán.

Ich deutete eine Verbeugung an, und nun prüfte auch Issy die Angaben auf der Geburtsurkunde, wobei sie mich, wie ich meinte, zum ersten Mal wie aus nächster Nähe wahrnahm, um dann sogleich eine noch größere Distanz zwischen uns zu legen, die vermutlich nur sie hätte ausmessen können: Sie sind, würde er später zu mir sagen, nicht der erste Hochstapler in ihrem Leben, cher ami.

Wenn Paula auch nicht, sagte Retard, ganz so alt ist wie unser Jahrhundert, so hat sie die wichtigste Eigenschaft entwickelt, die Menschen in unserem Jahrhundert brauchen: Ausdauer. Mit anderen Worten, sie hat allen Anfechtungen widerstanden, ich meine, allen Angeboten des Staates, sie umzubringen – entweder durch Euthanasie, durch Bomben oder als Wehrmachtshelferin. Sie hat überlebt.

Paula widersprach: Alex, müssen Sie wissen, hat die Neigung, aus jedem Menschen eine Karteikarte zu machen.

Issy lachte und nickte. Dann zog sie Paula aus unserem Gespräch, und die Damen, so ungleich in ihrer Erscheinung, gingen aus dem Zimmer.

Wem gelten Ihre Blicke? fragte Retard.

Beschäftigt waren wir, sagte ich, mit Ihrer Schwester Paula.

Paulas späte Pubertät, sagte Retard, fiel leider mit den Filmen von Leni Riefenstahl zusammen. Daraus wurde eine Schwärmerei für den Bund Deutscher Mädel. Ihr (künftiger) Verlobter fiel bei Stalingrad. Von da an beginnt ihr persönlicher Rückzug. Nachkriegszeit und die ersten Jahre einer deutschen demokratischen Republik hat sie über Akten und Karteikarten verbracht: am Tage waren es die Akten eines Rechtsanwalts. Am Abend die Karteikarten, auf denen sie Schlagertexte sammelte. Das lähmte dann, wie soll ich sagen, ihre letzten motorisch-ästhetischen Kräfte. Gestorben ist sie, als der vermißte Verlobte in den fünfziger Jahren zurückkehrte und nach wenigen Nächten wieder verschwand. Seitdem mißtraut sie jüngeren Männern ohnehin: es könnte einer der zurückgekehrten Verlobten sein, der sich nicht zu erkennen gibt. Sie werden sie in den nächsten Tagen genauer beobachten können. Ihr bevorzugter Platz ist der Sessel in der Ecke. Da sitzt sie tagelang, wie abwesend. Ein Denkmal des Vorwurfs.

Das stumme Gewissen des Jahrhunderts, sagte ich und dachte an Leonor Moscosas Ausbrüche, bei denen man nie wußte, ob sie Wahnsinn oder ausbrechende Leidenschaft waren.

Ein Überlebender des Jahrhunderts zu sein, sagte Retard, ist immer ein Vorwurf – für die anderen. Wenn ich sie sehe, fürchte ich mich davor, selber zum Vorwurf zu werden. Was ich an Ihnen schätze, Alemán, ist, daß Sie mehr einem Hochstapler gleichen als einem Vorwurf.

Wir schwiegen und bewegten uns jeder für sich auf verschiedenen Bahnen.

Im übrigen, sagte Retard, schwärmt sie noch immer für den Kitsch und die Sentimentalitäten des Dritten Reiches. Es ist die bekannte Droge, was man in der Jugend genossen, verjüngt einen im Alter.

Ich sah ihn an und hütete mich, einen Vergleich anzustellen.

Jetzt brauchen wir unbedingt einen Apéritif, sagte Retard.

Geben Sie her, sagte ich, und entkorkte die Flasche.

Habe ich gesagt, daß Retards Geburtstag auf einen Sonntag fiel? So saß auch Amos am Tisch, nachdem seine Mutter ihn mehrmals aufgefordert hatte, sein Zimmer zu verlassen, das heißt, sich (und uns) aus den Gewittern seiner Musik zu befreien. Retard, im Gespräch mit Paula, tat, als höre und merke er davon nichts. Issy, den Gang von der Küche in den Salon, wie Retard das große Zimmer, an das sich der Balkon anschloß, nannte, wiederholend, zeigte sich als exzellente Köchin und Gastgeberin. Retard nickte ihr zu, meinte aber, die Fülle schwarzer und grüner Oliven, Artischokenböden und Avocado-Salate seien Erinnerungen an Issys Sklavenzeit im arabischen Sultanat oder schlimmer noch: Huldigungen an mich, den sie mit größerer Aufmerksamkeit bediente als ihn. War es Spott oder Eifersucht? Paula lobte alles überschwenglich und aß dann wie ein Kind, ein Löffelchen da, ein Gabelbissen dort, während sie sich nach dem Nachtisch erkundigte. Issy wurde sichtlich nervöser, denn als sie den Nachtisch auftragen wollte, kamen die ersten Gäste, die freilich wie Paula zum innersten Kreis der Familie gehörten, wie mir Retard erklärte. Es kamen seine beiden Söhne und seine Tochter aus erster Ehe. Und die Tochter brachte ein Kind mit, ein etwa dreijähriges Mädchen, auf das Retard zuging und das sich weigerte, ihn wiederzuerkennen oder ihm sonstwie zu begegnen. Die Söhne, die ihren Vater an Höhe weit überragten, umarmten ihn um so herzlicher; die Tochter nicht anders, wenn auch in der ersten Minute irritiert über Retards bewölkte Miene beim Anblick des Enkelkindes.

Auf engstem Raum zeigte sich mir hier (und ich will das als getreuer Registrator dieser Tage in Paranthese setzen), wie wenig diese Aufklärer und Menschheitsbeglücker vom Schlag Retards auf die spontanen Regungen ihrer Mitmenschen vorbereitet sind. Aufklärung als Abrichtung, schon beim kleinsten Kinde? würde ich später Retard nicht ohne Spott fragen. Er tappte wie stets in die ihm gestellte Falle und herrschte mich an: Lesen Sie Rousseau, Kinder gehören nach der Geburt anonym verschickt, in fremde Hände! Man echauffiert sich sonst und riskiert, sein Herz zu verlieren. Medizinisch gesehen, natürlich.

Wie aber hielt er es mit seinen eigenen Kindern?

Eine Frage, die ich vielleicht am Abend des Tages würde beantworten können; denn im Gefolge der Söhne Micha und Robert, die ich beide Ende Zwanzig schätzte, kamen ihre Mädchen. Retard begrüßte sie herzlich, ein Familienpolitiker, der zwar nehmen muß, was man ihm bringt, will er seine Hausmacht vergrößern, der aber durch Wohlwollen beweisen will, daß er auch Kälte zeigen könnte, Ablehnung. Gewiß waren es schöne Mädchen, die er mir augenzwinkernd vorstellte. Ich wußte, was er bezweckte, ich sollte nach Einschätzung der Mädchen das Wesen seiner Söhne besser verstehen. Denn einmal mehr bestätigte sich mir unsere biblische Weisheit, wie verräterisch Frauen das Wesen ihrer Männer erkennen lassen. Was band mich an die verlorene Catalina? Es war ihre Stärke, die meinem Leichtsinn Halt gab. Auch wenn es sich von außen gesehen womöglich genau umgekehrt gezeigt hatte: Aus Leichtsinn war sie von mir weggelaufen und in Lissabon verschwunden. Aus Stärke kehrte ich wieder, statt mich in den Schlaf des Vergessens zu begeben.

Später zeigte sich, daß ich mich geirrt hatte. Ich hatte dem Älteren (Micha) das ruhige gesetzte Mädchen gegeben, und dem Jüngeren (Robert) mit seinem Anflug früher Gelehrsamkeit in den aufmerksamen hellen Augen dies gutgewachsene, etwas zapplige Tanzmädchen, das mich mit ihren herausfordernden Blicken an jene Mädchen erinnerte, die wir im Kerker von Sevilla den Händlern abkauften. Immer waren sie jünger als sie angaben und immer waren sie aus der Stadt, obschon die Händler versicherten, daß man sie für teures Geld aus Tanger oder Algier einführte.

Das Selbstbewußtsein dieser Jugend, korrigierte mich Retard amüsiert, braucht keinen dialektischen Stützverband, wie vielleicht noch bei Ihnen und bei mir.

Sind Sie sicher? Beobachten Sie genauer, und Sie werden finden, wie gut beide Mädchen sich verstellen können, falls sie es bewußt tun. Denn die Dame ihres älteren Sohnes paßt sich nur scheinbar seinem, wie soll ich sagen, Leichtsinn an. In Wahrheit ist sie viel gewissenhafter als er, das heißt, sie führt ihn an unsichtbarer Leine.

Der Älteste, erwiderte Retard, ist ohnehin ein Nichtsnutz, in dem Sinne, daß er nichts tuend in ständiger Erwartung lebt, jemand werde ein Vermögen auf seinen Namen überschreiben oder ihm eine Filmrolle an der Seite von Michelle Pfeiffer anbieten. Er ist auf andere Art wie Paula das Opfer der Verhältnisse. In jenem Staat erzogen worden, dessen Untergang Sie noch immer nicht genügend wahrgenommen haben, ist er vom Utopismus jener Zeit unheilbar angesteckt worden: Alles wird besser werden, die Warenzirkulation wie der Mensch an sich.

Schauen Sie nur hin, tröstete ich Retard. Seine Freundin, auch wenn sie, verzeihen Sie, aussieht wie ein kleines andalusisches Luder, ist dabei, ihn zum Realisten zu erziehen.

Ich bezweifle das, sagte Retard. Aber wir werden Sie zu unserem Hauspsychologen ernennen. Sie könnten da in Konkurrenz mit meiner Tochter arbeiten.

Über Ihre Tochter wüßte ich nichts zu sagen.

Um so besser, sagte Retard. Nun sagen Sie bitte noch etwas über meinen Lieblingssohn.

Er brauchte, da er ein Kämpfer ist, ein Stürmer und Dränger, die sanfte beruhigende Hand. Beobachten Sie nur, wie seine in sich gekehrte Dame mit ihm umgeht: sie macht sich ihm zum Kind, sie vergißt für ihn, daß sie den Aristoteles auswendig kennt oder das Euklidische Prinzip im Schlaf hersagen könnte. Sie ist glücklich, wenn er akzeptiert, ein Stück Schokolade aus ihrem Mund zu essen.

Glaube ich nicht, sagte Retard. Sie ist ein langweiliger Blaustrumpf. Vergessen Sie nicht, daß beide sich erst seit vier Wochen kennen und das Fieber der Liebe womöglich noch im Steigen ist.

Das Fieber der Liebe oder der Sinne, sagte ich, was für eine unpräzise Sprache, mein lieber Doktor. Nichts macht klüger als der erhitzte Sinn. Oder hatten Sie je eine dumme Frau, die eine gute Liebhaberin gewesen wäre?

Ich wünschte, sagte Retard, ich könnte Ihnen Berlinguers Dame Hyazinthe vorstellen. Ich vergaß – Sie kennen sie ja.

Nicht gut genug, sagte ich und beobachtete Issy, die die Gäste in den Garten bat.

Der Garten, an der Südseite des Hauses, gehörte zur Wohnung Retards. Der Mieter der unteren Etage, Herr Grabowski, verwaltete den Garten an der Nordseite. Nun, da die Gäste sich unter der roten und der grünen Buche ihre Plätze suchten, kam auch Herr Grabowski dazu, eine Flasche Sekt in der Hand.

Mein lieber Alex, sagte er, und Retard versicherte sich mit einem Blick, daß ich in seiner Nähe war. Mein lieber Alex, die Jahre sind uns freundlicher gesinnt als die Zeiten, wenn ich dich so betrachte. Gesundheit vor allem. Ansonsten habe ich keine guten Nachrichten. Die Gemeinde will noch in diesem Jahr das Haus zurückgeben an seinen ursprünglichen Besitzer oder seine Erben. Reden wir später davon. Egal wie's kommt, mein Lieber: wir bleiben doch die Alten!

Sagte er und ließ den Korken knallen. Issy eilte mit Gläsern herbei, Herr Grabowski musterte mich kurz aus seinen Basedow-Augen, während er mein Glas füllte. Er glich mit seinen schweren Tränensäcken der Bulldogge, die ich in einem Zwinger auf der Nordseite des Gartens gesehen hatte.

Ein Feinschmecker, würde Retard später erzählen, ein pensionierter Lederhändler und früher einer der reichsten Männer im Ort.

Herr Grabowski, zum Zeichen seiner Zunft, trug auch an diesem warmen Maitag Lederweste und Lederhut und verbeugte sich, ganz alte Schule, vor jedem der Gäste.

Titanic, vor dem Untergang, sagte Retard zu mir, als Herr Grabowski die Runde verließ, und zeigte auf das Haus mit der Wetterfahne. Retards Söhne hockten sich ins kurze Gras und ließen sich von ihren Mädchen bedienen. Paula bekam den Liegestuhl und schien ängstlich dem Ansturm immer neuer Gesicher wehren zu wollen. Amos ging von einer Gruppe zur anderen und wurde gern gesehen. Die Damen schauten zu ihm auf, leuchtenden Blickes: ich muß es mit diesem abgenutzten Wort sagen. Retard hatte sich (und ich wußte nicht warum) eine Musik gewünscht, die Amos vom Recorder über den blühenden Garten schickte. Janis Joplin sang: I sail and it's over now …

Issys Gesicht schien sich einmal mehr an diesem Tag zu verschatten, als sie die aufgeregte und kaputte Stimme der Sängerin vernahm, und Retard, der sie zuweilen mit den Blicken eines Vivisekteurs beobachtete, lächelte böse, wie ich es selten an ihm beobachtet hatte.

Und der Nachmittag brachte neue Gäste, die zu Fuß oder in Taxen oder eigenen Vehikeln kamen. Und mit einmal war es wie am Turm zu Babel, nach der Sprachverwirrung. Retard, ganz König, der Hof hält, nannte die Titel von Professoren, Diplomaten, Attachés, Schauspielern, Regisseuren, Dramaturgen, und zu jedem Namen ergänzte er: Früher an diesem und jenem Theater, an dieser und jener Akademie, und inmitten der Völkerwanderungen, die sich aus Chilenen, Spaniern, Chinesen, Russen (grob geschätzt) zusammensetzte, flüsterte Amos mir ins Ohr: Alles Asylanten! Und ich verstand nicht, ob er es ernst meinte oder nur zitierte, wenn er hinzufügte: *Ausländer raus!* Zugleich pflanzte er hinter Retards Gartenstuhl eine Fahne auf, die mit Gelächter begrüßt wurde, mit Beifall auch, und die Retard kopfschüttelnd betrachtete, wie ein zweideutiges Geschenk. Keiner wollte es mitgebracht haben. Es war die Fahne des untergegangenen Landes, schwarz-rotgold in den Farben und darin ein Emblem aus Hammer, Zirkel und einem Ährenkranz.

Noch immer sang Janis Joplin: You sail and it's over now ... Issy in einem langen blauen Kleid, teilte Kuchen und Kaffee aus. Die Vögel sangen den Refrain, und die Katzen im Gebüsch spähten nach einer Gelegenheit, Beute zu machen.

Einige betagte Herren, die Retard mir als ehemalige Kollegen seiner abgewickelten Akademie vorstellte, betrachteten mich mit inquisitorischen Mienen, und ehe ich mich versah, hatten sie mich in ein Gespräch verwickelt, das den Ungereimtheiten meines Schelmenromans galt. Retard hörte belustigt zu, während er mit einem weißbärtigen Penner, den er mir als Hiob vorgestellt hatte, über Mieten und Steuern sprach.

Mein Gedächtnis, erklärte ich den Akademikern, und benutzte das Spanisch des siebzehnten Jahrhunderts, das ihnen durchaus geläufig war. Mein Gedächtnis ist sozusagen die Summe des Gedächtnisses von Mateo Alemán kurz vor seinem Tode.

Aber das ist interessant, sagte der eine: Dann werden Sie uns endlich das Geheimnis lüften können, wann und wo er gestorben ist?

Dieses Privileg räume ich allein unserem Freund Retard ein.

Sie schmunzelten. Wie Retard waren sie Gefangene ihres Bücherwissens.

Dann erklären Sie uns doch, Maestro, sagte ein anderer, was Sie bewogen hat, das leichtfertige Leben Ihres Romanhelden Guzmán de Alfarache mit so vielen Reflexionen zu beschweren?

Una maniobra de diversión, sagte ich, und die Überzeugung, daß wir hienieden zwar eine Weile den Clown spielen können, um unsere Angst vor einer Demaskierung nicht zuzugeben. Erst das Jüngste Gericht reißt uns alle Masken herunter und wäscht uns die Schminke ab.

Jeder zweite hier, sagte ein anderer, und lachte hinter seinen dicken Brillengläsern, fürchtet irgendwie die Inquisitionsbehörde, ist es nicht so, Alex?

Nicht solange wie der Inquisitor, sagte Retard, selber die Inquisition fürchten muß.

Jedes Amt hat seine Rätsel, sagte ich, und die Akademiker lachten.

Unser Großinquisitor hatte Glück, sagte ich, er stieß bei Sichtung der Akten auf seine eigenen und fraß sie auf wie der Prophet das Buch der Apokalypse.

Amos kam mit Wein und erfreute auch unsere Runde.

Mit einmal aber verstummten die Gespräche, und niemand lachte.

Wir hörten Issys Stimme, aufgebracht, in einem Diskant, den ich ihr nicht zugetraut hätte.

Retard erhob sich schwerfällig, angelte nach seinem Stock, sagte zu mir: Kein Geburtstag ohne ein Happening.

Ich verstand nicht und folgte ihm. Wir fanden Issy auf dem breiten Gartenweg, wo sie einer Dame den Zutritt verwehrte. Sie nicht, sagte Issy, Sie haben hier bestimmt nichts verloren … Also gehen Sie bitte.

Die angesprochene Dame lächelt und hält ihren Blumenstrauß wie eine Waffe am lang ausgestreckten Arm. Retard lächelt, aber mit gerunzelter Stirn. Das ist sie, sagt er zu mir, aber ist sie es wirklich?

Erkannte ich sie an ihrem langen geblümten Kleid? Am Porzellanblau ihrer wie töricht aufgerissenen und vermutlich kurzsichtigen Augen? Meine Banknachbarin aus Sevilla, flüsterte ich Retard zu. Kein Zweifel.

Dann übernehmen Sie am besten die Abwehr, sagte Retard. Issy kratzt ihr sonst die schönen Augen aus.

Ich trat an die Seite Issys, als wollte ich sie schützen und nahm der Dame den Blumenstrauß ab mit einer Geste, als entwaffnete ich sie.

Wie schön, sagte Hyazinthe, daß man sich wiedersieht, mein Herr. Seit Sevilla habe ich schlaflose Nächte, weil ich Ihre Schuldnerin geblieben bin.

Madame, sagte ich, die Schulden sind vergeben. Und da Sie auf dieser Party nicht erwartet werden, es sei denn, Sie kämen, um neue Schulden zu machen, bitte ich, den Wunsch der Dame des Hauses zu respektieren und sich zu entfernen.

Ah, Sie halten es mit der Hausmacht? sagte Hyazinthe und ließ den Himmel ihrer Augen leuchten. Dann wandte sie sich an Retard, reichte ihm die Hand, die er so zögernd nahm, wie man eine entsicherte Handgranate entgegennimmt, und sagte: Dear Alec, happy birthday to you und nichts für ungut.

Und drehte sich um und sagte über die Schulter zu mir: Das Briefchen in dem Strauß ist für Sie, mein Herr.

Issys wütende Blicke galten mit einmal mir, als sei ich der Komplizenschaft mit der Dame Hyazinthe überführt. Sie eilte ins Haus und schlug die Tür zu. Retard zuckte die Achseln und begab sich, mit größerer Mühe laufend als sonst, zu seinen Gästen. Ich trug die Blumen und barg das schmale Kuvert, das sie versteckten, in meiner Tasche.

## IV

Issys Verschwinden war nicht unbemerkt geblieben. Paula fragte besorgt, was es denn gäbe. Retards Söhne hatten die Szene wohl nicht ohne Schadenfreude beobachtet. Die ersten Gäste verabschiedeten sich, so daß wir anderen näher bei Retard saßen, indes Amos mit Robert und Micha das Feuer eines Grills schürte. Paula ließ es sich nicht nehmen, nach Issy zu sehen; zusammen kehrten sie zurück und Issy verteilte mit verschlossener Miene Teller und Besteck. Dabei begann jetzt etwas, auf das gerade sie sich gefreut hatte; denn die eingeladenen Russen packten ihre Instrumente aus, und nach dem ersten Liedel war an ihrer Herkunft kein Zweifel. Retard zwinkerte mir zu, als wollte er mir zu verstehen geben: Ihre askenasischen Vettern, ein wenig devot sind sie halt, gedemütigt und verfolgt seit Iwan dem Schrecklichen, vertrieben und verbannt, heimatlos, seitdem wieder einmal über Rußland die Fackel Peters des Großen leuchtet – *alle Menschen werden Brieder:* aber am besten jeder in seiner Familie, und Freiheit für jeden, also auch Freiheit des Exodus. Ich hatte nicht weiter auf die drei oder vier Russen geachtet, die nun ihre Fiedeln und Schalmaien auspackten und in diesem abendlichen Garten, der so viele Fliederbüsche hatte, wie in einer Liebesgeschichte von Bunin vorkommen, ihre Musik machten. Lena, Retards Tochter, erhob sich als erste und begann allein zu tanzen, während der Grill Funken sprühte, und Amos über die schwermütigen und sich im Falsett überschlagenden Lieder der Russen lachte. Retards Kollegen von der Akademie gesellten sich dazu, und der Wind wehte herüber von Odessa und weiter über die ganze Diaspora, über Weichsel und Oder bis nach Berlin.

Sind wir gewesen zehn Brieder, haben wir gehandelt mit Wein, ist einer nebbich gestorben, sind wir geblieben neun ...

Ich schenkte Issy Wein ein, sie trank das Glas in einem Zug aus, ohne mich anzusehen oder mir zu danken.

Wollen wir tanzen? fragte ich sie. Sie schüttelte den Kopf und entfernte sich.

Ich hatte einen Blick auf den Brief geworfen, den mir die abgewiesene Dame Hyazinthe versteckt überreicht hatte. Wie zu vermuten war, enthielt das Schreiben eine längere chiffrierte Botschaft, die ich an diesem Abend nicht enträtseln wollte.

Retard, das Glas in der Hand, thronte glücklich wie ein König am Sonntag unter einem Baum. Paula brachte ihm eine Strickjacke, die er sich über die Schultern legte. Das Kind, Retards Enkeltochter, wurde herumgereicht und kostete von jedem Teller. Es kaute lange an jedem Bissen und warf, was es nicht essen wollte, den Katzen zu. Da mit einmal zischte ein Feuerstrahl durch die Bäume, und eine Explosion ließ die Tänzer beiseite springen. Das Kind schrie auf, weil sein Kleid brannte. Jemand riß es hoch und löschte die Flamme, ohne daß das Kind zu schreien aufhörte. Es war ihm nichts geschehen, es hing seiner Mutter schluchzend im Arm, und für einen Augenblick sagte niemand etwas. Amos trat das Feuer aus, wobei er uns riet, in den Schatten zu treten. Er als erster hatte erkannt, wer uns hier bedrohte. Denn wieder zischte ein Feuerstrahl, wie ein Feuerwerkskörper, und was wir zuerst für eine Überraschung zu Ehren des Jubilars angesehen hatten, war versuchte Brandstiftung, ein Fascho-Überfall, wie Amos erklärte, zwei Molotow-Cocktails, Gruß und Warnung zugleich. Retard war aufgestanden und gestikulierte. Amos beruhigte ihn. Sie sind weg, sagte er, sie haben die Dinger vom fahrenden Moped über die Hecke geworfen, eine kleine Aufmerksamkeit der rechten Szene zu deinem Geburtstag.

Mit seinen martialischen Stiefeln gelang es Amos, auch das zweite Feuer auszutreten. Dann bot er erneut seine Steaks an, aber niemand wollte essen. Einer der Akademiker, ein Mann in Retards Alter, der immerzu seine überlangen Haare aus der Stirn strich und mich wie selbstverständlich duzte, sagte: Cobardes, hijos de la mierda … Dann entkorkte er eine Flasche Whisky und füllte unsere Gläser.

Paula sagte ins Schweigen: Warum paßt die Polizei nicht besser auf … Und alles lachte. Dann ging sie mit Lena ins Haus, um ihr zu helfen, das Kind ins Bett zu bringen. Einer der Musiker spielte ein Pizzicato, aber die anderen entschuldigten sich und baten gehen zu dürfen. Retard überzeugte sich, daß sie ein Auto hatten, denn die Stadtbahn sei um diese Zeit, wie er sagte, so unsicher wie die Bronx um Mitternacht. Auch Retards Söhne verabschiedeten sich, und ihre Damen küßten Retard auf die Stirn, und da auch sie motorisiert waren, luden sie andere Gäste ein, mit ihnen zu fahren. Amos saß unbeeindruckt vor den übriggebliebenen Fleischstücken. Ich musterte die dunklen Büsche und Winkel des Gartens, als wäre dieser ein Dschungel, darin wir nur die Wahl hatten, Jäger oder Gejagte zu sein. Da Amos mich für jemand hielt, dem man die einheimischen Verhältnisse erklären mußte, sagte er noch einmal: Das waren Faschos. Skins hätten ein größeres Feuerwerk gemacht, aber wir zahlen es ihnen zurück.

Wir? fragte ich, wen meinst du?

Gegen diese Typen sind wir uns einig, jedenfalls noch, Realos, Linke, Fundamentalisten … Die ganze Szene.

Versuchen Sie lieber nicht zu verstehen, wer hier gegen wen antritt, sagte Retard, es ist aussichtslos. Am Ende des Jahrhunderts, so hatte ein Dichter prophezeit, werde es nur noch Heilige und Verbrecher geben. Und jetzt sind wir soweit.

Unsinn, widersprach Amos. Wenn es so einfach wäre, könnten wir alle ins Kloster gehen, um uns zu retten.

Der Junge hat recht, sagte der Akademiker und reichte Amos die angebrochene Flasche. A luta continua! sagte er, und Amos, der den Satz wohl nicht zum ersten Mal hörte, setzte die Flasche an den Mund und wiederholte mit feuchten und strahlenden Lippen:

A luta continua!

Welche Lotte, fragte eine Stimme aus dem Dunkeln.

Hiob hat wieder nichts begriffen, sagte Retard.

Wer nach oben kommt, bot Issy an, bekommt noch Kaffee und Kuchen.

Sie schien ihre Verstimmung überwunden zu haben, so daß ich sie fragte: Wird auch Musik gemacht? Sie haben mir einen Korb gegeben, ich bin ziemlich nachtragend, aber bereit zu verzeihen.

Beladen wie sie war, ein Tablett in der Linken, einen Stapel Teller in der Rechten, trat sie auf mich zu und berührte meine Lippen mit ihren Lippen. Es war, als berührte ein Schatten einen anderen. Die Funken, die vom Grill stoben, reichten nicht aus, daß wir unsere Gesichter erkennen konnten. Da flammte ein Streichholz auf und zeigte mir Paulas Gesicht. Ich bin sicher, sie als einzige hatte uns beobachtet.

*Um Mitternacht*, sagte Retard zu mir, hören Sie nur, diese wundervolle Musik von Mahler nach Worten von Rückert. Doch wollte niemand Musik hören in dieser Herrenrunde. Denn um Mitternacht konstituierte sich in Retards Bibliothek der sogenannte Revolutionsrat, die provisorische Regierung mit ihrem provisorischen Sitz in Petersdorf bei Berlin. Seltsamerweise fand ich später Einzelheiten dazu in der chiffrierten Botschaft, die ich noch nicht entschlüsselt hatte.

Die kleine Herrenrunde, die mit Hilfe der übriggebliebenen Getränke die kühle Nacht bestehen wollte, schien meinem schmerzenden Kopf entsprungen zu sein. Vermutlich ist in Retards Besitz das Protokoll dieser Nacht. Die Teilnehmer waren, wenn ich mich recht erinnere, neben Retard und mir jener Akademiker der mich dutzte – ein Dr. Kerb; ein Herr Korolenko, ein russischer Militär, der so nüchtern war wie am Beginn des Festes und in seiner Ziviljacke schwitzte; ein kahlköpfiger Herr Hagen, mit dem Retard ziemlich vertraut tat, so wie er ihn aufzog, seines offenbar frischen Bartkranzes wegen; dann Hiob, auch er ein Bärtiger, ein Freund des Hauses, ergraut, dicklich. Hiob erzählte, vermutlich nicht zum ersten Mal an diesem Abend, seine Beobachtung von der erschreckenden Zunahme grauköpfiger Penner in Berliner U-Bahnhöfen, mit dem Alkoholbeutel im Schoß. Zuerst sitzt da einer, eine Woche später schon zwei, dann drei, dann fünf, und plötzlich sind sie unzählbar. Und das Schlimmste, der letzte in der Reihe sieht aus wie er selber, der arbeitslose Dramaturg.

Was das Protokoll als Ergebnis festhalten würde, müßte vor allem die Konstituierung eines revolutionären Rates sein. Dieser plant nicht unbedingt den Umsturz der gegenwärtigen Regierung, wohl aber die Wiederherstellung der beiden deutschen Staaten in den Grenzen des November 1989 mit dem Ziel ihrer Konföderation ... Retard wurde einstimmig zum Vorsitzenden gewählt. Er schien damit gerechnet zu haben. Seine Dankesrede fiel etwas stockend aus, des vielen Weines wegen. Mich ernannten sie, und auch mir war die Zunge zu schwer, als daß ich Einspruch hätte erheben können, zum Außenminister oder vielmehr zum Beauftragten für die Verbindung mit dem Ausland. Herr Hagen dagegen wurde für die innere Sicherheit bestimmt, was ihn nicht zu überraschen schien. Herr Dr. Kerb übernahm das Ressort Bildung und Propaganda. Genosse Korolenko (wie ihn alle nannten) wurde in den Rang eines Militärberaters erhoben. Und auf ihm ruhte der seltsame Plan dieses revolutionären Kartenhauses.

Gedacht war, der amtierenden Regierung ein Ultimatum zu stellen: Eine Bombe (müßte es eine Atombombe sein?) sollte die provisorische Hauptstadt am Rhein bedrohen, falls die Regierung bis zum (hier erzielte man keine Einigung) nicht die sich in der Hauptstadt Berlin konstituierende Regierung anerkenne... Die Gesetzgebung im einzelnen, die dann für den Teilstaat eintreten würde, könne, so war man sich einig, nur eine Verbesserung jener mit dem Anschluß gekündigten Gesetze sein ...

Wir begossen das alles mit warmem Sekt.

Und die Massen? fragte ich, wie werden die Massen dazu stehen?

Er hat es begriffen, sagte Dr. Kerb. In diesem Toyota-Imperium ist das Volk so korrumpiert, daß es keine Revolution zu machen imstande ist. Hitler hat Sylvester 89 den Zweiten Weltkrieg am Brandenburger Tor gewonnen. Das ist die Lage.

Und wer bezahlt die Bombe, sagte ich.

Alle sahen mich an, als wäre ich nicht von dieser Welt.

Die Bombe ist bestes Produkt, sagte Genosse Korolenko. Wir benutzen sie bei Gasexplosionen, bei Erschließung der Tundra ... Die Bombe, Genosse Alemán, bezahlt die gegenwärtige deutsche Regierung ... indirekt natürlich.

Alle stimmten ins dröhnende Gelächter des Russen ein. Retard sah mich streng an. Mein lieber Alemán, sagte er, Disziplin ist oberstes Gebot bei einem Staatsstreich.

Ich versuchte einen Rückzug auf natürliche Weise. In meinem Kopf entstand ein weißes Rauschen, das ich gut kannte, der reitende Bote einer nahenden Ohnmacht. Als ich erwachte, lag ich allein auf dem Sofa in der Bibliothek.

Ein mittelloser Ausländer, begab ich mich in der Woche nach retards Geburtstag in die Stadt. Ich schlug jede Be-
V gleitung aus. Amos wollte mit mir gehen, Issy mich bis vor die Tür fahren. Retard hatte mir ein paar Namen und Adressen aufgeschrieben, die er bei aufmerksamer Zeitungslektüre für mich gefunden hatte. Ich stopfte den Zettel in die Tasche, wie mein Guzmán de Alfarache wollte ich dieses Babylon auf eigene Faust erobern.

Ich fuhr am Vormittag mit der S-Bahn in die Mitte der Stadt. Die Abteile der in großer Geschwindigkeit von Station zu Station hastenden Bahn waren überfüllt. Jeder schien den gleichen Geruch nach einer billigen Seife auszuströmen, das gleiche nach Zitronen und Melisse duftende Deodorant zu benutzen, das einem kein Zigarettenqualm von der Nase drückte. Niemand sah aus den Fenstern, so daß ich, wären die Leute neugieriger gewesen, mit meiner Neugier aufgefallen wäre. Die weiten Felder zwischen den ersten Stationen waren von Müll übersät, verziert mit eingedrückten Autokarosserien, die wie Signale auf einer Fahrt waren, deren drohendem Schrecken nur mit größerer Geschwindigkeit zu entkommen war. Und so schienen Züge und Autos um die Wette zu fahren.

Da ich zu früh ausstieg, weil ich vergessen hatte, welche Station mir Retard empfohlen hatte, wurde ich von Baustellen aufgehalten, von aufgerissenen Straßen auf andere Straßen verwiesen, in jeder Sekunde gewärtig, daß die Häuser vor meinen Augen ins Knie brechen würden, mit Hohngelächter über den erschrockenen Fremden, dem eine Stadt bislang etwas Zuverlässiges gewesen war, etwas planvoll Entwickeltes, in ihren Schichten und Ablagerungen Stein gewordene Zeit, eine Mauer, auf die man sein bißchen Lebenszeit einkratzte. Nichts von alledem hier. Über meinem Kopf und dem der anderen (ebenso gleichgültig wie zielstrebig besorgten) Passanten, donnerten die Hochzüge, als machten sie uns klar, daß wir Zurückgebliebene seien, und gleichfalls höhnisch schien der Autoverkehr zu sein, der sich immer wieder vor den Ampeln staute, so daß man von Block zu Block die gleichen Gesichter der Fahrer sah, eingeklemmt wie wir zwischen den Gebäuden der Gründerzeit und denen der Nachkriegszeit, die alle aussahen wie eine Fehlleistung, die unbedingt über Nacht zu korrigieren war, als könnte man mit dem weggesprengten Stein auch die Vergangenheit wegsprengen. Mir kam es vor wie ein Prinzip der Stadt überhaupt, seit den Tagen ihrer Gründung die eigene Spur zu tilgen, für eine Weile mit Baustilen zu kokettieren, die ihre Nutznießer und Bewohner nicht bemerkten, während die Plätze der Stadt nicht ausreichten, ihre Bewohner und die vielen Zugereisten aufzunehmen, fremde Völker, die hier ihr Mekka und Medina zu finden hofften, um dann abgetrennt zu werden, isoliert, hinter Mauern zu verschwinden. Wo ist bitte das Scheunenviertel, versuchte ich ein paarmal einen der Passanten zu fragen. Entweder war meine Stimme unhörbar oder ich selber unsichtbar. Niemand gab mir eine Antwort.

Dann entdeckte ich, als ich noch einmal in die Stadtbahn stieg, das jubelnde Licht in den Kastanienbäumen. Sie wuchsen aus den Böschungen längs des Bahndamms, zufällig Überlebende des letzten Krieges, unwirkliche

Propheten einer Wahrheit, die keiner brauchte. Und wieder fuhr ich ziellos, und als ich ausstieg, fand ich nicht mehr genug Geld in meiner Hosentasche. Ich hatte den größeren Schein, den Retard mir gegeben, einem Bettler in den Hut geworfen. Jetzt hatte ich Hunger und zählte die Münzen, die mir blieben.

Ich nahm die Münzen und wählte die lange Nummer, die Retard mir vorsorglich aufgeschrieben hatte. Issy meldete sich. Ich sagte ihr, sich keine Sorgen zu machen, falls ich heute nicht zurückkäme. Die Stadt fasziniere mich so, daß ich über Nacht hierbleiben wolle, auch auf die Gefahr, zu Fuß nach Petersdorf zurückkehren zu müssen.

Jemand Nettes wird Sie schon auflesen, sagte Issy und legte den Hörer grußlos auf.

Jetzt blieb mir kaum noch Geld für einen Kaffee. Ich war in eine Gegend geraten, deren Fassaden abblätterten und große, in sich zerrissene schwarze Buchstaben freigaben. Überhaupt war die Stadt von Schrift überzogen, als wäre Schrift das einzige, das ihre Stadtteile verband und zusammenhielt. Es gab schwarze Parolen, mit auslaufender Farbe an Wände und Türen gemalt. Scheinbar arabische Schriftzeichen, die ich dennoch nicht entziffern konnte. Kürzel einer geheimen Stenografie. Schrift in farbigen Blöcken zog sich wie eine ununterbrochene Beschwörung in erstaunlicher Höhe der Fassaden und Straßenüberführungen durch die ganze Stadt, einer Tätowierung ähnlich. Welchen Sinn hatte diese Schrift? Sie würde die Reisenden in den Zügen meinen, die sie aber nicht zu lesen verstanden. Immer wieder strengte ich mich an, als müßte ich gerade diese Botschaften entziffern. Mein Kopf, der alle Sprachen kannte, versagte und begann zu schmerzen in einem feinen, wie von einem Metallsplitter verursachten Stechen und Ziehen. Welcher Dämon, welcher Moloch herrschte über dieser Stadt, der seine Warnungen beizeiten bekanntgab? Es war, als würde die Werbung mit ihren einschmeichelnden Parolen, ihren steilen Schriftzeichen die Antwort auf die Bedrohung des Moloch sein. *Freude schöner Götterfunken*, sagte die eine Schrift, und die andere antwortete, *Freiheit schöner Götterfunke.* Und wie immer wußte man nicht, was mit dieser Freiheit im einzelnen gemeint sein konnte.

Wäre nicht der Hunger gewesen, diese Peitsche der Abhängigkeit, mit der Gott uns straft, ich wäre weiter und immer weiter gelaufen. Ich landete (was wird Retard sagen, wenn ich es ihm erzähle) in einer Armenküche für Obdachlose. Gewiß, es war ein Zufall, ich hätte sonst in einer Bäckerei oder sonstwo mir ein Stück Brot gegriffen und wäre davongerannt. Von einem Tag zum andern, der Fall vom tadellos gekleideten, gutgenährten Mitbürger zum Dieb und Abhängigen? Ich erinnerte mich, mehr als einmal auf diese Weise gestürzt zu sein.

Meine Nase zeigte mir den Weg, ein Duft nach Suppe, der mir aus einer offenen Tür entgegenschlug, noch ehe ich die Männer sah, die nicht einmal alt oder abgerissen waren und vor der Tür Schlange standen. So reihte ich mich ein, lockerte ein wenig mehr die Krawatte, zerrieb eine Zigarettenkippe, die mir noch im Mundwinkel klebte, zwischen den Fingern; doch schien mein Aussehen der liebenswürdigen Franziskanerin am Eingang zur Suppenküche nicht aufzufallen. Ich sagte, so akzentschwer ich konnte: Bin Asylant, heute kein Geld, und Hunger, bienquerida Madre de la Caridad.

Sie lächelte mich an, fast erwartete ich, daß sie mit einem »Poveretto« antwortete. Sie zeigte auf den Eingang und sagte: Wir weisen keinen ab, Señor.

Es war die gleiche Suppe, wie ich sie zuletzt bei den Karmeliterinnen gegessen hatte, als ich in Sevilla 1973 amnestiert wurde.

Als ich zu löffeln begann, würgte mich Ekel. Dabei war es eine gute, kräftige Suppe, die man in mehr als einem Restaurant der Stadt als ersten Gang einer *nouvelle cuisine* hätte servieren können. Es war der vielen Menschen wegen. Selbst im Gefängnis von Sevilla aß jeder für sich, zur Wand gekehrt, wie bei der Verrichtung seiner Notdurft.

Auch die Männer neben mir vermieden es, einander anzusehen. Die junge Franziskanerin ging herum und verteilte Brötchen, warm noch und duftend, so daß einer der Männer seine unrasierte Fresse daran rieb und uns zum Lachen brachte. Die Nonne tat so, als merkte sie nichts von dem zweideutigen Gelächter an unserem Tisch.

Wat denn, ooch keen Hunger, fragte der Mann neben mir.

Der kann dir nich verstehen, sagte ein anderer an seiner Seite, siehste doch, is nich von hier. Aber Hunger hatter. Wetten, der is obdachlos, wa?

Ich nickte und biß in das Brötchen, um nicht gleich antworten zu müssen.

Wir sinn alle nich von hier, sagte der erste Mann, und seine wässrigen Augen verschwammen noch mehr. Noch gestern Betriebsküche, sagte er, und heute schon Armenküche. Und warum?

Warum? sagte auch ich, und nun hörten auch die anderen an unserem Tisch auf zu essen.

Warum, wiederholte ein anderer und sagte zu mir gewandt: Weil wir alle vom Mond gefallen sind, darum.

Warum haste auch, sagte mein Nachbar, dein Parteibuch gegen die Stempelkarte vertauscht. Hättste gegen 'n anderes Parteibuch tauschen müssen.

Gelächter, so weit seine Worte reichten.

Wie lange sind Sie schon arbeitslos? fragte ich meinen Nachbarn.

Der schien zu staunen, daß ich ein so unverdächtiges Deutsch sprach, wenn auch ohne die Dialekteinfärbung, die sie hier alle zu Brüdern machte.

Von Anfang an, Mensch, sagte er, von Anfang an. Abgewickelt ham'se mir (ein Wort, das ich zuvor nur von Retard gehört hatte), abgewickelt. Wörtlich genommen, denn ich war Ingenieur bei Kabelwerk Oberspree, wenn dir das was sagt. Proleten sind wir hier in der Minderzahl, sagte er, da drüben der Alte und der ganz Junge, waren beide Gleisbauarbeiter bei der Reichsbahn. Die andern aber, sieh sie dir an, und du wirst es nicht glauben, alles Spezialisten, Intelligenz, Arbeiter-und-Bauern-Fakultät, dann Ingenieur, nach'm Studium natürlich, Lehrer, der eine bei 'ner Zeitung, der da drüben Optik und Feinmechanik. Und du?

Auch Lehrer, sagte ich.

Sieht man, sagte mein Nachbar, und gerade erst auf der Straße, ja?

Ich nickte, und wir blickten beide auf meine sauberen Manschetten. Mein Hemd hatte Issy gewaschen und gebügelt und mir aufs Bett gelegt. Ich überlegte, wie glaubhaft ich die Rolle des arbeitslosen Lehrers (der ich ja tatsächlich war) spielen konnte. Aber mein Nachbar schien keine weiteren Fragen zu haben.

Dabei ist es doch so, sagte er, daß viele von uns hier einfach zuviel Pech gehabt haben. Fürsorgegeld, damit kannste nicht weit kommen, wenn sie dir die Miete erhöhen und du allein lebst. Andere sind im Vorruhestand, haben Rente oder vielleicht Familie, die zusammenlegen kann. Zurück zur Basis, Genossen, sage ich immer, zurück wo wir herkommen. Proletarier aller Länder vereinigt euch!

Die anderen horchten auf und zeigten ihm einen Vogel. Die Franziskanerin lächelte wie jedesmal, wenn sie an unserem Tisch vorbeikam, aber eine winzige Falte zeigte sich auf der weißen Stirn unter ihrem Kopftuch. Ich lächelte zurück und sagte: Muchas gracias por la comida, Madre!

De nada, sagte sie, und ich hätte es gern gesehen, wenn sie das Kreuz über mir geschlagen hätte.

Jetzt quatscht er doch ausländisch, sagte einer meiner Nachbarn.

Na, laß ihn doch, sagte dieser, ist ja auch ein Lehrer. Der kann das. Wenn ick Sprachen könnte, wer ick längst in Australien oder sonstwo. Bloß raus, raus aus Deutschland!

Raus aus Deutschland, wiederholte mein Nachbar, da kämste weit. Deutschland, will ich dir mal sagen, ist jetzt überall.

Meinste, weil die Ausländer jetzt alle bei uns sind?

Meine ich nicht, sagte der Ingenieur und schloß die Augen in seinem bärtigen Gesicht. Meine ich nicht, von der Etsch bis an den Belt und deutsch ist die Saar, ja, aber was ich meine, ist: Deutsch sein heißt eine Sache um ihrer selbst willen tun, das mußt du dir nur richtig übersetzen in: Deutsch sein heißt eine Sache um ihren Gewinn tun, das ist heute deutsch, da gibts kein Entkommen.

Geld regiert die Welt, sagte ein anderer, während das Wort deutsch noch Eine Weile über unseren Köpfen hing und in die leeren Suppenteller fiel.

Deutschland einig Vaterland! rief jetzt einer, und da ich dachte, sie würden den angestaubten Slogan unter den Tisch fallen lassen, nahmen ihn alle in den Mund und wiederholten: DEUTSCHLAND EINIG VATERLAND! und die Löffel knallten in die leeren Teller.

Die Franziskanerin klatschte in die Hände, und es erschienen zwei Ordensbrüder aus einem Hinterzimmer und brachten mit ihren geübten Stimmen, freudig lächelnd, den Chor zum Schweigen, baten uns dann, den Tisch zu verlassen, draußen warteten andere Brüder und Schwestern auf eine Mahlzeit. Man müsse leider die Tischzeit auf zwanzig Minuten beschränken.

So ist es immer, sagte mein Nachbar, diese Hammel verdienen es nicht anders. Dabei geht es ihnen ja noch gold.

Ich überlegte, ob sich aus diesen Männern eine fünfte Kolonne rekrutieren ließe, wie sie Retard und sein Revolutionsrat so dringend benötigen würden, sollte der wahnwitzige Plan eines Staatsstreiches auch nur für einen Tag Erfolg haben ... Einen Augenblick schwiegen alle und gaben sich Feuer für ihre Zigaretten, um sich dann geräuschvoll zu erheben.

Sobald einer kommt, der lauter brüllen kann, sagte mein Nachbar, halten sie die Schnauze. Kaputtgespielt haben sie uns in vierzig Jahren, mit denen kannst du nichts mehr anfangen. Gehen wir noch auf ein Bier?

Heute nicht, sagte ich und schrieb Retards Telefonnummer auf einen Fetzen Zeitungspapier. (Ich trug eine zusammengefaltete Zeitung in der Jackentasche, was hier sonst keiner tat.)

Rufen Sie mich an, wenn Sie wollen.

Obdachlos, aber Telefon, sagte der Mann und schien zum ersten Mal mißtrauisch. Ich werde es mir überlegen und alles Gute, mein Herr.

Wir gaben uns die Hand, und ich sah zu, wie ich schnell wieder herauskam. Das angebissene Brötchen hatte ich in der Hand, als ich wieder auf der Straße war. Ich schämte mich, es wegzuwerfen und gab es einem Hund, der vor einem Laden auf seine Herrschaft wartete.

Der Hund beroch das Brot und blickte verlegen zur Seite. Er fraß es nicht.

Berganza, sagte ich zu ihm, du blöder Hund, der du das Brot des armen Mannes verschmähst.

Der Hund sah mich an und bewegte die Rute, wie um Verzeihung bittend. Er bellte, und ich versuchte ihn zu verstehen. Leider haben meine Auftraggeber mich nicht für die Sprache der Hunde programmiert.

Ich verstehe, sagte ich. Sollte dein Herr inzwischen ärmer sein als du, hebe es für ihn auf, Berganza.

Ich rief noch einmal in Petersdorf an. Diesmal war Retard am Apparat.

VI

Hombre, sagte er, ich hoffe, Sie weilen noch unter uns?

Ganz und gar diesseitig, sagte ich. Und so möchte ich die Stadt auch noch bei Nacht erleben.

Bon, sagte Retard, aber gehen Sie uns nicht verloren. Machen Sie ruhig Schulden, auf meinen Namen. Amos wird die nächste Bank überfallen, wenn wir am Ende sind.

Er nannte mir den Namen seines Stammcafés, in das er mich am späten Vormittag des nächsten Tages bestellte.

Nach siebzehn Uhr schien die Stadt noch schneller zu pulsieren. Noch mehr Autos, die noch schneller fuhren, eine Invasion fremder Wesen, die ihre Feueraugen schlossen und öffneten, schlossen und öffneten … mit ihren Antennen Freiräume erkundeten, als begänne der neue Tag hinter der nächsten Ampelkreuzung. Wurden sie aufgehalten, rannten die Häuser davon, stürmten über den Fluß, Etage trennte sich von Etage; im Spiegelbild des Flusses entstand das Gebäude neu. Ich blieb auf der Brücke stehen, griff ins Gefieder des preußischen Adlers, der das Geländer zierte, und starrte ins schwarze Wasser. Ich freute mich über mein kindhaftes Staunen, meine ganz eigene Möglichkeit, am Leben zu sein, in einer fremden Stadt. Der frühe Abend brachte Kälte, die aus dem Fluß stieg. Fröstelnd ging ich weiter, ein Dröhnen war in meinem Kopf, lauter als alle Geräusche der Stadt, und so hielt ich mich noch einmal am Geländer fest, in Angst, in eine meiner Ohnmachten zu fallen, die Nadja einmal mit einem Stromausfall verglichen hatte. Als wäre ich eine Apparatur, die sogleich auf ein anderes Aggregat umschaltet, um sich vom Boden erheben zu können, Arme und Beine beugend und streckend. Die Füße tasten den Boden ab und passen sich langsam wieder dem Schritt der anderen an.

Nadja – was mag aus ihr geworden sein? Retard erwähnte sie mit keinem Wort. Er hatte ihren Namen nicht genannt, seit wir sie an der bayerisch-böhmischen Grenze an die Polizei verloren hatten. Und da ich ihren Namen ein paarmal wiederholte und mir ihre verhungerte Gestalt vorstellte, sah ich sie (antizipierendes Bewußtsein!) mit einmal leibhaftig vor mir. Es war wie damals, als ich den Guzmán schrieb, und die Handlung mit ihren unwahrscheinlichen Zufällen weiterbringen mußte, daß ich auch im Leben über lauter Zufälle stolperte, die mir die Vorlage für mein Schreiben boten. Es gibt keine Zufälle, hatten wir bei den Jesuiten gelernt. Zufall ist eine verschleierte Göttin, die sich blitzschnell entkleidet und die uns durch Staunen lähmt. Achtlos stolpern wir in die von der Göttin gelegten Fallen, die hier nichts weiter waren als die vielen Löcher und Baugruben Berliner Straßen.

So blieb ich, wenn auch mit schmerzendem Fuß, staunend stehen, als ich diese Engel der Nacht zu beiden Seiten der Straße entdeckte. (Engel? würde Retard mich später korrigieren, Engel auf der Oranienburger Straße? Es sind eher die mitgebrachten Barbie-Puppen aus den Koffern der Sieger, und wenn ich Ihnen etwas entgegenkomme im gemeinsamen Hang, die Realien zu verzaubern, würde ich sagen, der selige E. T. A. Hoffmann hat sie uns geschickt, diese glücklichen Esmeralden, die nur um einiges giftiger sind als zu seiner Zeit.)

Ich blieb stehen, rieb den gestrauchelten Fuß an Wade und Hosenbein und staunte diese Lichterkette der Wollust an. Denn hatten wir, Retard und ich, in den Städten, die wir bis gestern bereist hatten, so ausgesucht schöne Mädchen gesehen? Nicht einmal in Bratislava, vielleicht mit Ausnahme der Novizinnen. Retard in seiner Bildungsbeflissenheit irrte. Diese sportlichen Mädchen mußten die Hinterlassenschaft eines Staates sein, der seine Jugend trainiert, aber nicht mehr zum Einsatz hatte bringen können. Es war das letzte Vermächtnis Griechenlands an den real existierenden Sozialismus, zur Beute verkommen für die Autofahrer in den Limousinen der neuen Zeit. Aus dem Programm SCHÖNHEIT UND JUGEND war die Konjunktur von Angebot und Nachfrage geworden, mit der die beiden Hälften der Stadt den kalten Krieg auf ihre Weise fortsetzten. Schönheit für Geld, während die zugereisten Potentaten ihr jämmerliches Sperma für den befreienden Ausfluß glückbringender Freiheit hielten.

Da ich lange stand und schaute und die Mädchen beobachtete, wie sie von den Autos verschluckt wurden, kam mir der Zufall zu Hilfe. Das Mädchen, das mich ansprach, sah aus wie Nadja. Es war Nadja.

Daß wir uns hier wiedersehen würden, war dir nicht an der Wiege gesungen worden, ja? sagte Nadja und trat nah an mich heran, wie um mir keinen Zweifel an ihrer Existenz zu lassen. Alles andere an ihr, die drapierte Nacktheit, der zur Schau gestellte Nabel, das knappe Mieder, das ihre kleinen Brüste hob und betonte, hätte mich verwirren können. Ich hätte sie dennoch an der Zerbrechlichkeit ihrer langen Gestalt erkannt.

Mir ist alles an der Wiege gesungen worden, sagte ich, auch dies: unser Leben läuft rückwärts ab, wir finden, was wir längst schon gehabt haben.

Du hättest mich schon gehabt? sagte Nadja und lachte ihr befreiendes Lachen. Wieso bist du hier und was ist mit Retard?

Ich stehe hier auf Retards Rechnung sozusagen. Mach mir einen Preis, bezahlen wird er.

Ich geh nicht mit Rothaarigen, sagte Nadja, bringen mir Unglück.

Ich gab keine Antwort und ließ mir Zeit, ihr Gesicht zu betrachten. Es war sehr weiß im weißen Licht der Autos. Ihre roten Haare waren übertrieben kurz, beinahe geschoren.

Meine Knastfrisur, sagte sie, daran siehst du, daß ich noch nicht lange bei diesem Gewerbe bin. Auch wenn du heute nicht mein erster Freier bist, klar.

Knast, sagte ich, sie haben dich tatsächlich eingesperrt?

Eh, du möchtest die Story ganz, was? sagte Nadja, aber nicht hier. Gehen wir.

Zu Fuß, entschuldigte ich mich, ich bin ein altmodischer Freier. Kein Auto.

Ich wohne hier, sagte Nadja, paar Straßen von hier, wenn es dir nichts ausmacht.

Wenn es für eine Nacht ist, nein, sagte ich.

Gut, daß ich auf eigene Rechnung arbeite, sagte Nadja, den Ausfall setze ich auf berufsbedingte Ausgaben, und setze es dann von der Steuer ab. Ich hab übrigens einen Verlag gegründet.

Ich bin, wie du weißt, dein Autor, im Ernst.

Im Ernst, sagte sie, es ist ein Underground-Verlag. Ein paar Mädchen von hier schreiben für mich, wir geben eine Zeitschrift heraus. Und im Hauptprogramm erscheint Korolenkos Roman *Der 13. November.*

Korolenko, sagte ich, jetzt phantasierst du.

Es ist ein preisgekrönter Roman, lieber Herr Alemán. Sie selber waren dabei, als das Buch in Brügge den Preis bekam, der auf Ihren Namen lautet.

Der arme Retard, sagte ich, weder ist es sein Roman, noch wird ihm die Nacht gehören, die er zu bezahlen hat.

Alles Geschäftsspesen, sagte Nadja und zog aus ihrem Handtäschchen ein Bündelchen, das auseinandergefaltet ein Mantel wurde, ein Umhang, lang genug, ihre nackten Beine zu verbergen. Sie schlug den Kragen hoch und hakte sich bei mir ein.

Das tu ich für dich, sagte sie, ich seh dir ja deine Verlegenheit an, wenn du mit mir halbnackt über die Straße gehen sollst. Für Leute wie uns hat Ford das Auto erfunden.

Und also mußte ich nicht auf einer Bank im Montbijou-Park übernachten oder noch einmal die Nächstenliebe der Franziskaner ausbeuten. Freilich irritierte mich Nadjas große Wohnung, die sie, ich weiß nicht mit wie vielen Menschen bewohnte, mit Kindern (ihre eigenen?), mit Männern, die uns eintreten sahen, aber blicklos an uns vorbeigingen, auf dem Weg in die Küche oder ins Badezimmer; es dröhnte aus allen Zimmern, als liefe in jedem Zimmer ein anderes Fernsehprogramm, die Kinder warfen Spielzeug gegen die Türen, und es war, als wir endlich ein dunkles leeres Zimmer fanden, weder an Schlaf noch an Liebe zu denken.

Ich weiß doch, sagte Nadja belustigt und hörte nicht auf zu rauchen. Ein Rothaariger, das hat noch nie geklappt bei mir, mach dir nichts draus. Ich mach dir einen Preisnachlaß.

Was wird Retard sagen, wenn er es erfährt, sagte ich, auf dem Rücken liegend in einem Bett, das schmal und kurz war wie ein Kinderbett. Mach mir lieber einen guten Preis wegen übertriebener Dienstleistungen. Cunnilingus und Fellatio in einem.

Worte, sagte Nadja, nichts als Worte. Eines von beiden könnte ich dir auf der Stelle besorgen. Wenn du Arbeit suchst, warum machst du nicht Telefonsex für alleinstehende Frauen? Ich könnte dich vermitteln, über unsere Zeitung. Klappt auf Anhieb.

Deine Verhaftung, sagte ich, war ein Versehen?

Möchtest du gerne wissen, ja. War kein Versehen, aber verjährt. Die Tat einer Minderjährigen, und Mütterchen kam mit dem Leben davon. Mein Verteidiger sagte, es sei der unbewußte Angriff einer Minderjährigen auf die alles dominierende Partei gewesen, in Gestalt meiner Mutter. Nichts ist dümmer, aber auch überzeugender als die Psychologie. Klar daß meine Mutter immer eine große Parteiziege gewesen ist. Und wieder ist. Fast hätten sie mich mit einer Auszeichnung entlassen, als ein Opfer des Stalinismus. An den Bruchstellen zweier Staaten ist es wie zwischen Eisschollen: Entweder du wirst zerrieben …

Am Ende fressen dich doch die Eisbären, sagte ich.

Ich mochte ihren Geruch und tröstete mich mit Händen und Nase und Mund über mein Versagen bei ihr. Sie roch nach Heu und nach Schweiß und seltsamerweise nach dem Nähmaschinenöl, mit dem meine Mutter in Sevilla ihre Singer geölt hatte. Ich versuchte mich zu erinnern, wie Frau Dr. Mühlenbeck gerochen hatte, in Montpellier, bevor sie in die Berge fuhr. Es gelang mir nicht.

Woran denkst du, sagte Nadja und beleuchtete mit der Glut ihrer Zigarette mein Gesicht.

An eine andere Frau, sagte ich.

Also nicht an mich, sagte sie und stand auf. In ihrer langbeinigen Nacktheit erinnerte sie mich an ein Tier, auf dessen Namen ich nicht kam.

Als der Tag graute, fiel ich in einen tiefen Schlaf, aus dem ich erwachte, weil auf einem Gerüst vor dem Fenster Handwerker turnten und an die Fassade hämmerten. Nadja räkelte sich an meiner Seite in dem schmalen Bett, wie nach einer guten Nacht.

Eine Nacht ohne Verkehr, sagte sie, geil, einfach geil. Du solltest öfter kommen.

Das würde Retards Etat überziehen, sagte ich. Im Ernst, du solltest ihn wiedersehen. Es wird ihn interessieren, daß du seinen Roman veröffentlichen willst.

Ich weiß nicht, sagte Nadja. Sag ihm, wo ich montags zu finden bin. Dienstags kümmere ich mich um die Kinder. Mittwochs um den Verlag. Donnerstags um die Zeitung. Undsoweiter.

Undsoweiter, sagte ich, und an den übrigen Wochentagen beschäftigten wir uns mit meiner unerwarteten Erektion.

## VII

Ausgezogen war ich gestern, um Arbeit zu finden. Retard hatte mich ausgelacht. Die Stadt wird Sie das Fürchten lehren, hatte er gesagt. Niemand erwartet Sie. Ich weiß nicht, wie ich in diesen Saal geraten war, der Menge folgend vermutlich. Ein Saal groß wie ein Theater, eine Tagungsstätte der untergegangenen Partei vermutlich, eine Kampfarena mit Zuschauerbänken. Gemietet hatte sie eine amerikanische Kosmetikfirma, und ich geriet in ihre *Promotion Show.* Zu meiner Überraschung traf ich den kahlköpfigen Herrn Hagen beim Verteilen von Handzetteln. Er nickte mir zu (gehörten wir doch beide seit Retards Geburtstag einer konspirativen Verschwörung an), und ich knüllte den Zettel in die Tasche. Ich war, unpassend genug für die Bewerbung bei einer Kosmetikfirma, ungewaschen und unrasiert. Nadja hatte mich in der Frühe geradezu aus dem Haus getrieben, als sollten ihre Kinder oder ihre Männer mich am Morgen nicht sehen; kaum daß ich eine Tasse Kaffee im Stehen hinunterkippen konnte und mir ein Stück Brot greifen durfte, das ich, langsam die vier Treppen des Hauses hinuntersteigend, kaute wie ein Sträfling.

Die Bühne war geflaggt, ein Rednerpult mit blaurotem Tuch ausgeschlagen, im Hintergrund eine gerahmte Fotografie, von der ich nicht ausmachen konnte, ob sie das vergessene Porträt des gestürzten Staatschefs oder ein Porträt des Firmengründers war. Falls dies ein Tagungsraum der Partei gewesen war (wie Retard mir später bestätigte), dann konnte das Spruchband über der Bühne nur gewendet worden sein, und die Buchstaben nach alter Schablone verkündeten nun: SEHEN WERBEN VERKAUFEN! Ähnliche Verkündigungen an den Seitenwänden – DAS GLÜCK LIEGT IN DEINER HAND DIE MILLION IN UNSEREN PRODUKTEN.

Eine einschläfernde Musik zog sich wie ein Duftschwaden durch den Raum, wurde aber vom Lärm der Anwesenden übertönt, die ihre Unsicherheit in Witzen und Anrempeleien abreagierten. Im Durchschnitt alles jüngere Männer, auffällig gut gebaute sportliche Erscheinungen, zwischen Leibwächter und Dressman.

Keep smiling, sagte mein Nachbar zu mir, und auch aus anderen Gesprächen tauchte ein deutsch-englisches Kauderwelsch auf, als wolle man zeigen, wie gut man die Geschäftssprache der Branche schon beherrschte.

Fuck off, sagte ich ungewollt grob zu meinem Nachbarn, aber der war noch nicht so weit in den Feinheiten des neuen Jargons, um mich verstehen zu können.

Ich hatte keine Lust auf Gespräche, mir war ohnehin klar, hier keine Arbeit finden zu können, die meine gesperrten Kreditkarten kompensieren würde. Irgendwie wartete ich auf eine neue Botschaft von Big Brother. Offenbar glaubten sie in Sevilla, oder wo immer meine Auftraggeber saßen, mich besser ins Herz der Dinge schicken zu können (was immer das war), wenn sie mich mittellos auf die Straße setzten. La puta leche.

Es gab kaum Frauen im Saal. Offenbar waren die Produkte mehr für die Kosmetik des Mannes gedacht, und also würden nur Männer sie glaubhaft empfehlen können. Dann verstummte das geschlechtslose Säuseln und Dudeln aus den Lautsprechern. Ein Marsch rückte vor, als begänne jetzt das Spiel der Detroit Tigers gegen die New York Yankees. Die ersten Reihen erhoben sich, und ein Spalier von Papierfähnchen bewegte sich rhythmisch hin und her. Und da eilte Big Brother, Big Chief himself auf die Bühne, der Firmenchef in persona, Gottvater am ersten Schöpfungstag, und die zweite und die dritte Reihe applaudierte frenetisch. Ein paar Stühle rechts von mir sah ich jetzt Herrn Hagen Platz nehmen und mit anderen Herren von ähnlicher dynamischer Körperlichkeit plaudern, und sie alle schüttelten die Köpfe, lachten und applaudierten laut. Der Herr am Pult schnitt das alles mit einer halb grüßenden halb mahnenden Handbewegung ab. Wir hielten den Mund, die Musik schwieg.

Liebe Freunde, sagte er, meine Damen und Herren des LIMONENHÜGELS …

Ich zog den zerknüllten Zettel aus der Tasche und las. THE LIME HILL CORPORATION hieß unsere Firma, und der Boß hatte es für uns übersetzt. Erste Lektion.

Mit Zitronen also sollen wir handeln, sagte mein Nachbar, und nun lachten wir beide laut, viel zu laut, denn sogleich eilte ein Ordner zu uns und mahnte mit geballter Faust zur Ruhe.

Disziplin, sagte der grauhaarige Herr am Pult, der in einem silbrig glänzenden Anzug steckte, Disziplin ist die erste Pflicht der LIME HILL MEN.

Die Rede berührte mit keinem Wort die Qualität seiner Produkte; die war Weltspitze. Die Rede war darauf angelegt, uns Selbstvertrauen zu geben, auf das Produkt zu bauen, wie auf die Worte des väterlichen Chefs. Und am Ende würden wir, mit Hilfe der LIME HILL CORPORATION, kurz ELL-EITSCH-SSI, Millionäre werden. Folgte Anekdotisches aus dem Leben des Gründervaters. Der war ein aus Hessen nach Amerika ausgewanderter Deutscher. Von nun an wurden die Sätze mit einem Tusch gekrönt. Auf den folgte das Fähnchenschwenken der ersten Reihe. Dann Auftritt der Ehefrau, auch sie ganz Silber und Gold. Dann kam der Juniorpartner springfidel und smart, gummikauend, und alle drei Familienmitglieder schwenkten die Arme grüßend zum Rhythmus der Marschmusik.

Was zu lernen war, war leicht. Unverbrüchliche Treue zur Firma. Firmenmitglieder, vom Boss bis zum Laufjungen, grüßten einander mit einem GOD BLESS LHC, und der Untergeordnete entfernte sich mit einem IN EWIGKEIT AMEN. *Ei-men*, sagte der Boss, was mein Nachbar mißverstand, der ein paarmal ein *Heyman!* zurückrief, überzeugt davon, richtig im Trend zu liegen.

Zum andern aber war es eine Sache der Hierarchie, auf welcher die Firma aufgebaut war, vom Fundament bis zur Spitze der Pyramide. Eine Stufenleiter zum Erfolg. Man erklomm die jeweils nächste Stufe, sobald man eine normierte Anzahl von Produkten (Seifen, Shampoos, Bürsten, Mittel gegen Achsel- und Fußschweiß und Mundgeruch) verkauft hatte, nicht einzeln wohlgemerkt, sondern im Kombinationspack. Gelb war die dominierende Farbe der Produkte.

Wem es gelingt, die ganze Firma zu verkaufen, ist Sieger, krähte mein Nachbar und hätte besser den Mund halten sollen. Denn auch wenn ich versuchte, dem Ordner, der unsere Reihe stürmte, ein Bein zu stellen, so war er geschickter, ein trainierter Hindernisläufer offenbar, er packte den Mann mit karategeübtem Griff und warf ihn auf den Gang. Das geschah so schnell, daß der Boß kaum eine Zäsur machen mußte, und er sich, während seine Frau strahlte und sein Sohn kaute, nur ein wenig die Lippen anfeuchtete aus dem Wasserglas auf seinem Pult. Mein so aus der Zukunft gezogener Nachbar erhob sich ungläubig vom Boden, und ein Ungläubiger war er ja, mit seinen lästerlichen Einwürfen; und auch das war ein Teil der Lektion, die uns hier gratis geboten wurde. Der Mann, immer im Schatten des Ordners, begab sich mit weichen Knien zum Ausgang. *Lime hill men are tough men.*

Ich vergaß zu sagen, daß ich einem Herrn am Eingang, wie wir alle, meinen Namen und mein Alter nennen mußte, und er diese Angaben einem Computer eingab. Und nur so erkläre ich es mir, daß wir dann namentlich aufgerufen wurden, um zu hören, ob man uns wollte oder nicht. Mein Name fiel, ich stand auf, knöpfte mein Jackett zu und erfuhr, daß ich angenommen sei, als Fußsoldat, als Rekrut an der Basis der Pyramide. Man würde mir zunächst einen Koffer mit Werbematerial aushändigen, ein paar Probepackungen dazu und mich so auf die Kunden ansetzen. Interessensondierung hieß der Auftrag. Ein Handgeld war dabei, das zu sechzig Prozent mit späteren Einnahmen verrechnet werden würde.

Gut die Hälfte von uns wurde angenommen, und wir fanden uns wieder zu einem Cocktail, der aus alkoholfreien Flüssigkeiten zu Kartoffelchips bestand.

Kauend kam der kahlköpfige Herr Hagen auf mich zu, als erkannte er mich erst jetzt.

Na, auch geleimt worden, sagte er aufgeräumt.

Ich sah, daß auch er einen Wochenbart trug, was sich mit der Wirkung der Produkte unserer Firma nicht zu vertragen schien. Doch er war bereits zu einer höheren Kategorie aufgestiegen, als eine Art Magasineur würde er mir Laufboten die Ware und das Material aushändigen, das ich, wie er sagte, an den Mann zu bringen habe. Erst jetzt begriff ich meine Situation ganz: Der künftige Außenminister der zu errichtenden Republik versteckte sich in der Rolle eines Vertreters für Seife und Rasierschaum.

Wir stießen augenzwinkernd auf unsere Partnerschaft an: Welch ein befreiendes Gefühl, dabei zu sein, sagte ich.

Er sah mich spöttisch an aus seinen klugen, von randloser Brille geschützten Augen.

## VIII

Wir fanden eine schmollende Issy, die sich bei unserem Kommen wortlos zurückzog. Retard hatte vergessen, daß er uns zum Essen angemeldet hatte. Ich denke, sie hatte vor allem mich wie einen Heimkehrer begrüßen und bewirten wollen, denn auf dem Küchentisch häuften sich Mandarinen aus Sevilla und Avocados aus Israel, japanische Birnen von nie gesehener Form und Farbe, von diskreter Blässe wie die edlen Seifen meines Prospekts; und in der Mitte des Tischs ein Blumenstrauß, der in Abwesenheit der Hausherrin wie ein Gruß leidvollen Verzichts war.

Sie entwickelt immer mehr, sagte Retard (den die Gaben auf dem Tisch in keiner Weise zu beeindrucken schienen), eine besondere Art der Eifersucht. Ich meine, eine ohne Ansehen der Person. Es ist deshalb fraglich, auf wen von uns beiden sie eifersüchtig ist. Der Ärger, wie Sie sehen, setzt andere Energien bei ihr frei:

an solchen Tagen wirft sie sich auf ihre Scheuereimer und Putzlappen und fängt an, die Wohnung zu überschwemmen, wie Sie an den Spuren sehen können, die unsere sorglosen Füße auf den Küchenfliesen machen.

Ich weiß nicht, sagte ich, immerhin haben wir uns verspätet, aber ich gebe zu, die Strategien in diesem Haushalt nicht zu kennen. Könnte nicht der ganze Wirbel am Ende eigene Schuldgefühle kompensieren wollen?

Zum Teufel mit Ihrer Psychologie, sagte Retard, oder anders geflucht: Was interessiert Sie die Psyche meines Weibes? Nicht einmal ich kenne mich da aus, außerdem zahlen die Weiber in ihrer eigenen Währung zurück. Eine Art verzögerter Taktik, wie sie der japanische Kampfsport kennt, den Amos betreibt.

Retard begann in aller Umständlichkeit Kaffee zu kochen, als Issy in die Küche kam, uns einsilbig begrüßte und wieder ging.

Wir konnten leider nicht eher kommen, rief ihr Retard nach, sind in einen Stau geraten, eines Unfalls wegen auf der Eins.

Ich nickte und merkte, daß ich rot wurde. Wie immer war ich ein schlechter Lügner in der Nähe einer Frau. Issy kam noch einmal zurück, als wollte sie unsere Gesichter prüfen bei dieser Geschichte.

Es sind wie immer unsere Menschen, sagte Retard, die mit den neuen Maschinen nicht umgehen können. Aus der langsamen Gangart des real existierenden Sozialismus hat man sie in die Beschleunigung des Kapitalismus katapultiert, wie Dreijährige auf das Motorrad des großen Bruders. Ein wunderbares Gefühl von Macht und Rausch, und noch mehr Gas! Drei Tote und ein zerdrückter Radfahrer an der Abfahrt nach Neuenhagen.

Ich nickte noch einmal und erinnerte mich an die aufgegebenen, ausgebrannten, ausgeschlachteten Autos auf den Feldern.

Es ist gut, sagte Issy. Wollt ihr Kaffee?

Retard verwies auf seine Tätigkeit, die er ihr gerne überließ. Wir zogen uns auf den Balkon zurück. Retard nickte hinunter in den Garten, wo im fahlen Licht des bewölkten Nachmittags ein Mann mit einer Säge im Geäst eines Obstbaumes hantierte.

Ein arbeitsloser Grenzgänger, erklärte Retard, mal in Polen, mal hier beschäftigt. Grabowski und ich bezahlen ihn gemeinsam. So ein Grundstück brauchte eigentlich einen Mayordomus, wie eine mexikanische Hazienda.

Der Mann grüßte zurück, indem er den Arm hob wie zum Hitlergruß.

In Polen, sagte ich, würde er sich nicht trauen, auf diese Weise zu grüßen, oder?

Wie jeder Grenzgänger und Wanderarbeiter hat er den richtigen Instinkt. Womöglich wollte er Sie nur einschüchtern, lachte Retard, während Issy uns den Kaffee brachte und auf den Mann im Garten sah mit einem Blick, der nichts wahrzunehmen schien. Seltsam, dachte ich, dieser Blick, der den Mann zu verstecken schien. Ich wollte mir daraufhin den Gärtner genauer betrachten, konnte aber nur seine Stiefel auf der Leitersprosse sehen. Der Oberkörper verschwand im Geäst des Apfelbaums.

Jedenfalls, sagte ich, während Issy uns verließ, wird er Ihrer Frau den Apfel der Verführung im Mai nicht reichen können.

Ich hatte es laut genug gesagt, so daß sich Issy im Hineingehen umdrehte und mir einen ihrer Blicke schickte, wie man ihn in dramatischen Augenblicken im Film geboten bekommt – Nahaufnahme, zwei blaue Augen, deren Bösartigkeit durch Spott überstrahlt wird.

Retard, mit seiner Zigarre und dem Kaffee beschäftigt, schien nicht zugehört zu haben. Sie hat den Zucker vergessen, sagte er und wollte aufstehen. Lassen Sie nur, sagte ich, um einen Vorwand zu haben, Issy nachzugehen. Aber ich fand sie weder im Zimmer noch in der Küche. Als ich mit der Zuckerdose zurückkam, sah ich sie unten im Garten, in der Hocke an einem Blumenbeet, mit den Blumen beschäftigt. Die blaue Hose spannte über ihrem planetarischen Hintern. García Lorca, dachte ich, die Romanze von der untreuen Frau – Vienen manolas comiendo/ semillas de girasoles,/ los culos grandes y ocultos/ como planetas de cobre ... Ich mußte laut zitiert haben, denn Retard sah mich an und korrigierte mich: García Lorca, die Romanze vom Erzengel Michael.

Aus dem Stapel Post und Zeitungen, die Issy gebracht hatte, zog Retard einen Brief seiner Tochter hervor. Die Zigarre ging ihm aus während er las. Er knüllte den Brief zusammen und warf ihn unter den Tisch.

Entschuldigen Sie, sagte er, es ist der Inhalt des Briefes, der mir die Galle überlaufen läßt. Eine Mitteilung meiner Tochter – Sie haben sie neulich kennengelernt samt Töchterchen –, sie schreibt mir, sie habe ihren Mann verlassen und die Scheidung eingereicht.

Ich nickte, eine alltägliche Geschichte.

Nein! rief Retard, eine Wahnsinnstat, die überhaupt nicht mit meiner Scheidung damals zu vergleichen ist. Das war eine ganz andere Geschichte, ich werde sie Ihnen einmal erzählen. Übrigens höre ich, daß meine ehemalige Frau verdächtigt wird, mich und andere jahrelang für ein gewisses Ministerium ausgehorcht zu haben. Lächerlich, ich glaube es nicht, aber weil sie Lehrerin war, möchte man sie nun mit derlei plumpen Anwürfen aus dem Schuldienst entfernen. Aber das hier!

Retard bückte sich und hob das Knäuel wieder auf, glättete das Papier, daß ich die kleine flinke Schrift sehen konnte. Das hier! sagte er und hieb mit der Hand, die die erloschene Zigarre hielt, aufs Papier. Asche stäubte, die Retard verächtlich wegblies. Sie fühle sich, schreibt die Göre, von ihm vernachlässigt, ungenügend beachtet. Dabei ist der Mann Arzt, er hat gerade angefangen in einem Krankenhaus zu arbeiten, in einem Schichtsystem, denke ich mir, das von der Konkurrenz mehr bestimmt wird als von der Uhr. Kommt nachts um drei nach Hause und hat um zehn die erste Operation, denke ich mir. Und was schreibt sein angetrautes Weib, die Mutter seines Kindes? Sie fühle sich vernachlässigt. El colmo! sagte Retard, als würde eine andere Sprache seine Bitternis besser ausdrücken können. El colmo!

Bei ihrem nächsten Besuch, sagte ich, wird sie uns ihren neuen Freund vorstellen.

Nicht hier, sagte Retard, noch aufgebrachter, nicht bei mir!

Er hatte dies so laut gesagt, daß Issy aus ihrem Blumenbeet aufsah und der Mann im Baum seinen Kopf durch die Äste steckte. Jetzt sah ich sein Gesicht. Ein Gesicht, zu dem die Arbeitsklamotten und das zerdrückte Hütchen nicht zu passen schienen. Ein Schauspieler in der Rolle eines Gärtners, in einer Liebeskomödie von Lope de Vega. Ich unterdrückte ein Lachen, das Retard auf sich bezogen hätte.

Was hört man von Ihren Söhnen, sagte ich, um ihn abzulenken.

Nichts, sagte Retard. Es sei denn, daß Amos (er suchte nach einem Beiwort, um überflüssigerweise seine Position zu diesem Sohn zu erklären), daß Amos immer öfter mit der Freundin des Älteren – sie haben beide neulich gesehen – zu seinem Ninja-Training geht. Wußten Sie, daß das Mädchen japanisch lernt und die Tochter eines kompromittierten Politikers ist?

Möglich daß es mir jemand erzählt hat, sagte ich (froh, daß wir das Thema seiner Tochter aufgeben konnten), aber finden Sie es nicht bemerkenswert, mein lieber Retard, daß diese Generation subtilere Wege des Protestes findet?

Wenn Sie den dümmlichen Egoismus meiner Tochter meinen, wüßte ich nicht, wo da eine subtile Form der Revolte läge.

Warten wir ab, sagte ich.

Nun gut, sagte Retard und erhob sich schwerfällig. Inzwischen werde ich ein paar Seiten schreiben und uns so die Brötchen fürs Abendbrot verdienen.

Ich schaute noch einmal in den Garten. Issy stand nun neben der Leiter und hatte eine Hand auf eine Sprosse neben die Stiefel des Mannes im Baum gelegt. Gab sie ihm Anweisungen? Es machte sonst keinen Sinn, daß sie dort stand. Der Mann stieg eine Leitersprosse höher, Issys Hand folgte. Mit der anderen Hand griff sie sich in die Frisur, berührte ihren Nacken, als spürte sie meinen Blick. Meine Phantasie ging im Kreis, als suchte sie eine Unterschrift für dieses Bild. Retards Gärtner erinnerte mich noch einmal an eine Komödie von Lope de Vega. Auch wenn damals in Sevilla die Luján alle Intrigen bestimmte, die auf dem Theater und die im Leben Lopes. Issys stille Erscheinung schien in allem das Gegenteil der Luján zu sein. Auch das Gegenteil meiner Doña Catalina, dachte ich. Mit einmal begann der Mann im Baum zu rauchen, nach Art eines Imkers, dachte ich, der sich vor den Stichen der Bienen schützen will. Aber da ging der Nachmittag in den Abend über, der Mann kam von der Leiter herunter, trat die Zigarette aus, und Issy schien längst den Platz unter dem Baum verlassen zu haben.

Wenn ich Retard mit Arbeit beschäftigt oder außer Hauses wußte; wenn ich Issys sechsten Sinn nicht fürchten mußte, unsichtbar trat sie durch Türen wie ein Engel und lautlos wie eine Katze; wenn ich allein war, suchte ich nach jenen Aufzeichnungen Berlinguers über Issy (von denen Retard erzählt hatte), ich suchte nach Briefen Issys (an Berlinguer, an Retard), und ich fand nichts. Einmal stieß ich auf ein eingerissenes Kuvert mit Schwarzweißfotos – aus der Brieftasche des verschollenen Berlinguers? – ich legte mir die Bilder zu einer Geschichte zurecht, Issy auf dem Laufsteg, die Hände am Kragen eines Pelzmantels, ein als Dame verkleidetes Kind, der Blick ins Leere; Issy in Shorts und einer Bluse, die über den Spitzen der Brüste nach oben verrutscht, weil sie mit einer Hand einen Apfel pflückt; Issy die Gärtnerin undsoweiter. In Kitschposen, mit gestellten Schritten, gewünschten Blicken. Daß ich so wenig wußte von ihr, reizte mich nicht weniger als Retard, der offenbar schon immer eine Schwäche für Berlinguers abgelegte Frauen gehabt haben mußte, und der sich auf die Aura des Undurchschaubaren bezog, wenn er gelegentlich von Issys Faszination schwärmte. Schwärmte er wirklich? Wann hätte ich anderes als bohrendes Mißtrauen aus seiner Stimme gehört, wenn er von Issy sprach? Nicht einmal ihren richtigen Namen nannte er, um sie nicht aus dem Kreis zu holen, den offenbar Berlinguer um sie gezogen hatte, als sie noch dies junge Mädchen der Fotografien gewesen war, das vom Land in die Stadt kommt und bei jeder neuen Liebe meint, sie wüßte endlich mehr über sich selbst. Frauen wollen nicht wissen, wer sie sind: ein Wort Berlinguers oder Retards, das zu wiederholen ich mich weigerte, über die Fotos gebeugt wie ein Dieb in der Nacht, der eine Schatulle mit Preziosen entdeckt, von denen er nicht weiß, ob es Glassplitter oder Edelsteine sind. Gesichter zuweilen von großer entspannter Schönheit, als wäre da kein Fotograf gewesen; ein nervöses Lauern im Blick (die Tigerin), das vielleicht eine Unordnung in der Umgebung meinte, einen lieblos gedeckten Tisch, verwelkte Blumen in einer Vase; vermutlich sagte es nur etwas über die gestörte Balance in ihr selbst aus, Lockruf, sich mit ihr zu beschäftigen, ihr mit freundlicher Hand eine andere Richtung zu zeigen.

Nicht ein Foto war darunter, das sie als Haremsdame in einem Kalifat zeigte (Retards Erzählungen!) oder mit dem heranwachsenden Amos. Auch keines an der Seite Berlinguers, auf dem Londoner Flughafen etwa, vor der Entführung der Maschine nach Alémmo (Retards Erzählungen) und den ersten Stunden in einem afrikanischen Land, in Jeans und einem Leinenhemd, tief aufgeknöpft, an der Seite des (sterbenden) Berlinguer. Vorlage für eine bestimmte Zigarettenmarke. Nur sie hätte etwas über Berlinguers Ende wissen können.

Was man nicht weiß, muß man beschreiben. In diesem Querfeldeinrennen der Literatur hinter dem eigentlichen Leben her. Hatte ich ein eigentliches Leben? Alles, was ich seit vierhundert Jahren besaß (Retard würde es bestätigen), war Literatur.

Ich schob die Fotos, sie beliebig vermischend, wieder zurück ins Kuvert, das ich hinter den Büchern der Bibliothek gefunden hatte.

An den Abenden trafen wir uns für gewöhnlich vor dem Fernsehapparat. Es gab feste Plätze, als würden jeden Abend die gleichen numerierten Karten verteilt. Retard verfügte dank der Fernbedienung, mit der kein anderer hantieren durfte, über die Programmauswahl. Issy saß im Abstand zu ihm auf dem langen Sofa. Amos und ich teilten uns die übrigen Plätze, seitlich zum Apparat. Denn auch Amos kam gewöhnlich zur *Tagesschau*, die langen Beine angewinkelt oder wie gelangweilt von sich gestreckt; das schmale Gesicht halb in einer Hand versteckt, so als müsse er sein Mienenspiel vor allem vor Retard verbergen. Dieser, nicht genug, daß er über die Programme verfügte, wie es ihm gefiel, schien auch noch neugierig auf unsere Gesichter, von denen er Zustimmung oder Mißfallen ablas – weniger natürlich für das angebotene Programm als für die Kommentare, die er zu den Erklärungen der Politiker und den Texten der Sprecher machte. Selten brachten wir die Geduld für einen ganzen Film auf, über dessen minderwertige Qualität Retard nach den ersten Minuten entschied.

Lediglich Berlin, in den Filmen der Dokumentaristen, war ein Thema, das Retard faszinierte. Etwa die Geschichte des Führerhauptquartiers, dessen Katakomben freigelegt worden waren. Licht huschte über die von Salpeter und Grünspan angefressenen Wände, über verkohlte Bettgestelle und verblichene Schrift. Die Hakenkreuze und SS-Runen aber waren frisch-schwarz aus den Spraydosen jüngster Besucher an die Wände gespritzt. Dann kam die Kamera wieder an die Oberfläche, im Tageslicht ein Rasengeviert, von Neubauten umstellt. Keiner der befragten Passanten konnte sich an die Hölle von vorgestern erinnern, an die letzten Tage der Reichskanzlei. So wurde, kommentierte der Sprecher, in der ehemaligen DDR mit der Erbschaft des Nazismus umgegangen... Was weiß der, sagte Retard. Dowolno! Und er schaltete den Ton aus.

Bescheuert, sagte Amos, während ein paar Glatzköpfe mit Stiefeln, an denen die weißen Schnürsenkel auffielen, über das stumme Bild liefen.

Sind Naziskins, erklärte er mir. (Retard hatte ihm gesagt, ich sei ein spanischer Journalist, dem man alles erklären müsse.) Sind alle dumm, feige, hemmungslos. An den weißen Schnürsenkeln zu erkennen.

Amos, sagte Retard, wird Ihnen, wenn Sie wollen, die vollständige Charakteristika seiner Generationskollegen geben.

Ich bitte darum, sagte ich, ich könnte Skins nicht einmal von Hooligans unterscheiden.

Friseure und Modemacher, sagte Retard, sind die Propheten dieser Jugend, die sich für autonom hält.

Quatsch, korrigierte Amos. Autonome sind *linke Gewalttäter* im Polizeijargon, bei Aktionen sind sie schwarz gekleidet und vermummt, im Gegensatz zu den alternativ gekleideten Antifas. Ihre Unterabteilung sind Red-Skins, auch als selbständige Bewegung, die tragen rote Bomberjacken, Glatze, selten Doc's oder Schnürstiefel. Nicht zu verwechseln mit den Sharp-Skins.

Ich bot Amos eine Zigarette an, nahm selber eine und bat Retard um Feuer. Issy reichte mir ein Feuerzeug, als Retard seines nicht finden konnte.

Auf der Mattscheibe erschien jetzt das Gespenst Goebbels und rief stumm: Wollt ihr den totalen Krieg?

Amos zog den Rauch tief ein und erklärte das Wesen der Sharp-Skins als unpolitisch, in Anführungszeichen, sie seien antirassistisch und antifaschistisch. Gemütliche Leute, die zu ihren Glatzen und Bomberjacken Hosenträger bevorzugten. Faschos seien die eigentlichen Ekeltypen, mit ihren Nazifrisuren à la Heß und Bormann. Und Hooligans, die am meisten gewalttätigen, tragen teure Turnschuhe und Markenklamotten, legen Wert darauf, außerhalb ihrer Aktionen auf Straßen und Fußballstadien makellose Bürger zu sein, die ihre in der Woche aufgestauten Aggressionen am Sonnabend abreagieren.

Krankenschwestern und Kriegskrüppel jubelten Goebbels zu, als Retard den Ton wieder einschaltete.

Amos mit seinem makellosen Sweatshirt von Benetton, seinen schwarzen Jeans von ich weiß nicht wem, sagte Retard, ist ein Autonomer aus besserem Hause, der seinen Haarschnitt wechselt wie ein Partisan die Taktik und der seine Fertigkeiten, auf Kosten des Hauses natürlich, vervollkommnet, um als Ninja-Kämpfer geschmeidig und gefährlich wie ein Panther zu werden.

Amos sah mich an mit seinem Kinderblick. Tatsächlich hatten wir, je länger ich in diesem Hause war, immer mehr Sympathie füreinander. Sein Blick schien sich für die Unhöflichkeit entschuldigen zu wollen, daß er nun unvermittelt aufstand und das Zimmer grußlos verließ.

Du hast es wieder einmal geschafft, ihn zu vertreiben, sagte Issy zu Retard, wünschte uns im Aufstehen eine Gute Nacht und verließ das Zimmer. Retard tat, als habe er nichts bemerkt, nahm die Fernbedienung, schaltete auf einen anderen Kanal und bewunderte die blonde, dunkeläugige Tatjana Jury, die Nachrichtensprecherin vom Ostdeutschen Rundfunk Brandenburg.

Nach zweiundzwanzig Uhr dreißig, sagte er, ist es ganz egal, was einem erzählt wird, wenn es nur ein hübsches Gesicht ist.

Wir öffneten noch eine Flasche, und mit einmal waren wir bei den strategischen Möglichkeiten, den Palast der Republik zu besetzen.

# IX

Als die großen Ferien kamen, sah Amos sich nach einem Job um. Die allgemeine Fürsorge oder Vorsorge der Verwaltungsbeamten in der Stadt (ihre Abrißstrategie, sagte Retard) im Straßenbau, der Kanalisation, Elektrizität brachte mitunter Arbeit für Hilfskräfte und junge Leute. Die da oben tun alles, spottete Retard, als hätten wir hier vierzig Jahre in der mittleren Steinzeit gelebt, das Fleisch auf dem Teller mit der Axt zerlegt und uns nach dem Essen die Frauen geteilt. Wenn auch letzteres, wie mein verschollener Freund Berlinguer zu behaupten pflegte, durchaus dem Brauch entsprach, der im Berlin der siebziger und achtziger Jahre gepflegt wurde. Ich könnte Ihnen da Geschichten erzählen.

Ich winkte ab, ich wollte meine Zeit nicht an Retards Geschichten verlieren, solange ich kaum etwas beitragen konnte zu den Kosten des Haushalts, dessen Gast ich noch immer war. Und so machte ich mich, als Amos Arbeit fand, als Prüfer von Trinkwasser in den östlichen Stadtgebieten (wie seine nahezu biblische Ernennung lautete), mit ihm auf den Weg.

Wir entschieden uns für die nahen Vororte Neuenhagen und Mahlsdorf, und da Issy uns den Volvo nicht anvertrauen wollte, nahmen wir die Stadtbahn und gingen dann zu Fuß von Haus zu Haus, was vor allem in Neuenhagen bedeutete, daß wir von Grundstück zu Grundstück liefen in dieser weit auseinandergezogenen Vorortsiedlung aus den dreißiger Jahren, als Brachland billig zu haben war und die Häuser für wenig Geld zusammengefügt wurden, nach innen gefaltete Scheußlichkeiten, die ihre Bewohner freilich vor den Bombenangriffen der Engländer und Amerikaner bewahrten. Später entwickelten sie in ihrer großzügigen Ärmlichkeit ein besonderes Bewußtsein. Jetzt haben sie Angst, erklärte mir Amos, ihre Klitschen an irgendwelche Westeigentümer zu verlieren. Und so glichen die Häuser, weiß und ockerfarben gestrichen, kaschierten Fallen für eine Spezies, die uns mißtrauisch hinter Gardinen ausspähte oder widerwillig zu einem Gespräch an der Gartentür empfing.

Ich schickte Amos vor, der seine Kopfhörer von den Ohren nahm (mit der Musik von Jim Morrison), wenn er klingelte, seine Papiere in der Hand, und da seine schwarze Kleidung Korrektheit anzeigte und sein Haarschnitt im Augenblick eher ein *medium style* war, der nichts Alarmierendes hatte, waren es vor allem Frauen aller Jahrgänge, die sich herauslocken ließen und schon von weitem verkündeten: Ich kaufe nichts, ich bestelle auch nicht. Was wollen Sie?

Aber da standen sie schon an der Tür, und Amos blickte von seinen Einsdreiundachtzig auf sie herunter mit seinen unschuldigen Augen und seinem braunen Gesicht und den übertünchten Aknepickeln am Hals, die zu Beginn des Gesprächs (wenn es eins wurde) die Frauen ein wenig ablenkten. Hatte er seinen Spruch gesagt und ein Papier gezeigt, das ihn als Prüfer von Trinkwasser in den östlichen Stadtgebieten auswies, dabei Worte murmelnd wie pH-Wert, Nitrat, Ammonium, Nitrit, und die Grenzwerte dazu, die er auswendig wußte, gesellte ich mich zu ihm, mit meinem hellen Anzug eine Kontrastfigur, daß wir an ein Paar wie Schornsteinfeger & Bäcker denken ließen (was die Frauen erheiterte). Ich stand neben ihm, mein Musterköfferchen in der Hand, als wollte ich seine Angaben bestätigen, eine Autoritätsperson von einigen Jahren (aber doch noch immer jung), gut rasiert und mit einem Hauch von Aramis aus Retards Badezimmer im Haar und am weit offenen Kragen. Eine Krawatte gehörte eigentlich zur obligatorischen Ausrüstung der LIME HILL CORPORATION. Aber es war ein Tag, da das Thermometer schon am Vormittag auf dreißig Grad kletterte.

Amos sprach mit seiner pubertär-heiseren Stimme, sich zuweilen verhaspelnd, und die Frauen schienen nicht zuzuhören oder an etwas anderes zu denken, wie vermutlich auch Amos an etwas anderes dachte, während er sie ansah und sprach. Dann verweigerten sie jede Prüfung, manche mit der Ausrede: Mein Mann ist noch nicht zu Hause. Die Kassette in Amos' Recorder drehte sich weiter. *She fooled me*, sangen Sonny Terrie und Brownie McGhee die Geschichte des Mannes, den eine Frau zum Hausputzen hereinläßt, und just als er den Preis einfordert, kommt ihr Mann zurück und kassiert, was dem Hausputzer zusteht. *She fooled me* ... Um uns über unsere Fehlschläge zu trösten, hörten wir abwechselnd das ganze Repertoire, das Amos in seinen Recorder gesteckt hatte.

Denn auch ich konnte trotz Anzug und Aramis meine Ware nicht vor die Frisierkommode der Dame des Hauses tragen. In Nähe von Wasser, meinte ich, müßten diese Seifen und Shampoos, Cremes und Gels unwiderstehlich sein, und der Hit wäre gewesen, wie Amos meinte, wenn wir beide es gemeinsam bis zu den Wasserhähnen des Hauses schaffen würden. Der eine taucht seinen Indikator ins Prüfglas, der andere verweist auf die neutralen hautschonenden Werte seiner Produkte und bietet der Dame an, sich einmal probeweise die Hände oder was immer sie will damit zu waschen, und während Amos eine Prämie bei einwandfreiem Wasser versprach (eine Lüge, die anzuwenden wir keine Gelegenheit fanden), tänzelte mein Stift schon über den Bestellblock und notierte, indes Amos die Ammoniumwerte als viermal zu hoch bestimmte, eine Bestellung über 1 Zitronenseife im Viererpack plus das neue Rasiergel für den abwesenden Hausherrn. Hatten die Psychologen von LIME HILL CORPORATION uns nicht zu verstehen gegeben, die grünen Witwen des Vormittags würden um so mehr für ihren Gatten bestellen, je intensiver wir mit ihnen flirteten (Spiel ohne Grenzen), und ihnen so ein schlechtes Gewissen machten?

Nichts von alledem.

Einmal hatten wir Erfolg. Es war in einem vierstöckigen Miethaus in Mahlsdorf, wo uns zunächst niemand öffnete, bis wir im vierten Stock eine alte Frau fanden, die gerade dabei war, wie sie an der Tür sagte, sich die Haare zu waschen. Tun Sie es nicht, warnte sie Amos, von einem Einfall getrieben, der uns beiden Erfolg brachte. Tun Sie es nicht, Ihr Wasser ist vergiftet.

Das Mütterchen, wie zu erwarten, erschrak. Sie schaute uns aus Knopfaugen böse an, während Amos eintrat, den Wasserhahn in der Küche öffnete und mit seinen Meßbechern zu hantieren begann.

Die Nitratwerte waren tatsächlich erschreckend, schienen aber die alte Frau bis zu diesem Tag konserviert zu haben. Amos pfiff durch die Zähne und begann seine Litanei.

Sehen Sie, sagte ich und legte mein Köfferchen auf den Küchentisch zwischen Zeitung, Brille und einer Kaffeetasse mit Rändern noch vom letzten Krieg. Sehen Sie, sagte ich und zeigte auf Amos, der sein Probierglas schüttelte und das verfärbte Wasser langsam ausgoß. Ihr verseuchtes Wasser, sagte ich, ist nicht nur eine Gefahr für Leib und Magen. Es gefährdet auch die Haut. Dagegen gibt es zum Glück neuerdings diese gelbe Seife, die, gnädige Frau, wenn Sie sie täglich benutzen, Ihre Haut davor bewahrt, fleckig zu werden.

Ach Gott, sagte die Frau und zog ein wenig die Ärmel über ihre Handgelenke. Ich hab mich schon gewundert.

Sie kaufte mir zwei Stück Limonenseife ab, und Amos ließ sich bestätigen, ihr Wasser geprüft zu haben. Seine Dienststelle würde ihm dafür zehn Mark gutschreiben.

Wir verließen schweigend das Haus und beschlossen, für heute unser Soll & Pensum erfüllt zu haben. Doch kaum auf der Straße, hörten wir über uns die Stimme der alten Frau. Warten Sie! rief sie aus ihrem vierten Stock und ruderte mit den Armen wie eine Hilfesuchende. Warten Sie! Hier ist eine Adresse. Da sollten Sie Ihr Glück versuchen!

Sie warf uns einen Zettel zu, den sie um eine Fünfmarkmünze gewickelt hatte. Amos bückte sich und errötete: Als hätten wir auf'm Hof gesungen, sagte er und zeigte mir die Adresse auf dem zerknitterten Papier.

Oberst Malinowski, stand mit Krakelschrift auf dem Zettel, zu erfragen im Russ. Krankenhaus Bad Saarow.

Wohl verrückt, sagte Amos, was sollen wir denn in Bad Saarow.

Ich war ebenso überrascht, dann ahnte ich die Zusammenhänge. Big Brother, der sich lange nicht mit mir beschäftigt hatte, bediente sich seiner Kuriere, und wie immer schickte er eine Frau vor. Jene Dame in Sevilla, die Kellnerin im Bayerischen Wald; nun diese alte Frau, die wie von der deutschen Vereinigung vergessen in diesem leeren Miethaus wohnte.

Ich geh kaputt, sagte Amos einen seiner Sprüche, die ich von Zeit zu Zeit an den Wänden der Stadt wiederfand: Ich geh kaputt, gehst du mit?

Stay rude, war nun die Reihe an mir zu antworten, E. A. P. is watching you!

Wir rissen eine Colabüchse auf und wehrten einen Zigeuner ab, der uns an der Imbißbude unbedingt ein Ständchen bringen wollte.

Verpiß dich, sagte Amos, und ich stimmte ihm zu. Denn der Schnauzbärtige, den ich auf rumänisch bat, uns in Ruhe zu lassen, hatte die Django-Reinhardt-Gitarre gegen einen Musikapparat von Yamaha vertauscht und meinte uns imponieren zu können, wenn er ein paar Knöpfe auf seinem Synthesizer drückte.

Wir fuhren einige Stationen mit der Stadtbahn, und, von Amos geführt, gerieten wir immer tiefer in verfallene Straßen, vorbei an Häuserruinen mit zersplitterten Fensterscheiben, abgeplatztem Verputz, blinden Karyatiden, denen man die Arme abgeschlagen und die Brüste flachgeklopft hatte.

FRAUEN BILDEN BANDEN! FEUER UND FLAMME FÜR JEDEN (DIESEN) STAAT! stand in sorgfältig gepinselten Lettern über dem Portal zum ersten Hof, in den mich Amos führte. Im Treppenhaus an der Wand eine andere Parole: NAZIS JAGE, NAZIS SCHLAGE – UND DAS SCHEISS SYSTEM BEGRABE!

Wohin führst du mich? sagte ich und stolperte ihm nach.

In den ersten Kreis der Hölle, sagte Amos, mein künftiges Zuhause.

Er öffnete eine Wohnungstür, an der ich lesen konnte: UUH! SIMONE – OBEN OHNE. Eine Wolke von Staub und Mörtel nahm mir die Sicht.

Entschuldige, sagte Amos, ich hätte dich warnen sollen. Dafür sind die Dielen noch in Ordnung, keine Fallen und doppelte Böden wie in anständigen Wohnungen.

Hinter einem schmalen Korridor öffnete sich ein größerer Raum, daneben ein kleinerer. Die Vormieter hatten ihre Parolen und Ansichten vom Klassenkampf hinterlassen, doch waren es Paraphrasen einer Geheimschrift (die für Retard Ähnlichkeit hatte mit Alt-Aramäisch), wie man sie überall in der Stadt, an Fassaden, in Bahnhöfen und Zügen sah. Das Klo, eine Art Bunker, wo man nur stehen oder sitzen konnte (was sonst willst du hier tun? sagte Amos), bewahrte auf seine Art die Chronik der Wohnung und ihrer Bewohner, und im Trichter der Kloschüssel hatte die unendlich fließende Zeit sich verfestigt. Die Keramik, wie sie wohl einst von Bismarck für ganz Berlin beim Hersteller in Auftrag gegeben worden war, sah im grauen Licht der Fensterluke wie ein übergroßer Bernstein aus.

Das soll es sein, sagte Amos, ein wenig verlegen, als wir rauchend jeder auf einem Schemel saßen. Am Rand des polierten Fichtenholzes entdeckten meine Finger eine regelmäßige Reihe von Vertiefungen, eine Art konkaver Blindenschrift, von Hammer und Nagel geschrieben.

Die Schemel haben Namen, sagte ich. Meiner heißt – ich stand auf und drehte den Schemel um: NINA.

Ich weiß, sagte Amos. Meiner heißt GALINA. Russenschemel. In einem der Höfe kannst du den Namen einer

Fabrik entziffern, vermutlich haben Nina und Galina hier gearbeitet.

Zwangsarbeiterinnen. Zwei Namen und ein Stück eurer Geschichte.

Amos sah mich belustigt an. Der Herr Lehrer, sagte er, ein Stück eurer Geschichte, Ninja und Gallina, zwei Schemel aus den Galeeren des Kolumbus, Teilstücke Eurer Geschichte, Herr Alemán. Ich weigere mich, aus den Fragmenten der Vergangenheit ein Bild zu machen.

Eins zu null für dich, sagte ich, die Schemel könnten ebensogut meiner Familie gehört haben, als sie vor vierhundert Jahren, oder etwas mehr, aus Deutschland nach Spanien gingen.

Den Rest hole ich mir von der Müllkippe, sagte Amos. Falls ich hier einziehe. Vorher muß ich noch ein paar Formalitäten klären.

Mit deinen Eltern? sagte ich.

Amos schnob durch die Nase, wie es seine Art war, wenn er Verachtung ausdrücken wollte.

Es reicht, wenn die Natur ihren sozialistischen Gang geht, sagte er, und ich demnächst achtzehn werde. Solange kann ich bei meiner Freundin wohnen. Die hier einziehen wird.

Er stand auf und schlug einen Kanthaken in die Luft. Das ist die Abwehrstellung, sagte er, Ichimonji-no-Kamae... Im übrigen ist das ganze Haus demnächst besetzt und instandgesetzt.

Stay rude, sagte ich und dachte an Retard, der nichts von alledem wußte und zur Stunde in seinem unaufgeräumten Arbeitszimmer sitzen würde, an einem Text bastelnd, für den er ein Zeilenhonorar kassieren würde. Ich sehnte mich nach etwas bequemeren Sitzverhältnissen und schlug Amos die Rückkehr aufs Land vor.

Hat Ihre Doña Catalina Sie jemals betrogen? hatte Retard mich gefragt.

X Retards Frage zu beantworten, gelang mir auch in den nächsten Tagen nicht. Es gelang mir ohnehin nicht, mich in diesem Haus an meine Vergangenheiten zu erinnern. Ich war niemand als der Schullehrer Alemán aus dem Colegio in der Calle Obispo, der die Sommerferien in Deutschland verbrachte, weil er, wie jeder Spanier, das Land verehrte (Beethoven so gut wie Aspirin) und weil er sein bißchen Deutsch vervollständigen wollte. Für Issy machte es am Ende keinen Unterschied, wer ich war, ob der von Retard imaginierte (und ihr vorgestellte) Schriftsteller aus dem Goldnen Zeitalter oder der Lehrer, der sich irgend etwas zuschulden hatte kommen lassen, die Verführung einer Minderjährigen etwa, so daß er nun hier dank Retards Gastfreundschaft (und Neugier) herumsaß, der Dame des Hauses schöne Augen machte (wie man von ihm erwarten konnte) und mit Amos am Tage irgendwelchen Geschäften nachging. Retard verfolgte uns in diesen Tagen mit einer Geschichte, die er, wie er sich ausdrückte, fiktioniert hatte, ein Histörchen über den Ehebruch einer adligen Dame mit ihrem Gärtner. Aber immer, wenn er uns aus seinen heimlich getippten Seiten vorlesen wollte, schaltete Issy eigenmächtig das Fernsehen an, und Retard kapitulierte. Issy schien mir bedeuten zu wollen, in dieser Art Selbständigkeit, die sie immer mehr herauskehrte, daß sie keineswegs Retards zweite und fromme Helene sei, eine im Ehestand ausgetrocknete Puppe, die sich unterordnete und funktionierte. Sie schien zu erwarten, daß ich diese Selbständigkeit in Frage stellte oder herausforderte.

Mit Amos besprach ich unsere Geschäftsreise, wie wir es nannten, nach Bad Saarow ins russische Krankenhaus. Ich hatte Retard nichts von dem Zettel und der Alten erzählt, um ihn nicht neue Konspirationen wittern zu lassen. Was war inzwischen aus der Bruderschaft jener Verschwörer geworden, die sich zu seinem Geburtstag eingefunden hatte? Darüber schwieg er, doch schien er auf etwas zu warten, und sei es auf eine Meldung in der Zeitung, eine verkappte Nachricht unterm Strich – Liebe Genossinnen und Genossen, liebe Freunde und Interessenten ... Unterschrieben von seinem Freund Hagen. Allenfalls sagte er aus seiner Zeitung heraus: In Moskau verdichten sich endlich die Gerüchte über einen bevorstehenden Putsch.

Der Aufstand der Geusen? fragte ich.

Die Geschichte wiederholt sich nicht, sagte Retard. Außerdem war Ihr Verhältnis zu den Niederlanden damals vergleichbar mit unserem Verhältnis zu Westdeutschland: die Ideologie unterlag der Ökonomie.

Ich wollte erwidern, aber wir wurden unterbrochen. Es hatte geklingelt, Issy öffnete, und sogleich brach ein Kinderweinen durch die Tür. Retard legte ärgerlich seine Zeitungen beiseite, griff nach seinem Stock und erhob sich ächzend. Tochter und Enkeltochter traten ein, mit Taschen und Beuteln. Das tränenblinde Kind tappte durch das Bibliothekszimmer ins nächste, hämmerte dann gegen die verschlossene Tür, die in die kleine Diele führte. Ich lief ihr nach, die Tür zu öffnen, so daß sie nach einer Weile, noch immer schluchzend, ein zweites Mal in die Bibliothek kam, um ihre heulende Wanderung ein paarmal fortzusetzen. Retard versuchte sie aufzuhalten, mit hilfloser Freundlichkeit, während er seiner Tochter Lena die Hand gab. Hatte er nicht geschworen, sie in diesem Haus nicht wiedersehen zu wollen? Issy war an der Tür stehengeblieben, Zuschauerin in einem Familiendrama, dessen Inhalt sie aus dem Programmheft kannte, und auch ich wußte nicht, was tun, da Retard und seine Tochter nun fortissimo miteinander zu reden begannen, um das anhaltende Geschrei der Dreijährigen zu übertönen.

Was hat sie denn? rief Retard, und Lena winkte ab, als ginge es hier nur um das Verhalten eines Kindes.

Sie ist müde, sagte sie, und Retard schlug zurück: Sie hat ihren eigenen Willen und macht nur die Musik zu deiner antiautoritären Erziehung!

Lena, reisemüde und jenseits väterlicher Kritik, winkte ab und öffnete eine große Tasche. Das Kind, das uns aus der Ferne beäugte, verstummte. Aus der Tasche hob Lena behutsam und langsam ein Knäuel Fell, eine Katze mit krummem Rücken und steif ausgestreckten Beinen. Das ist Memo, sagte sie, und ich wollte euch fragen, ob ihr sie nicht eine Weile bei euch behalten könnt. bis ich eine Wohnung habe.

Retard rettete sich in die Philologie. Memo? sagte er, wieso Memo?

Nenn sie, wie du willst, erwiderte Lena, Memo oder Memoria oder Katze Erinnerung, und du siehst ja warum: sie ist blind.

Das Tier, graugetigert und alle Muskeln angespannt, buckelte auf dem Teppich und schob den kleinen spitzen Kopf vor. Anstelle der Augen hatte es zwei schräge Linien, kokette Lidstriche, die immerzu und vergebens das Öffnen der Augen ankündigten. Die rosa Nase witterte Retards Zigarrenschwaden, dann die reinere Luft vom offenen Fenster. Sie bewegte sich langsam auf das Fenster zu, das auf den Balkon ging. Wir alle schwiegen, bis das Kind in seiner Sprache wiederholte: Memo hat keine Augen!

Es ist inzwischen alles sauber verheilt und vom Tierarzt behandelt worden, sagte Lena und zog ihren für die Jahreszeit viel zu warmen Mantel aus. Issy half ihr dabei.

Retard faltete einmal mehr seine Zeitungen zusammen und setzte sich wieder, die Katze nicht aus den Augen lassend.

Memo bewegte sich wie unter Wasser, prüfte die Luft vom offenen Fenster und landete wie ein Traumwandler sicher auf dem Fensterbrett.

Wir haben sie im März in der Nachbarschaft gefunden, sagte Lena. Jemand hatte ihr die Augen ausgestochen.

Jemand? sagte Retard und nahm die Brille ab. Er schien zu erstarren. Wer?

Wie soll ich das wissen, sagte Lena. Vermutlich ein Junge aus der Nachbarschaft.

Tino wars, sagte das Kind, und Lena widersprach.

Ich fahr auf der Stelle nach Leipzig, sagte Retard und hol mir dieses Schwein.

Ein Fascho, sagte nun Amos, der aus seinem Zimmer gekommen war. Bei der SS wars eine Mutprobe, einer Katze die Augen auszustechen. Aber es mußte ein erwachsenes Tier sein.

Ich fahr hin, sagte Retard, und mach dasselbe mit ihm!

Tino is mein Bruder, sagte das Kind in seiner Sprache.

Das bringt doch nichts, sagte Lena, wenn Gewalt wieder nur Gewalt erzeugt.

Bleib mir gestohlen mit deiner Psychologie, sagte Retard. Euch alle hätte man beizeiten in ein Lager sperren sollen, Sklaven alle, die wie Sklaven behandelt werden wollen!

Uns alle? sagte Lena.

Amos lachte.

Nun hört auf, euch zu zanken, sagte Issy, die mit einer Schale Milch aus der Küche kam. Memo schnupperte, zögerte und trank. Das Kind klatschte in die Hände, so daß die Katze aufschreckte, vom Fensterbrett sprang und unter Retards Sessel kroch.

Der alltägliche Faschismus, sagte Amos (mehr zu mir als zu den anderen), da kann ich nur sagen: Macht kaputt, was euch kaputt macht!

Nun fang du noch an, sagte Issy zu ihrem Sohn.

Das Kind rückte ans Fensterbrett, tunkte einen Finger in die Milch und steckte den Finger in den Mund.

Wieso untersagst du ihr das nicht, sagte Retard.

Lena zuckte die Schultern.

Ich hätte mich gern zurückgezogen, meinte aber, daß die schwelende Meinungsverschiedenheit zwischen Vater und Tochter in Grenzen bliebe, solange sie nicht allein waren. Issy brachte Tee und Gebäck. Das Kind zerkrümelte eine Handvoll Kekse und lockte damit die Katze aus ihrem Versteck.

Retard schwieg und rauchte. Lena erinnerte mich einmal mehr an Retards Schwester Paula, und also an meine Schwester Leonor Moscosa. Wie Leonor schien auch Lena ihren Protest gegen die neue Zeit in diesem Land durch eine Kleidung ausdrücken zu wollen, die wie aus dem Pfandhaus aussah. Der verblichene Stoff des zu langen Rockes schuf zusammen mit den schiefgetretenen Schuhen eine Negation der Negation, zu dem die willkürlich gekürzte und gezupfte Frisur, die Schatten um die Augen und das achtlos verschmierte Rouge der Lippen ergänzender Ausdruck und Anklage zugleich waren.

Sie war schon immer, würde Retard später sagen, ein Aschenputtelkind, jetzt gehört sie nicht einmal zur verwahrlosten Jugend, die ungewaschen und ungepflegt doch noch den Charme ihrer protestierenden Intelligenz ausdrückt, die schwarzen Fingernägel einer Jeanne d'Arc, die Trauer einer Ulrike Meinhoff in Stammheim, und wie Sie sehen, das Mütterliche gelingt ihr noch weniger, ohne zu ahnen, daß ihr von diesem vernachlässigten, scheinbar gleichberechtigten Kind morgen die Rechnung präsentiert werden wird.

Möglicherweise, erwiderte ich, bringen Sie die Zeiten durcheinander, und das Enkelkind ist die Rechnung, die Ihre Tochter Ihnen ihrerseits präsentiert.

Leonor Moscosa, dachte ich wehmütig, was mag aus ihr geworden sein? Mit den Jahren waren wir einander immer rätselhafter und fremder geworden, und wir hatten uns von uns selber vertreiben lassen.

Retard, angesichts von soviel Jammer, schien sich mit Blicken an Issy festhalten zu wollen. Ihre rosa Seidenbluse, ihre mattblauen Jeans, die Sandaletten aus vergoldetem Leder schufen eine Erscheinung, die wie eine Glücksverheißung war. Freilich konnten wir nicht sicher sein, daß dieses Bild uns meinte.

Und was sonst führt dich her, sagte Retard, als der Tee seine Wirkung tat und das Kind mit Hilfe der Kekskrümel eine Art Mandala auf Retards vietnamesischem Teppich entwarf.

Ich bat, mich zurückziehen zu dürfen. Retard entließ mich ungern, so daß er mir am Abend, als wir allein auf dem Balkon saßen und die Nacht aufzog, die Gründe für diesen unangemeldeten Besuch (wie er sagte) nachtrug.

Lena hatte sich nicht nur von ihrem Mann getrennt, sie hatte auch ihre Anstellung an der Universität gekündigt, um einem entlassenen Assistenten aus Moçambique oder Angola (oder vielmehr Alémmo! sagte Retard) in die Ehe zu folgen. Was mit dem Jungen geschehen ist, habe ich neulich in der Zeitung gelesen, ohne zu ahnen, daß ich davon familiär betroffen sein könnte. Denn er ist von Skinheads aus der fahrenden Straßenbahn gestoßen worden und gestern an den Folgen im Leipziger St.-Georg-Krankenhaus gestorben. Ecco è la marcia. Da vergeht mir der Gesang.

Ich fürchte, fuhr Retard fort, jetzt wird sie diese Wohnung eine Weile in eine Heilanstalt mit angeschlossenem Kindergarten und Tierasyl verwandeln.

Wenn Sie wollen, bot ich an, suche ich mir ein Zimmer in der Stadt.

Davon ist keine Rede, sagte Retard: Herr Grabowski ist froh, wenn er etwas vermieten kann. Mutter und Tochter ziehen nach unten.

Ein Schatten spielte um unsere Füße. Memo sprang ohne zu zögern auf Retards Schoß.

Diesmal bestand Issy darauf, uns zu fahren. Retard, mit vielen Dingen beschäftigt, achtete nicht weiter auf uns.

## XI

Doch schien die Vertrautheit zwischen Amos und mir auch ihn nachdenklich zu machen.

Er steckt Sie an, sagte Retard, Sie ziehen sich seine Sprache über wie ein Hemd aus dem Leihhaus, es paßt Ihnen nicht, camisa de once varas … Dabei sollten wir uns endlich an die Arbeit machen und Ihre Biografie rekonstruieren, noch immer weiß ich wenig von Ihnen, zum Beispiel, was Sie in Sevilla taten, als Sie aus Madrid zurückkehrten .

Nur wenn wir die Vergangenheit vergessen, können wir die Gegenwart bewältigen, sagte ich.

Sprüche! höhnte Retard.

Ich geh kaputt, sagte Amos seinen Spruch, gehst du mit? Und so fuhren wir an einem dieser märkischen Hundstage, da alle Chausseebäume von Staub bepudert waren, über Land. Issy trat kraftvoll in die großen Pedale des weißen Gefährts, drückte die Bremse, kuppelte und gab Gas mit ihren kleinen, an den Zehennägeln rot bepinselten Füßen, die nackt in ihren vergoldeten Sandaletten steckten. Sie zog den Rock bis übers Knie, ohne auf meine Blicke zu achten. Das Autofahren machte sie auf neue Weise jung, kokett, *emanzipiert* – wenn dieses Wort nicht so abgenutzt wäre, dachte ich. Die Sonnenbrille maskierte ihr Gesicht, machte es unnahbar, daß ich Lust hatte, meine Hand auf ihre Knie zu legen, in einem Versuch, sie zurückzuverwandeln in die Frau in mittleren Jahren, die es mit ihren (scheinbaren) Rätseln fertigbrachte, daß Retard und ich uns unentwegt mit ihr beschäftigten. Ich hätte es getan, wenn Amos nicht dabeigewesen wäre. Der lümmelte im Fond und hätte die langen Beine am liebsten aus dem Fenster gehalten. Er wippte mit den Füßen und bewegte die Hände hoch zur Decke, zum Rhythmus einer unhörbaren Musik aus seinem Recorder. Es verdroß ihn, daß seine Mutter über Landstraßen nach Bad Saarow fuhr, anstatt die Autobahn in Richtung polnische Grenze zu nehmen, im Wettrennen mit den fabrikneuen, nicht bezahlten oder gestohlenen Autos der neuen Besitzerklasse und der russischen und polnischen Mafia.

Kriminelle und Spießer, sagte Amos, da läuft der Schnitt.

Seine Mutter lächelte, was etwas Bedrohliches hatte in diesem konzentrierten, von der schwarzen Brille verfremdeten Gesicht.

Ich machte Amos auf einige vorbeifahrende Autos aufmerksam, Kabrioletts japanischer Marken, die von Frauen gesteuert wurden.

Bei Frauen, rief mir Amos zu, bin ich geneigt, eine Ausnahme zu machen. Ein Kavalier, wer ihre Geheimnisse kennt und für sich behält.

Issy schien darüber nachzudenken, wie der Junge zu diesen ebenso albernen wie frühreifen Sprüchen kam.

Auch auf der Landstraße mit ihren unerwarteten Kurven und von Mischwald gesäumten Rändern sah es aus wie nach einem Autorennen. Die Besiegten waren ausgestiegen und hatten, falls sie mit dem Leben davongekommen waren, die Zeugen ihrer Niederlage im Stich gelassen. Blech krümmte sich an Chausseebäumen, stand auf reifenloser Felge auf dem romantischen Moos der Waldränder oder klagte den Himmel an mit aufgerissener Motorhaube. Kleist, Eichendorff und Rückert traten aus den Wäldern diesseits der Oder und winkten uns zu.

Ich fahr euch zu euren Russen, sagte Issy, erledige ein paar Einkäufe, melde den Wagen in der Werkstatt an und hole euch in zwei Stunden wieder ab.

Amos sprang aus dem Auto, als wir vor dem russischen Krankenhaus hielten. Zog den Kopf ein, katzbuckelte, teilte ein paar Schläge in Richtung Einfahrt aus, schlug ein Rad und verkündete, Kopf nach unten: Übung eins: Das Einswerden mit den Bemühungen des Gegners … Ausweichschritt und Konterschlag.

Der Posten am Eingang nahm keine Notiz von uns. Issy winkte uns zu und fuhr davon.

Das Musterköfferchen in der Hand trat ich ans Tor. Amos hatte zu einer zivilen Haltung zurückgefunden und schulterte seine Hängetasche mit den Gerätschaften zur Wasserprobe.

Oberst Malinowski, sagte ich, poschalista, eine Verabredung … Amos staunte, wie ich wie selbstverständlich Russisch sprach, das ihm kaum von der Zunge wollte, obschon er es seit fünf Jahren in der Schule lernte.

Der Posten zog sich zurück, vielleicht telefonierte er in seinem Schilderhäuschen. Jedenfalls öffnete sich das Tor nach einer Weile lautlos und wie von Geisterhand. Wir schritten über einen breiten Kiesweg. Auf einer Wiese hatte eine Kompanie Aufstellung genommen – Genesende oder das Heer der Pfleger und Ärzte? – und übte zu den Klängen eines Walzers von Dunajewski eine Art militärisches Ballett, halb Schattenboxen, halb Präsentiert-das-Gewehr. Die jungen Soldaten traten ganz nah zueinander, daß sich fast die Nasen berührten, machten dann in abgezirkelter Wendung kehrt, indes andere Paare, Rücken an Rücken, einen siamesischen Zwilling bildeten, das Gewehr diagonal haltend, was wiederum einen spanischen Reiter ergab. Darauf folgte, das Gewehr lässig im Arm, ein stolperndes Gehen, das allmählich in einen Walzerschritt überging. Ich hatte Mühe, Amos zu beruhigen, der beim Anblick der überraschend kleinen und adrett uniformierten Soldaten in schwarzbraun, blau und himbeerrot, in sein hemmungsloses Gelächter ausbrechen wollte.

Eine Tür nach der anderen öffnete sich. Die Luft im Innern des Gebäudes, die Gerüche auf den Gängen, brachten mir Bilder vom Gefängnis in Sevilla. Ich fühlte, wie mir das Blut aus dem Kopf wich, die bekannte Leere, das weiße Rauschen … und von weit weg Amos' Stimme, die eine Art Malstrom erzeugte, in den ich tief hinabstürzte.

Ich erwachte im Ordinationszimmer von Oberst Malinowski. Jemand hatte mir ein Hosenbein hochgekrempelt, und der Oberst war dabei, mit einem Hämmerchen auf meine Kniescheibe zu klopfen. Das Bein zuckte, und der Oberst und Amos (der meinen Kopf hielt) lächelten.

Prawilno, eto werno, sagte der Oberst, und Amos, der ihn nicht verstanden hatte, erwiderte: Tschort snajet!

Ich bemühte mich, in das Gelächter einzustimmen, um meine Rückkehr zu den Lebenden zu bestätigen.

Haben Sie nicht etwas zu schwache Nerven, Genosse Alemán, für Ihre Mission? sagte der Oberst wenig später am Tisch, mir seine Papirossi anbietend sowie einen Schluck Cola.

Meine Mission?

Meine Stimme kam schwach, ich hatte Mühe, mich zu erinnern. Mein Köfferchen entdeckte ich auf einem Stuhl. Ich stand auf und klappte den Deckel hoch.

Das ist meine Mission, sagte ich, Seife, Lotion, Emulsionen, Shampoos der Firma LIME HILL CORPORATION ... Die Ihnen, Herr Oberst, ein Joint Venture anbietet, durch meine Person, sagen wir eine Vertretung dieser weltbekannten Marken, sobald Ihre Demission in Gang kommt und Sie zurück nach St. Petersburg fahren.

Oh, ich komme aus Magnitogorsk, sagte er.

Gerade Bergarbeiter, sagte ich (als hätte ich meinen Text auswendig gelernt oder jemand spräche mit meiner Stimme), müssen mehr als einmal in der Woche die Haare waschen. Ein Spezialangebot – unsere schwarze Seife. Riechen Sie!

Ich wickelte das taubeneigroße Ding aus und reichte es dem Oberst. Der schloß seine wasserblauen Augen und sagte: Ein Geschoß! Eine Granate! Geben Sie zu, Genosse Alemán, Sie sind ein Waffenhändler! Gutes Geschäft. Nur: wir haben die besseren Waffen. Im Augenblick sind wir die Anbieter!

Womöglich, sagte ich und wollte es nicht sagen, hat Ihnen Major Korolenko einen Bären aufgebunden. Ich bin nichts als der Seifenhändler Alemán, ein Überlebender des Massakers von Babi Jar.

Malinowski runzelte die Stirn und schloß die Schweinsäuglein zu einem Spalt: Efrei? sagte er und gab mir die schwarze Kugel zurück.

Judío y rey, sagte ich und lächelte. Es war, als geriete ich gegen meinen Willen in immer neue Geschichten, in andere Zeiten. Nie hatte ich mich sterbend in den Sand von Babi Jar gekrallt.

Nu tak, sagte der Oberst nach einer Weile, ich nehme Ihnen die Seifen ab, en gros, und Sie nehmen Waffen, en gros. Und ein Wort, Brüderchen, sagte er und kam ganz nah, daß ich seinen Tabakatem riechen konnte und sein Maiglöckchenparfüm: Mißtrauen Sie Major

Korolenko, im Vertrauen. Machen Sie nie Geschäfte mit einem Ukrainer.

Ich sah mich nach Amos um, als könnte ich nur durch ihn meine Identität finden – die des Asylsuchenden Mateo Alemán, der ohne Arbeitserlaubnis ein Vertreter der amerikanischen Firma LIME HILL CORPORATION geworden ist. Doch Amos war nicht da. Er durfte, mit Erlaubnis des Obersten, seine Wasserproben anstellen. Ein zweifellos guter Tag für uns beide. Wir würden mit großem Geld zu Retard zurückkehren. Malinowski sah mich weiter mißtrauisch an. Konnte man einem Juden trauen? Wir bieten große Bombe, sagte er und sprach mit einmal Deutsch, können machen große Geschäft. Hast du Legitimation für dieses Geschäft?

Ich spürte, wie ein ungeheures Gelächter aus mir herauswollte, aus dem Bauch in die Kehle stieg, wie ein Erbrechen. Ich hielt mir den Mund fest zu, so daß der Oberst eine Rückkehr meiner Ohnmacht vermutete und mir rasch ein Glas vollgoß. Diesmal war es Wodka, eine bitter schmeckende Sorte. Das abstruse Komplott! Am Ende hatte es auch mit der LIME HILL CORPORATION zu tun. Ein Kompensationsgeschäft, Seife gegen Bombe. Hatten wir nicht an jenem Abend beschlossen, die Regierung mit einer Bombe zu bedrohen, damit sie sich von den ostdeutschen Ländern zurückzöge? War ich nicht zum Außenminister einer zu errichtenden Republik ernannt worden? Ich schüttelte mich, und es fielen mir eine Reihe russischer Flüche ein, von denen Tschort snajet noch der harmloseste war. Dies schien den Oberst irgendwie von meiner Kompetenz zu überzeugen, in seinen Augen war ich ein amerikanisch aufgebügelter Halunke russischer Herkunft, ein Kosmetikvertreter mit doppeltem Boden, in einem hellen (von Issy gebügelten) Anzug, mit blankgeputzten Schuhen, himmelblauem Hemd mit Krawatte (von Issy aus Retards ungenutzten Beständen ausgewählt), und meine blasse Haut machte den Eindruck, daß ich sie täglich pflegte mit den Produkten, die ich anbot.

Mein Vater, ein polnischer Offizier, log ich, war im Dienst der roten Armee, und so kam ich als Kind in die russischen Wälder und wurde gerettet.

Malinowski zwinkerte heftig, und so stapelte ich höher: Die Deutschen haben ihn bei Katyn erschossen.

Malinowski begrub ihn mit einer Handbewegung. Die Deutschen ... sagte er.

Nun wußten wir, daß wir beide logen. Und unsere jüdisch-slawischen Seelen würden aus Respekt für die jeweiligen triftigen Gründe des anderen die Lügen respektieren. Zugegeben, daß seine Lüge etwas gröber war als meine – die Lüge von dem Mord an den polnischen Offizieren in den Wäldern von Katyn. Aber es war eine gute Geschäftsgrundlage.

Wir einigten uns darauf, Malinowski bekäme die Alleinvertretung in Moskau und Petersburg für die Produkte der LIME HILL CORPORATION. Wir bekämen dafür aus seinen Beständen die kleine Droh-Bombe samt Bedienungsanleitung oder samt Pilot und Hubschrauber. Als ich es später Retard erzählte, wetteiferten wir im Gelächter. AMERIKANISCHER KONZERN FINANZIERT INDIREKT ABGANG DER BONNER REGIERUNG. Eine wunderbare Schlagzeile, für deren Dreiviertelwahrheit jede Zeitung ein Vermögen bezahlen würde.

Sie sind meine Gäste, sagte Oberst Malinowski, als Amos zurückkam, zufrieden über die schlechte Qualität des Wassers in diesem Hospital. Auch seine Auftraggeber würden mit ihm zufrieden sein. Wir strahlten uns an und klopften uns gegenseitig auf die Schulter.

Der Tisch war auf der Terrasse an der Rückseite des Gebäudes gedeckt. Eine Ordonanz servierte. Als Malinowski einen Trinkspruch ausbringen wollte, unterbrach ihn kein anderer als unser alter Freund Korolenko. Er kam gemessenen Schrittes die Stufen hoch, am Arm geleitete er Issy.

Nicht gut, Dame warten lassen, sagte er zu mir und verbeugte sich vor Issy, die auf einem der eisernen Gartenstühle Platz nahm, als hätte sie es nicht anders erwartet.

Und, sagte Korolenko, das Glas hebend: Nicht gut Geschäfte zu machen ohne alten Geschäftsfreund.

Ukrainisches Sprichwort, ergänzte Malinowski.

Na starowje, sagten alle und tranken.

Kennt ihr den alten Witz, sagte Korolenko, Stalin hält Truppenparade und ein, wie sagt man – Muschkote niest …

Er hatte den Witz schon auf Retards Geburtstag erzählt, und Retard hatte ihn, wie lange war das her, schon in Montpellier der Dame Mühlenbeck erzählt. Die ihn schon kannte.

Das Essen ist eigentlich Krankenkost, entschuldigte sich der Oberst. Aber nicht schlecht, weil für Offiziere.

Es gab Hecht aus dem Scharmützelsee, dazu Salzkartoffeln mit Petersilie. Als Nachtisch russische Moosbeeren.

## XII RETARD RUFT DIE REPUBLIK AUS (Protokoll einer Nacht und eines Tages)

*(Oranienburger Straße, Eingang zur Nachtstadt, durch welche die erleuchteten Särge der letzten Straßenbahnen rollen. Ein Funkenregen fällt auf die Passanten, die unwillkürlich die Köpfe einziehen. Musik:* EINSTÜRZENDE NEUBAUTEN. *Türauf, treppab die Katakomben.* TACHELES. *Rette sich wer kann. Amos steuert mit größter Geschwindigkeit das weiße Auto durch die blitzende Nacht, daß die sich anbietenden Mädchen*

*auf der Straße in rascher Folge auftauchen, Matthäus Teutsch verrenkt sich vergebens den Hals, um wenigstens eine genauer zu erkennen. Mit einmal schlägt Feuer aus den Dächern des Scheunenviertels. Felix Edmundowitsch im Gespräch mit Wladimir Iljitsch. Überqueren achtlos die Straße. Amos riskiert eine Vollbremsung.)*

AMOS: Nazis jage, Nazis schlage – und das Scheißsystem begrabe!

DR. RETARD: Nicht so heftig, mein Sohn.

MATTH. TEUTSCH: Ging noch mal gut mit den beiden.

FELIX EDMUNDOWITSCH *(ganz gußeisern)*: Heureka! Wir leben!

WLADIMIR ILJITSCH *(ganz aus rotem Basalt, den abgesägten Kopf in der Hand)*: Die klassische Lehre! Doch was wir seit nachgerade zwei Jahren erleben und erleiden, bleibt unser unerklärliches Teil ...

DR. RETARD *(kurbelt ein Fenster auf und mischt sich ein)*: Nur in den Zeiten der Wende tritt der Geist aus den ausgetretenen Bahnen: dann fordert die Praxis die gestaltende Tat.

FELIX EDMUNDOWITSCH: Solange es bei uns nicht stählerne Maschinen nach den letzten Errungenschaften der Technik gibt, werden wir uns mit Kraut und Kwaß zufriedengeben müssen. Wir werden eine einzige brüderliche Völkerfamilie sein, ohne Hader und Zwietracht. *(Er hält im Weitergehen eine mitreißende Rede.)*

WLADIMIR ILJITSCH *(den Kopf noch immer unterm Arm)*: Von nun an tritt Rußland in eine neue Epoche seiner Geschichte ein, und diese dritte russische Revolution muß in ihrem Endergebnis zum Sieg des Sozialismus führen.

DR. RETARD *(zeigt sich deutlich am offenen Fenster)*: Die Wirklichkeit, Genossen, geht nicht auf in unserer geschichtlichen Dialektik!

Oberst Malinowski *(über Autotelefon aus seinem roten Lada an die Insassen des weißen Volvo)*: Überm Heilanstaltsschild liegt Dunst blau und schwer / Von Ferne verbeugt sich der Veterinär.

Amos: Ich denke, der ist Menschenarzt?

Dr. Retard: Er zitiert nur den Dichter Eduard Bagritzki.

Matth. Teutsch: Eine geheimdienstliche Parole?

*(Inzwischen hat sich die Szene verändert. Ort der Handlung: Palast der Republik am Spreeufer. Marx und Engels bei dem verzweifelten Versuch, die Lage zu ändern. Ans gußeiserne Bänkchen geklebt, sitzt Marx, indes Engels ihm zur Seite steht wie ein Kellner, der eine Bestellung erwartet. Die Lage ebenso wie ihre Lage – unverändert. Erhebt sich Marx und ist dabei kaum größer geworden, zieht es Engels auf die Bank, und umgekehrt. In den Lüften über dem nach Marx & Engels benannten Platz ziehen die Geister des Wachregiments Felix D. Der Verkehr in Richtung Linden zerreißt die Strophen ihres Gesangs.)*

Wachregiment: … haben wir's geschworen… Klappe zu, Affe tot…

Rosa *(taucht wie eine Najade aus dem Landwehrkanal auf)*: O Freunde, nicht diese Töne.

Engels: Zu Befehl, Genosse Marx.

Marx: Ich habe nichts gesagt … Das heißt … marschieren, General! Zuschlagen! Ras dwa, ras dwa …

Engels: Wen wollen wir befreien, Karl? Doch nicht dieses Gesochse, das wieder auf die Bäume klettert und sich am Arsch kratzt.

Marx *(stehend)*: Der Mensch, auf diese Weise seinen entfremdeten Bedürfnissen unterworfen, ist ein ebenso geistig wie körperlich entmenschtes Wesen … die selbstbewußte und selbsttätige Ware. *(Sagt es und nimmt Platz. Engels schnellt hoch.)*

*(Die himmlischen Figuren an der Schloßbrücke steigen einen Augenblick von ihrem Sockel und fliegen hinüber zu Marx & Engels. Sie schließen sie in die Arme, nähern ihre weißen Gesichter den schwarzen Klassikern und küssen sie lange auf den Mund bzw. auf den Bart. Über den leeren Platz hallt es wider von historischen Bruderküssen. Nikita küßt Walter. Walter küßt Leonid. Leonid küßt Erich. Erich küßt nach einigem Zögern den teuren Genossen Michail Sergejewitsch. Dieser küßt seine Frau Raissa, worauf die hermaphroditischen Brückenfiguren angewidert den Heimflug antreten.*

*Währenddessen im Palast. Amos im schwarzen Kampfanzug, das Ninja-Holzschwert in der Hand, prüft den Mechanismus der Rolltreppen. Ein Knopfdruck genügt, und die Stufen bewegen sich. Dr. Retard verkneift es sich im letzten Augenblick, den Lichtschalter zu betätigen, der die hunderttausend Lampen in der Halle aufflammen lassen würde. Keine strategischen Fehler! ruft Major Korolenko und übernimmt fürs erste das Kommando. Kampflos haben sie, Amos an der Spitze, den Palast besetzt. Sollen sie ihn jetzt, wegen eines Fehlers des lichtsüchtigen Aufklärungsforschers Dr. Retard, an den Bundesgrenzschutz verlieren? Niemand hat ihnen den Zugang verwehrt, niemand ist zu sehen, der den leeren Bau bewachte. Die Haupttür hat Amos mit dem Taschenmesser geöffnet. Matthäus Teutsch hält sich ein feines Sevillaner Tüchlein vor Mund und Nase, um so einer Asbestvergiftung (oder den Gerüchten einer solchen) zu entgehen. Dr. Retard fährt im Dunkeln ein paar Mal mit der Rolltreppe hoch und runter. Oberst Malinowski telefoniert mit Hilfe eines drahtlosen Telefons mit der Zentrale in Bad Saarow. Im Scheunenviertel brennt es noch immer. Die Palastbesetzer wissen im Augenblick nicht, was davon zu halten ist. Könnte es ein Ablenkungsmanöver sein? Wie viele Kräfte sind hier überhaupt im Spiel? Hatte Amos Bundesgenossen, von denen Dr. Retard nichts wußte? Das sind Fragen, die sich fürs erste Herr Piet Hagen in seinen Schnellhefter notiert. Zur Überraschung aller ertönt aus dem kleinen Salon*

*(TiP) im ersten Stockwerk ein Gong. Dr. Retard kennt eine Abkürzung und erreicht als erster den Salon. Ach, was bietet sich da seinenAugen. Doch bevor die anderen Herren an seiner Seite sind, geblendet von einer unerwarteten Lichterflut und zur Ruhe gezischt vom diensthabenden Inspizienten, klingelt noch einmal das Telefon. Es ist für Amos.)*

PETRA *(telefonisch verzerrte Stimme)*: Amos, du Wichser, gib mir endlich meine Haarschneidemaschine (Marke ANOTHER HAIR-DO) zurück.

AMOS *(gibt das Telefon zurück an Korolenko)*: Kleiner Mädchen Liebe, Wasser in einem Siebe.

MATTH. TEUTSCH *(nuschelt hinter seinem Sevillaner Tüchlein)*: Amor de niña, agua en cesta.

AMOS: Ninja?

DR. RETARD *(einen Finger auf den Lippen)*: Nun seht euch diese Bescherung an!

*(Auf der Empore tanzen sieben Mädchen einen Cancan, am Klavier begleitet von Günther, an der Geige von Lothar.)*

DR. RETARD: Verräter! Wie immer waren sie schneller als wir.

*(Die Mädchen, die langen Beine werfend, zeigen blitzschnell im Scheinwerferlicht die Zwickel verschiedenfarbiger Höschen, pink, lindgrün, schwarz, rot, gelb; die letzte, die offenbar keinen Schlüpfer trägt, bedeckt ihr Dreieck mit dem Emblem der abgetretenen Partei. Der Geiger tritt ans Mikro, der Pianist präludiert im Hintergrund, auch er an ein Mikro angeschlossen.)*

LOTHAR: Der Palast! Müßte als Zeugnis der Geschichte stehenbleiben.

DR. RETARD *(applaudiert und flüstert seinem Nachbar Matthäus Teutsch zu)*: Vorübergehend kann auch ein Quisling zum Bundesgenossen werden.

GÜNTHER *(vom Flügel aus)*: Wie siehst du heute deine Rolle im Einigungsprozeß?

LOTHAR *(kratzt sich den grauen Bart, spuckt etwas Himbeerkonfitüre aus dem gelben Gebiß)*: Könnte selbstkritisch sagen .. als Liquidator oder Konkursverwalter. Paßt aber nicht … ging ja nicht um eine Vermögensmasse sondern… um 16,5 Millionen Seelen respektive Menschen … Empfinde Genugtuung, diese Absicht relativ anständig verwirklicht zu haben …

DR. RETARD *(pfeift auf zwei Fingern, die anderen scharren mit den Füßen, Matthäus Teutsch verweist auf den asbestverseuchten Fußboden. Die Mädchen auf der Bühne langweilen sich und fangen an, ihre Büstenhalter abzulegen und sie mit denen der Nachbarin zu vertauschen, was die Herren im Saal – beide Parteien – ziemlich irritiert.)*

GÜNTHER: Mehrere Mitglieder des Bundestages geben zu, den Einigungsvertrag vor der Abstimmung gar nicht gelesen zu haben…

LOTHAR: Bei den notwendigen Korrekturen hören wir immer die Frage, wo kommt das Geld her. Da liegt wahrscheinlich einer der länger wirkenden Fehler des Einigunsprozesses … *(er dreht sich einmal um seine Achse, klatscht mit den Händen auf seine Schenkel und singt)*: Money, money, money …

DR. RETARD *(pfeift noch einmal durch die Finger, dann hält es ihn nicht länger auf seinem Platz. Er läßt sich auf einen Stuhl helfen, dann droht er mit seinem Stock. Die Mädchen erschrecken und erkennen als erste die veränderte Situation)*: Lügner! Gauner! Schande aller Berliner Hugenotten …!

GÜNTHER *(klimpert auf seinem Flügel und sagt)*: Vielleicht ist es in diesem Zusammenhang interessant, auf deine hugenottische Erziehung zurückzukommen. Oder hattest du keine?

LOTHAR *(spuckt noch einmal Himbeerkonfitüre)*: Ah, la framboise de ma mère, très bien! Jetzt ist's heraus. Ich meine, eine Sache um ihrer selbst willen zu tun, so komische Begriffe wie Pflicht, Pünktlichkeit, die Politesse der Könige, nicht wahr. Einmal habe ich eine halbe Stunde mit Hannelore in der Küche gestritten, weil das Essen nicht pünktlich auf den Tisch kam. Klare Devise: Erstmal hast du aufzutragen, was bestellt wird, hinterher kannst du immer noch überlegen, ob es richtig war oder nicht. Habe ich zu Hannelore gesagt.

DR. RETARD *(droht noch immer mit seinem Stock)*: À la lanterne! Les aristocrats à la lanterne! Allons enfants de la patrie …

*(Beide Parteien stimmen gemeinsam in das bekannte Lied ein. Die Mädchen schwingen erneut die Beine, was insgesamt ein schönes, bühnenwirksames Tableau ergibt. Da stürmen Oberst Malinowski und Major Korolenko, flankiert von Amos mit seinem Ninja-Schwert, die Empore. Retard eilt zu ihnen, so schnell ihn seine kurzen Beine tragen wollen. Wie eine Projektion aus einer anderen Welt erscheint über Video – offenbar vom Inspizienten beschworen – die ranke schlanke in einen schwarzen Body gekleidete Gestalt der Intendantin Vera. Was sagt sie? Im Tumult gehen ihre Worte unter. Amos stürmt die Empore, führt mühelos einen ›Gegenangriff aus niedriger Stellung‹ aus, wobei er dem Halbkreisfußtritt Günthers entgeht; da sind schon die Russen zur Stelle und binden den beiden musizierenden Politikern die Hände auf den Rücken. Jedenfalls besitzt man nun zwei Geiseln für alle Eventualitäten. Die Mädchen applaudieren und werfen sich, topless oder gehalten, den Siegern an den Hals. Auch Dr. Retard eilt hinzu, um zu demonstrieren, daß er ja kein dogmatischer Rationalist sei, sondern für die freie Liebe empfänglich, wie sie Rousseau empfohlen und Lilja Brik praktiziert hatte.)*

LILJA *(das ist die mit den verschränkten Händen in Andeutung eines Keuschheitsgürtels, zu Retard)*: Mein Dickerchen, wir beide werden die Menschheit aus ihrer selbstverschuldeten Unmündigkeit befreien.

LOTHAR: Ich verlange parlamentarische Immunität!

GÜNTHER: Das ganze Deutschland muß wieder eins werden im Glauben an seine parlamentarischen Volksvertreter!

AMOS: Volksverräter!

FRANZ XAVER STANNEBEIN: Nach dem Tode des Grafen Zeppelin fühle ich mich als sein einziger legitimer Vertreter.

DR. RETARD *(greift sich an den Kopf)*: Gespenster!

OLE KNUT BERLINGUER *(an der Seite der Intendantin Vera)*: Diles que se vayan a toda galleta, che. *(Beide versinken in einem Kuß.)*

DR. RETARD: Der Patient verweigert sein Versinken in einem alexandrinischen Endzeitgefühl.

HELENE: Mit deinen Fremdwörtern verwirrst du die Kinder.

DR. RETARD: Ich habe deine Akte gelesen, mir machst du nichts vor.

HELENE: Ich habe nur deine Schickse denunziert.

DR. RETARD: Welche?

LOTHAR: Ich liebe euch doch alle.

BERLINGUER *(zu Vera)*: Entschuldige, meine Liebe, womöglich noch immer die afrikanische Schlafkrankheit, Trypanasome gambiense. Die Liebe kann ich bestenfalls mimen.

DR. RETARD *(zu Berlinguer)*: Du erinnerst dich an Issy?

BERLINGUER: Issy hab ich auf dem schwarzen Markt verkauft. Und es war ein gutes Werk, schwanger wie sie war, hat sie sich retten können.

*(Auf dem Videoschirm erscheint Issy. Sie liegt Arm in Arm mit dem polnischen Gärtner in einem blühenden Apfelbaum. Retard tut so, als sähe er nichts.)*

DR. RETARD: Demnach wäre Amos nicht mein Sohn?

BERLINGUER *(amüsiert)*: Sondern?

DR. RETARD: Dein Sohn.

BERLINGUER: Demnach also unser Sohn. Ein gemeinsames Generationsprodukt.

PONTUS DE TYARD: Setzen die Herren ihre Maßstäbe nicht etwas tief an?

*(Auf dem Videoschirm erscheint das Wort* PAUSE.*)*

PIET HAGEN: Wohin mit den Gefangenen?

AMOS: In meines Vaters Palast sind viele Kammern.

*(Mit einmal ist der Palast belebt wie eh und je.)*

DR. RETARD: Unsere Existenz ist wie eine Zeitmaschine. Zurück in den November!

EINZELNE STIMMEN: November 85! November 88!

DR. RETARD: November 89.

*(Matthäus Teutsch niest in sein Sevillaner Tüchlein.)*

MARX & ENGELS: Abreißen! Abreißen! Wir wollen endlich nach Hause.

KÖNIG FRIEDRICH WILHELM: Mein Schloß her und nischt anderes!

KISHOGO WONDERLAND TOKIO: Machen alles wie früher! Machen alles neu, machen Palast wie Schloß!

*(Die Gefangenen werden schließlich in den kleinen Saal gebracht. Hier übt gerade das Gitarren-Duo Rumstig/Richter El* AMOR BRUJO *von Manuel de Falla.)*

MATTH. TEUTSCH: Spielen Sie doch lieber SONGES ET MENSONGES DU GÉNÉRAL FRANCO ...

DR. RETARD: Eine schöne Nachtmusik. *(Zu Matth. Teutsch)* Sind gute Freunde von mir, zwei gelernte Spanier aus der Schorfheide.

MATTH. TEUTSCH *(niest noch einmal in sein Sevillaner Tüchlein)*: Ich riskiere mein Leben.

DR. RETARD: Denn wer war schon asbestimmun vor vierhundert Jahren.

RUMSTIG/RICHTER: Die Stunde der Gitarre ist heute den Toten von Gernika gewidmet. Gora Euskadi!

*(Die Gitarristin schiebt einen Schemel unter ihren linken Fuß, nimmt das Instrument wie ein Kind in den Arm und nickt ihrem Partner zu.)*

RUMSTIG/RICHTER: Ras dwa, ras dwa ...
HYAZINTHE: I always wanted to waltz in Berlin ...
DR. RETARD: Il faut-être absolument moderne ... Aber wie?
*(Malinowski und Korolenko wetten, wer als erster mit einem Revolverschuß eine der hunderttausend Kugellampen in der Halle trifft. Zwei Schüsse und splitterndes Glas.)*
DR. RETARD: Als wären dies die Schüsse der Aurora ...
MATTH. TEUTSCH: Aber nun sind wir endlich auf der Gegenwartsebene.
*(Dr. Retard fährt einige Male mit der Rolltreppe auf und ab, als möchte er der Beschwörung der Geister ebenso entkommen wie der hereinbrechenden Gegenwart. Amos und die anderen haben die Kellerräume des Palastes inspiziert, auf der Suche nach vergessenen Vorräten. Im Küchentrakt findet sich ein Kasten Radeberger und ein Topf Gänseschmalz. Dazu ein steinhartes Mecklenburger Landbrot. Mehrere Kartons Kuko-Reis. Sechs Dosen Schmalzfleisch. Eine Packung Sonja-Kaffeefilter sowie ungezählte Rollen Toilettenpapier aus Merseburg. Die Tanzmädchen werfen sich die Büchsen zu. Im Vorbeigehen öffnet Dr. Retard eine Tür, und mit einem Aufschrei hebt er den Stock ins Licht der Taschenlampe, die Piet Hagen hält. Eine Sturzflut broschierter und gebundener, in Pappe und Leinen gefaßter Bücher schlägt ihm entgegen, reißt ihn zu Boden und begräbt ihn im Nu. Alle eilen herbei, Hagen visiert mit der Taschenlampe den Stockknauf an, der herausragt wie der Docht einer erloschenen Kerze. Mit Hilfe der anderen befreit sich Dr. Retard rudernd und nach Luft schnappend vom bibliothekarischen Nachlaß des Palastes. Seine Brille suchend und auf seine blutende Nase nicht achtend, will er auf der Stelle das Material sichten.)*
DR. RETARD *(liest)*: Streng vertraulich! Interessieren Sie sich für Lyrik? Erstens, Ja, sehr stark. Zweitens, Ja, aber nicht sehr. Drittens: Nein. Bitte kreuzen Sie die von Ihnen gewählten ... Nur die Augen des Computers werden Ihre Ankreuzungen zu sehen bekommen.

Nicht Ihr Name, sondern Ihre Meinung zählt. Indiskretionen sind ausgeschlossen, denn Computer reden nicht.

PIET HAGEN *(mit verlegenem Gesicht, als sei er der Urheber dieses Textes)*: Unten gibt es was zu essen.

*(Die Mädchen, nun in Jeans und Pullis, langen Hemden und Kleidern, haben sich auf der Treppe der Eingangshalle verteilt. Amos und die anderen geben Schmalzfleisch und Radeberger aus.)*

*(Gegen Mitternacht ist Amos verschwunden. Weder Dr. Retard noch Matth. Teutsch wissen, wo er ist. Beide Herren sind zu sehr mit den Damen vom Ballett beschäftigt. Die Mädchen halten sie zunächst für Vertreter von Kohle & Stahl, Bier & Bank oder zumindest für Manager der treuen Hand. Doch als Matth. Teutsch verrät, daß er beschnitten sei und Dr. Retard sich mehr für die Bücher des Palastes zu interessieren beginnt, fahren die Mädchen mit der Rolltreppe in die erste Etage und machen sich dort lustig über die Bilder von Ronald Paris.)*

RONALD PARIS: Unser die Welt – trotz alledem. Es kann nicht die Folge des Endes der DDR sein, daß auch die Wirkungsmöglichkeiten dieser Bilder verlorengehen.

*(Eines der Mädchen, Lilja oder Rosa, holt eine Minox aus dem Handtäschchen, und ein anderes Mädchen stellt sich vor das Gemälde* DIE BEFREIUNG DER ARBEITERKLASSE, *hebt den Minirock, daß man die Strapse sehen kann, und läßt sich fotografieren.)*

RONALD PARIS: Eine Mahnung ist auch das, was nicht gemalt ist, was hinter dem Bild steckt.

*(Die Mädchen suchen andere Bilder. Lilja läßt sich überreden, vor dem Gemälde* BITTERFELDER CHEMIEWERKER BEIM BESUCH IN DER SAUNA *einen Striptease zu machen. Es entstehen eine Reihe wirkungsvoller Fotos.)*

*(Szenenwechsel. Eine Straße im Prenzlauer Berg. Vermummte Autonome liefern sich eine Steinschlacht gegen Rapper. Türki-*

*sche Fights und Alis sehen zu, ohne einzugreifen. Hooligans mit und ohne Hosenträger beteiligen sich. Im zuckenden, schwelenden Licht der Molotowcocktails leuchten die weißen und die roten Schnürsenkel an den Stiefeln auf. Teure Turnschuhe kommen ins Bild. Die Polizei orientiert sich mit Hilfe ihrer Taschenlampen, die sie am Boden kreisen läßt. Die Kofferheulen (Ghetto Bluster) signalisieren auf ihre Art die unterschiedlichen Positionen. Hier* DIE SKEPTIKER *oder* 1000 TONNEN OBST. *Da* THE EXPLOITED. *Ein Einzelkämpfer spielt* STREETFIGHTING MAN (STONES), *so daß wir hinter dem hoch gebundenen Palästinensertuch Amos' Gesicht vermuten. Die Straße ist aufgerissen von den Gräben der Baufirma Faulwetter & Co. Die Polizei stolpert in die Löcher und spannt Drahtverhaue. Nicht minder gefährlich zeigt sich das Bild aus der Luft. Die Hausbesetzer haben sich bis zum Dach durchgekämpft, der anheimelnden Kulisse zwischen Dom und Synagoge nicht achtend, blicklos für den Sternenhimmel, in den sich auch zur mitternächtlichen Stunde die Fluggesellschaften* LUFTHANSA, BRITISH AIRWAYS, BERLIN AIR *und* AIR FRANCE *teilen. Am Horizont die einsame* AEROFLOT *Maschine, die vermutlich die Bombe im Koffer eines Diplomaten nach Bonn bringt, wo ein gekaufter Hubschrauberpilot darauf wartet, sie in Empfang zu nehmen. Die Hausbesetzer werfen ihre Molotowcocktails in den Straßenschacht.)*

STIMMEN: Besatzer raus!

*(Die auf dem Pflaster oder in den Baugruben zerschellenden Flaschen, wenn sie die Dächer der Autos oder die Helme der Polizei verfehlen, entzünden ein schönes, vom bläulichen Gasen verziertes Feuerchen, so daß die aus Heidelberg (Ohio) oder Paris (Texas) angereisten Jungtouristen zu grölen anfangen:* BURN BABY BURN! *Potentielle Hausbesetzer aus Heidelberg (BRD) und Berlin (West) applaudieren und bieten Wetten an. Schließlich haperts bei den einheimischen Jungs hier an der Logistik. Immer mehr Feuer fällt vom Himmel und irritiert vor allem die Schäfer- und Rottweilerhunde der Polizei. Erstere haben bessere*

*Nerven, falls sie einmal Mauerhunde gewesen sind und auch nach der Wende gut im Futter stehen. Die anderen gehen auf die Hinterbeine und müssen an kurzer Leine gehalten werden.)*

HUNDE: Grr-wuff! Grr-wuff!

FEUER: Prassel-prassel-zisch!

*(Aus den unteren Stockwerken zur Straße werfen Kinder ihre Comichefte ins Feuer.)*

POLIZEI *(legt an)*: Gssss-wumm! Gssss-wumm!

*(Eine Mandelsüße liegt in der nächtlichen Luft. Ein Polizist telefoniert mit dem Senat: Wo bleiben die Wasserwerfer? Antwort: Die Fahrer der Wasserwerfer sind auf dem Feuerwehrball. Das Gas zieht in Schwaden zu den ersten Stockwerken und macht die Kinder müde. Da belebt sich die Szene mit jungen Müttern, die ihre neuen Stirnbänder von Flops & Chops, Bonnie & Clyde in die Stirn gezogen haben. Beifall von allen, ausgenommen von der Polizei und den Hunden, für das Auftauchen der nichtvermummten jungen Frauen.)*

ULRIKE *(sprayt einen Spruch an die Hauswand)*: ARBEIT IST VERRAT AM PROLETARIAT.

NADJA *(nimmt ihr die Spraydose aus der Hand und schreibt an die Wand)*: KINDER STERBEN UND IHR SCHWEIGT, SCHEIBEN KLIRREN UND IHR SCHREIT.

*(Ulrike erkennt Amos, eilt zu ihm und umarmt ihn. Dieser, in einem solidarischen Duett mit einem Kurdistantürken, schüttelt sie ab.)*

TÜRKE: BEI JEDER SAUEREI IST DEUTSCHLAND MIT DABEI.

AMOS: DEUTSCHE WAFFEN, DEUTSCHES GELD MORDEN MIT IN ALLER WELT.

*(Dann erkennt er Ulrike, umarmt sie. Ulrike ist Japanologin, mit Ninja ziemlich vertraut. Sie riecht nach kaltem Wasser und Grasöl und ist eigentlich die Freundin von Amos' Halbbruder Micha. Mit Ulrike an seiner Seite, in seinem Rücken, neben und vor ihm, ist Amos der Held der Straße. Das heißt, er ist*

*nicht zu fassen und nicht zu treffen. Ulrike übersetzt die Losungen des Tages rasch ins Japanische, um die Bullen noch mehr zu verwirren. Amos versteht es als anfeuernde Rufe einer Ninja-Kämpferin. Dabei ist Ulrike in diesem Fach noch eine Anfängerin. Das Fernsehen taucht auf und überträgt die Szene live.)*

*(Wieder im Palast der Republik. Matth. Teutsch führt Dr. Retard zu einem laufenden Fernseher und zeigt auf Amos und Ulrike.)*

MATTH. TEUTSCH: Schauen Sie ... Es sieht aus wie die Stunde der Wahrheit für Amos.

DR. RETARD: Amos? Ich kann mich in diesem historischen Augenblicken nicht mit seiner Zukunft beschäftigen.

*(In einer Kampfpause gegen zwei Uhr morgens ziehen sich Amos und Ulrike in eine leere Wohnung zurück. Im Zimmer steht als einziges Möbelstück ein Sofa mit hohem Nackenpolster. Das Sofa hatte um 1913 dem Dienstmädchen Stine Maschke gehört, im Haus nebenan, und auf diesem war es von ihrem Dienstherrn defloriert worden. Ulrike gibt sich freiwillig. Amos, würde es später in den Songs vom Straßenkampf heißen, benahm sich auch hier wie ein Profi. Eingeblendete Schwarzweißfotos vom Dienstmädchen Maschke in dem Augenblick, da der Dienstherr sie besteigt. Dann ein Comic im Stil von Enke Bilal, wie Amos und Ulrike in einer Kampfpause vögeln. Auch von Ulrike würde es später heißen (im Lied), daß sie ein Profi in allen Lebenskünsten war, worunter man nach der Befreiung u. a. das Vögeln, das Kochen und das Reden mit Ausländern in ihrer Sprache zählen würde.)*

ULRIKE: So schön wie mit dir war es noch nie.

AMOS: Stay rude! *(nach einer Pause)* Mit dir auch.

*(Als sie wieder auf der Straße sind, sehen sie, daß sich nicht viel verändert hat. Die Fronten sind noch die gleichen. Hier das kleine Scharmützel zwischen Autonomen und Skins; da die*

*Polizei gegen beide Gruppen. Auf der anderen Straßenseite die Zuschauer, die gewettet haben. Mit einmal fährt ein kugelsicherer Daimler auf.)*

DIE HERREN IM DAIMLER *(auf die Frage des Fernsehreporters)*: No comment.

*(Keiner hat so recht das Auftauchen von Felix Edmundowitsch an der Seite von Wladimir Iljitsch bemerkt. Letzterer überragt alle anderen an Haupteslänge, obschon er seinen Kopf in Höhe der Brust in der Hand trägt. Vergeblich bemüht er sich, die durchgesägten Elemente seiner Figur in eine biologisch richtige Reihenfolge zu bringen, mal kleiner, mal größer werdend, wenn er beinlos auf dem Gesäß hockt oder sich irrtümlich den Teil mit der Weste wie eine Fußbank unter die Stiefel schiebt.)*

FELIX EDMUNDOWITSCH: Genosse Wladimir Iljitsch, was sehen Sie?

WLADIMIR ILJITSCH: Linke Chaoten und Randalierer. Der Linksradikalismus als die bekannte Kinderkrankheit.

FELIX EDMUNDOWITSCH: Kronstadt März 1921. Hier müßten wir die Kräfte der standhaftesten und der kampferprobten Genossen konzentrieren.

WLADIMIR ILJITSCH: Wo aber sind sie? Ich sehe Arbeitslose, aber keine Proleten.

FELIX EDMUNDOWITSCH: Die stehen an. Vor der Suppenküche.

*(Einige Skins, diesmal unterstützt von den Autonomen, versuchen die schlangestehenden Arbeitslosen vor der Suppenküche zu politisieren.)*

ARBEITSLOSER: Haut ab, Dreckskerle! Wascht euch lieber. Anstatt Scheiben einzuschmeißen.

AMOS: Arbeit für euch.

ARBEITSLOSER: Ohne uns heißt die Parole.

*(Die Polizei verteilt Gratisscheine zum Bezug von Milchschokolade an die Arbeitslosen.)*

FELIX EDMUNDOWITSCH: Die alte Taktik. Wenn nicht mit dem Knüppel, dann mit dem Rubel erschlagen.

Wladimir Iljitsch: Der letzte Rubelkurs macht mir Kopfschmerzen oder Bauchschmerzen. Ich weiß nicht, wo mir der Kopf steht.

*(Er ruht sich auf seinem Gesäß aus, den Kopf unterm Arm.)*

Piet Hagen: Hier ist nichts mehr zu holen, Genosse Felix Edmundowitsch. Von der Sicherheit zur Sauberkeit. Nehmen Sie ein Stück? *(Er hält ihm ein Stück gelber Seife der* LIME HILL CORPORATION *unter den Schnurrbart.)*

Piet Hagen: Damit es wieder heißen kann: Sauber bleiben!

Felix Edmundowitsch: Tagesbefehl an alle Tschekisten! Ich lasse Sie alle rückwirkend erschießen, alle Dienstgrade! Wegen Feigheit vorm Feind am 4. November 1989.

Piet Hagen: Ich schenk Ihnen die Seife. Aber so gut ist sie auch nicht, daß wir damit das Blut wegwaschen könnten, das unser Eingreifen verursacht haben würde. Man muß sich ducken wie das Gras. Noch ist nicht aller Tage Abend.

Wladimir Iljitsch: Der Morgen graut. Ich muß in meine Wälder.

Felix Edmundowitsch: Ich sterbe erst um 16 Uhr 40. Vorher wird durchgegriffen!

*(Felix E. geht auf den nächsten Polizeiwagen zu. Er unterhält sich lange mit den Beamten. Dann werden ein paar Fahrzeuge abgezogen, die wenig später am anderen Ende der Straße erscheinen. Mit einmal wird zum Sturmangriff geblasen. Von zwei Seiten rollen die vergitterten Fahrzeuge heran, Wasserwerfer im Einsatz, Platzpatronen bis hoch an die Dächer. Grabenkämpfe in den Baugruben der Firma Faulwetter & Co. Schlagartig ist Ruhe. Vom nahen Friedrichshain Vogelgezwitscher.)*

Piet Hagen: Na bitte, es geht doch.

*(Szenenwechsel: Palast der Republik)*

MATTH. TEUTSCH *(hat sich aus dem Bücherberg die Bibel herausgezogen)*: Wer gibt mir einen Verhörer, daß meine Begierde der Allmächtige erhöre, daß jemand ein Buch schreibe von meiner Sache?

DR. RETARD: Hiob 31, 35.

HIOB *(während er eine Gewinnmarke des Versandhauses* DIE DREI MOHREN *auf eine Postkarte klebt)*: Die Rede thut mir nicht genug; ich will ihm nicht so nach eurer Rede antworten.

MAJOR KOROLENKO: Nun, Genosse Hiob, wie steht unsere Sache?

HIOB: Über ganz Moskau zieht blauer Himmel auf.

OBERST MALINOWSKI: Hier in Berlin alles grau heute. Wo ist der Außenminister?

MATTH. TEUTSCH: Zur Stelle!

OBERST MALINOWSKI: Noch keine Reaktion aus Bonn?

MATTH. TEUTSCH: Noch steht nichts in den Morgenzeitungen.

*(Aus einem Transistorradio, das Retard gefunden hat, bläst der Trompeter Güttler auf DS-Kultur das Reveille: Klassich – Aufstehn!)*

DR. RETARD: Möglich, daß sie es schon in den Nachrichten haben.

OBERST MALINOWSKI: Gawarit Maskwa!

SPRECHER: In Moskau mehren sich die Gerüchte über einen bevorstehenden Putsch …

DR. RETARD: Es lebe die deutsch-sowjetische Freundschaft.

*(Schweres Gerät fährt durch die Straßen der erwachenden Hauptstadt. Baufahrzeuge, Räumfahrzeuge, Greifbagger. Kräne bewegen Riesenarme in den preußischen Augusthimmel. Abrißbirnen schweben gleich fernen Fesselballons über den Dächern der Stadt. Die Hausbesetzer in Nähe des Scheunenviertels mißtrauen der trügerischen Ruhe. Die Sirenen der*

*Krankenwagen mischen sich ins Pfeifen der Wasserkessel in den Wohnungen der friedlichen Bürger in unserer Stadt. Da wird heftig an den Türen des Palastes gerüttelt. Marx & Engels erheben sich abwechselnd, um herauszufinden, was das nun wieder zu bedeuten hat. Ein Trupp Spartakisten mit roter Fahne verlangt Einlaß. Genosse Retard bietet sich an, mit ihnen eine Lagebesprechung durchzuführen. Die Spartakisten sind arbeitslose Schauspieler, die hier in Ruhe ein Stück über die Gründung des Spartakus-Bundes proben wollen. Retard schickt sie in den kleinen Theatersaal im oberen Stockwerk, wo die Minister Lothar und Günther, locker an die Heizungsrohre gefesselt, auf der Seite liegen und den Schlaf der Gerechten schlafen. Man weckt sie mit mehr oder weniger ernst gemeinten Fußtritten und verspricht ihnen Statistenrollen.)*

MAJOR KOROLENKO: Um elf Uhr, Genosse Retard, ist Regierungssitzung.

DR. RETARD: Wer wird Ministerpräsident?

MAJOR KOROLENKO: Sie, mein Lieber.

DR. RETARD: Ich bin auf alles gefaßt.

MATTH. TEUTSCH: Das Außenministerium leistet Ihnen volle Unterstützung.

HIOB. Das Innenministerium desgleichen.

PIET HAGEN: Doch muß jedes Sicherheitsrisiko von vornherein ausgeschaltet werden.

*(Gewaltig flutet Sonnenlicht durch die matten Scheiben. Von ferne winken die Engel auf der Brücke. Wieder öffnen sich die Türen des Palastes, und neue Abordnungen, in der Nacht herbeigerufen, eilen über die Freitreppe. Es sind einige Blumenverkäuferinnen darunter, die Dr. Retard zu seiner Wahl beglückwünschen wollen.)*

MATTH. TEUTSCH: Wenn noch die Tiere der Stadt kämen, paarweise, gliche dies der Arche Noah.

*(Und wieder öffnen sich die großen Türen, und immer mehr Menschen strömen in den Palast, Menschen aus allen Schichten der Bevölkerung, Delegierte und Abgeordnete, die studen-*

*tische und die Arbeiterjugend, Zeitungsredakteure und andere Blattmacher, denen Retard die Büroräume im ersten Stock anweist, ihre Zeitung dort ungestört zu redigieren. Schließlich sieht man einige der bekannten Dichter und Denker des Neufünflandes, die wie früher zum Kongreß eilen und sich hier an die Seite der Delegierten im Saal der Volkskammer setzen. Retard läßt ein Video mit Memphis Slim am Klavier projektieren, auch wenn einige Mißfallenskundgebungen aufkommen. Dann beruhigen sich die Ruhestörer, als sie erkennen, daß der grauhaarige Neger kein Heino ist, sondern im Palast der Republik auftritt und sich vor den Kandidaten des Politbüros und dem Vorsitzenden der Freien Deutschen Jugend verbeugte. Und mit einmal öffnen sich auch die Türen des Restaurants und auf gedeckten Tischen stehen Kannen mit* MONA *Kaffee, Moskauer und Mecklenburger Brot, Spreewälder Gurken, Senf aus Bautzen, Radeberger Bier und Würstchen aus Halberstadt. Piet Hagen macht an der Tür den Ordner und verteilt Talons, die zum kostenlosen Verzehr einladen. Dr. Retard fährt einmal mehr auf der Rolltreppe auf und ab, um alles im Blick zu haben. Die Besetzung des Palastes der Republik scheint nahezu gelungen. Frisch gedruckte Plakate werden angeschlagen, die im Anschluß an die Regierungserklärung von Dr. Alexander Retard einen Auftritt des Sängers Udo Lindenberg versprechen.)*

HYAZINTHE: Ist das der Sonderzug nach Pankow?

DR. RETARD: Du hier?

HYAZINTHE: Im Auftrag meines Senders.

*(Die russischen Genossen, Oberst Malinowski und Major Korolenko, halten ein Transistorradio zwischen ihre Gesichter. Die Dichter und Denker geben sich schweigsam, verteilen aber unter der Hand abgelichtete Auszüge ihrer jüngsten Erklärungen.)*

JEAN-JAQUES CRONEGK: Der DDR-Realität beizukommen ist ein schwieriges Unterfangen, das eine lange Zeit erfordern wird. Der Hetze gegen die bekannten

Autoren der DDR liegt der Wunsch zugrunde, diesen vergangenen Staat insgesamt als ein Nichts im Abgrund der Zeit verschwinden zu lassen …

HIOB: Hat jemand an einen Kulturminister gedacht?

OBERST MALINOWSKI: Genosse Cronegk!

*(Inzwischen sind weitere Abordnungen des Schriftstellerverbandes, des PEN-Clubs und des Verbandes der Kulturschaffenden sowie des Kulturbundes eingetroffen. Etliche bekannte Verleger mischen sich erwartungsvoll unter ihre Autoren. Die Damen Rosa, Lilja undsofort tragen im Handumdrehen dazu bei, die allgemeine Stimmung zu heben – falls diese nicht überhaupt schon einen Höhepunkt erreicht hat. Denn welcher Planung verdanken sich die Vorräte, die sie aus Kartons und Schachteln auspacken und auf die Tische in den Wandelgängen verteilen? Schneller als sie ihre Schätze aufbauen können, sind diese gekauft und vergriffen, Produkte von* FLORENA, *Packungen mit* SPEE-*Waschpulver, Konserven mit* FRAGUS *Junge Brechbohnen, mit* SONJA-*Kaffeefilter,* INSTANT-*Hafermehl,* KI-NA-*Fertigbrei, Tempobohnen, Merseburger Toilettenpapier und* IMUNA-*Tampons, letztere vorübergehend in einer Behelfspackung. Vergriffen auch und in aller Hände die Winkelemente, Fähnchen am Holzstil und rote Pionierhalstücher. Jetzt betritt Dr. Retard, flankiert von Hiob, Hagen, Matth. Teutsch, Malinowski und Korolenko das Podium, den Stock unter den Tisch verstauend und das Mikro zu sich heranziehend.)*

DR. RETARD: Liebe Freunde und Genossen, die lang ersehnte Stunde ist gekommen … *(lang anhaltende, stehend dargebrachte Ovation).*

DR. RETARD: Wir erheben uns von unseren Plätzen in diesem feierlichen Augenblick, da wir von dieser Stelle aus die neue Republik ausrufen, die DEMOKRATISCHE REPUBLIK DEUTSCHLAND! *(Jubel und Beifall)*

STIMMEN: Besatzer raus!

KINDERCHOR: Denn nicht über und nicht unter andern Völkern wolln wir sein …

STIMMEN: Friede dem Palast, Krieg den Banken!

DR. RETARD: In diesem Augenblick wird die provisorische Hauptstadt Bonn *(Pfuirufe)* von der geballten Ladung unserer Petition überflogen.

*(Korolenko oder Hagen entzieht ihm das Mikro, Matth. Teutsch reibt sich die Augen, als erwache er aus einem Traum.)*

MATTH. TEUTSCH: Dióle una calentura, saltóle a modorra y perdió el juicio. Dice que él es Guzmán de Alfarache. Con la locura se arrajó a la mar, quedando ahogado en ella.

PIET HAGEN: Der Beschluß des Zentralkommitees ist selbstverständlich streng vertraulich.

*(Beifall. Major Korolenko hält unentwegt das Transistorradio ans Ohr. Zwei Frauen ergänzen nun die Männerrunde auf dem Podium.)*

HIOB: Zu unserer Freude begrüße ich nun in unseren Reihen Frau Hyazinthe Müller und Frau Anne Berlinguer. Und damit kommen wir zur Bildung der notwendigen Arbeitsgruppen an diesem Vormittag. Frau Müller übernimmt das Ressort Medien. Frau Berlinguer das Ressort Jugend und Kindergärten. *(Stürmischer, langanhaltender Beifall)*

DR. RETARD: Des weiteren verkünde ich, Genosse Hiob übernimmt das Ressort Rückführung enteigneter Betriebe in Volkeshand beziehungsweise Umwandlung des Vermögens der treuen Hand *(Pfiffe)* in echtes Volksvermögen. *(Beifall)* Genosse Hagen übernimmt zunächst die Bildung eines schlagkräftigen Saalschutzes und die Aufstellung einer starken Palastwache.

*(Jemand steckt Dr. Retard einen Zettel zu.)*

DR. RETARD: Und hier eine interessante Meldung: Die gestern Nacht als Geiseln genommenen Bundestagsabgeordneten Günther und Lothar *(starke Buh-Rufe)* schließen sich vollinhaltlich der soeben konstituierten Regierung der Demokratischen Republik Deutschland an. *(Beifall und Gelächter)*

*(Die Genannten erscheinen im Saal, sich die Handgelenke reibend. Sie nehmen am Tisch Platz. Lothar leert eine Flasche Margonwasser auf einen Zug und läßt sich das Mikro geben.)*

LOTHAR: Ich empfinde Genugtuung, auf meinen alten Platz zurückzukehren und meinem Volk zu dienen. *(Spärlicher Beifall)*

MATTH. TEUTSCH: Was sagen die Vertreter der Blockparteien?

*(Die Vertreter der Blockparteien, falls sie anwesend sind, enthalten sich ihrer Meinung. Die beiden neuen Herren am Tisch suchen in den Taschen ihrer Jacketts nach der gestern abgenommenen Krawatte, die sie sich vor aller Augen binden.)*

PIET HAGEN *(kritzelt etwas auf einen Zettel, den er Dr. Retard reicht)*: Unsere wissenschaftliche Weltanschauung sollte nicht mit der Dummheit dieser Herren paktieren.

DR. RETARD *(kritzelt zurück)*: Wissenschaft braucht eine Toleranzbreite.

*(Die Arbeitsgruppen, koordiniert von Dr. Kerb – der seinerseits gekommen war, die evaluierte Akademie der Wissenschaften zu vertreten – nehmen ihre Arbeit auf. Pünktlich um dreizehn Uhr suchen Delegierte und Regierungsmitglieder das Restaurant auf. Abermals entsteht Bewegung an den Türen des Palastes. Doch inzwischen ist die Palastwache auf Posten. Woher hatte Hagen die Karabiner, Pistolen und Gewehre, die er an seine Leute verteilt hat? Gab es unentdeckte Waffenlager in den Kellern des Palastes? Eintritt verlangen die Arbeitslosen und Penner von der Suppenküche in Pankow. Sie haben sich zu Fuß oder Auto auf den Weg gemacht, auf eine vage Nachricht von RIAS Berlin, im Palast der Republik habe sich eine Arbeitslosen-Regierung konstituiert. Vom Berliner Norden zum Marx-Engels-Platz. Kranke und Fußlahme werden gestützt und getragen. Matth. Teutsch erkennt den Mann wieder, mit dem er*

*vor wenigen Wochen in der Armenküche der Franziskaner gesprochen hat. Der Mann achtet nicht auf seine Begrüßung und stürmt an der Palastwache als erster vorbei, in die Halle.)*

MANN: Gebt uns Brot! Gebt uns Arbeit, unsere alte Arbeit! Und: Gebt uns Parkplätze!

DR. RETARD: An alle! Das Recht auf Arbeit wird garantiert. Die Brotpreise bleiben stabil. Der Antrag auf Parkplätze wird abgelehnt.

*(Die Arbeitslosen in ladenneuen Hemden und Hosen stürmen die Freitreppe, indes ihre kranken Kameraden sich auf die nächstbeste Stufe setzen und die Hand aufhalten. Die Masse stürmt das Restaurant. Stürzt an die gedeckten Tische. Die Delegierten, Messer und Gabel schon in der Hand, setzen sich zur Wehr. Hier und da kommt es zu einem Handgemenge. Hagen läßt zweimal an die Decke schießen. Asbestverseuchter Kalk rieselt auf die Suppenteller. Die Teller werden abgetragen.)*

MANN: Alle mal herhören! Wir sind gekommen, weil wir gegen diese Regierung sind. *(Beifall, bis sich das Mißverständnis aufklärt: Gemeint ist die Regierung der Demokratischen Deutschen Republik.)*

MANN: Jedenfalls wollen wir euch nicht. Wir wollen nicht verlieren, was wir jetzt haben. *(Gelächter der Anwesenden, einige bewerfen den Mann mit altbackenen Brötchen.)*

HIOB: Was habt ihr denn, ja?

MANN: Kann ich dir sagen, Kumpel. Ich Gebrauchtwagen auf Raten. Und hier, zeig ich dir. Jede Menge Reisen. Nach Paris. Und in Marokko war ich vorige Woche. Busreise, alles firrst Classe. Kannst die Fotos sehen.

HIOB *(gegen seinen Willen interessiert)*: Etwa mit SCHÖNER REISEN FÜR SENIOREN?

*(Beide Männer halten die Köpfe zusammen und betrachten Fotos und bunte Postkarten. Hiob läßt sich einen Reiseprospekt geben, den er dankend in die Brusttasche seines CAMEL-Hem-*

*des steckt. Matth. Teutsch und Dr. Retard wechseln Blicke. Den anderen Arbeitslosen ist es gelungen, den zweiten Gang an sich zu reißen.)*

STIMMEN: Schmeißt sie raus, Lumpenproletariat! Gesindel! Fünfte Kolonne des Kapitals!

*(Abermals kommt es zum Handgemenge. Hagens Posten greifen ein und mit gekonnten Griffen tragen sie die Eindringlinge Mann für Mann zum Treppenabsatz und kippen sie die Stufen herunter. Ein Schuß löst sich aus einer Pistole, die Kugel löchert das Gemälde von Ronald Paris* (DIE BEFREITE ARBEITERKLASSE). *Als alle endlich draußen sind, wo man sie fluchend, drohend und humpelnd eine Weile durch die großen Fenster des Palastes sehen kann, werden die Türen von innen verriegelt.)*

*(Auch am späten Nachmittag ist noch nichts aus Bonn zu vernehmen. Dr. Retard fragt Major Korolenko, ob die Bombe am Ende nicht vielleicht und versehentlich nach Pakistan oder an den Iran verkauft worden ist. Korolenko geht darauf nicht ein. Da meldet Hyazinthe eine Direktschaltung mit ihrem Sender an, um live aus dem Palast zu berichten. Sie bittet, die Techniker ins Haus zu lassen und sich für ein Gespräch in lockerer Runde (die Sendung heißt* Talk in den Tag*) bereitzuhalten. Helle kontrastreiche Kleidung wird empfohlen. Getränke gehen auf Kosten der Fernsehanstalt. Vom Rauchen bitte man während der Gespräche abzusehen. Hagen wittert eine Falle und läßt die Techniker, als sie wenig später anrollen, nach Waffen untersuchen.)*

HYAZINTHE *(rote Bluse, Katzengesicht)*: Herr Dr. Retard, zunächst einmal beglückwünsche ich Sie zu Ihrer Wahl als … als *(sie schaut auf ihren Zettel)* als Ministerpräsident.

DR. RETARD: Staatsratsvorsitzender wäre besser …

HYAZINTHE: Staatsratsvorsitzender? Ah ja, aber gab es das nicht schon einmal?

Dr. Retard: Was gab es nicht schon einmal.

Hyazinthe: Also beglückwünsche ich Sie. Und frage weiter: Können wir uns alle über die Gründung einer Demokratischen Republik Deutschland freuen?

Dr. Retard: Was wir verlangen, ist Rückkehr in den November 1989. Gründung einer Konföderation ...

Hagen: Niemand denkt daran, eine Mauer zu bauen.

Günther: Bedenken Sie die Proteste unserer Bürger hier, die ihre neuen Verkehrsmöglichkeiten, rein autotechnisch gesehen, nutzen möchten. Wer will schon gegen eine Mauer fahren.

Dr. Kerb: Vergessen Sie nicht, die Mauer ist das Kapital.

Lothar: Zu erwägen ist eine schnelle Währungsreform. Da würde sich das Kapital im Land über Nacht verdoppeln.

Hyazinthe: Das leuchtet mir ein. Aber ...

Lothar: Was wir verlangen, und ich will Herrn Dr. Retard ja nicht vorgreifen, ist, daß die Herren in Bonn zunächst einmal das Kleingedruckte im Einigungsvertrag lesen sollten.

Hagen: Anderenfalls lesen wir es ihnen vor, was!

*(In der Nähe, aber nicht im Bild, stehen Korolenko und Malinowski mit ihrem Transistorradio. Mit einmal die Schläge der Moskauer Spaski-Turmuhr. Sie schlägt elfmal.)*

Dr. Retard: Der Geschichte ins Auge sehen, das kann doch nur bedeuten, das Ende der Politik zu wollen und den Anfang einer wahren Befreiung des Menschen. In Berlin werden wir es damit schwer haben, im Grunde müßten wir mindestens zurückgehen bis in den November 18.

Die Spartakisten *(im Hintergrund)*: Spartakus! Spartakus!

Matth. Teutsch: Die Geschichte läßt sich allenfalls wiederholen, aber nicht zurückdrehen.

*(Die beiden Russen suchen vergebens die neuesten Nachrichten und schalten auf den Wellenlängen ihres Radio hin und her. Mit einmal breitet sich Beethovens Neunte im Palast aus. Die Moderatorin hält sich die Ohren zu und schickt verzweifelte Blicke in Richtung Technik. Der eben noch zum Postminister ernannte Lothar erhebt sich und verläßt in panischer Flucht die heitere Fernsehrunde. Denn: welche Wende droht nun?)*

BEETHOVEN: Dada-da-da-dada-da-da …

HYAZINTHE: Wir unterbrechen für einen Augenblick die Direktübertragung aus dem Palast der Republik.

*(Hyazinthes Sender überbrückt das Vakuum mit einer Konserve: Stunde der Poesie im TIP)*

EVA STRITTMATTER *(zitiert ausnahmsweise kein eigenes Gedicht)*: Und wenn der Stern, auf dem du lebst und wohnst, aus seinem Gleise tritt, sich brennend wirft auf eine nächste Welt und sie entzündet, du kannst nicht wählen, ob du folgen willst.

MAJOR KOROLENKO: Sterne …

OBERST MALINOWSKI: Interessiere mich nicht für Astronomie.

MAJOR KOROLENKO: Die Sterne interessieren sich auch nicht für uns, Genosse Malinowski. *(Er zieht seine Dienstpistole und erschießt sich.)*

*(Oberst Malinowski hält dem herbeieilenden Hiob das Transistorradio ans Ohr.)*

GAWARIT MOSKWA: Es kann in diesen Augenblicken definitiv gesagt werden, daß der Moskauer Militärputsch gescheitert ist.

HIOB: Entsetzlich.

SPARTAKISTEN *(singen)*: Auf zum letzten Gefecht …

*(Dr. Retard verläßt seinen Tisch, Hagen eilt ihm nach und händigt ihm einen Stahlhelm und eine Kalaschnikow aus. Matthäus Teutsch reibt sich die Augen und glaubt, erblindet zu sein, denn mit einmal erlöschen die hunderttausend Lampen,*

*die seit Mitternacht brennen. Zu bleiernen Wellen erstarren die Rolltreppen. Dr. Retard bewältigt verzweifelt die hohen Stufen, ohne sich über die Richtung im klaren zu sein. Da schiebt sich ein Lichtkeil von der Schloßbrücke in den Palast: Hubschrauber rotieren über dem flachen Gebäude, landen auf dem Dach, um erneut abzuheben. Dann detoniert die erste Abrißbirne gegen die Spreeuferseite des Palastes. Glas splittert, unsichtbare Asbestfontänen steigen in den Himmel. Die hunderttausend Lampen geraten ins Schwingen, brechen aus den Halterungen und fallen auf die im Foyer kopflos hin und her eilenden Menschen. Umsonst versucht Piet Hagen, die Regierungsmitglieder in tiefer gelegene Räume zu dirigieren. 670 000 m³ Raum, versiegelt hinter bronzenem Spiegelglas, füllt sich mit Staub, Spiegelscherben, rollendem, schlingernden Mobiliar. In Lawinen stürzt der Bücherberg aus dem Zimmer der Intendantin den Gang abwärts, kollert treppab in ein Erdloch, das in die Spree führt. Seltsame Echolaute lösen sich von den einstürzenden Wänden, Rufe wie von Harry Belafonte* – hey-ooo, talley me banana *oder Adamos gehauchtes* Oh-oooooo … *Rosa in ihrer knappen Kellnerinnenschürze läßt es sich nicht nehmen, bei Dr. Retard abzurechnen, ehe sie das Objekt übergibt: 19 Personen der Regierung haben verzehrt: Menü und Dessert, Kaffee und Kuchen, 4 Flaschen Rotkäppchensekt, 35 Melde-Korn, 20 Flaschen Pils und 10 Flaschen Saft, macht zusammen, addiert Rosa, 918,90 Mark. Sie reicht die Rechnung an Dr. Retard, der sie prüft und nach seiner Brieftasche greift.)*

DR. RETARD: Nehmen Sie auch Westgeld? Unsere Währund ist leider noch in der Druckerei.

*(Rosa lächelt, als sei ihr dieses Angebot nicht fremd, sie nickt und drückt einen Kuß auf die Halbglatze des Staatsratsvorsitzenden. Dr. Retard greift ihr unter den kurzen Rock. Meingott, wie er schon ahnte, das Kind trägt keinen Schlüpfer, seine Finger verlieren sich in den verschwitzten klebrigen Schamhaaren, dann wird es glatter; doch je tiefer seine Finger ins feuchte*

*Unendliche dringen, desto mehr ist Rosa bei der Sache, das heißt bei ihrer Abrechnung.)*

ROSA: Ach, geben Sie mir doch eine Quittung, Herr Doktor, auf die Zukunft, kommen Sie nur, ich stell mich zwei Stufen tiefer, dann wirds schon gehen.

*(Dr. Retard legt Stock, Helm und Kalaschnikow auf eine tiefere Treppenstufe. Von allem Überflüssigen befreit, drückt sich sein Schwanz nun in Rosas Furche, doch geht ihrer beider Stöhnen unter im Bersten des Palastes. Immer mehr drängen hinaus, auf den Platz oder durch die Seitenausgänge ans Spreeufer. Doch wird, wer hinaus will, vom Verfassungsschutz oder von den Angehörigen der Sonderkommission Palastrevolte verhaftet und abgeführt. Hagen kommt auf die unsinnige Idee, Feuerschutz zu geben. Sogleich sind die Ordnungshüter vor dem Palast am Boden und schießen zurück. Dr. Retard hat eine ausgiebige Ejakulation, dann bringt ihn die Schießerei zurück in die verspielte Gegenwart. Er greift sich die Kalaschnikow, den Helm, den Stock, eilt an die nächste Schießscharte und zieht einmal durch.)*

HIOB: O mein Gott, o mein Gott, und ich hab meinen Salonik an. Ein Königreich für ein Glas Bimber.

HAGEN: Halts Maul. Streng dein Gehirn an, Genosse Hiob. Alle diese Männer hier vertreten mehr als nur sich selber.

HIOB: Ich verstehe gar nichts mehr. Ich wünschte, ich säße zu Hause und hätte meine Potschen an.

*(Die Abrißbirne schlägt zu. Die Spartakisten lassen sich Gewehre geben und schießen durch die löchrigen Wände.)*

HAGEN: Niemand darf seinen Platz verlassen. Unter gar keinen Umständen.

MATTH. TEUTSCH *(hält sein mit Radeberger angefeuchtetes Tüchlein vor Mund und Nase)*: Being a stranger here myself, stirbt es sich schlecht.

*(Dr.Retard, den zu großen Stahlhelm schief auf dem Kopf, verteidigt sich bis zum letzten Atemzug. Die letzte Kugel streckt ihn zu Boden).*

SPARTAKISTEN: Wacht auf, Verdammte dieser Erde …
DR. KERB: Dieses Volk war uns schon immer feindlich gesinnt.

*(Sirenen, Feuerwehrautos, Krankenwagen, vereinzelt Schüsse. Die Massen auf dem Alex und in den Straßen ringsum, 70 Prozent der Bewohner Ost-Berlins, verharren in einer Gedenkminute. Später am Tag versammeln sich im nahen Dom die eingeflogenen Vertreter der amtierenden Regierung und stimmen das* TE DEUM LAUDAMUS *an.)*

ENDE

# *Teil Drei*
# Die alte und die neue Welt

Ein sicheres Versteck ist unerläßlich.

*Uwe Johnson*

Aber Sie sind nicht verletzt, sagte ich zu Retard. Wir alle leben. Sind noch einmal davongekommen, wenn Sie so
I wollen. Nichts ist passiert.
Nichts ist passiert?

Retard schwieg. Es war schon viel, ihn zu Gesicht zu bekommen. Wir saßen im Garten, die weiße Fassade des Hauses vertiefte die Stille des Tages. September war gekommen, die Äpfel hingen in den sich langsam entblätternden Bäumen und waren wie eine Aufforderung, sich an etwas zu erinnern. Große wachsgelbe Quitten fielen ins Gras. Herr Grabowski würde sie auflesen mit Hinweisen wie: seit dem Tode seiner Frau sei dies eine ganz und gar unnütze Frucht, weil niemand im Haus sich aufs Geleekochen verstünde. Retard würde ihm recht geben und an Lena denken, die nur zum Schlafen nach Hause kam. An manchen Tagen holte Issy oder Retard das Kind vom Kindergarten ab. Memo hatte den Garten für sich erobert, und die anderen Katzen des Hauses hielten Abstand zu ihrer blinden Genossin. Auch Issy verstand sich nicht aufs Marmeladekochen, und so ließen beide Herren die leicht klebrigen, stark duftenden Früchte von Hand zu Hand gehen, und bei jedem Austausch erhöhte sich ihr Bedauern. Issy hatte sich, uns allen unverständlich, als Filialleiterin eines Strausberger Supermarktes anstellen lassen. Retard schwieg auch darüber. Und Amos war in seine eroberte Wohnung am Prenzlauer Berg gezogen.

Also wenigstens ein Sieger der Geschichte, spottete Retard, wenn die Rede auf Amos kam, und wir beide taten den Jungen mit einer Handbewegung ab, um nicht zugeben zu müssen, daß Amos' tägliche Rückkehr von der Schule wie die Rückkehr vertrauter Verhältnisse gewesen wäre.

Denn Retard fürchtete stündlich, verhaftet zu werden.

Haben Sie ernsthaft an das Gelingen unseres Staatsstreiches geglaubt? fragte ich ihn.

Waren Sie nicht dabei?

Im gewissen Sinne schon, wie ich stets dabei bin, anwesend und abwesend zugleich.

Ihre Möglichkeiten des Rückzugs, sagte Retard, sind mir verwehrt. Meine Rückzüge sind von schweren Träumen begleitet.

Ich ging nicht darauf ein und sagte: Wollten Sie lieber Eisner oder Bauer sein?

Eine Räte-Republik Berlin-Brandenburg, sagte Retard, als spräche er noch in den Träumen der letzten Woche, das wäre es gewesen. Wissen Sie, Alemán, daß man uns wie Eisner und Bauer zum Tode verurteilen wird?

Nicht doch, sagte ich, wo leben Sie denn. Zum Tode doch nur, wenn es nach uns einen Kapp-Putsch gäbe, eine Erhebung von rechts.

Vielleicht hätten wir darauf warten sollen, auf einen Putsch von rechts. Wir hätten dann mehr Gefolgschaft gehabt. Ich sage Ihnen, in wenigen Jahren haben wir ihn. Aber wohin jetzt?

Es war alles eine Chimäre, sagte ich.

Steht der Palast noch? fragte Retard lauernd.

Lassen Sie uns hinfahren, schlug ich vor.

Neuerdings fürchte ich mich vor der Vergangenheit, sagte Retard. Was ist, wenn wir hinfahren, und finden das alte Schloß vor?

Dann wären Sie Schopenhauer, und ich könnte, als Ihr ergebener Baltasar Gracián, Ihnen mein Handorakel vorlegen.

Sie fabulieren einmal mehr, sagte Retard.

Ich habe das Gefühl, wie soll ich sagen, daß wir beide ein wenig über unsere Verhältnisse abgehoben haben.

Was immer Sie damit sagen wollen, die Vorstellung belustigt mich, wie wir beide am Ende von den Blähungen der Fantasie jegliche Bodenhaftung verloren haben.

Die Aufklärung, zu Ende gedacht, so stachelte ich ihn an, ergibt zuletzt nichts anderes als Chaos und Wahnsinn.

Ach, sagte Retard, und wie wollen Sie Ihre Existenz erklären, mein Herr?

Ich? Ich bin der Schullehrer Alemán, sagte ich und spürte den alten Schmerz im Kopf, ein Durchschnittsbürger, der in Scheidung lebt, seine Kinder an die Welt verloren hat und als Patient der neuropsychologischen Abteilung des Krankenhauses Sevilla gewisse Zwangserlebnisse hatte, ausgehend von einer kurzen Haft mit Folter im letzten Lebensjahr des Diktators.

Sie enttäuschen mich, sagte Retard. Immer mehr bin ich davon überzeugt, daß Sie der wiedergeborene und eigentliche Mateo Alemán sind.

Ich weiß nicht, sagte ich, ob ich Ihnen dafür im Gegenzug bestätigen soll, daß Sie für eine Nacht und einen halben Tag der Ministerpräsident oder Staatsratsvorsitzende einer Demokratischen Deutschen Republik waren? In diesem Fall sollten wir beide längst auf der Flucht sein. Denn auch ich komme an einen Punkt, wo ich mich besser nach Übersee absetzen sollte.

Zumal sich alle anderen, sagte Retard, längst abgesetzt haben. Die Russen sowieso nach ihrem jämmerlich arrangierten Putsch in Moskau. Hiob ist mit einmal nicht zu erreichen, obschon ich vermute, er macht mit den anderen Arbeitslosen eine Reise nach Bali. Hagen? Kein Lebenszeichen. Die Politiker, die wir als Geiseln nahmen, und dann in die Nationale Front, schweigen.

Sie schweigen aus Angst, daß andere zu viel über sie wissen. Schweigen ist die erste Anwaltspflicht. Notfalls werden sie uns für ihre Klienten ausgeben, die sie in einer Sommernacht konsultiert haben.

Es gab tatsächlich diese Bombe über dem Wasserwerk in Bonn, sagte Retard, ich zeig Ihnen die entsprechende Notiz in der Zeitung. Der Pilot soll als Junge in Workuta gewesen sein, wo seine Eltern umgebracht wurden.

Es ist einfach fatal, wie die Wirklichkeit ständig Ihre fiktiven Absichten überholt.

Retard schwieg und sagte nach einer Weile: Ich habe unsere Freundin Nadja vermißt in jener Nacht.

Ich auch, sagte ich.

Wir kochten mit Hilfe eines Spirituskochers den Tee im Garten, und Retard beobachtete meine Handreichungen.

Übrigens scheinen Sie mir um Jahre gealtert, sagte er.

Es war eine Beobachtung, die ich längst gemacht hatte, wenn ich in den Spiegel schaute, den Issy jeden Morgen, bevor sie das Haus verließ, blankputzte. Da trat Herr Grabowski zu uns (und es wiederholte sich das Gespräch über die Quitten bzw. über die Frauen). Er brachte ein Telegramm, das ihm der Postbote gegeben hatte, dessen Hupen oder Klingeln wir im Garten überhört hatten.

Ist doch für Sie? fragte Herr Grabowski, dem es erst jetzt auffiel, einen Ausländer vor sich zu haben. Herr Alehmann? Retard nickte und zog ihn in ein Gespräch über Quitten, als fürchtete er, der Nachbar würde auch noch nach dem Inhalt des Telegramms fragen.

Ein Sterbefall, sagte ich, als ich das Papier gelesen

hatte, ich fürchte, ich werde Sie für eine Weile verlassen müssen: PAULAS BEERDIGUNG MITTWOCH MEXIKO STADT.

Paula? sagte Retard. Das Telegramm ist demnach für mich. Paula, meine Schwester.

Mein herzliches Beileid, sagte Herr Grabowski, legte die Quittenfrucht auf den Tisch und entfernte sich, nicht ohne vorher Retard die Hand gedrückt zu haben.

Wie kommt Paula nach Mexiko, sagte Retard.

Meine Schwester in Mexiko heißt bekanntlich Leonor Moscosa.

An welcher Stelle Ihrer Biografie sind wir eigentlich, sagte Retard, daß schon die Bundespost sich erlauben kann, eine Kontraktion aus uns zu machen?

Womöglich, sagte ich, ist es noch zu früh für eine Emigration nach Mexiko.

Aber das ist die Lösung! rief Retard und erhob sich schneller, als man von ihm erwarten konnte. Er griff zum Stock und fegte die Quittenfrucht vom Tisch.

Mexiko, sagte er, das ist es.

II

Der Schwung, mit dem Retard die Frucht vom Tisch gestoßen hatte, hielt nicht lange an. Kaum daß wir in der Bibliothek saßen, trat er mit seinen kurzen Schritten auf den Balkon, wie um Abschied zu nehmen vom Garten, der sich in den wenigen Minuten nicht verändert hatte, nicht der kleinste Wind bewegte die Bäume, und nur die Schornsteine von Rüdersdorf schickten am südlichen Himmel ihre Schrift über die Landschaft; wieder ins Zimmer tretend, den Stock als Greifarm benutzend, zog er die Tageszeitung über den Tisch heran.

Lesen Sie, sagte er.

Ich las die Notiz auf Seite zwei:

»Wie erst jetzt bekannt wurde, sah sich die Bonner Regierung in der vorigen Woche mit einer unerwarteten Bedrohung konfrontiert. Aus dem Urlaub zurückgerufen, um den Haushaltsplan des zweiten Halbjahres zu beraten, gab es mit einmal Bombenalarm für die Parlamentäre. Ein Hubschrauber mit zivilem Kennzeichen überflog mehrmals das Wasserwerk und warf Flugblätter ab. Die Sitzung wurde unterbrochen, um den Inhalt der bedrohlichen Nachricht entgegenzunehmen: Entweder, hieß es, die Regierung zöge sich aus den angeschlossenen Ostgebieten zurück und billige einen Zustand ante rem, das heißt, wie er vor der Wiedervereinigung bestand – oder eine Bombe fiele auf das Gebäude als Signal für weitere Maßnahmen. Empörung erhob sich, doch hatte der Hubschrauber längst abgedreht. War es ein Scherz? Dem Vernehmen nach soll es der Bundeskanzler als einen verfrühten Fastnachtsulk aufgefaßt haben. Die Opposition sprach vom totalen Versagen des Verfassungsschutzes. In den Reihen der PDS zeigte sich Ratlosigkeit. Inzwischen hat die Bundesregierung eine Nachrichtensperre über ihre weiteren Maßnahmen verhängt. Man kann davon ausgehen, daß eine Fahndung nach den Urhebern der Bombendrohung bundesweit in Gang gesetzt worden ist.«

Kein Wort von uns, sagte ich und gab ihm die Zeitung zurück. Was wäre geschehen, wenn der Pilot die Nerven verloren hätte?

Er hatte Anweisung, auf den Ausgang des Moskauer Putsches zu warten.

Das leuchtet ein, sagte ich.

Es hätte uns gelingen können, sagte Retard und suchte nach einer Zigarre auf dem mit Büchern, Papieren, Briefen, Teetassen, Gläsern und anderen Dingen überhäuften Tisch, es hätte uns gelingen können, eine

Übergangsregierung zu bilden. Ich bin sicher, daß sechzehn Millionen Menschen in unserem Neufünfland mit Fahnen auf die Straße gegangen wären.

Erlassen Sie trotzdem eine Regierungserklärung, sagte ich. Retard setzte seine Zigarre in Brand und schwieg, wie es in letzter Zeit seine Art war. Verließ ich das Zimmer, um in meiner Kammer oder auf dem Balkon zu lesen, saß er, wenn ich nach Stunden zurückkam, noch immer in derselben Haltung im Sessel oder auf seinem Biedermeiersofa, die Beine angezogen, in die Polster gedrückt, ein Prometheus am Felsen, der hofft, eins zu werden mit dem Kaukasischen Stein.

Auch mit Issy, wenn sie am späten Nachmittag nach Hause kam, sprach er kaum. Ein Blick von ihm genügte, damit sie sich zurückzog, mit müdem Gesicht. Ich bemühte mich, sie lächelnd zu begrüßen.

Was grinsen Sie, sagte sie, und überhaupt, was für ein Komplott wird hier ausgeheckt, wenn ich nicht da bin?

Keines gegen Sie, schöne Frau, sagte ich und folgte ihr in die Küche.

Auch sie schien mit einmal gealtert, der Mund schmaler, die Falten auf der Stirn verschwanden nur langsam, wenn sie die Brauen hob und wieder zusammenzog. Die Arbeit im Supermarkt drückte ihre Spuren ein. Hatte sie uns früher verwöhnt mit japanischen Birnen, Avocados, Pampelmusen, Litschis, Tomaten von den Kanarischen Inseln, brachte sie jetzt nur mit, was auf den Sandböden der Umgebung wuchs, und das waren Sauerkirschen und fleckige Bauernpflaumen, Weißkohl und die Äpfel und Birnen, die von den Gartenbesitzern über den Zaun verkauft wurden. Retard war einverstanden damit, nannte es eine Rückkehr zur Askese und zur Harmonie mit den Jahreszeiten.

Erst am späten Abend würde Retard aus seiner Versunkenheit erwachen. Nachts telefonierte er, ohne mich davon in Kenntnis zu setzen, mit einer mexikanischen Universität. Eine private Universität, sagte er am Morgen, Universidad de la Américas, die haben Geld, die könnten sich ein paar Exoten wie uns leisten. Außerdem habe ich mit einer alten Freundin gesprochen, Frau von Richthofen, Tochter preußischer Emigranten. Die hat mir diese und jene *connection,* wie es neu-mexikanisch heißt, empfohlen,

*Enchufe,* übersetzte ich, und Retard machte eine entsprechende Handbewegung, in dem Augenblick, da Issy, durch unser Lachen geweckt, auf der Diele erschien und im Bad verschwand. Retards Handbewegung konnte auch mit einer obszönen Geste verwechselt werden.

Ohne Visum kommen wir hier nicht raus, sagte er zu mir am Abend und schickte mich nach einem Korkenzieher in die Küche.

Lassen Sie mich das machen, sagte ich, ich besorge uns morgen die Visa. Am Mittwoch ist die Beerdigung. Und heute ist schon Sonntag.

Hatte ich ganz vergessen, sagte Retard. Vielleicht sollte ich Paula anrufen, ob sie noch am Leben ist. Erstmal warte ich noch auf ein Gespräch aus Mexiko. Bis zum Morgengrauen sollten wir uns die Zeit vertreiben, sagte er nach dem ersten Schluck. Ich habe keine Lust, im Schlafanzug verhaftet zu werden.

Habe ich Ihnen von meiner zweiten Verhaftung in Sevilla erzählt, sagte ich, bevor ich nach Mexiko emigrierte?

Erzählen Sie mir, was Sie wollen. Jede Emigration fängt bekanntlich so an: die Emigranten, während sie auf ihr Schiff warten (oder auf den Henker), erzählen sich was.

Ich war damals an die 55 Jahre alt (sagte ich), um 1602, als ich in Sevilla, ausgerüstet mit meinen Madrider Erfahrungen und den von dort mitgebrachten nötigen Papieren, eine Anwaltspraxis eröffnete. Kein sehr lukratives Unternehmen, wie man sich denken kann, aber es hatte zwei Vorteile. Von meinem Zimmer konnte ich auf den Goldnen Turm sehen, diesen Wächter am Anlegepier des Guadalquivír; hier legten die schweren Galonen aus Neuindien an, erbrachen ihre Fracht, und es war immer weniger Gold und Silber, was sie brachten, und immer mehr Säcke mit Zimt, Kakao, Kaffeebohnen. Ich konnte das Geschrei der Hafenknechte hören, und es lag mir verführerisch in den Ohren, wie eine Aufforderung, endlich selber an Bord zu gehen und das Land zu verlassen. Und im stillen betrieb ich ja längst meine Auswanderung, indem ich den Namen meiner Mutter von *Henero* in *Ayala* fälschte – zu viele Juden hießen nach dem Monat Januar –, und ich machte sie zu einer Christin aus altem Stamm; und indem ich, auch nach Doña Catalinas Verschwinden, mich noch immer für ihren Ehemann ausgab; und nicht zuletzt, indem ich Eingabe auf Eingabe machte, die meinen suspekten Namen zu erklären suchte. Nein, schrieb ich, wir waren nicht wie alle Alemáns in Sevilla Nachkommen jenes Herrn Alemán, welcher der Mayor Domus der Stadt in Zeiten der Katholischen Könige gewesen war und den die Stadt, oder das Heilige Offizium, hatte verbrennen lassen, ohne ihm die Gnade zu gewähren, erdrosselt zu werden, bevor die Flammen an ihm nagten, der ein fülliger, gut genährter Herr war; dann konfiszierten sie seine Güter, die, hätten die Meinen sie geerbt, uns bis auf den Tag ein sorgloses Leben gewährt haben würden. Nein, schrieb ich, nicht jener die Heilige Taufe verschmähende Ketzer ist der Ahnherr unseres Namens. Vielmehr müsse man diesen adjektivisch verstehen, oder wie einen Sammelnamen, denn er meinte jene Deutschen, die der Imperator aus Würzburg, Augsburg oder Köln hatte kommen lassen, in ihrer Eigenschaft als Kämmerer, Drucker, Geschäftsleute … (Als ob nicht gerade diese, unterbrach mich Retard behaglich, wenn sie Deutscher oder Teutsch hießen, nicht allesamt mosaischen Glaubens gewesen wären.) Deutsch als Eigenschaft (sagte ich), das war ein Synonym für Können, Kraft, Gesundheit und Gewissen. Und ging mir nicht allmählich der Ruf nach, ein Experte in Linguistik und Grammatik zu sein (Retard nickte, sagte: Tatsächlich veröffentlichten Sie Ihre *Ortografía* aber erst um 1607). Meine Kanzlei hatte einen zweiten Vorteil (sagte ich), denn in einem Hinterzimmer, das auf einen winzigen Patio hinausging, frönte ich dem einzigen Laster, das mich wie eine längst überstandene, doch erneut ausgebrochene Krankheit überfiel: ich meine das Laster der Verführung. (Die ja immerhin auch eine Kunst ist, warf Retard ein.) Und so lernte ich Doña Francisca Calderón kennen, eine Dame halb so alt wie ich (siebenundzwanzigeinhalb, sagte Retard), die mich eines Tages aufsuchte, um sich Rat in einer kniffligen Angelegenheit zu holen. Doña Francisca (Wie sah sie aus? fragte ungeduldig Retard) besaß eine illegitime Tochter, Petronila, neunjährig, die ihren weiteren Plänen im Wege stand. Denn mit dem Kind an ihrer Seite würde niemand an die Wiederholung der unbefleckten Empfängnis glauben (Retard drohte mir mit seiner Zigarre), am wenigsten der künftige Gemahl, der auf Jungfernschaft bestand und, Ironie des Schicksals, der amtierende Mayor Domus der Stadt war. Möglich also, daß meine Verführung Doña Franciscas etwas mit diesem Mayor Domus, in einem freudianisch verwobenen Sinn, zu tun hatte, eine Art Rache am falschen Nachfolger meines Oheims. Aber noch sitzen wir in der Kanzlei und meine Feder kratzt ihren Namen aufs Papier. Hören Sie nun, was sie sich ausgedacht hatte. Sie wollte von mir, daß ich ihr beglaubigen sollte, Petronila sei nicht ihre Tochter, sondern ihre Sklavin, ihr von Rechts wegen zugesprochen nach dem Tod ihrer Mutter. Ein maurisches Waisenkind, das die Familie ins Haus genommen hatte usw. Ich gestehe (Ist dies etwa ein Verhör, höhnte Retard), ich gestehe, daß mich der Fall gelangweilt haben würde, wenn das Mädchenkind rabenschwarz gewesen wäre, lehmbraun oder auch nur zimtfarben. Sie war es nicht. Petronila glich ihrer Mutter wie eine jüngere Schwester der älteren. Das heißt, beide waren sie so blond wie die gotischen Jungfrauen auf den Bildern der Präraffaeliten, langhaarig dazu, wie ausgiebig gestriegelten Stuten fielen ihnen die seidigen Strähnen links und rechts des Mittelscheitels auf die schmalen Schultern. Dazu dieses Unschuldblau der Augen, Blicke, kostbar wie Delfter Kacheln (mehr wie jenes China-Blau, das die Holländer aus Asien einführten, korrigierte Retard und suchte in seiner Bibliothek nach einer entsprechenden Abbildung), ein Teufelsblau, sagte ich, das sich zumal in den Augen der Mutter in Schwarz verwandeln konnte. Mein Kopf, während ich sie ansah, war schon viel weiter als meine Andacht. Erstens: Warum sollte eine Sklavin, die von Kind an im Haus ist, sich nicht wie ihre Herrin frisieren? Ihren Ausdruck kopieren? Zweitens: Überraschten nicht die Sklaven, die unsere Händler aus Mauretanien mitbrachten, vom Atlasgebirge, immer wieder durch ihre lichtvolle Erscheinung? (Geglückte Mutationen von Seeräubergeschlechtern, sagte Retard.) Und so kratzte meine Feder auch den Namen des Kindes aufs Papier: *Petronila.* Ein paar falsche Zeugen waren rasch zur Hand, die eine und die andere Erfindung diktierte mir meine Fantasie, und ist nicht die Lüge die Schwester der Fantasie und der Ausweis jedes Schriftstellers? (Nun behaupten Sie bloß noch, sagte Retard, die Schriftstellerei käme ohne das Laster der Verführung nicht aus, wo diese schon die Lüge zu verantworten hat.) Nun, die Dame bekam, was sie wollte. Petronila wurde zu ihrer Sklavin erklärt. Der Ehe mit dem Mayor Domus stand nichts mehr im Wege. Aber nun beginnt die Geschichte erst recht. (Mir längst bekannt, sagte Retard, aber ich lasse sie mir gerne von Ihnen bestätigen.) Was Sie erwarten (sagte ich), wäre eine Comedia im Stile meines Freundes Lope. Gut, das war es auch. Doña Francisca, nicht gerade reich, wollte mir ihre Dankbarkeit zeigen. Sie tat es in ihrer natürlichen Währung. (Retard brummte vor sich hin.) Ob ich es ihr nun a tergo oder missionarisch besorgte, es hätte mit ein zwei Wiederholungen sein Ende finden können. Eine beglichene Rechnung und Punkt. Es begann erst, als ich mich mehr und mehr mit dem Kind beschäftigte. Petronila, darin glich sie wirklich einer Sklavin vom Atlasgebirge, war für ihre Jahre aufs schönste entwickelt und erblüht, in diesem Stadium, da die Brüste kleinen Schwellkörpern gleichen, aus einem Zwischenreich halb vegetativ, halb animalisch. Es hatte sich bei unseren Begrüßungen so eine Art väterlicher Umarmung herausgebildet, mit leicht gehauchten Küssen auf Wange und Stirn, zuweilen berührten sich unsere Lippen, während Petronila bat, länger festgehalten zu werden, inniger, bis uns Doña Francisca trennte. Mit einmal (sagte ich) waren da zwei aufeinander eifersüchtige Frauen, die sich belauerten und es mir leicht machten, zu nehmen und zu bekommen. (Ich kann das verdammte Buch nicht finden, sagte Retard, aber hier, sehen Sie das. Diese Damen kommen Ihren Fantasien schon näher, und er zeigte mir eine Abbildung des Gemäldes von Gerard David, De Doop van

Christus.) In etwa, sagte ich, auch wenn diese betenden Mädchen zu unserer Zeit vermutlich schon Großmütter waren. Allerdings, da haben Sie recht, Doña Francisca war flämischer Herkunft. Aber Sie lenken mich ab, denn jetzt kommt das Ungeheuerliche: Aus Eifersucht zeigte mich die Mutter beim Heiligen Offizium an, eine Minderjährige zu ketzerischen Praktiken, was immer das war, verführt zu haben. Verstehen Sie die Motive ihrer Tat? (Retard schien zu überlegen: Nur so, sagte er, würde sie im Salz des Verrats die Liebe zu Ihnen konservieren können.) Das Salz kam wohl eher von den Tränen, sagte ich, die sie über ihren Betrug vergoß (oder über ihre verfehlte Ehe).

An dieser Stelle klingelte das Telefon, Retard eilte davon, und durch die verschlossene Tür hörte ich sein Perfecto, a sus ordenes, ahorita le mando el curriculum vitae ...

Mexiko erwartet uns, sagte er und goß sich vergnügt mehr Wein ins Glas. Aber kehren wir zu Ihrer Biografie zurück. Ich kann mir denken, daß die heiligen Patres die Verführung einer Sklavin nicht unbedingt als Kinderschändung bewerteten. Es sei denn, sie hätten gerade eine Neuauflage des alten Falls gebraucht, Jude trinkt Blut eines Christenmädchens. War sie denn getauft, Ihre Petronila – ich meine in ihrer Rolle als Sklavin?

Sie war zum Glauben ihrer Herrin übergetreten, so stand es in den gefälschten Papieren.

Wie retteten Sie Ihre Haut?

Sie behielten mich nicht lange in ihren Verliesen. Womöglich wäre ich vergessen worden, wenn ich nicht schon der Autor des *Guzmán* gewesen wäre, dessen erster Teil erschienen war. Für die Patres war ich ein interessantes Gewürm, ein Schreiber und ein Sünder zugleich, nun, Sie kennen das immer gleiche Ritual. Sie boten mir Straffreiheit an, wenn ich ein wenig meine Ohren für sie aufhalten wolle, das Knistern und Knirschen registrierend, das den Untergang unseres spanischen Weltreiches ankündigte. Das Flüstern und Fluchen der Reformisten notieren, den Spuk der Calvinisten und Luteranos aufdecken zum Wohle Spaniens. Ich interessierte mich ohnehin dafür, quasi als Vorarbeit zu einem Roman, den ich in Mexiko schrieb und dessen Manuskript als verschollen gelten muß. Ich unterschrieb das Papier, welches mir die heiligen Herren vorlegten und war einmal mehr ein Geheimagent der Inquisition geworden, ein Vertrauter, vulgo ein Spitzel Gottes. Sie hatten mich ja schon früher in der Mache gehabt, aber mich in ihrer wie Schimmelpilz wuchernden Bürokratie inzwischen aus den Augen verloren. Ich hätte mich an Doña Francisca rächen können, sie für eine flämische Hexe ausgeben können, die einen verdienten Bürger der Stadt wie mich verhext habe, ihre minderjährige Tochter wie eine Sklavin anzusehen, die ich zu Cunnilingus und zu Berührungen a tergo verführt habe, obschon ich noch heute schwören kann, ihre Jungfernschaft nicht dabei verletzt zu haben. Ebensolche Lust wie ihre Nacktheit machte es mir, ihr Kleider zu kaufen wie für eine Infantin.

Eine kleine Margarete von Österreich, sagte Retard, wie sie Velásquez gemalt hat.

Ich weiß nicht, unterbrach ich seine Gelehrsamkeit, was später aus meiner Petronila geworden ist. Damals packte ich sie in Taft und Seide, verpuppte das Geheimnis, das nur sie und ich kannten, und ich meine, ich tat es weniger aus Angst, etwas verbergen zu müssen (dreihundert Jahre vor Freud waren wir alle viel freier, sagte Retard), ich tat es, um sie vor etwas zu bewahren, sie in einem Haus aus Kleidern zu verstecken vor – ja wovor eigentlich?

Vor dem Ende der Zeiten, schlug Retard vor, dem Ende des spanischen Imperiums, das anfing, zu schimmeln und zu stinken, an falschem Bewußtsein zu kranken, und was Sie mit Ihrer Puppe machten, war nur der Versuch, die äußeren Zeichen der Schönheit festzuhalten, ein ästhetischer Reaktionär, das sind Sie, Alemán. Ein zweiter Velásquez, der die Niederlagen seines Königs (nicht die in den Betten, denn er war der geilste König der Geschichte) in der Sekunde vor dem Fall in den Abgrund festzuhalten suchte mit seiner statischen, von Farbtupfern verklärten Malerei.

Mag sein, sagte ich, aber damals versuchte jeder den Verfall auf seine Weise aufzuhalten. Was hätte man sonst der Reformation entgegenhalten können. Der Fortschritt ist nur einer, wenn er vor einem starken Kontrast sichtbar wird.

Retard sah mich mißtrauisch an und betrachtete dann die Neige in seinem Glas.

Es könnte, sagte er (und dachte wohl an eigene Erfahrungen), die Rückkehr zur columbianischen Utopie gemeint sein, linksherum nach Indien, und die Erde ist rund, und im Westen liegt allemal die Hoffnung. Mir, wenn ich Sie reden höre, zu ästhetisch, zu sehr eine Sache der Schriftsteller und nicht der Denker.

Sind wir nicht die Segel der Zeit, sagte ich, wir, die Schriftsteller, in diesem Sinne dienten wir ja der Inquisition als der Vorhut der Christenheit.

Columbus, sagte Retard (der wie immer meine Spekulationen ernst nahm), Columbus hißte die Segel im Zeichen reinsten Christentums, nur daß die Ratten mitfuhren, die ihm der Bankier Santangel mit auf die Reise geschickt hatte, Wechselfälscher aus Venedig und die Schatzmeister der Krone.

Während die Bank von Amsterdam, sagte ich, sich ebenso auf *den* Wechsel wie auf *die* Wechsel der Zeit vorbereitete, erfanden die englischen Calvinisten den Gott, der den bevorzugt, der Gold scheißen kann, eine auf Wechsel ausgestellte Gnade.

Nicht ganz, widersprach Retard und blinzelte mit seinen Eulenaugen, nicht ganz, Euer Ehren. Die Freiheit des Glaubens war ja auch zugleich der Anspruch auf eine freie Entfaltung aller menschlichen Fähigkeiten. Anstatt darauf zu warten, daß ein Gott einem die Glieder bewege und den Mund öffne undsoweiter.

Schon recht, sagte ich, aber wo blieben mit einmal die Armen im Staate? Es gab keinen Platz mehr für sie, und sie fielen in die Wolfsgruben des Kapitalismus.

Der Totalitarismus als Armenküche, spottete Retard, also columbianische Utopie plus Armenküche, und wir hätten das Rezept des spanischen Sozialismus, ich meine des Katholizismus. Dies neu zu erobern ziehen Sie aus, Alemán?

Ich ist ein anderer, sagte ich. Aber vor vierhundert Jahren war ich für eine Weile der Beschützer der seidenhaarigen, auf unschuldige Weise verdorbenen Patronila, Vater und Liebhaber zugleich. Als ich nach Mexiko ging, brachte ich sie in einem Kloster unter. Ich bin sicher, sie hat es dort nicht lange ausgehalten.

Und wie fanden Sie Mexiko?

Ich kann mich nicht erinnern, sagte ich. Was ich weiß, ist, ich legte die spanische Kleidung ab, das teuflische Schwarz, mit welchem sich der König, die Dämonen der Inquisition und ihre Schreiber kleideten. Das Purgatorium, auf das ich hoffte, begann mit einer hellen, leichten Kleidung.

Retard sah auf die Uhr: Zeit, den Koffer zu packen, sagte er.

Und so graute der Morgen über dem Niederbarnim, wie Retard seine Lebenslandschaft mit Vorliebe nannte. Wir waren eingeschlafen, Retard auf seinem Sofa, ich auf dem Ohrensessel. Wir überhörten Issys Wecker und wachten erst auf, als Memo über unsere Hände und Gesichter huschte. In der Küche standen die sauberen Tassen auf dem Tisch, und der Kaffee blubberte warm in der Kanne, die Issy aus Strausberg (Billigangebot) mitgebracht hatte. Und als es an der Tür klingelte, war es nicht der Bundesgrenzschutz oder der Verfassungsschutz oder die schnelle Eingreiftruppe *Palastrevolte.* Es war Lena mit ihrem Töchterchen, das Retard fälschlich Friederike nannte, was jedesmal zu Protesten Anlaß gab. Aber er mochte den eigentlichen Namen des Kindes nicht, den ich vergessen habe.

III

Wieso kommt ihr jetzt, sagte der schlaftrunkene Retard, der ihre angekündigte Rückkehr zu dieser Stunde vergessen hatte. Lena mit Rucksäcken und Beuteln und einem übermüdeten vergreinten Kind. So wie der Touristenbus sie in Lichtenberg ausgespuckt und die S-Bahn sie aufs Land getragen hatte. Exilanten der freiwilligen Art, wie Retard diese vagabundierenden Landsleute nannte, wenn sie auf die Angebote der Reisegesellschaften hereinfielen und per Bus Europa von Spitzbergen bis Sagres erkunden zu müssen glaubten, in Tages- und Nachtfahrten, mit übermüdeten Fahrern am Steuer, die die Unfallstatistik dieses Sommers spektakulär erhöhten; mit Schlagergedudel aus dem Busradio, mit Billigangeboten am Straßenrand, goldrandgefaßten Kaffeeservicen aus Hongkong und Rheumadecken aus Thailand.

Freiheit die ich meine, sagte Retard, und Lena würde kontern: Freedom is another word for nothing left to loose, und ihren Vater betrachten wie das letzte Fossil eines Heimatkundemuseums.

War's denn schön, sagte Retard und schob Mutter und Tochter in die Küche. Das Kind sah aus wie nach langer Krankheit zum ersten Mal aus dem Bett. Lenas Gesichtsfarbe zeigte ein fleckiges Rot, eine verschwitzte Müdigkeit zog durch die Küche. Memo schnupperte und war sich nicht sicher, ob das seine Retter von einst waren. Retard tappte zu den Küchenschränken und suchte Tassen.

War's denn schön, wiederholte er seine Frage.

Na klar, sagte Lena und zuckerte die Milch für Friederike, die mich betrachtete, als sähe sie durch mich hindurch.

Das Ende der Welt, sagte Lena, die ihren Vater kannte und seine Frage nicht als Aufforderung zu längerer Beschreibung aufgefaßt hatte. Ein Bauernhof am Nordkap das Ziel der Reise, die kleinen Kinder kotzend über den Gang des Reisebusses kriechend, der immer wieder eine Pause einlegt, zur Erholung für sie.

So einen kinderfreundlichen Busfahrer findest du hier nicht, sagte Lena, während Retard seine Enkeltochter mit einem Anflug von Mitleid betrachtete. Temperaturen, im August, unter 15 Grad, aber ein Himmel wie eine Symphonie von Beethoven (von Bruckner: korrigierte Retard), und die Reisegesellschaft, die einstimmig Freiheit schöner Götterfunke singt und in den Pinkelpausen die wenigen Blumen der Fjordlandschaft zertritt, die Kinder hinter sich herziehend, die mit diesem Augenblick der Freiheit nichts anfangen können. (So in etwa ergänzte Retard Lenas zaghaftes Erzählen.)

Nun fühlte sich Lena angegriffen und kalkulierte ihre Gegenschläge. Dies, sagte sie, müsse sie sich von einem Vater gefallenlassen, der in den Jahren der DDR, die gottseidank vorüber sind, jede Zumutung von Partei und Regierung, und vielleicht noch finstereren Mächten ohne den geringsten Widerstand hingenommen habe, immer den Kopf in den Sand steckend, als suche er seinen Sozialismus in den Antipoden, sich seine Nische grabend, kaum noch atmen könnend. Als habe sie den Aufenthalt ihres Vaters in Bautzen vergessen, dachte ich. Und Retard, der aus Übermüdung noch ungerechter wurde und seine Tochter mit ihren von der Schere willkürlich gestutzten Haaren, ihrer Anmaßung post festum, mit den Damen vom Bündnis 90 verglich, diesen Bärbeln & Veras & Ulriken, die einst von Vätern & Genossen wie Retard vor dem Schlimmsten bewahrt worden waren und die heute dafür, daß sie nicht in der Bonner Regierung ganz vorn sitzen dürfen, mit Reisen nach Norwegen und Umgebung abgespeist werden, während er, Retard, damals durch sein Stillhalten die Ausbildung seiner Kinder erwirkt und ermöglicht habe.

Lena flüchtete sich in Tränen, zog ihr Kind vom Stuhl, Friederike hielt die Tasse fest, die Milch kleckerte auf die Küchenfliesen. Memos überfeinem Gehör entging der Tropfenfall nicht, die Katze leckte alles auf, während die Reisenden ihre Zimmer aufsuchten, die sie in Herrn Grabowskis Wohnung zur Untermiete besaßen. Retard aber (so hatte ich ihn noch nie erlebt) schleuderte seine Tasse an die Wand, daß Memo in die Höhe sprang und sich dann in einen Winkel zwischen Wand und Kühlschrank verkroch.

Tempus fugit, sagte Retard und legte entgegen seinen Gewohnheiten eine Platte von Ornette Coleman auf: The Monk And The Nun.

## IV

Das Telegramm aus Mexiko, dachte ich, trug die Handschrift von Big Brother. Lag dort die geheime Kommandostelle eines Offiziums mit unbekannten Zielen? Ich hätte es vorgezogen, im Auftrag untergetauchter Sandinos, Martianos oder Cheguevarianos meine Berichte zu liefern.

Die Sekretärin des Mexikanischen Konsulats zeigte keine Überraschung, als sie mich sah. Waren wir nicht alte Bekannte?

Ola, qué tal, sagte ich vertraulich, und sie fragte nach meinen Wünschen. Ich legte ihr Retards blauen Reispaß vor, der obschon in den Tagen der untergegangenen Republik ausgestellt, noch gültig war; legte das Telegramm dazu und meinen Paß. Hyazinthe, denn keine andere war die Dame im Konsulat, las den vertrauten Namen wie zum ersten Mal. Das blaue Feuer in ihren Augen konnte Konzentration oder Spott sein. Sie schlug die Augen auf wie im Parque María Luísa, bat um einen Augenblick Geduld und verschwand mit den Pässen.

Das Zimmer war etwas folkloristischer geschmückt, als man es für ein Konsulat erwartet haben würde. Mexikanische Ponchos und Sombreros an der Wand, Prospekte wie in einem Reisebüro, eine Flasche Tequila vermutlich im Wandschrank.

Schenken Sie uns doch einen Tequila ein, sagte ich, als sie wieder erschien. Erst jetzt fiel mir ihr langer Rock auf, wie ihn die Damen in den frühen Filmen von Buñuel tragen.

Ich bedaure, sagte Hyazinthe, leider verfüge ich hier weder über Salz noch über Limonen, und das alte preußische Sprichwort wird Ihnen, Señor Alemán, inzwischen geläufig sein: Schnaps ist Schnaps, und Dienst ist Dienst.

Todos refranes son verdaderos, erwiderte ich. Alle Sprichwörter sind wahr.

Mit Ausnahme derjenigen über die Liebe, ja, sagte sie und wickelte sich die gebrannten Löckchen um einen Finger.

Hier ist alles, was Sie begehren, mein Herr, sagte sie, und ich bin darüber hinaus befugt, Ihnen diese Kreditkarte der Marke American Express zu Ihrer Verwendung und als quasi Reiseproviant zu überreichen. Wenn Sie hier quittieren möchten.

Ich nickte und wußte, ich war auf der richtigen Spur.

Im übrigen, sagte Hyazinthe und reichte mir ihre Hand, die ich eine Weile hielt, diese schlanke, an den Fingerspitzen eiskalte Hand, im übrigen herzliches Beileid zum Tod Ihrer Schwester, wir alle hätten ihr ein langes Leben gewünscht.

Ich nickte und wäre jetzt gern Fernando Rey gewesen in jener Filmsekunde, bevor er die Anarchistin Angela Molino ohrfeigt.

Mögen uns die Götter ein weiteres Mal zusammenführen, Madame, sagte ich und ließ ihre Hand los.

Vaya con Dios, sagte sie. Empfehlen Sie mich Herrn Dr. Retard.

Die Kreditkarte war echt. In der nächsten Bank hob ich von einem Konto, das Big Brother gehören würde, zehntausend Mark ab (war das nicht mein zurückgehaltenes Salaire für die letzten Monate?), buchte bei KLM zwei Flüge nach Mexiko-City, leider über Amsterdam, da dies die schnellste Verbindung versprach.

Später rief ich Retard von einer Telefonzelle in der Oranienburger Straße an. Alles in Sack und Tüten, sagte ich.

Ihre Sprache, mein lieber Alemán, erwiderte Retard, entfernt sie immer mehr von Ihren Ursprüngen.

Nicht doch, es ist die Sprache Ihres Sohnes.

Würde mich gern von ihm verabschieden, sagte Retard.

Ich auch, sagte ich. Dafür aber ist es jetzt zu spät. Mañana por la mañana.

Ahorita vengo, sagte Retard. Übrigens, Paula lebt, ich habe mit ihr gesprochen.

Ich gönnte mir ein Abschiedsessen in einem Straßenlokal. Ein schwarzes Mädchen bediente. Ich bestellte einen Mojito und Chili con Carne. Lateinamerika hatte dieses Viertel längst kolonisiert. Vom Band kam eine Mischung aus Bob Marley und Benny Moré über die Straße. Der Zufall, der niemals schläft, bescherte mir einen Auftritt von Nadja in Begleitung eines jungen sportlichen Mannes. Sie nahmen zwei Tische von mir Platz, ohne mich zu bemerken, der ich mich hinter einem weit aufgeschlagenen TAGESSPIEGEL versteckte. Ich tat, als läse ich einen schwärmerischen Artikel über Mexiko, der mit einer kulinarischen Empfehlung begann. Dies, schien mir, war der neudeutsche Stil in der Literatur, eine Kapitulation des Kopfes vor dem Bauch.

Ich horchte auf, als am Nebentisch der Name Kusmin Korolenko fiel. Nadja sprach ihn aus, während sie ihren nackten dünnen Arm mit den vielen Spangen auf den Arm des jungen Mannes legte. Dieser schob ein druckfrisches Buch (dafür hatte ich einen Blick) über den schmierigen Tisch: *Der 13. November*. Also war sie uns, wie sie angedroht hatte, zuvorgekommen. Sie schlug immer wieder das schmale Buch auf und hob es an die Nase, als prüfe sie den nur schwachen Geruch des Lichtdruckes.

Dann führte sie ihre wie von Man Ray entworfenen Lippen zur oberen Kante des Buches und küßte den Namen des Autors. Später den Autor persönlich. Zu spät für Retard, dachte ich, sie jetzt noch auf eine Vortragsreise mitzunehmen, die uns nach Warschau und Moskau führen sollte. Vielleicht hätte ein Wort genügt, sie nach Mexiko zu entführen. Dieser Korolenko sah nicht aus, als würde er sie allein reisen lassen. Neben den Latinos, dachte ich, über meine aufgeschlagene Zeitung spähend, schien nun auch die russische Mafia diese Viertel in der Hand zu haben. Nun würde Nadja nachträglich für ihn den bereits in Brügge kassierten Preis einfordern. Eine Zahlungsforderung, die Retard in Mexico-Ciudad per FAX erreichen würde, wenn wir im Gran Hotel de la Ciudad auf den Zócalo schauen, und Retard, der das dünne Papier, zum Schiffchen gefaltet, in den Smog der Hauptstadt schickt. Ich würde ihm besser nichts von meiner Beobachtung erzählen. Die Zeitung beiseite legend, zog ich meinen neuen Strohhut tiefer in die Stirn und löffelte in Eile meinen Bohnenteller aus. Einen Geldschein unters Glas schiebend, machte ich mich davon, während Kusmin Korolenko, dieser ziegenbärtige Jüngling, Nadja umarmte.

Was ist das Leben, hatte ich bei Retard gelesen, anderes als Betrug und die Abhängigkeit vom Fahrplan.

In jener Nacht gingen wir zeitig schlafen, während Issy Retards Reisetasche packte. Ich dachte an Korolenkos Roman und ob er sich von den Geschichten unterscheiden würde, die Retard auf unseren Reisen erzählt hatte. Im Einschlafen begegnete ich einer Reihe von Personen, Issy war unter ihnen, so wie ich sie in Sevilla mehr geahnt als gesehen hatte. Und auch in dieser Nacht ahnte ich sie mehr, als daß ich sie leibhaftig erkannt hätte, als Issy zu mir ins Bett kam, schweigend das

Nachthemd auszog und sich zu meiner Nacktheit legte. Ich verlor das Bewußtsein, das heißt, ich tauchte in tiefere Träume. Ich erwachte mit Kopfschmerzen, als Issy an die Tür klopfte. Sie würde ihre Arbeit im Supermarkt heute später beginnen, um uns zum Flughafen fahren zu können.

Im Fond des schäbigen Volvo saßen Retard und ich wie abgeführt. Im Frühlicht, zitierte Retard ungenau, sind die Frankfurter Allee, die Gräber von Friedrichsfelde Ost, ein Schlafzimmer und Mexiko ohne Unterschied.

V

Die Gegend um den Flughafen hatte sich in vierhundert Jahren nicht verändert. Als lebten noch immer die Alcalden der spanischen Vizekönige in den einstöckigen Häuschen am Wege, nur daß sie heute mehr Müll hinterließen und an die strahlenden Götter der Reklame-Tableaus glaubten, die dem Ankömmling den Blick auf die Stadt verstellen. Später ritt Moctezuma auf einem erbeuteten Pferd an uns vorbei. Retard las unentwegt in seinem MERIAN, als sei die touristische Rolle der leichteste Teil seines Versteckspiels. Casa de Azulejos! rief er im Taxi. Da müssen wir hin. 1911 feierte hier Pancho Villa mit seinem Rivalen den Sieg über die Stadt. Und überhaupt die Mexikanische Revolution, sagte er und zeigte Lust, den *taxista* nach den Folgen der Agrarreform von damals zu fragen. Von Block zu Block, Stau zu Stau blühte er sichtlich auf. Die Erinnerung an Berlin, seine Angst vor Verfolgung waren hier nicht mehr als die Erinnerung an einen lächerlichen Witz vom Vortag. Ah! über den verwitterten Prunk der Innenstadt, je näher wir dem Zòcalo kamen. Die engen Straßen um den Platz, beinahe unpassierbar einer flanierenden, essenden Menschheit wegen, die sich von den Garküchen am Wege bediente, vor den Auslagen stehenblieb, Talmischmuck und Uhren, Talmischmuck und Uhren, dann wieder nur Geschäfte für Fensterglas im Wechsel mit Devotionalienhandlungen mit mannsgroßen Heiligenfiguren im Schaufenster, einem heiligen Franziskus, der ein Schaf im Arm trägt, das den Dreharbeiten für Buñuels Film *Der Würgeengel* entkommen ist. Kein Heiliger mit einem Hund im Arm? sagte Retard, dem die streunenden Hunde auffielen. Und dann im Schatten der Kathedrale die Indiofrauen, deren Gesichter in vierhundert Jahren nicht älter geworden waren; auf bunten Tüchern boten sie ihre Frijoles und Tamales und Tortillas an, ihre zinnoberroten und giftgrünen Paprikas und ihre Holzpüppchen, die dem Käufer Segen oder Fluch bringen würden, je nach dem Zauber, mit dem die Verkäuferin sie aus der Hand gab. Retard hätte am liebsten sofort das Taxi verlassen, um eine oder mehrere der fünfundzwanzig Sprachen zu hören, die diese Nachkommen der Azteken, Tolteken und Mayas hier sprechen würden, wie er dem Artikel im TAGESSPIEGEL entnommen hatte, den wir über den Wolken gelesen hatten. Der Fahrer hielt uns für Gringos, denen man die Stadt zeigen muß, indem man den größten Umweg zu ihrem Ziel fährt. Ich beschimpfte ihn, aber nun konnte er seinen gelben Käfer nicht mehr wenden, und so umkreisten wir die Kathedrale ein zweites und ein drittes Mal, ehe sich links von uns das Gran Hotel de la Ciudad in seiner ganzen Herrlichkeit auftat. Retard hatte auf diesem und keinem anderen Hotel bestanden.

Fast hätte er mich noch vor der Rezeption überredet, uns unter falschen Namen eintragen zu lassen. Etwa, sagte er, könnte ich den Namen dieses Schreibers aus dem TAGESSPIEGEL annehmen und mich Rodolfo Frais nennen, wie diese amerikanisierten, von Cola mehr denn von Coca berauschten Mexikaner den Namen des unbekannten Autors aussprechen würden; und ich konnte ihn gerade noch daran hindern. Mexiko ist ein gut verwaltetes und bürokratisches Land, sagte ich, man kann die Polizei kaufen oder täuschen, aber nicht die Rezeption eines Hotels, das einem Mr. Johnson oder Mr. Westinghouse oder wem auch immer von jenseits des Rio Grande del Norte gehört. Dafür, wetten, werden wir, destilliertes Wasser auf unseren Zimmern finden.

Retard vergaß sofort seine hochstaplerischen Absichten, als er die Fin-de-siècle-Pracht dieses in ein Hotel verwandelten Kaufhauses betrachtete, eine Kathedrale der Tuchhändler, ein französisches Blendwerk mit schwebenden Fahrstühlen, in denen man Eiffels Träume wiederfand, und von wo man auf die Halle hinunterblickte wie auf eine Opernbühne, auf der stündlich Sarah Bernhardt erwartet wurde. Ihr Gepäck und ihre Papageien in den großen Käfigen hatte sie vorausgeschickt. Dagegen konnte es lebensgefährlich sein, wenn man die Treppe benutzte und sich der Rache der Geister aussetzte, welche über die Jahre die roten Läufer zernagt und zerbissen hatten.

Niemand überzeugt mich und nichts, sagte Retard als wir uns auf der Terrasse des Hotels wiederfanden und ein Bier der Marke Doble Equis bestellten, in der Fremde zu sein. Bestenfalls in Mexiko unter Kaiser Maximilian. Oder wie kommt es Ihnen vor?

Die schmale Terrasse bot Platz für eine Reihe Tische mit eisernen Gartenstühlen. Unter uns die ungeheure Geometrie des Platzes, eingefaßt von den historischen Kulissen, linkerhand die Kathedrale, vor uns der Regierungspalast und rechts das Rathaus. Wieder fielen Retard die Hunde auf, die im Zwielicht des späten Nachmittags sich einfanden, als lauschten sie den Botschaften der trommelnden jungen Männer auf dem Platz. Mit tiefem Schlag erwiderte die Glocke der Kathedrale, und dann flammten die Scheinwerfer der Autos auf, und endlose Rosenkränze schlangen sich um den Platz.

Um auf Ihre Frage zurückzukommen, sagte ich, es hat sich kaum etwas verändert, oder doch: Die Stadt gleicht einer Festung vor dem Ausbruch eines Aufstands. Nur, wer bereitet den Aufstand vor? Sehen Sie sich die Indios an, die uns bedienen.

Sie erinnern mich an die Seeräuber-Jenny beim Nahen des Kanonenbootes.

Wir werden, sagte ich, wenn wir morgen die Stadt erkunden, überall Zeichen von der Rückkehr Moctezumas erkennen können. Das Erdbeben war die erste Warnung. Schauen Sie noch einmal hinunter, unter dem Platz sind die Pyramiden, die den Boden der Kathedrale anheben. Es ist fraglich, ob das Korsett, das man ihr angelegt hat, sie noch stützen kann.

Jetzt sprechen Sie wie ein Indio, sagte Retard und zerkrümelte das Brot auf seinem Teller.

Die Indios, erwiderte ich in einem Anflug von Leichtsinn, gegen den man sich in dieser Höhenluft nicht wehren konnte, die Indios sind ja der verlorengegangene und von Columbus wiedergefundene dreizehnte Stamm Israels. Wußten Sie das nicht?

Humbug, sagte Retard, talmudistische Scharlatanerie. So als würden wir Hugenotten behaupten, göttlich zu sein und vom Sonnenkönig abzustammen. Was, natürlich, denkt man an gewisse Philosophen, die wir zu den unsrigen zählen, in anderer Weise richtig ist. Und warum sollte die Aufklärung, die wir nach Preußen gebracht haben, nicht göttlich sein.

Die Höhenluft schien auch auf ihn nicht ohne Wirkung zu sein.

Sie vergessen, sagte Retard nach einer Weile, daß wir morgen kaum Zeit haben werden. Wenn Sie erlauben, begleite ich Sie zur Beerdigung Ihrer Schwester Paula, ich meine …

Leonor Moscosa, sagte ich.

Ich hatte es nicht vergessen, glaubte aber nicht, daß der Tod einer Verwandten uns nach Mexiko gerufen hatte. Vielleicht käme ich hier ans Ende meines Auftrags, der Schmerz in meinem Kopf würde nachlassen, und ich könnte mich namenlos zurückziehen – wohin?

Es wäre wunderbar, räsonnierte Retard, wenn wir hier in Mexiko das Grab Mateo Alemáns fänden oder zumindest die Umstände seines Todes erführen. Ich meine natürlich den anderen Alemán.

Der andere Alemán bin ich, sagte ich.

## VI

Als wir den Friedhof von Coyoacán erreichten, mit seinen eingemauerten Toten und den Bäumen in roter und blauer Blüte (Retard konnte sich nicht sattsehen), merkte ich, daß wir nicht vorbereitet waren für einen Trauerakt. Retard trug eine karierte Jacke, was für einen Trauergast, der mit der Toten nicht verwandt war, noch hingehen mochte. Ich trug (seit Sevilla) meinen hellen, zuletzt von Issy aufgebügelten Leinenanzug; in der rapid ansteigenden Hitze des Vormittags die richtige Bekleidung. War es überhaupt eine christliche Beerdigung? Uns umgab der barocke Prunk eines christlichen Friedhofs, Marmor und Stein, Kruzifixe und verwittertes oder goldglänzendes Latein, das Retard im Vorbeigehen unbedingt entziffern wollte.

Nehmen Sie das, sagte Retard, der meine Verlegenheit sah, und wies auf den schwarzen Flor einer Trauerschleife vor einer Wand. Er bückte sich ächzend für mich und riß das Stück Crêpe oder Serge ab, und ich band es mir um den Arm.

Die schwarzverschleierten Gesichter der am Grab wartenden Frauen wandten sich uns zu. Wie konnte ich aus dem Blick dieser Augen erraten, in welchem Verwandtschaftsverhältnis die Frauen zu mir standen? Retard blieb etwas zurück, weil ihm der Weg Mühe machte oder weil ihn Pietät überkam und wir tatsächlich zu einer Trauergemeinde gerufen worden waren, und nicht zu einer geheimen Versammlung der Trotzkistischen Partei Mexikos, wie wir im Auto scherzend vermutet hatten. Mich überkam Unruhe, Nervosität, Schweiß brach aus, und ich wischte mir mit dem Ärmel das Gesicht. Ich hatte in den letzten Tagen den Gedanken verdrängt, hier Catalina wiederzusehen. Die Blicke der drei Frauen, die sich in Größe und Korpulenz kaum unterschieden, ruhten auf meinem Gesicht. Ich trat näher, und wir umarmten uns, und ich roch das vertraute Parfüm, dieses Heno de Pravia oder Colonia Añeja, auf das sie auch in Mexiko nicht verzichten wollten. Den Priester hatte ich übersehen.

Don Mateo, sagte er und griff unter seine Röcke, als suchte er nach einem Taschentuch für mich. Don Mateo, Sie kommen spät, ich meine, ein später Heimkehrer. Er lachte über seinen albernen Scherz, als sei er, Gott am nächsten, erhaben über die Trauer der Anwesenden.

Es ist Don Augustino, sagte die älteste der Frauen, die meinen Arm nicht losließ, du erkennst ihn doch wieder, Mateo?

Lassen Sie ihn ein wenig Fassung gewinnen, Doña Juana, sagte der Priester.

Don Augustino sprach noch immer den weichen sevillaner Dialekt, der eine Abneigung gegen alle Konsonanten hat, die mit Zunge und Zähnen zu produzieren sind. Doña Juana, dachte ich. Also ist das meine

Mutter, die ich unter den Toten wähnte? Und jene andere würde Jerónima sein, meine Stiefschwester. Und die Dame, gerahmt von zwei Jungmännern, die mich (schmerzhaft) an Amos erinnerten, mußte Doña Catalina sein. Und die jungen Herren meine Söhne? Sie gaben mir zögernd und mit lang ausgestrecktem Arm die Hand, während schon die Totengräber, zwei alterslose ausgemergelte Indios, sich an der Wand zu schaffen machten. Ich verlangte, als könnte ich mich nur so überzeugen, daß meine Schwester beerdigt wurde (und also die Anwesenden mit mir zu tun hatten), das Gesicht Leonor Moscosas zu sehen. Don Augustino wollte ablehnen, aber die Indios, die auf ein Trinkgeld hofften, hoben den Sargdeckel ein wenig hoch, und ich blickte auf das wächserne Gesicht und wollte es berühren.

Retard behauptete später, in diesem Augenblick hätte ich geweint, und alle Anwesenden hätten wie befreit, beinahe glücklich ausgesehen, als hätten auch sie bis zu diesem Augenblick an meiner Existenz gezweifelt. Leonor Moscosa hatte auch im Tod ihr ein wenig aufgedunsenes Gesicht behalten (sagte ich später zu Retard). In der Schule (sie war zwei Klassen über mir) hatte ich sie vor dem Spott und den inszenierten Liebesanträgen der Mitschüler bewahren müssen, die untereinander wetteten, auf wessen Leim Leonor Moscosa zuerst kriechen würde. Sie fiel auf jeden Schwur herein und heulte sich dann an meiner Schulter aus. Vielleicht war sie deshalb mit der Familie nach Mexiko ausgewandert, in die Kolonien, wie meine Mutter unkorrigierbar sagte, als sie mit meiner Hilfe 1970 die Überfahrt buchten...

Catalina (falls sie es war) hielt sich im Schatten ihrer (unserer) Söhne, als der Sarg geschlossen wurde und Don Augustino die üblichen Worte murmelte, von Weihwasser begleitet und von anderen magischen Zeichen, deren Sinn ich vergessen oder nie begriffen hatte.

Nun trat auch Retard näher an den Sarg, und die anderen schienen seine Anwesenheit (noch dazu die eines Krüppels) in diesem Moment als Belästigung zu empfinden. Don Augustino äugte fragend nach mir, als er mit seinem Geschäft fertig war, Retard versuchte jedem die Hand zu geben, und als ich ihm helfend beistehen wollte, entdeckte ich eine vierte Dame in Trauerkleidung, wenn auch nicht verschleiert, die im Hintergrund mit Retard gewartet hatte und nun die gegenseitige Vorstellung übernahm.

In meinem Kopf meldete sich der alte Schmerz. Ich erwartete eine chiffrierte Botschaft, wie oft in den letzten Monaten, ich hoffte auf ein heimlich zugestecktes Kuvert aus der Hand dieser vierten Dame, die ihre Vorstellung (sie sprach Spanisch mit geringem deutschen Akzent) jedesmal so begann: Le presento un amigo de Mateo, el gran maestro y profesor Rodolfo Frais ... Retard schwor später, sie habe ihn, obschon sie ihn kannte, unter diesem Namen auf dem Friedhof begrüßt, und er habe, als sei dies Teil einer unbekannten (aber erwarteten) Konspiration, sofort darauf reagiert. Nun stellte er mir die Dame vor, die sich als Freundin der Familie ausgegeben hatte: Frau Hermine von Richthofen.

El barón rojo, sagte ich und meinte das Restaurant gleichen Namens im Flughafen der Stadt.

Das ist sozusagen nur die geschäftliche Seite, protestierte Frau von Richthofen und übertrieb ein wenig ihren Berliner Dialekt, den sie vor einem halben Jahrhundert als Schulmädchen gesprochen hatte.

Nicht ganz, korrigierte mich später Retard. Ihre Familie ist während des Krieges emigriert und wurde deshalb von den anderen deutschen Emigranten, den Seghers, den Kischs, den Uhses für nicht ganz zuverlässig erachtet.

Aber ich bin eine alte Freundin Ihrer Familie, Herr

Alemán, und glücklich darüber, muß ich sagen, daß Sie beide hier sind. Ich habe noch viel vor mit Ihnen.

Ich nickte und hoffte auf irgendeine chiffrierte Botschaft aus ihrem Munde.

So trösten Sie doch Ihre Mutter, riet Doña Hermine, die sah, wie sich die anderen Frauen um die klagende Doña Juana kümmerten.

Ich bin nicht ganz sicher, sagte ich (und wußte, daß ich log), ob dies nicht ein Mißverständnis ist und ich auf der falschen Beerdigung bin.

Es ist immer die falsche Beerdigung, sagte Frau von Richthofen, solange es nicht unsere eigene ist.

Ihr Lachen klang vertrauensvoll, es war das Lachen einer Kettenraucherin und Whiskytrinkerin. Im übrigen eine große Frau, preußisches Gardemaß in jeder Hinsicht.

Ich rede so vertrauensvoll mit Ihnen, fuhr die Baronin fort, als könnte sie längeres Schweigen nicht ertragen –, als kennten wir uns längst und wären uns, wie soll ich sagen, in einem früheren Leben schon einmal begegnet.

Während Retard nach einer Antwort suchte, trat ich zu Doña Juana, erlöste sie von den Trostworten Jerónimas und ihrer Schwiegertochter; legte meinen Arm um sie und führte sie ein paar Schritte in Richtung Ausgang. Und es tat mir gut, diese Frau zu trösten, die meine Mutter war. Es bedurfte keiner Worte zwischen uns.

Wir hatten das Taxi warten lassen, einen Mercury Baujahr 1983, der zur Armada von Hoteltaxen gehörte.

## VII

Welch umweltverschmutzende Karosse, empörte sich die Baronin. Dann verfrachtete sie Doña Juana und mich, Catalina und die Knaben in den Mercury und nahm Retard und Jerónima in ihren grünen Volkswagen. Casa de Azulejos, rief sie dem Fahrer des Mercury zu. Und so verpaßte ich wertvolle Fragmente eines Dauergesprächs zwischen Retard und Frau von Richthofen. Catalinas Nähe beschäftigte und beunruhigte mich. Sie saß auf dem Beifahrersitz, das schwarze Trauertuch hoch in den Nacken geschoben. Auch wenn ich sie ansprach, behielt sie ihre steife Haltung, ohne den Kopf zu heben oder zu wenden und immer bedacht, daß ich ihr Gesicht nicht im Rückspiegel zu sehen bekam. An meiner Seite versuchte mich Doña Juana mit einer Reihe von Fragen abzulenken, von meiner Nervosität abzulenken, die sie spürte, wenn ich ihre runzlige Hand hielt und streichelte. Geht es dir wirklich wieder gut, Mateo, sagte sie, bist du wiederhergestellt und gehst zur Schule?

Die Söhne, der eine hatte sich neben seine Mutter und den Fahrer gezwängt, der andere (wie hießen sie überhaupt) saß neben seiner Großmutter –, die Söhne lachten über die Frage.

Geht er denn noch zur Schule? sagte einer.

Tonto de la peras, sagte Doña Juana, er ist doch Schullehrer, dein Vater, nicht wahr, Mateo?

Ich drückte ihre Hand und nickte. Catalina zeigte dem Fahrer eine Abkürzung, so daß wir vor dem grünen Volkswagen der Baronin ankamen.

Nimm es uns nicht übel, Mateo, sagte Doña Juana, als wir ausstiegen (und Catalina sogleich ihr Tuch bis unter die Augen zog, daß sie aussah wie die Türkenfrauen in Kreuzberg), nimm es uns nicht übel, wenn wir nicht mitkommen. Wir gehen zu Fuß, wir haben es nicht weit. Wir erwarten dich morgen bei uns zu einer Comida fúnebre. Du weißt, wo wir wohnen?

Catalina reichte mir eine Visitenkarte: JUANA ALEMAN Y ENERO, las ich.

Wir werden morgen ein Gebet für sie sprechen, sagte Doña Juana.

Kaddish? sagte ich, Kaddish für Leonor Moscosa?

Wo denkst du hin, sagte Doña Juana erschrocken.

Warum nicht, sagte Doña Catalina spitz. Hier in Mexiko haben wir Religionsfreiheit.

Das war nicht immer so. Damals ...

Damals, sagte Catalina mit einer Stimme, die ich nicht wiedererkannte, damals galten Ehe und Taufe mehr als heute ein gültiger Paß. Wir hoffen, daß mit deinen Papieren alles in Ordnung ist?

Ja, echote Doña Juana, du hast keine Probleme, Sohn?

Ich verneinte, und da kamen endlich die andern. Jerónima verließ winkend den Volkswagen und trat zu uns. Umarmte mich zum Abschied, und alle entfernten sich, winkend, und als sie außer Sichtweite waren, streifte ich den Trauerflor von meinem Ärmel und ließ ihn in den Rinnstein fallen.

Wie ich gerade zu Ihrem Freund sagte, sagte die Baronin, als wir das Restaurant betraten. Aber lassen Sie uns zuerst Plätze suchen.

Die breithüftigen Indiomädchen in knöchellangen Trachtenkleidern wiesen uns Plätze zu in der Planta Baja.

Oben ist es schicker, sagte Frau von Richthofen, aber hier unten mexikanischer. Und ich nehme an, daß Sie das bevorzugen, meine Herren. Hier ist die Speisekarte. Kann ich helfen? Erstmal muß ich was trinken. Einen Tequila auf die Hand, ja, mit allem drum und dran, ja.

Wir nickten, und sie gab einem der Mädchen ein Zeichen. Nach dem zweiten Tequila zog sie ein Päckchen Tabak aus der Handtasche sowie Zigarettenpapier und bot an, auch uns eine zu drehen. Retard lehnte ab und verwies auf seine Zigarren. Die Kellnerin machte uns darauf aufmerksam, daß wir in der Nichtraucherzone säßen, aber die Baronin sagte irgend etwas, das ich nicht verstand, und gab sich und mir Feuer.

In Mexiko, sagte sie, werden Verbote erlassen, damit man sie übertritt. Eine Art Sport. Sie sehen, was aus meiner preußischen Disziplin hier geworden ist, meine Herren. Nehmen Sie doch diese Tacos mit Pollo, und essen Sie lieber keine Ensalada wegen der Diarrhö, die sich vor allem einen Jux mit den Europäern macht. Obschon Sie, Herr Alemán, mich irgendwie an eine robuste mexikanische Pflanze erinnern, eine Agavenart. Ist so meine Art, die Menschen mit Bäumen und Pflanzen zu vergleichen. Herrn Dr. Frais hab ich da schon einiges gesteckt in der Hinsicht. Ich setze sie gleich auf den laufenden, Herr Alemán, oder wie heißt es in korrektem Deutsch. Tacos con pollo, und lieber Bier, löscht besser, eine scharfe Angelegenheit, Sie werden sehen. Also, wie ich sagte, vergleiche alle Menschen mit Bäumen und Pflanzen, weil ich diese Theorie nicht mag, wir kämen irgendwie ausm Ozean, Fisch ist nicht mein Fall, und Sie, mein lieber Rudolf Frais, kommen mir vor, wenn ich das sagen darf, wie eine etwas knorzige deutsche Tanne, so von der Art wie sie mein Großvater um Weihnachten samt Wurzelballen ausgrub, in einen Topp stellte, schmückte, und nach Neujahr pflanzte er sie zurück in den Garten. Seßhaft, aber gelegentlichem Wechsel nicht abgeneigt, solange die Wurzeln dranbleiben, stimmts?

Retard nickte und schien zu überlegen, was sein Namensgeber dazu gesagt hätte, der im TAGESSPIEGEL seine *mexicanidad* so sehr betonte, daß er bei einem Vergleich mit Bäumen vermutlich Anspruch auf die Königspalme erhoben hätte.

Welchen Baum würden Sie mir wohl geben, fragte die Baronin und wischte sich den Bierschaum vom schmallippigen Mund.

On es gentleman ou cochon, sagte Retard etwas zu grob, so daß ich einlenkte und eine Schmeichelei sagte.

Bitte kein sevillaner piropos, sagte Frau von Richthofen. Wo ich bin, ist Preußens Gloria, wie mein Großvater zu sagen pflegte.

Sie hatte ihren Trauermantel abgelegt und über einen freien Stuhl geworfen. Am Nebentisch war eine Familie (oder eine Anzahl Menschen, die sich kannten) damit beschäftigt, Röntgenbilder zu betrachten. Nachdem jeder sein Bild gegen das Licht gehalten hatte, gab er die Folie weiter, um sich in die Konturen zu vertiefen, die sein Nachbar anbot. Eine Art mexikanischer Peep Show? fragte Retard.

Gewiß sind es Ärzte, sagte die Baronin wegwerfend, die sich über eine Diagnose nicht einigen können. Sie werden am Ende demjenigen recht geben, der das Essen bezahlt. Sehen Sie nur, wie brechend voll ihr Tisch ist.

Doña Hermine reckte die Arme, als imitiere sie die Bewegungen der Mediziner. Sie trug ein tiefgrünes Kleid aus schwerer Seide, das alterslos schien wie seine Trägerin.

Grübeln Sie nicht weiter, mein lieber Doktor, sagte sie unvermittelt zu Retard. Ihren Sozialismus gibt es nicht mehr. Es war hier für uns in Mexiko ein harter Schlag, daß Sie verloren haben. Wir hatten auf Sie gesetzt, sozusagen auf literarischer Ebene; denn unsere Emigranten, zu denen ich mich rechnen darf, waren einmal unsere bevorzugten Autoren. Ich selber besitze das vollkommenste Ludwig-Renn-Archiv, das Sie sich vorstellen können. Just im Herbst 89 wollte ich das Material der Berliner Akademie vermachen, ich meine der in der Maternstraße, wo es zur Charité geht. (Die Ärzte am Nebentisch waren sich noch immer nicht schlüssig.) Und nun, fuhr die Baronin fort, bin ich froh, daß ichs behalten hab, auch wenn ich drauf sitzenbleibe, wie zu befürchten ist. Denn wie leicht kommt man heute in Schwulitäten. Auch meine guten Beziehungen zum KGB und zu anderen Organen (Retard hatte Mühe, sich nicht zu verschlucken) kann ich nun für mich behalten oder zu Markte tragen, aber ich bin nicht John le Carré. Was sehen Sie mich so erstaunt an, meine Herren? Was ist dabei, eine Weile dafür gesorgt zu haben, daß die Welt in der Balance bliebe, und was man vom Teller der CIA nahm, legte man auf den Teller des KGB und umgekehrt. Meingott, wer, wenn nicht Leute wie ich, haben letzten Endes den Frieden der Welt bewahrt. Für eine Weile jedenfalls. Jetzt haben die anderen gesiegt. Und ob für eine Weile nur, wird sich zeigen. Schauen Sie nicht so trübe drein, oder schmeckt das Essen nicht? Es schmeckt? Der Nachtisch wird auch nicht von Pappe sein. (Die Baronin winkte dem Mädchen zu, das mit einem Teewagen voller Kuchen und giftgrüner und blutroter Leckereien vorbeikam.) Was ich noch sagen wollte, sagte Doña Hermine, mit dem bißchen Geld, das meine Restaurantkette abwirft, habe ich einen Verein gegründet. Nicht mehr EL LIBRO LIBRE, sondern EL ARBOL LIBRE, es lebe der freie Baum! Was wie ein Widerspruch in sich klingt. Die Freiheit eines Baumes ist ja seine Seßhaftigkeit. Sobald er frei ist und die Welt zu sehen bekommt, ist er tot. Die *grüne* Baronin! auf diesen Titel, meine Herren, wäre ich in Zukunft stolz. Wie ist es? Machen Sie mit, werden Sie meine Vertreter in Deutschland!

Sie verlangen Birnen vom Tannenbaum, sagte Retard etwas vage und wischte sich den Mund.

Versammeln wir uns unter der heiligen Ceiba der Karibik, sagte die Baronin.

Und verkünden das animistische Zeitalter, erwiderte Retard, der ein Gespräch über Bäume ausgerechnet in Mexiko für eine Zumutung hielt.

Frau von Richthofen reckte die angewinkelten Unterarme, als wollte sie eine mexikanische Kaktusart darstellen, und erhob sich dann einen Augenblick zu voller Länge, daß Retard die Augen schloß, um ihr nicht mit Blicken folgen zu müssen. Auch die Ärzte am Nebentisch hörten auf, die Röntgenbilder einer ungeklärten Diagnose zu betrachten.

Möglich, daß dieser Augenblick mir eine Epiphanie, eine Erleuchtung, brachte. Ich erkannte, während ich etwas Bohnenmus auf eine Tortilla strich, meinen Fehler vor vierhundert Jahren. Es war der Fehler aller spanischen und anderen Einwanderer in diesem Land. Alles, was sie getan hatten, was ich getan hatte, war, das Leben fortzuführen, das wir in Europa geführt hatten, die gleichen Götter anzubeten, die gleichen Gedanken im Kreis gehen zu lassen. Warum hatte ich mich nicht den Göttern der Inkas und Mayas unterworfen? Warum hatte der Geschmack der unbekannten Früchte, der Einfluß der Tabak- und Cocablätter nicht unsere Sinne verändert? Was am Ende herauskam, von Alaska bis nach Feuerland, war die Karikatur beider Welten, der indianischen wie der europäischen. Der Gedanke aber reichte nicht aus, um für den Augenblick als Botschaft zu gelten, vermittelt von dieser alternden Aristokratin, die etwas gegen die Langeweile tun mußte, indem sie die Bäume zu Genossen erklärte und einen grünen Sozialismus verkündete. Als ob ich, entlassen von meinen Auftraggebern, am Ende meiner Tage, Sekretär einer Grünen Liga werden könnte.

Rudolf Frais alias Alexander Retard bat um ein zweites Bier und kramte nach einer Zigarre.

Noch immer, sagte er, verdeckt ein Gespräch über Bäume die Verbrechen der Welt.

Die Baronin lachte auf wie über einen Witz. Sie sind der Gefangene Ihrer toten Kollegen. Kommen

Sie unter meine Bäume, und Sie werden erleuchtet werden.

Ich bin der Priester einer Religion unter den Menschen, sagte Retard (und ich dachte belustigt, wie bereits vor vierhundert Jahren die mexikanische Höhenluft die Einwanderer zu Propheten gemacht hatte).

Mein lieber Feuerbach, sagte die Baronin, die offenbar seit Jahrzehnten gegen diesen Höhenrausch gefeit war. Nehmen Sie etwas von dieser geeisten Melone, und versöhnen wir uns bei einem spanischen Cognac. Carlos III. Oder was sie hier haben.

Felipe II. wäre mir lieber, sagte Retard. Der wußte, daß den Menschen die Freiheit nicht bekömmlich ist.

Bevor er das herausfand, sagte die Baronin, holzte er die spanischen Wälder ab. Klar, in einer Wüste ist die Freiheit tödlich.

Fast wäre ich, sagte Retard unvermittelt, vor einiger Zeit Ministerpräsident einer Deutschen Republik geworden.

Ich weiß, ich weiß, sagte Hermine von Richthofen, es stand in allen Zeitungen.

## VIII

*Huarte que millones reparte,* las Retard das Glücksversprechen des Lotteriehauses Casa Carlos. Das wär's, ein Millionengewinn in Mexiko, ein Haus in Coyoacán, das wir zur Festung ausbauen.

Nicht einmal Trotzki, sagte ich, hat es etwas genützt, sein Haus zur Festung auszubauen.

Spätestens als wir wieder über die Calle de Viena ins Zentrum zurückfuhren, oder vielmehr bei der Feststellung des Straßennamens das Gefühl hatten, auf dem Weg nach Wien zu sein, behauptete Retard, das gleiche gelbe Auto verfolge uns schon seit Tagen. Er schwitzte und zog die Jacke aus und schob sich die Mütze, die aussah, als hätte er sie soeben beim Besuch des Trotzki-Hauses aus dem Kleiderschrank des Hausherrn entwendet, aus der Stirn und wischte sich die mexikanische Hitze von den Schläfen.

Señor Rudolf Frais, versuchte ich zu trösten, sind Sie nicht unter diesem Namen zu Ihrem Vortrag im Goethe-Institut empfangen worden, und haben Sie nicht unter gleicher Tarnkappe in der Universidad de las Américas, so freundlich vorgestellt und assistiert von Guillermo Samperio, über die Kulturpolitik in den neuen Ländern gesprochen, mit hämischem Unterton, als sprächen Sie eigentlich über die Politik des spanischen Imperiums in den neuen Ländern Amerikas, während ich Sorge hatte, der tatsächliche Rudolf Frais könne sich zufällig im Auditorium aufhalten, mokant lächelnd über diesen zerknitterten Gelehrten aus der Unterwelt, der in seinem Namen auftrat, und er, dieser Rudolf Frais, der vielleicht neben mir saß, ein blondes Bärtchen auf der Oberlippe, eine Erscheinung wie der jugendliche Bourbonenkönig Philipp II., als er aus Aachen kam, in schwarzen Tuchhosen und einer Halskrause, und im wässrig-blauen Blick die Erinnerung an die Aachener oder Regensburger Mädchen, die schon seinem Vater, dem Kaiser, zum Verhängnis geworden waren.

Tatsächlich, sagte Retard, fühlte ich mich von diesem Kerl neben Ihnen besonders scharf observiert. Natürlich trug er keine Halskrause, aber mit Sicherheit ist er ein Geheimdienstler gewesen.

Unter welchem Namen, zitierte ich, um ihm eine Freude zu machen, sich Achill unter den Weibern verbarg …

Auch Ihnen, mein lieber Alemán, konnte im Auditorium nicht ganz wohl gewesen sein. Denn unter den

Zuhörern entdeckte ich Don Adolfo Castañón, der hierzulande als der beste Kenner Mateo Alemáns gilt. Er hätte uns zweifellos über Ihr Ende aufklären können.

Hier in Mexiko, erwiderte ich, ist zwischen den Lebenden und den Toten kein großer Unterschied. Dennoch bin auch ich für eine baldige Abreise.

Morgen reisen wir ab, bestimmte Retard.

Und ich dachte, mit welch heiligem Eifer er das Haus des großen Ketzers betrachtet hatte, keinen der Räume auslassend in diesem von der Mexikanischen Trotzkistischen Partei verwalteten Museum, in dem es keine einzige Postkarte des Hausherrn zu kaufen gab – bei uns kein Personenkult, wie das junge Mädchen, das sich hinter der Kasse (wir waren die einzigen Besucher) langweilte und auf einen Drehständer mit Postkarten Frida Kahlos und Riberas zeigte, die beide in einer Art postdalischem Surrealismus oder post-buñuelscher Erotik sich beim Küssen und Lieben und Imbettliegen hatten ablichten lassen. Dies alles interessierte Retard nicht, während das Mädchen das rote T-Shirt über ihre spitzen kleinen Brüste zog und mit den Fingern über die dichten Augenbrauen fuhr, als müßte sie uns aufmerksam machen, wieviel Ähnlichkeit es zwischen ihr und Frida Kahlo gab. Stumm betrachtete Retard die konservierte Einrichtung in den Wohn- und Arbeitsräumen, die Bibliothek, die russischen Zeitungen auf dem Tisch, den Morseapparat, die ungetüme Schreibmaschine, die Brille mit kreisrunden Gläsern und Bügeln, die ganz hinters Ohr griffen wie verlängerte Krallen. Dieses beseelte Weiterleben der Dinge in unserer Abwesenheit. Dann der Garten mit seinen hohen Mauern, die gepflegte Wildheit der Blumen und Sträucher, die ein stummer Gärtner mit einem Wasserschlauch am Leben hielt. Der jämmerliche Anblick der Hühnervolieren und Karnickelställe, und es war, als habe sich der Tod ausschließlich in diese Winkel zurückgezogen. Leon Davidowitschs meckerndes Gelächter erhob sich über den Bäumen. Dohlen umkreisten die mit Hammer und Sichel geschmückte Säule. War er denn hier begraben? Retard verbot mir, mich danach zu erkundigen.

Mit unerklärbar schuldbeladenem Ausdruck, als wären wir Sinowjew und Kamenew (alias Apfelbaum und Rosenfeld), und glichen doch eher Mercader und Siqueiros, stiegen wir ins wartende Taxi und fuhren durch die von blühenden Bäumen verschleierte Stille Coyoacáns.

So verließen wir die Hauptstadt, ohne uns von Frau Hermine von Richthofen zu verabschieden. Hatte sie die Hotelrechnung beglichen, oder war es die Universität? Retard wollte sich – französisch, als gehörte diese Sprache zu seiner Mimikry – erkundigen, aber das strahlende Mädchen an der Rezeption händigte uns ohne weitere Erklärung die OK-Scheine aus, und so konnten wir in Begleitung der Gepäckträger das Hotel verlassen, während noch alles schlief, die Musik schwieg, die sonst diesen wunderbaren Käfig durchrieselte. Ein unerwartet kalter Morgen empfing uns, als begänne auf der anderen Straßenseite ein anderer Kontinent, ein hyperboräisches Thule, das uns mit eiskalter Hand begrüßte. Große Hunde beherrschten die Straßen und belauerten schweigend die Müllfahrer, die Handschuhe und Wollmützen trugen. Auch der Taxifahrer trug Handschuhe und einen Schal, und erst auf der Fahrt zum Flughafen löste sich die Stadt langsam aus der Erstarrung des frühen Morgens.

Retard, der noch immer meinte, auf der Flucht zu sein, schlug für unsere Rückkehr nach Europa eine Zickzack-Bewegung vor, etwa von Mérida nach Miami und dann weiter.

# IX

Wir verabschiedeten uns von den frostigen Göttern in Uxmal, die in der Tiefe ihrer Pyramiden hausten. Wir verabschiedeten uns von den Geistern der spanischen Eroberer in den Fresken von Mérida.

Retard war nur mit Mühe zu bewegen gewesen, sich von den Parkbänken in Mérida zu erheben, die von den großen Bäumen gemilderte Glut zu verlassen, herauszutreten aus der feierlichen Trägheit seiner Bewohner, die hier saßen, als erwarteten sie in jedem Augenblick die Rückkehr des spanischen Vizekönigs. Auch Retard schien mit einmal nichts anderes zu wollen, als zu bleiben und zu verharren. Und so belästigte ihn meine Unruhe, die mir selber unerklärlich war. Die Alemanes von Sevilla, rief er ärgerlich, was sind das denn anderes als Zuchtmeister des Kontors, Buchhalter pünktlich zu erfüllender Auftragsbücher gewesen? Noch in die Kolonien habt ihr diese Gärung mitgebracht. Ein schwarzes Schaf in der Familie, wie Sie, Alemán, macht da keine Ausnahme. Übrigens: Haben Sie sich überhaupt von Ihrer Familie in der Stadt verabschiedet?

Ich nickte. Ich hatte sie alle noch einmal gesehen, meine Mutter umarmt (gerade an sie wollte ich mich nicht erinnern) und ihnen ein Bild meiner unerschütterlichen seelischen Verfassung und Gesundheit hinterlassen.

Dann ist es ja gut, sagte Retard und zog sein Jackett an. Dann können wir ja gehen. Wohin, mein Mayor Domus?

Wohin? Als hätten wir nicht schon längst beschlossen, die Empfehlungen zu nutzen, die das Goethe-Institut Herrn Rudolf Frais auf den Weg gegeben hatte, an andere Institute in der Welt, die den Weimaraner im

Schilde führten (wie Retard sich ausdrückte), um dort Vorträge zu halten.

Denn er war eigentlich unser, sagte Retard, bei Gelegenheit tische ich denen noch einen Vortrag auf: Unser Goethe, warum und weshalb. Weimar 1949.

Warschau, unterbrach ich ihn, nicht zu nahe und nicht zu weit von Berlin.

Ihre Eindringlichkeit, mein lieber Alemán, schiebt mir lauter Sandkörner unter die Zunge und zwischen die Zähne. Sie erreichen, was ich nicht will, daß ich mir meinen Garten vorstellen muß, zur Stunde, im lieben Petersdorf, sprich Fredershagen. Neunter Monat schon, Sichelmond, später September. Vermutlich haben weder Issy noch Amos auch nur einen der Äpfel aufgehoben, die im Gras liegen werden, angefressen von Igeln und Wespen.

Hatten Sie nicht einen Gärtner?

Nach welchen Äpfeln sich der Mann bückt, sagte Retard, wollen wir hier nicht untersuchen. In Warschau, wenn es denn sein muß, unter einem kalten blauen Himmel, den sie dort aus Delft oder aus Potsdam importieren, werde ich mich heimisch fühlen. Könnten wir nicht bei unserem nächsten Staatsstreich etwas poetischer vorgehen, ich meine, eine panslawische Republik ausrufen, die wie selbstverständlich das ganze Brandenburg mit einem Teil von Berlin einbeziehen sollte?

Und auch als ich das Gepäck aufgegeben hatte und wir im Transitraum saßen, war dear Alec noch immer nicht von seinem brandenburg-slawischen *cafard* genesen, in einem Anfall von Heimweh, der mich überraschte.

Die Mädchen, sagte er, werden auch in Warschau nicht viel anders aussehen als bei uns zu Hause, diese so gleichgültig tuenden, dabei so aufmerksamen Mädchen unserer Gemeinden, distelgleich im Benehmen und mit einmal die französische Frechheit meiner hugenottischen Großmutter im Blick.

Issy, Ihre Gattin? fragte ich, als könnte ich ihn auf andere Themen bringen. Doch erfolglos.

Issy? Auch sie geht in dieser Melange auf. Ihre Würze kommt von Berlinguer, doch schließlich haben wir noch alles assimiliert, was von draußen kam, angefangen mit den Reitern des Dschingis-Khan. Welche Idiotie, diese Sprüche, Sie kennen sie, Ausländer raus … Es ist, als verbannte man alle seine Vorfahren, um zuletzt nur noch als Zombie durch den deutschen Nebel zu wabern.

Unsere Maschine geht in einer halben Stunde, sagte ich.

Ich habe, sagte Retard unbeirrt, in all diesen vergangenen Jahren bei meinen Leuten eine erstaunliche Liebe zur Geometrie entdeckt, eine handwerkliche Genauigkeit, berufsbedingt zuweilen, aber am Ende getragen von einem Schönheitssinn.

Möchten Sie einen cafécito, eine Zeitung?

Nein, danke.

Es war unmöglich, ihn abzulenken.

Bedenken Sie, fuhr er fort, wie mit einmal eine Klasse von Arbeitern, Handwerkern sich augenzwinkernd verständigt – gegen den Staat! Schreiben die da oben falsche Zahlen, in rosa und grün, überholen wir da unten …

Wer ist wir, fragte ich.

Wir da unten, die da oben. Das heißt, mit einmal waren *wir* der Staat. Wenn wir schon nicht regierten, so planten wir, und eines Tages, so planten wir, würden wir die Regierung übernehmen. Wer hatte das Dach unseres Hauses in Fredershagen gedeckt, wenn nicht unsere Nachbarn, die nicht lange Anträge stellten – Grabowski und ich liefen uns auf dem Amtsweg die Hacken ab –, kurz entschlossen verschob der eine Nachbar die Bleirohre seiner Firma gegen die Information, wo es Zement gab, und schon gab dieser weiter, wo Dachpfannen und Dachreiter zu haben waren, versprach man dem Verwalter dieser Schätze am Feierabend seine Sauna zu reparieren oder seinen Swimming Pool zu bauen.

Ich entfernte mich für einen Augenblick und meinte, Retard noch immer reden zu hören.

Unsere sozialistische Menschengemeinschaft (sagte er, als ich zurückkam, wir schon aufgerufen wurden und ich ihm auf die Beine half), unsere sozialistische Menschengemeinschaft, es war …

Es war das Glück des Ghettos, sagte ich, ohne ihn beeindrucken zu können. Retard, der den ganzen Tag keinen Tropfen getrunken und sogar auf seine Frühstückszigarre verzichtet hatte, schien trunken von seinen Erinnerungen. Für einen Augenblick dachte ich, ihn hier zu verlassen und mit einer anderen Maschine nach Sevilla zu fliegen. Womöglich fand ich mich wieder auf den blauen Kacheln der Parkbank in Sevilla – vor oder nach dem Auftauchen der Dame Hyazinthe? Morgen würde pünktlich um neun der Unterricht in der Primaria San Francisco beginnen. Unser lieber Kollege Alemán zurück aus Mexiko. Hatten Sie einen schönen Urlaub? Scheißfreundliches Schulterklopfen, als hätten sie nie an den Türen meiner Klasse gehorcht, mißtrauisch, was ich den Kindern erzählte.

Kommen Sie, sagte ich zu Retard.

Und so landeten wir nach einem kurzen Sprung über den Golf von Mexiko in Miami Airport.

Als wir am Transitschalter standen und unsere Tickets vorlegten, bat der gelackte Mulatte, die Zähne unter seinem Oberlippenbärtchen zeigend, um unsere Pässe. Er prüfte, was wir ihm reichten und bat uns *just a moment* Platz zu nehmen. Wir würden aufgerufen.

Irgendwie saßen wir in der Falle. Ich hatte mehr Erfahrung als Retard, das zu wittern.

Sie haben kein Recht, unsere Pässe einzubehalten, sagte ich. Retard zündete sich eine Zigarre an.

Lassen Sie ihnen das Vergnügen, sagte er, der sein Leben lang nach Ausweisen gefragt worden war. Man ließ uns nicht lange warten. Zwei Herren in Zivil, von jener gutgenährten Durchschnittlichkeit, wie man sie hier überall sah, traten zu uns, die Pässe in der Hand, deren Fotos sie mit unseren Gesichtern verglichen. Sie hielten uns einen kleinen Ausweis unter die Augen. Follow us, sagten sie, it's a regular FBI-check-up.

La madre que los parió, dachte ich, und Retard lächelte mich an, als hätte er nun endlich recht bekommen. Der gelbe Ford in Coyoacán, der Einäugige vor der Pyramide in Uxmal, alles Vorboten, Chiffren aufkommenden Unglücks, ob nun im Dienst der Mächtigen oder im Dienst des Schicksals.

Man schob uns höflich, aber gleichgültig in einen Chevrolet, dem ein zweiter Wagen folgte.

Verlangen Sie sofort Ihren Konsul zu sprechen, sagte ich zu Retard, ehe Sie irgendeine Aussage machen oder etwas unterschreiben. Retard schaute auf seine erloschene Zigarre und schwieg.

Bevor man uns in eine Gemeinschaftszelle mit kubanischen Dealern, Verkehrssündern und schwarzen Kriminellen sperrte, führte man uns dem Haftrichter vor. Dieser hatte sich vorbereitet und einen Dolmetscher für uns bestellt, der Deutsch und Spanisch sprach.

Sie wärrn der daitschen Bundsreplik ausgeliefert, sagte der Mann, auf dessen Antrag, und Retard korrigierte ihn: auf *deren* Antrag, Mister.

Is wohl egal, welche Grammatik den Antrag begleitet, sagte der Mann, der aus einer Zahnlücke sprach. Ich winkte ab, als er mir seine Suada auf spanisch wiederholen wollte.

Daß sie uns zweisprachig aufklärten, stand im Widerspruch zum Grund unserer Verhaftung. Denn ich hatte den Mann auf jiddisch nach den Gründen für unsere Festnahme gefragt.

Mischka, main Guter, sagte der Dolmetscher, masseltoff! Man hat eich durchschaut, daß ihr seid der Spionageminister und der andere a gewisser Doktor Voigele, und flüchtig beide vor der Hand des Gesetzes.

Ich blieb ernst und bedankte mich für die Auskunft. Dann schob man uns in die schweißstinkende Zelle. Die Ganoven machten Retard Platz und schoben ihm einen Schemel zu.

Alles klar, sagte Retard erleichtert, als ich ihm die Verwechslung erzählte. Er schaute sich nach unseren Mithäftlingen um. Einer bot uns sogleich *crack* an, zwei Dollar der Joint. Ich mußte Retard abhalten, dem Mann die zwei Dollar zu geben, die er in der Uhrentasche seiner Hose fand, und den Joint nehmen.

Wir saßen nur vierundzwanzig Stunden in diesem Käfig. Als man uns herausrief, erkannten wir unser Handgepäck am Schreibtisch des diensthabenden Officers. Mehr noch, uns erwartete eine Überraschung in Gestalt eines flüchtigen Bekannten aus schweizer Tagen.

Sind Sie nicht, sagte Retard, Herr Dr. Mühlenbeck, den zu kennen wir die Ehre hatten an jenem glücklichen Abend?

Ob glücklich weiß ich nicht, sagte der Mann, der inzwischen zum Konsularbeamten aufgestiegen war. Denn Helga und ich sind seit einem Vierteljahr endgültig getrennt von Tisch und Bett. Und er schlug die gleiche Lache an, wie wir sie von Helga kannten, eine Fanfare der Unsicherheit, die jedoch genügte, uns ihr Bild herbeizuzaubern.

Ach, sagte Retard, als wollte er zu einer Kondolenz ansetzen.

Meine Herren, kam ihm Dr. Mühlenbeck zuvor, eine bedauerliche Verwechslung, aber in dieser Zeit, da die Justiz in unserem deutschen Vaterland alle Hände voll zu tun hat, hat man Sie – und ich gebe zu, der Augenschein gibt der Vermutung nicht unrecht, zumal uns nur irgendwelche in Mexiko aufgenommenen Computerfotos zur Verfügung standen, hat man Sie für den einen und den anderen gehalten. Wir sind uns gewiß einig, daß die Gesuchten einiges auf dem Kerbholz haben werden.

Was würde, dachte ich, dieser Herr Dr. Mühlenbeck auf dem Kerbholz haben? Vielleicht den Absturz seiner verunsicherten Klientel?

Selbstverständlich kann ich mich noch gut an Sie erinnern, und, wie soll ich sagen, die Freunde meiner lieben Frau sind auch die meinen. Ich bürge für Sie, und die Bundesrepublik Deutschland entschuldigt sich durch mich bei Ihnen. Was kann ich für Sie beide tun?

Besorgen Sie uns einen Friseur, ein gutes Frühstück und die nächste Maschine nach Warschau.

Nichts was leichter wäre, sagte der Konsularbeamte.

Der Officer legte uns irgendwelche Papiere vor, die wir unterschrieben. Wir banden unsere Armbanduhren ums Handgelenk, klemmten die Kugelschreiber ins Jackett und prüften unsere Pässe nach irgendwelchen Eintragungen und Stempeln. Es fand sich nichts. Dennoch bestanden wir darauf, von Herrn Dr. Mühlenbeck ein amtlich gestempeltes Papier zu erhalten, das unsere Unschuld bestätigte.

Dann saßen wir in tiefen Friseurstühlen und ließen uns von Conchita oder Florita rasieren und die Haare etwas stutzen. Wir verwickelten die Mädchen in spanische Gespräche, aber sie hatten alle Reizworte vergessen, die sie aus Cuba mitgebracht hatten. Die Rechnung reichten wir dem auf uns wartenden Konsularbeamten.

Zwei Stunden später flogen wir mit KLM geradewegs nach Warschau.

## X

Nach der blühenden Hitze Floridas prüfte Warschau uns mit kühler Blauäugigkeit (sagten wir und suchten Bestätigung für diese leichtfertige Metapher in jedem Frauenauge). Retard ruhte nicht, bis er das triviale Bild ins Historische gerückt hatte, in jenem Aberglauben des Wissenschaftlers, daß der aus der Geschichte geholte vergleichende Terminus besser sei als die Vergleiche des Alltags.

Dieser Phönix aus der Asche, sagte Retard, dieses polnische Dornröschen, alle tausend Jahre wacht es auf zu immer gleicher Schönheit, und mal zeigt es den Horden aus dem Osten den Hintern und mal wehrt es mit erhobener Hand den Liebesanträgen der Barbaren aus dem Westen. Das Kleid, das sie sich von Canaletto hat entwerfen lassen, trägt sie nun alletage, und daß es geflickt und ausgebessert ist, wer sieht das schon. Im Improvisieren waren uns diese Brüder und Schwestern aus dem Ostblock schon immer voraus.

Sie mögen recht haben, sagte ich, aber Ihre Theorien, am Fenster eines gesicherten Hotelzimmers verkündet, würden mir besser Anlaß zur Betrachtung geben.

Denn in Warschau tagten die Zeugen Jehovas und hatten alle Zimmer der Stadt, bis in die Herbergen, Pensionen und Dachkammern belegt. Eine perfide Taktik, vermutete Retard, so als übertrage sich das Glaubensbekenntnis dieser Sekte durch unmittelbare Kontamination. Woran glaubten sie eigentlich? Wir wußten es nicht, und Retard erinnerte sich, wie man die Sekte in den fünfziger Jahren der DDR verboten hatte, wegen ihrer allzu großen Nähe zum nordamerikanischen Imperialismus. Immer wieder hatten die Zeugen Jehovas heimlich ihre Mahnungen in die Briefkästen gesteckt – das Weltende ist nahe! Kehret um und tuet Buße! Nun war immerhin ein Teil der Welt untergegangen, was die Prophetie der Sekte in einem fatalen Sinn bestätigte.

Schon auf dem Flughafen wurden wir von Sektenbrüdern angesprochen, die auf unsere Ankunft gewartet hatten.

Jetzt beweisen Sie einmal, Alemán, sagte Retard, wie polyglott sie wirklich sind und klären sie die Leute auf, die uns immerzu mit ihrem Kreuz im Wege stehen.

Habe ich Ihnen bisher nicht in allen Sprachen dienen können, Meister?

Auch wenn mein Kopf schmerzte, fand ich die ersten polnischen Sätze aus einem unerklärlichen Fundus, ein Zauberkraut, wie Retard sich ausdrückte, das Ihnen Ihre Auftraggeber unter die Zunge gelegt haben. Und so sagte ich dem Kerl im grünen Lodenmantel, daß wir nicht zur Sekte gehörten, aber vielleicht könne er mir den Weg zum Jüdischen Weltkongreß im Hotel Europeiski weisen.

Der Grüne schlug das Kreuz und entwich.

Womit haben Sie ihm gedroht, wollte Retard wissen.

Ich habe Sie für den Großrabbiner der Synagoge an der Oranienburger Straße ausgegeben.

In wie viele Inkarnationen muß der Mensch hinein wie in einen Tunnel bis ans Ende der Welt? sagte Retard und behauptete, den Talmud zu zitieren. Dann blätterte er, während wir vor dem Flughafen standen und uns die Taxifahrer bedrängten, in seinem Adreßbuch.

Was würde Ihr großer Freund Berlinguer an unserer Stelle tun, fragte ich.

Er würde eine Dame anrufen, die er einmal in Helsinki oder Algier auf einem Kongreß getroffen hat und die zufälligerweise in Warschau wohnt und Szofia, Halina oder Elisabeta heißt. Leider kenne ich keine dieser Damen.

Und so blieb uns nichts anderes übrig, als zum Goethe-Institut zu fahren, einem dieser bundesdeutschen Bollwerke, die von hier bis nach Indien die deutsche Niederlage im Zweiten Weltkrieg (wie Retard sagte) auf subtile Weise kompensierten.

Glücklicherweise war uns ein FAX von Dr. Mühlenbeck vorausgeeilt, so daß die Schöne im Institut, die durch mich hindurchsah, als sei ich unsichtbar, uns ein Zimmer im Haus anbot, zwei Betten, die ein Nachttisch trennte.

Am zweiten Tag, da ich allein über die Saska Kampa lief (und Retard seinen Vortrag memorierte), traf ich den grünen Mann wieder, ich meine den Kerl im Lodenmantel, der uns auf dem Flughafen angesprochen hatte. Diesmal zog er einen Zettel aus den wie bemoosten Stulpen seines Ärmels und reichte ihn mir augenzwinkernd.

IHRE REISE WÄHRET NUR NOCH KURZE ZEIT (las ich) DIMITRI LIFSCHITZ ERWARTET SIE IM HAUS DES BUCHES.

Nach Monaten die erste Botschaft von Big Brother. Ich schaute mich um. Der Grüne war in der Menge verschwunden. Vermutlich war er als Bote für irdische wie für himmlische Mächte tätig. Wer aber war Dimitri Lifschitz, wenn nicht der Vorsitzende des Jüdischen Weltkongresses in Warschau? Ich kaufte mir eine Zeitung, die auf drei Seiten vom Auftreten der Zeugen Jehovas handelte: Lech Walesa empfängt die Zeugen Jehovas. Der Außenminister empfängt die Zeugen Jehovas. Kardinal Glemp weist Kritik der Zeugen Jehovas an der

Katholischen Kirche zurück. Die Zeugen Jehovas schenken der Stadt Warschau ein Fast Food Restaurant. *Das Ende ist nahe, eßt schneller* (sagte ich mir). Ich lachte schallend, was niemandem auffiel. Dann setzte ich mich auf eine Bank und schlug noch einmal das Blatt auf. Und da fand ich unterm Strich die Notiz: Der internationale Verleger Dimitri Lifschitz, vormals Moskau, stellt im Haus des Buches seinen neuen Verlag vor, der aus einer Fusion mit dem amerikanischen Unternehmen BIGGER BOOKS & POCKETS hervorgegangen ist. In Anwesenheit seiner deutschen Verlegerin, Frau Gerlinde Raumer, wird der russische Autor Kusmin Korolenko morgen seinen Roman *Der 13. November* anläßlich eines Cocktails der Verlagsgruppe LIFSCHITZ/BIGGER BOOKS & POCKETS vorstellen.

Good news, dear Alec, sagte ich mir und riß die Notiz aus der Zeitung. Nadja is in town. Seit wann heißt sie Gerlinde Raumer?

Auch am Abend konnte ich Retard die frohe Kunde vom Auftauchen unserer Reisegefährtin und ihres/unseres Autors in Warschau nicht mitteilen. Er schien eigene Wege zu gehen, oder hatte er die Damen seines verschollenen Freundes Berlinguer gefunden? Sein Bett blieb leer, und als er am nächsten Morgen anrief, war die Leitung so schlecht, daß ich nicht alles verstand.

Am Abend, rief ich, gibt Nadja einen Empfang, wir müssen dabei sein, mit ihrem russischen Autor, der sich offenbar nachträglich seinen Preis verdienen will, der hiesige Verleger heißt Lifschitz ... Hören Sie? ...

Wer ist Lifschitz, rief Retard durch die knackende Leitung, und wer zum Teufel ist Nadja? Am Abend halte ich meinen Vortrag bei Goethes, das sollten wiederum Sie nicht verpassen.

Ich weiß nicht. Lassen Sie uns einen Zweifrontenkrieg führen.

Noch ist Polen nicht verloren, unterbrach mich Retard. Ich habe Freunde aus früheren akademischen Tagen wiedergesehen, die mich zu einem Seminar eingeladen haben ... Michnik oder Adam Schaff ... hochinteressant und ohne die beleidigte Dümmlichkeit unserer, ich meine, meiner Berliner Genossen.

Ich werde in der Bar des Europeiski auf Sie warten und für Sie beten, sagte ich. Retard legte ohne weitere Worte auf.

Vorgeschlagen hatte Retard, über »Design im Sozialismus – Verpackung im Wandel der Parteitage« zu sprechen. Ein Thema freilich, das in Warschau, wie er sagte, schon seit den sechziger Jahren obsolet war, da die polnische Grafik schon immer ihre Anregungen aus Frankreich und Italien, aus Schweden und Finnland beziehen durfte, und nur zugespitzt ließe sich der polnische Sonderweg, mit seinen vielen kuriosen Freiheiten, auch als eine Folge des polnischen Designs verstehen. Mithin ein verschenktes Thema, und wann hätte sich Polen für seinen deutschen Nachbarn und seine Probleme interessiert?

Und so referierte er über eine höhere Kunst des Manierismus, über die italienische Schule um Boscán und Gracilaso, über Graciáns klügelnde Art, alle Dinge dieser Welt in Korrespondenz treten zu lassen ... und dies in der Art, die ich mir vorstellen konnte, ohne dabeisein zu müssen.

Denn mich befiel beim Wiedersehen mit Nadja das *dulce malum* einer ungeklärten Beziehung. Im Kulturpalast aus Stalins Tagen, auf der Cocktailparty von Dimitri Lifschitz, Großverleger und Big Brother.

Sie greifen nach dem Apfel der Erkenntnis, mein Lieber. Zu früh.

XI Ich hatte eines der Bücher aus dem Regal genommen, es hieß: SILIKON – DER WEG ZUM ÜBERMENSCHEN? Auf der Rückseite hatte ich gelesen: »Ein winziges Silikonplättchen im Gehirn würde dem Menschen augenblicklich die Kenntnis einer Fremdsprache oder der Relativitätstheorie vermitteln ...«

Es ist das Buch der Saison, sagte der Mann, der mich angesprochen hatte. Nur Hellsehen könnense mit dem Ding noch nicht.

Er verbreitete einen warmen Hauch nach Whisky und nach schwarzem Tabak. Froschaugen hinter dick geranderter Brille, eine gurgelnde Stimme, seine Hände versteckte er in den Taschen der großkarierten Jacke.

Dimitri Lifschitz, mein Name, und für meine Freunde noch immer Towarisch Dimitri Alexandrowitsch, man kann ja aus seiner Haut nicht heraus und die anderen nicht aus ihren Gewohnheiten. Ich freue mich, Sie begrüßen zu dürfen, Herr Alemán. Fürchten Sie nicht, als lebendes Modell für die Experimente dieses Buches hier ausgestellt zu werden. Sagen Sie mir nur ganz schnell in welcher Sprache unterhalten wir uns gerade? Ja?

Deutsch, sagte ich unsicher, nein: Russisch, oder?

Sie wissen es nicht, sehen Sie! Es ist der Beweis, daß unsere Freunde in Sevilla gute Arbeit geleistet haben. Wenn auch, im Vertrauen, hätten zwei Juden wie wir je Schwierigkeiten gehabt, sich in einer gemeinsamen Sprache verständlich zu machen? Ja? Und wo haben Sie Ihren Diabolus gelassen, ich meine Ihren Kleinmeister und Begleiter, den Doktor? Diesen deutschen Faust von der sozialistischen Idee, die sie ihm eingeblasen haben auch ohne Silikonplättchen, via Verstand und Ratio, wie in der guten alten Zeit der mit dem Teufel im Bunde stehenden Schwarzröcke. Ja, wo is' er?

Ich machte eine Geste, und Lifschitz fuhr fort: Er hat uns, ohne zu wissen, geholfen seinerzeit, mit einem Aufsatz über Leben und Werk Mateo Alemáns, Ihr Vorgänger, ja, und ich weiß alles über Sie dank des Doktors. Wie hätten wir sonst Ihr Plättchen füttern können, ja? Was ist Ihnen? Sie sehen blasser aus als Ihr Anzug, setzense sich, ich lasse Ihnen sofort einen Whisky schicken, die Party beginnt in einer halben Stunde. Habe die Ehre!

Zu viele Bücher, dachte ich, während ich auf den Korbstuhl in dieser Koje von BIGGER BOOKS & POCKETS sank, zu viele Bücher spielen sich hier als Familienmitglieder des eigenen Lebens auf. Freilich, was war schon mein Leben gegen das von Mateo Alemán. Und was ist *Leben* überhaupt gegen die Möglichkeit, es zu *beschreiben*: Hörte ich Retard zur Stunde einigen gepflegten älteren Damen, die ihr Deutsch aus Wien und Berlin hatten, sagen, einigen Studenten der Germanistik vielleicht und dem unaufmerksamen Korrespondenten der ZEIT oder der *Frankfurter Allgemeinen*; was ist schon Leben gegen die Möglichkeit, es zu beschreiben? Der Autor in seiner Gottgleichheit teilt das Schicksal mit unserem Schöpfer: Und wenn er ein Spanier ist, wie Mateo Alemán, beschreibt er uns die Schöpfung als Komödie, als höheren Jux, den sich ein gnadenloser Gott mit uns erlaubt. Wie sollten wir da nicht versuchen, mit List und Tücke ihm oder seinen Stellvertretern auf Erden zu entkommen? Eine teuflische Lust treibt diese Autoren, sich zu offenbaren, im Zerrspiegel ihrer Figuren zu erscheinen, nachdem sie den ersten Satz formuliert haben, bei dem sie freilich nicht stehenbleiben können, auch wenn dieser die Welt zum

Paradies machen würde, etwa: An einem Ort in der Mancha ... lebte ein Ritter. Oder: Schon hatten beide Welten zu den Füßen ihres Weltmonarchen, des katholischen Philipp, ihre Huldigung dargebracht ... Mateo Alemán ist da weitaus moderner und kommt unserem sich überstürzenden Zeitgefühl entgegen, wenn er mit der Tür ins Haus fällt: Die Lust die ich hatte, wißbegieriger Leser, dir mein Leben zu erzählen ...

Warum diese Lust? dachte ich. Ach, wäre ich doch in Mexico Ciudad geblieben, in der Wohnung meiner Mutter, wo es nach Olivenöl und Knoblauch roch, nach Thymian und Oleander, nach den Hibiskusblüten auf dem Balkon, nach dem gehüteten Heno de Pravia: regungslos auf dem Korbstuhl sitzend, den Kopf auf die Mantille gelegt, die auf der Rückenlehne ausgebreitet war und einen feinen Duft verströmte, und meine Mutter fragt, nachdem sie mich Stunde um Stunde besorgt beobachtet hat: Qué te pasa, Mateo? Te pasa algo? –

Daß ich dich hier treffen würde, war mir klar, hörte ich Nadjas Stimme und erblickte sie vor mir, als ich die Augen aufmachte. In einem tiefschwarzen langen Kleid stand sie vor mir und hielt mir das Glas Whisky unter die Nase. He, Schlappie, sagte sie, was soll'n das? Und wo ist der Kleine? Zu Hause gelassen? Drückt sich vor meiner Party? Seid ihr noch zusammen? Mensch, wie ich mich freue. Trink erst mal und komm dann rüber. Keiner wird dir etwas tun, von mir einmal abgesehen.

Sie tauchte ihre Zunge ins Glas, anders kann man es nicht beschreiben, und leckte sich die Lippen, ehe sie mir einen Kuß aufdrückte.

Der Scotch löschte aus, was Lifschitz mir gesagt oder angedeutet hatte. Ich, die Manipulation eines russischen Verlegers, eine Hybride aus Retards Zettelkastenwissen und einer bio-technischen Erfindung? Mehr denn je vermißte ich die Nähe Retards, meines Sancho Pansa, wenn sie aus mir schon einen Verrückten gemacht hatten. Ich erhob mich mit einem Ruck und sah eine Fotografie Apollinaires, mit verbundenem Kopf. Der Kanonier Apollinaire, der im Ersten Weltkrieg auf sozusagen unspektakuläre Weise illuminiert worden war mit Hilfe einer deutschen Granate, deren Splitter seine Stirn streiften. Niemand würde am Ende meine Fotografie ausstellen, mit verbundenem Kopf, in jenem Sevillaner Hinterzimmer mit den Stimmen, die sich hinter Licht und Zigarettenqualm versteckten.

Entschlossen zur Normalität sagte ich dem Mädchen, das die Gäste registrierte: Mateo Alemán, Korrespondent der spanischen Tageszeitung *El Espectador*, und ich kramte nach meinem Presseausweis. Sie winkte ab und trug meinen Namen in eine Liste ein. Und schon begann die Show, *el showcito*, wie man in Mexiko sagte. Der Dichter, Kusmin Korolenko, in der Mitte, assistiert von Frau Gerlinde Raumer alias Nadja, und von Dimitri Lifschitz, seinem russischen Verleger. Kaugummikauende Fotografen entfachten ihr Gewitter, das heißt, sie machten die Blitze, den donnernden Applaus die Anwesenden, diese Mädchen in Leggins und kurzen Lederröcken, mit ihren vom Lidstrich untermalten und vergrößerten Augen, Angehörige einer *kultura*, die 1939 untergegangen war und die nun ihre Enkel und Urenkel schickte, die mir weitaus künstlicher in ihrer Aufmachung erschienen, als ich es in den Augen von Lifschitz sein konnte.

Getränke wurden gereicht und Salzstangen einer Marke, die offenbar die Koje bezahlt hatte; jedenfalls konnte man ihren Namen wie ein Spruchband – wie früher eine Parteilosung – überall lesen. Salzstangen aller Länder vereinigt euch, sagte jemand. Zu meiner Überraschung war es Korolenko selber, ein Kerl kaum älter als 25, mit einem Ziegenbärtchen, das weniger an Lenin als an Solschenyzin erinnern sollte.

Lifschitz sprach, nachdem Nadja ihm durch Händeklatschen Aufmerksamkeit verschafft hatte.

Freunde, sagte der Verleger, Freundinnen, und öffnete einen Knopf über seinem gewölbten Bauch. Wir feiern nicht nur die Premiere eines Romans, das mag alltäglich sein, wir feiern vielmehr die Rückkehr, die Auferstehung der großen russischen Literatur in die europäische Gemeinschaft. Woskresenje! Wir Russen mußten schon immer wählen zwischen Tolstoi und Dostojewski. Wer in uns ein Bauernvolk sah (ein Spaßmacher, dachte ich, dieser Sprößling kosmopolitischer Eltern aus Odessa), wer uns feudal sah und sehen wollte in alle Ewigkeit, sperrte uns in die Werke der großen Alten ein. In unserem Selbstverständnis aber waren wir immer dem Magier von Petersburg näher, dem sinistren Häftling und, zugegeben, Volkstümler Dostojewski, der sein Russentum erst nach einer Erfahrung in den Spielhöllen von Baden Baden definieren konnte ... Und so ...

Ich hörte nicht mehr zu, ich betrachtete Nadja, die ihre kurzgeschnittenen roten Haare wie einen Helm trug. Sie schaute sich die Anwesenden an, bis sie mich entdeckte und zu lächeln begann. Korolenko trank jedes Glas aus, das ihm angeboten wurde.

Sie werden, sagte Lifschitz (als ich wieder zuhörte und meinen Ohren nicht traute), Sie werden, wenn Sie das Buch lesen, ein Schlußkapitel vermissen. Nun, das ist keine modische Anlehnung des Autors an den üblichen offenen Stil der Westler – Stilfragen sind auch politische Fragen, ja, so als ob diese offenen Schlüsse westlicher Romane der Bourgeoisie eine offene Zukunft vorgaukeln würden, indes ihre Gelehrten das Chaos verkünden ...

Beifall bei einigen der Anwesenden, zwei oder drei ältere Kritiker, wie ich vermutete, die ihre Zigaretten in bernsteinfarbene Mundstücke steckten und aussahen wie der Professor Filotek einer Warschauer Karikatur.

No Sir, sagte Lifschitz. Die Sache ist komplizierter. Den Schluß des Romans sollen Sie, Korolenkos Leser, selber schreiben. Und dazu laden wir, meine Person, der Autor, Frau Gerlinde Raumer und selbstverständlich Bigger Books & Pockets, laden wir Sie alle ein, am 13. November auf dem Roten Platz in Moskau zusammenzukommen, das Buch als Erkennungszeichen zu tragen, und auf den leeren Seiten des ...

Korolenko hielt das Buch in die Höhe und blätterte das ungeschriebene Kapitel auf wie einen Fächer.

... auf den leeren Seiten des Buches Ihre ganz persönliche Fortsetzung zu schreiben. Der beste Text wird prämiert und am Umsatz beteiligt. Nicht vergessen, mes amis, am 13. November um 12 Uhr mittags auf dem Roten Platz, vor den Schaufenstern des GUM. You get it?

Ein Blick streifte mich. Ich hatte Lust, ans nächste Telefon zu eilen und Retard von dieser unerwarteten Karriere des preisgekrönten Romans zu unterrichten.

Ich hob die Hand, nannte meinen Namen und meine Zeitung und fragte: Was kann ich meinen Lesern über den Inhalt des Romans mitteilen?

Nadja ließ ihr schrilles Lachen hören, das mir eine Gänsehaut machte und den Herren vermutlich ein Prickeln in der Leistengegend.

Wenn Ihr's nicht fühlt, erwiderte Lifschitz anzüglich, Ihr werdet's nie erraten. Überlassen Sie Ihren Lesern, eigene Schlußfolgerungen aus ihrer Lektüre zu ziehen.

Meine älteren Kollegen vom Warschauer Feuilleton sahen mich an und nickten.

Was hat er gesagt, fragten sie mich.

Jedermann sein eigener Roman, sagte ich.

Nicht sehr originell, sagte einer. Jedermann sein eigener Fußball, das gab es schon einmal.

Nadja trat zu uns und verteilte ein Faltblatt in drei Sprachen.

Du brauchst noch einen Whisky, sagte sie, du siehst so blaß aus.

Herzlichen Glückwunsch zum Erfolg.

Aufschwung-Ost, sagte die Verlegerin.

## XII

Später holten wir Retard in die Bar des Hotels Europeiski, wo der Hexensabbat in vollem Gange war. Korolenko saß wie ein schlafender Engel im Winkel und bot immerzu Autogramme an, die keiner haben wollte. Gerlinde/Nadja trug eine grüne Seidenbluse zu einem schwarzen Minirock, so daß Retard, der vermutlich nicht mehr nüchtern aus dem Taxi in die Bar stolperte, sogleich zu ihr wollte, den Stock unter den Tisch schiebend und sich zu ihr beugend, als gelte es ein Wiedersehen zu feiern, nach jener Trennung in den bayerischen Wäldern. Ich wartete darauf, daß er seinen kurzen Arm mit der sensiblen Hand (trug er seinen Ehering?) zwischen ihre hellbestrumpften Schenkel tauchen würde, in dieser Gier, die ich zuweilen an ihm beobachtet hatte. Anders als ich, dachte ich, war er zu keiner Catalina unterwegs (wie ich in meinen Illusionen), Illusionen, die nur unter Strafe in die späteren Jahre hinübergeträumt werden dürfen. Aber auch Nadja fiel ihm um den Hals und hielt ihn dabei auf dem Sessel zu ihrer Linken fest, bis Retard nach Luft schnappte und Lifschitz der Szene ein Ende machte durch übertrieben lauten Beifall. Ein Kellner kam, und der Großmagier von BIGGER BOOKS & POCKETS bestellte Champagner. Der befreite Retard griff nach anderen Händen und winkte mir zu. Lupus in fabula, sagte er, was immer er damit meinte.

Lifschitz' Moskauer Cheflektor erwies sich als alter Bekannter Retards aus Berliner Tagen, ein stiller deutscher Gelehrter, der die Wahl gehabt hatte, aus seiner Mitgliedschaft in einer Partei der Nationalen Front (eine Blockflöte, was sonst, sagte Retard später) politische Ansprüche abzuleiten, der Vorsitzende einer Enquête-Kommission zur Untersuchung der DDR-Geschichte zu werden (eine Art Entnazifizierungsverein, wie Retard sagte, mit den bekannten Maßstäben, die Großen läßt man laufen, die Kleinen stellt man an den Pranger) oder für Dimitri Lifschitz die Weltliteratur nach Bestsellern und möglichen Lizenzen abzusuchen. Und so saß er in dieser Runde mit der leichten Verlegenheit des Teutonen, ein schlechtes Gewissen zu haben, wo es hier doch nur darauf ankam, laute Musik, leichte Mädchen und zuviel Alkohol auf einmal zu verkraften.

Ecco è la marcia, sagte Retard und versuchte noch einmal nach Nadja zu greifen, was Korolenko aus dem Schlaf holte. Lifschitz kümmerte sich nun um so eindringlicher und fürsorglicher um *Nascha Sascha,* schob ihm das volle Sektglas wieder zu, bot seine Zigarren an (Davidoff) und köderte meinen angeheiterten Doktor mit alten Geschichten.

Dowolno, Sascha, sagte Lifschitz, laß uns wie Männer reden.

Prawilno, erwiderte Retard, eto werno, aber wie reden Männer – heute?

Nu, sagte der Großverleger, sie werden reden wie Männer gestern. Das heißt, sie nehmen die Herausforderungen der Geschichte an!

Die Geschichte ist am Ende, sagte Retard, im Arsch. Aus. Die Spießer haben gesiegt. Hitler hat gesiegt. Siegesparade am 31. Dezember 1989 in Berlin, Brandenburger Tor. Jubelnde Massen. Kristallnacht.

Lifschitz legte einen Finger auf seine aufgeplusterten Lippen. Seine Froschaugen sprangen von einem zum andern.

Klio ist eine Göttin, mein Lieber, sagte er, man muß ihr vertrauen. Vertrauen ist gut, sagte Retard, viel zu lange habt ihr eurem teuren Michail Sergejewitsch vertraut …

Hätten wir euren alten Männern mit Panzern ermöglichen sollen, noch älter und noch dümmer zu werden?

Wo war eure fünfte Kolonne? sagte Retard.

Nu, wo war sie? Warst du fünfte Kolonne, Sascha?

Ich habe getan was ich konnte, sagte Retard und genoß die Davidoff in vollen Zügen.

Tschort snajet, was du getan hast, sagte Lifschitz, ich weiß, und ich kenne DDR.

Aus deinem Fenster Unter den Linden? fragte Retard und putzte seine Brille mit einem Taschentuch Nadjas.

Ich kann hier nicht für deine Sicherheit garantieren (hörte ich Lifschitz flüstern), in Moskau, da.

Mit Goethe werden wir in Moskau einziehen, sagte Retard, am 13. November auf dem Roten Platz! Presente!

Venzerähmos! sagte Nadja und schleppte ihren Korolenko, der schlaff war wie Petruschka auf dem Jahrmarktsfest von Nishni Nowgorod, auf die Tanzfläche.

Telefonierte Retard mit Issy? Erkundigte er sich nach Amos? Ich weiß es nicht. Warschau schien wie die letzte Vorstellung eines Panoptikums zu sein, dessen Kulissen wir aus Brügge hierher verlegt hatten, via Montpellier, Bratislava und Berlin.

Man spielt hier noch einmal das alte Stück, sagte Retard, sehr stark verändert, auch wenn wir laut soufflieren. Die größeren metaphysischen Felder des Ostens, auf die wir uns nun begeben werden, sollten uns Beschaulichkeit bringen, Einkehr. Estamos cansados de tanto andar, wie Gardel singt.

Ich weiß nicht, sagte ich. Falls Sie ein Kloster meinen, das uns am Ende aufnimmt, hoffe ich, daß es gut geheizt sein wird.

Ihren mexikanischen Anzug können Sie unmöglich im November auf dem Roten Platz tragen. Wenn Ihr Scheckheft noch etwas abwirft, lassen Sie Nadja etwas einkaufen für die Reise.

Mein sprichwörtlicher mexikanischer Anzug, sagte ich, stammt aus dem Corte Inglés von Sevilla. Ich werde ihn mitnehmen.

Nach Moskau?

Nach Sevilla.

Vergessen Sie nicht, sagte Retard, daß Ihre Biografie in Mexiko endet.

Man wird sehen, sagte ich, ob es überhaupt meine Biografie ist, die hier zur Debatte steht.

Wer wollen Sie sein, solange Sie nicht wissen, wer sie gewesen sind, sagte Retard. Dann erst können Sie wählen, ob Sie den Hirngespinsten Ihrer Gegenwart oder Ihrer Vergangenheit den Vorzug geben.

Wo haben Sie diesen Lifschitz kennengelernt?

Auf einem Empfang der Sowjetischen Botschaft in Berlin, im Jahre des Heils 1975. Es kann aber auch auf Berlinguers Geburtstag in Friedrichshagen gewesen sein. Man wußte dort nie, wen man treffen würde, libysche Freischärler oder mozambikanische Prinzessinnen. Lifschitz hat einmal Hispanistik studiert und war sehr interessiert an einem Mateo-Alemán-Aufsatz aus meiner bescheidenen Feder. Ich glaube, ich lieh ihm das einzige

Exemplar der DLZ, das ich besaß. Ich muß ihn daran erinnern, es mir zurückzugeben.

Nadja erwartete uns am Tor des Goethe-Instituts. Die Verlegerin kam mit ihrem gelben VW-Kleinbus, mit dem wir in Begleitung Korolenkos die Reise ins Moskowitische antreten würden. Retard schlug das Kreuz beim Anblick des unbequemen Gefährts.

Von der Nonne zur Verlegerin, sagte er. Gut. Das ist eine Laufbahn. Und Autofahren hast du auch auf dem Prenzelberg und Umgebung gelernt. Gut. Aber sollen wir in Begleitung deines ziegenbärtigen Jünglings in dieser Badewanne ins Fünftel der Erde reisen?

Nadja fuhr uns zu einer Leihwagenfirma, da Retard darauf bestand, für uns ein anderes Auto auszusuchen. Er wählte einen blauen Lada 2107 auf meine Kosten. Er prüfte die Gänge des blauen Autos, schien zufrieden über eine gewisse vertraute Schwerfälligkeit der Schaltung, die ihn an seinen zu Hause gelassenen Volvo erinnerte. Er rückte den Sitz zurecht und korrigierte die Stellung der Spiegel. Dann fuhren wir in ein Kaufhaus an der Jerozolimska-Allee. Ich kaufte einen Pullover, eine Cordhose und gefütterte Stiefel.

Einen Schafwollmantel kaufen wir auf dem erstbesten Markt hinter der Grenze, sagte Retard. Er hatte Nadja beauftragt, ihm einen blauen Rollkragenpullover der Größe M zu besorgen, und sie fand nur einen schwarzen Pullover, der zu groß ausfiel.

Du kannst einen von mir haben, sagte sie, und notfalls gibt dir Korolenko eines von seinen chinesischen Flanellhemden.

Lieber trage ich deine Seidenbluse, sagte Retard.

Mit diesen und ähnlichen Vorkehrungen und Gesprächen bereiteten wir uns darauf vor, am 3. Oktober im Konvoi zur russischen Grenze zu fahren.

# XIII

Der hohe blaue Himmel über Brest trug ein Kainsmal rätselhafter Herkunft, auch wenn die ausufernden Kondensstreifen zweier Düsenjäger ihren IKS-Haken so geschickt plaziert hatten, als wollten sie eine Grenze deutlich machen. Es müssen himmlische Mächte sein, spekulierte Retard, die uns hier den Himmel einteilen, vermutlich die Seraphim des Meisters Feofan Grek, von nun an ist alles möglich.

Der Grenzübergang hatte uns Stunden gekostet. Korolenko argumentierte mit den Grenzposten in einem Dialekt, der mir fremd blieb. Nadja gab sich zurückhaltend und sagte die wenigen russischen Sätze auf, die sie aus ihrer Schulzeit behalten hatte. Mein mexikanischer Paß schien allgemeine Zustimmung zu finden. (Die Visa für mich und Retard hatte Lifschitz besorgt.) Retard und der diensttuende Leutnant einigten sich auf die gemeinsame Wiederholung des Wortes *Karlshorst,* als hätten sie dort zusammen roten Wodka getrunken und fetten Speck gegessen. Eine Autokarawane wurde an uns vorbei durchgelassen. Endlich kam Retard auf den Einfall, eine Handvoll Zigarren herüberzureichen, und doch schien diese Freundschaftsbezeugung die Erinnerungen des Leutnants und seiner Soldaten erneut anzufachen. Denn sie alle waren, kein Jahr her, in Karlshorst kaserniert gewesen. *Karlshorst!* Retard nickte mehrmals, als bestätigte dieses Wort den Untergang der DDR. *Pankow,* sagte Nadja, aber da spreizten die Russen die Finger, schüttelten die Hände ins Leere, als müßten sie sich von irgend etwas befreien. Dann ließ man uns weiterfahren.

Das Land öffnete sich in immer neue Wälder und Moore, von niemandem bewohnte Flächen. Wir hielten uns an den VW-Bus, den Nadja steuerte, uns mit seinen Bremslichtern zublinzelnd oder mit einmal davonfahrend, so daß sich andere Fahrzeuge dazwischenschoben mit ihrem schweren Geruch nach Rohöl und Diesel.

Retard bedauerte zum wiederholten Mal, kein Radio in diesem Leihgefährt zu haben, als entginge uns so eine Musik, die zu Städten wie Minsk und Smolensk passen würde, auf die wir heute oder morgen zusteuerten.

Stellen Sie sich das Prinzip Hoffnung in Musik gesetzt vor, sagte Retard. Eine Musik, die ganz leise aus den Wäldern kommt, aus dem Verborgenen, um mit einmal zu explodieren, Schneisen entstehen ganz aus Licht... Etwa so...

Er versuchte mit seiner angestrengten Stimme den Wechsel von Andante zu Expressivo Furioso hörbar zu machen.

Nichts, sagte ich, es ist, als versuchten Sie, die Toten des letzten Krieges zum Leben zurückzurufen.

Retard sah mich von der Seite an: Genau das wollte ich.

Lastwagen aus halb Europa überholten uns.

Ein Schwein kann sein ein schnelles Schwein, sagte Retard und zitierte Amos, aber niemals ein Windhund. Doch wie Sie sehen, machen hier die Schweine das Rennen.

Ich schloß die Augen, zog den Hut über die Stirn und wickelte mich in Retards Pullover, den er doch nicht tragen wollte.

Vor einem Bahnübergang trafen wir wieder auf Nadja und Korolenko, die ausgestiegen waren und auf den haltenden Güterzug zeigten. Es war ein Viehtransport. Der Gestank benahm uns den Atem.

Arme Seelen, sagte Retard beim Anblick der Rinder, die aus den Verschlägen glotzten.

Der neueste russische Export, sagte Nadja, es sind auch Pferde dabei, die in Marokko zu Wurst verarbeitet werden.

Korolenko versuchte vergebens, sich bei den Männern, die aus den Waggons sprangen oder mit Stangen in die stumme durstende Masse Vieh hineinstocherten, nach dem Grund für den stehenden Transport zu fragen.

Arme Seelen, sagte Retard, als wären es Menschen. Dies ist ein Einblick in die Vorhölle.

Verwechseln Sie nicht die Prioritäten, sagte ich. Das Vieh hat keine Seele. Es ist von Gott erschaffen, damit es uns dient und nutzt.

Ihr hebräischen Lateiner, rief Retard, ihr cartesianischen Rationalisten! Vergleichen Sie doch deren Augen mit denen dieser Affenmenschen, die nur um ihre Stückzahl besorgt sind, um ihre Prämie. Notfalls klauen sie unterwegs noch ein paar Tiere von der Weide, damit die Zahl stimmt, wenn sie in Marseille ankommen oder sonstwo. Wetten daß in jedem Ochsen da drin mehr Ergebenheit steckt als in Hiob. Es ist die Macht über die Wehrlosen. Mir ist, als sähe ich einem Transport nach Workuta zu oder sonst einer Deportation.

Es sind, sagte Korolenko (auch er rauchte und schien erregt, seine Augen glänzten), es sind ein paar Pferde ausgebrochen, während der Fahrt. Man wird sie einfangen und erschießen müssen.

Seltsam, sagte Retard, daß kein einziger Hund diesen Transport zu begleiten scheint.

Schicken wir doch, schlug ich vor, aus Minsk ein Kabel an Doña Hermine von Richthofen: Erwägen Gründung eines Tierschutzvereins. Erbitten Spende.

Retard sah mich an und wandte sich ab.

Wir können nichts tun, sagte Korolenko.

Nadja lachte ihn aus: Sollen wir sie aus ihren Waggons befreien?

Sie holte eine Decke aus ihrem VW und breitete sie am Straßenrand aus. Korolenko brachte eine Kühltasche und lud uns ein, mit ihnen *Kotleti* zu essen und Tee zu trinken.

Retard folgte mißmutig, und wir setzten uns in den Schatten der Bäume.

Korolenko, der sich als Gastgeber fühlte oder zeigen wollte, daß er nicht umsonst den Namen eines bekannten russischen Fabeldichters trug, bot an, die Fabel vom Menschen und den Tieren zu erzählen.

Retard winkte ab: Guzmán de Alfarache, sagte er, zweites Buch, drittes Kapitel. Daß Sie den Mateo-Alemán-Preis bekommen haben, junger Mann, berechtigt Sie noch lange nicht, die Schätze Alemáns zu plündern.

Auch er hat geplündert, sagte Korolenko und zeigte sich als belesener Mann (oder als Schriftsteller, der einen Vorwurf mit einem anderen Vorwurf zu beantworten weiß).

Hat er? stachelte Nadja ihn an.

Aber sicher, triumphierte Korolenko. Seneca und die Bibel und die Fabeln des Äsop.

Erzählen Sie Ihre Version, sagte ich und reichte den Tee weiter an Retard.

Korolenko zog sein (unser) Buch aus der Tasche, das er immer bei sich trug, blätterte und las: Als Genosse Stalin den Kolchosesel erschuf, fragte dieser den weisen Vater aller Länder und Völker, was für ein Leben ihm beschieden sein würde. Nun, sagte Genosse Stalin, du wirst schuften, Prügel bekommen und dreißig Jahre alt werden. Dem Esel gefiel das nicht. Zehn Jährchen, Väterchen, täten mir reichen.

Genosse Stalin trug die Bitte in sein Buch ein und erschuf daraufhin den Arbeitshund. Wie lange werde ich leben, Genosse Vorsitzender? fragte der Hund, und was wird mein Lohn sein? Dreißig Jährchen, sagte der Vater aller Menschen und Hunde, und man wird dich prügeln für gute Leistungen und dir einen Knochen hinwerfen, wenn du Hunger hast.

Der Hund maulte und bat um einen Nachlaß. Zehn Jahre, das reicht für die Plackerei.

Stalin schrieb es in sein Buch und erschuf die Stadtstreicherin. Die war gut anzusehen, und auf den Mund gefallen war sie auch nicht. Was hast du mir zugedacht, Väterchen, fragte sie mit äffischer Grimasse den weisen Lenker aller Schlachten.

Nun, sagte er und schmunzelte hinter seinem Schnurrbart: dreißig Jahre soll dir die Last wichtiger sein als der Brotkorb, die Eitelkeit deine Dummheit kaschieren, und nach dem idealen Mann wirst du dir ein Leben lang die Augen ausweinen.

Was, sagte die Stadtstreicherin, was soll das? Eine Lust, die dreißig Jahre währt, wird schal, und nach einem Mann zu weinen fällt mir nicht ein. Gib mir das kleinste mögliche Maß, auf das *ein* Orgasmus besser sei als dreißig Ehejahre.

Stalin schrieb etwas in sein Buch und entließ sie in Gnaden.

Zum Schluß erschuf er den Parteigenossen, rundum ausgerüstet mit einer wissenschaftlichen Weltanschauung und einem klassenkämpferischen Bewußtsein.

Gut, sagte der Parteigenosse, und welches Maß mir, Genosse Stalin?

Dreißig Jahre wie alle.

Was, sagte der Mann, dreißig Jahre mir, dem vollkommensten Geschöpf deiner Erde! Und wie will ich den Kommunismus erleben in nur dreißig Jahren?

Stalin schwieg und rechnete und schrieb in sein Buch.

Gut, sagte er schließlich. Dreißig Jahre sollst du umsonst haben. Dann noch zwanzig vom Kolchosesel, das heißt schuften, mit fünfzig dann die zwanzig des Arbeitshundes, da wirst du unzufrieden sein und nörgeln, schließlich von siebzig zu neunzig hast du noch die Jahre der äffischen Stadtstreicherin, du wirst deine wissenschaftliche Weltanschauung wie einen Hut von gestern tragen und noch immer meinen, von dir ginge die Weisheit dieser Welt aus. Nur manchmal wirst du wünschen, ich hätte dich mit dreißig in der Ljubjanka erschießen lassen.

Darauf legte Stalin die Uniform ab sowie den Schnurrbart und flog in Gestalt Jupiters auf den Olymp.

Ich klatschte Beifall und sagte: Eine sehr fortgeschrittene Fabel, Genosse Korolenko, ganz hervorragend erzählt.

Retard schüttelte den Kopf und sagte mürrisch: Es gibt keinen Fortschritt in der Kunst.

Dann hörten wir mehrere Schüsse. Eine Stunde später war der Bahnübergang frei.

Als wir zum Auto zurückkehrten, roch es nach Tod wie in der Stierkampfarena von Sevilla, wenn der fünfte und letzte Stier von einem Maultiergespann an den Hörnern herausgezogen wird und eine blutige Kalligraphie auf dem Sand zurückbleibt.

## XIV

Da wir hinter Minsk den Bauernmarkt fanden, von dem Retard geschwärmt hatte, stiegen wir aus. Auch Korolenko und seine Verlegerin folgten uns.

Wie bei uns, sagte Nadja und meinte den Markt am Brandenburger Tor, wo die Insignien der untergegangenen Macht verkauft wurden. Auch hier lagen die Embleme des Jahrhunderts, zurückhaltend angeboten wie pornografische Artikel im weißen Licht des Vormittags. Retard verhandelte über den Kauf einer Fellmütze und einer Schaffelljacke, die er als Mantel tragen konnte. Die Frauen in den geblümten Kopftüchern, die diese Geschäfte abwickelten (die Männer im Hintergrund zählten das Geld nach), schienen, bei aller Aufmerksamkeit für unsere Wünsche, durch uns hindurchzublicken, so daß ich mich öfter umsah, als stünde jemand hinter mir. Korolenko versuchte mit Erfolg zu unseren Gunsten zu feilschen. Doch Retard fuhr ihn an: Lassen Sie das, Sie waren zu lange weg, um etwas von der Inflation zu wissen, die hier galoppiert.

Korolenko sah mit seinem vom Kinnbärtchen diabolisch verlängerten Gesicht auf ihn herunter, lächelte höflich und kaufte eine Tüte Sonnenblumenkerne.

Das sind die Madeleinen meiner Kindheit, sagte er.

Kommen Sie nicht auch noch auf die Idee, Proust zu plagiieren, konterte Retard, der ihm nicht verzeihen konnte, uns mit dem Roman zuvorgekommen zu sein.

Manchmal kommen Sie mir vor wie Stalins Parteiarbeiter, sagte Korolenko anzüglich. Seien Sie doch friedlich, Gospodin Retard! Ein so schöner Tag, schauen Sie!

Retard, der seine Pelzmütze trug, als müsse er sich mit ihr anfreunden, wurde nur noch gereizter und ärgerlicher.

Was drehen Sie sich immerzu um, Alemán? Wollen Sie feststellen, ob Sie einen Schatten werfen? Wie Eichendorffs Taugenichts? Lassen Sie es sich genügen, wenn ich Ihr Schatten bin wie jener arme Sayavedra in Ihrem Roman, der, als er seekrank und verrückt ins Meer sprang, ruft: Ich bin der Schatten von Guzmán de Alfarache! Übelgenommen habe ich Ihnen, daß Sie sein Tod total kalt läßt.

Seit Warschau sind Sie, so kommt es mir vor, auf einer sentimentalen Reise. Was uns beiden fehlt, cher ami, ist der nähere Anblick einer Frau. Ohne indiskret sein zu wollen, glaube ich, daß auch Sie allzu lange der Wonne einer weiblichen Brust entbehrt haben sowie jener belebenden Unruhe, die uns erfaßt beim Anblick einer sich ausziehenden Frau.

Auch wenn Sie recht hätten, erwiderte Retard, ich weiß nicht, ob ich nicht lieber ganz der Welt abhanden kommen sollte, wie es in einem schönen Gedicht von Friedrich Rückert heißt.

Das Gustav Mahler vertont hat, ergänzte ich, um ihm eine Freude zu machen.

Richtig, sagte Retard und strahlte. Zuweilen sind Sie ein ganz gebildeter Mensch, und es macht Freude, sich mit Ihnen zu unterhalten.

Danke, sagte ich, aber was wollen Sie unternehmen für Ihre Seelenruhe?

Ich weiß nicht, sagte Retard, vielleicht gehe ich in ein Kloster am Wege. Manchmal denke ich, ob wir nicht in eine Falle tappen, die uns Dimitri Lifschitz gestellt hat. Die sensationelle Verhaftung der Putschisten Alemán und Retard auf dem Roten Platz! Wäre *das* nicht ein gutes Schlußkapitel für den Roman?

Lassen Sie uns gemeinsam ein Vaterunser beten, schlug ich vor, es wird Ihre Nerven beruhigen. Eine bewährte Empfehlung meines Gefängnisgeistlichen in Sevilla vor vierhundert Jahren wie vor nicht ganz zwanzig Jahren. Es muß also etwas dran sein. Hinterher können Sie wieder der alte Aufklärer sein und an die Vernunft glauben.

Immer weniger, sagte Retard (und erinnerte mich mit seinem Pelzhut, seiner dickgerandeten Brille und dem zeitweise törichten Ausdruck seiner Augen an das letzte Foto von Salvador Allende), immer weniger glaube ich an die Vernunft des Menschen. Immer weniger, alle Gespräche haben einmal ein Ende. Die mit Gott. Die des Menschen mit dem Menschen. Vielleicht, daß ein neues Kapitel aufgeschlagen werden muß, ein neuer Dialog

Gott – Mensch. Ich denke unentwegt darüber nach. Denn was wäre Gott anderes als das Zusammendenken aller moralischen Kräfte der menschlichen Geschichte, Marx so gut wie Einstein, Norbert Elias so gut wie Althusser, Montaigne wie Macchiavelli.

Groucho Marx und Buster Keaton, schlug ich vor, Alemán und Retard.

In diesem heiligen Rußland, sagte Retard, als hätte er hier seinen Humor verloren, verlieren Sie langsam an Glaubwürdigkeit, Alemán.

Peripatetisch hatten wir uns dem blauen Auto genähert, das wir am anderen Ende des Marktes geparkt hatten. Das Auto war verschwunden, der himmelblaue Lada 2107 mit unserem spärlichen Gepäck gestohlen worden.

Verlassen sich auf Wagen und hoffen auf Kutschen, sagte Retard.

Hinter uns rief Nadja: Wir fahren!

Wir hoben die Arme und winkten sie herbei.

Der nächste Polizeiposten (Miliz), den wir fanden, nahm unsere Klage zu Protokoll. Der Uniformierte schrieb gutwillig alles auf, mit einer gewissen Routine, als käme dies, seit Lockerung der Grenzbestimmungen, jeden Tag vor, daß ausländische Reisende ihr Fahrzeug nicht wiederfinden konnten. Der Zar hat's gegeben, der Zar hat's genommen, schien sein Gesicht zu sagen.

Verloren waren nicht nur einige Manuskripte, die Retard nach Mexiko mitgenommen hatte, Aufsätze, unterwegs vorbereitet wie »Ein Leseland Ost?« oder »Glossen zu Heiner Müller« – ein Referat, das er in Moskau halten wollte. Verloren waren auch Briefe von Issy, die ihn in Warschau erreicht hatten (wovon ich nichts wußte), verloren aber waren auch unsere Pässe, die wir, leichtsinnig genug, nach einer Straßenkontrolle im Handschuhfach verwahrt hatten. Mit einem Zettelchen des Milizionärs versehen, das unsere Angaben festhielt, bestiegen wir, unsere Einkäufe in der Hand, Nadjas VW und begaben uns wie strafversetzt auf die hinteren Plätze.

In Moskau, so hielt das Papierchen fest, sollten wir uns auf der Deutschen bzw. Mexikanischen Botschaft melden.

Gehen Sie zu den Mexikanern, schlug ich Retard vor, und ich gehe zurück zu meinen Vorfahren und melde mich als Matthäus Teutsch an. Neuer Paß, neues Leben.

Retard aber schwieg und schien kein Ohr für meine Vorschläge zu haben.

Nadja fuhr noch wilder als es ihre (neue) Art war, als müßten wir vor Einbruch der Nacht Moskau erreichen.

Die Welt, entziffert: las Retard vor, und wenigstens hatte er eines seiner Reisebücher retten können, des sauertöpfischen Gracián Abrechnung mit der Welt, darin der Jesuit das auf den Hund gekommene spanische Weltreich mit der Welt ganz allgemein verwechselt. Vielleicht sind die Jesuiten, sagte Retard, einmal mehr die Gralshüter unserer verkommenen Welt. Ich widersprach heftig. Gracián hatte lange genug in *meinem* Roman gelesen, bis er aus der vergnüglichen Lebensfahrt meiner Figuren, die mit Gaunereien auf die Desillusionierung ihrer Verhältnisse reagieren, seine marmornen Allegorien gemacht hatte.

»Es ist Europa der Welt herrliches Antlitz«, (las Retard): »stolz in Spanien, schön in England, anmutig in Frankreich, klug in Italien, frisch in Deutschland, kraus in Schweden, sanftmütig in Polen, liebreizend in Griechenland und düster in Moskowien ...«

Europa als Brevier einer geographischen Psychologie, sagte ich, was soll das? Der Alte hat sich nie aus Madrid, aus Belmonte oder Tarazona entfernt, woher konnte er wissen, daß Schweden ein krauses (vermutlich meinte er hügeliges) Land ist oder daß seine Bewohner krause Gedanken haben?

Der Neid spricht aus Ihren Worten, sagte Retard. Denn wer kann heute noch Ihrem Schelmenroman etwas entnehmen, was er nicht schon selber erlebt hätte? Dagegen wird Gracián noch in hundert Jahren (Retard klopfte auf das schmale Buch) von der elenden Beschaffenheit des unkorrigierbaren Menschen zeugen.

Ich schwieg verärgert. Was hatte ich überhaupt in diesem holpernden, blind in jedes Schlagloch fahrenden Gefährt zu suchen? Was ging mich die gelbbraune, was die von weißen Birkenstämmen ermunterte moskowitische Landschaft an? Zur Stunde, in meinem anderen Leben, säße ich in einer Einzimmerwohnung in Triana, Sevilla zu Füßen, ein über die Jahre gealterter Schullehrer, dem die Frau weggelaufen war (wie die Nachbarn nicht müde wurden sich zu erzählen) und der hierher gezogen war, um mit seinem Gehalt auszukommen und abends die Zigeunerviertel aufsuchen zu können, als fände er hier eines Tages seine Sofisbella, die vielleicht aus Dänemark oder Schweden kam, die Weltausstellung zu besuchen. Aber alles was er (ich) traf, war eine weitere Inkarnation der Vejecía, mit einem gelben Gebiß, das die Fürsorge bezahlt hatte, und stets bereit, einem die Zukunft aus dem Handteller zu lesen. Was hatte sie mir prophezeit? Die Rückkehr Catalinas? Nein, sie hatte gesagt: Die Wiedervereinigung mit Catalina. Seltsames Wort für eine Analphabetin.

## XV

Korolenko und Retard stritten eine Weile, ob Moskau den Namen eines byzantinischen Rom verdiene. Der junge Ziegenbart verlor sich in russischer Kirchengeschichte, über die Retard nicht befinden mochte. Das byzantinische Rom! rief er, eine

Metapher im Goldenen Zeitalter. Auch Moskau war eine Metapher des Sozialismus und seiner Pilger.

Korolenko schwieg eine Weile, als spräche Retard von einem ihm unbekannten Zeitalter, dessen Kind er nicht sein wollte.

Mein Vater, sagte er, starb einen Tag nach seiner Rehabilitierung.

So steht es, konterte Retard, werbewirksam im Klappentext des Romans, den Sie geschrieben haben wollen. Ich wette, falls er sich nicht unlängst erschossen hat, ist ihr Vater noch immer ein Beamter im Rat für gegenseitige Wirtschaftshilfe. Einer der hunderttausend Beamten, die diesem Land wie Blei anhängen und es in den Abgrund ziehen.

Von Workuta aus, sagte Korolenko unvermittelt (oder zitierte er seinen Roman?), ist Moskau die große Spinne im Netz der Verwaltung und der Kreml wie Kafkas Schloß unerreichbar.

Was war Rom zu meiner Zeit anderes als eine Kloake, mischte ich mich ein. Aber zugleich war es der Sitz des Heiligen Geistes auf Erden, eine Taube, wenn sie auch mehr einem furzenden, rülpsenden und ungewaschenen Papst glich. Der mit Gift operierte. Der seine Lakaien und Mätressen hatte. Die christliche Eucharistie, die aus Blut Wein macht und aus Mehl und Wasser den Leib des Erlösers.

Je absurder die Allegorien, erwiderte Retard, desto unverzichtbarer ist der verborgene Sinn.

Nadja bremste und bat uns hinaus für eine letzte Rast auf einer nassen Wiese vor Moskau. Sie hatte die letzten Worte gehört und antwortete, als Retard sie fragte, in was sie uns verwandeln würde: In Männer, hoffe ich.

Und die Bombe? sagte Retard und schlürfte den heißen Tee. Was ist mit der Bombe? Was überhaupt habt ihr mit dem Jungen gemacht, und nimmt er das

Mädchen mit nach Moskau, das er unterwegs auf einer Bahnstation, wenn ich mich recht erinnere, aufgelesen hat?

Du solltest endlich unser Buch lesen, sagte Nadja. Die besten Kapitel sind schon die Zugfahrt des Jungen, und wie er unterwegs das Mädchen verliert. Sie steigt aus, der Zug fährt an, aber der Junge mit der in eine Prawda gewickelten Bombe merkt es erst viel später, weil er ganz Ohr ist für die Geschichte der Reisenden, für ihn unglaubliche Geschichten, die immer unglaublicher werden, je mehr der Zug sich Moskau nähert, und es ist, als sei ganz Rußland in diesem Zug, Armenier, Kosaken und Ukrainer, und jeder teilt mit jedem, und man ärgert sich nur, weil auf den Stationen kein Wodka mehr ausgeschenkt wird. Aber der Schaffner besorgt welchen, und Iwan trinkt zum ersten Mal …

Und mit Gesang, vermute ich, sagte Retard, ziehen sie in Moskau ein. Eine russische Telenovela habt ihr aus meiner Vorlage gemacht. Hat Lifschitz noch nicht die Fernsehrechte erworben?

Hat er nicht? lachte Nadja und sah Korolenko an.

Der Autor lächelte und verlängerte mit zwei Fingern sein blondes Ziegenbärtchen.

In Moskau, fuhr Nadja unbeirrt fort, steht er lange vor jedem Monument, vor dem den Himmel mit Riesenhänden auseinanderschiebenden Gagarin, Majakowski, ganz schreitendes Pathos, und olle Marx mit einer Stirnwulst wie ein Mammut …

Aber was wird aus der Bombe? unterbrach Retard. Ich vermute, man klaut sie ihm, die Mafia klaut sie ihm, oder er tauscht sie, weil er am Verhungern ist, gegen Brot und Speck oder gegen einen Schlafplatz in einer Metrostation.

Ach was, Hunger, sagte Nadja, er kommt ja aus dem Staunen nicht heraus, und die Metro, die Stadt unter der Stadt, entdeckt er, wenn überhaupt, viel später. Er schläft wie die anderen auf einer Parkbank, er klaut sich eine Melone, wie sie vom Lastwagen abgekippt werden zwischen zwei Häuserfronten, er ist ja ein sibirischer Kaspar Hauser in der Großstadt, die ihm wie für Menschen von zweierlei Maß vorkommt. Die Riesen, wenn sie vom Sockel steigen, wohnen in den Hochhäusern, in den Palästen. Und die anderen, die Zwerge, die Ameisen, verschwinden irgendwie in den Erdspalten. Am liebsten hält er sich in den Vierteln auf, die noch ganz dörflich sind und die nun ihre kleinstädtische Gleichgültigkeit verteidigen.

Die Bombe, ergänzte Korolenko, vergißt er eines Tages unter einer Parkbank. Als er zurückkommt, ist sie nicht mehr da.

Aber sie detoniert? fragte Retard. Jemand legt sie vor die Tür von McDonald's oder unter die Karosse des Staatspräsidenten, wie heißt er doch gleich?

Budjet, sagte Korolenko lachend, man wird sehen. Am 13. November auf dem Roten Platz, vergessen sie nicht, Ihre persönliche Bombe mitzubringen.

Und so fuhren wir in Moskau ein, Korolenko am Steuer. Retard staunte über die frisch polierten grünen und goldenen Kuppeln am Wege.

Sie sind Gäste des PEN-Clubs, sagte Korolenko, und wohnen im Hotel Budapest.

Hotel Budapest! rief Retard, welche Fortuna beschert uns das?

Das Rad des Schicksals, sagte ich und wußte, was nun kommen würde, Retards Erinnerungen an seine erste Moskauer Reise 1962, als er Berlinguer kennenlernte und beide für den Weltfriedenskongreß im neuerbauten Kongreßpalast gedolmetscht und übersetzt hatten, et ce pauvre Alex, der kaum das gelbe Elend von

Bautzen hinter sich hatte und nun die Rolltreppen des Kommunismus bestaunte, die automatisch schließenden Türen, und die große Zustimmung jener Ikonen der Kultur für die Sowjetunion leibhaftig erfuhr, wenn er die *intervenciones* von Rosaura Revueltas (nehme ich einmal an) und Miguel Angel Asturias (vermutlich) und Pablo Neruda (vielleicht) und auf jeden Fall von Aragon und Jean-Paul Sartre zu übersetzen hatte.

Unverändert seit mehr als dreißig Jahren, sagte Retard, als uns der klassizistische Plüsch des Hotels empfing und uns ein Weltkriegsinvalider im knittrigen Anzug begrüßte – wie damals, wiederholte Retard und gab dem Mann die Hand. Würde Nadja hier wohnen? Nein, sie hatte ihr eigenes Quartier und würde vermutlich mit Korolenko das Bett teilen. Nur die Zigaretten rochen inzwischen anders. Kein Hauch mehr von Gerzegowina Flor in diesem von Säulen getragenen Foyer (beklagte sich Retard).

Eine Zigarette, die Josef Wissarionowitsch und Ihr Freund Berlinguer bevorzugten, ergänzte ich. Es riecht, wenn sie mich fragen, mehr nach Fisch und Pferdestall, vielleicht nach den Essenzen, die jene Babuschka dort aus ihrem Wischeimer zieht.

Im Hintergrund, rechts vor den Stufen zum Restaurant, verkaufte eine Frau in schwarzem Kleid mit kleinem weißen Kragen Holzpuppen und Zeitungen.

Wie immer, sagte Retard, funktioniert nur ein Fahrstuhl, und wie immer liegen hier diese unendlichen roten Läufer in den Korridoren, die an Gefängnis erinnern.

Im ersten Stock hinter einer Glastür schimmerten die wunderbaren Importe einer Devisenbar.

Hier kommt die Postmoderne zu ihrer Entfaltung, sagte Retard, und man braucht sich bei einem Glas

Guiness seiner proletarischen Gesinnung nicht zu schämen. Machen Sie doch ein anderes Gesicht, Alemán.

Leider war ich nur acht Wochen Mitglied der spanischen kommunistischen Partei, solange Carrillo den Eurokommunismus pflegte.

Sie verändern sich immer mehr zur Kenntlichkeit, mein Lieber. Passen Sie nur auf, daß man Sie nicht über die spanische Botschaft nach Sevilla ausliefert, wo man einen flüchtigen Lehrer vermißt, der dazu noch in Berlin an einem Staatsstreich beteiligt war.

Ich schwieg und verschwand in dem kleinen, angenehm temperierten Zimmer.

Die spanische Botschaft ließ es sich nicht nehmen, den Mateo-Alemán-Preisträger zu einem *guateque* einzuladen, und Korolenko bat Retard um Wiederholung seines Brügger Vortrags. Und ich konnte mich nicht ausschließen.

Aber welches Bild gaben wir ab in den Augen der anderen! Retard trug, obschon ein warmes ockerfarbenes Licht über der Stadt lag (die ein Dorf und ein Babylon zugleich war), seine Pelzjacke und seine Pelzmütze, die graue Krawatte lieblos um den Hals geknotet, und ich versteckte die schmutzigen Manschetten meines Hemdes unter den fleckigen Ärmeln meines Anzugs. Wir bewegten uns so gut es ging im parfümierten Umkreis der Verlegerin, die ihre grüne Seidenbluse zu einem seitlich geschlitzten, langen schwarzen Rock trug. Ihre Hand hielten die Attachés und Sekretäre und der Botschafter selbst (der auch hier ein graumelierter Aristokrat war der unsterblichen besseren spanischen Gesellschaft) besonders lange und länger, so daß wir fast unbemerkt hätten weitergehen können. Korolenko aber, grauer Anzug und weißes Turtelneck, verriet unsere Namen, und der Botschafter faßte mich ins Auge (*le crecía el ojo,* wie Retard später sagen würde), und nachdem er Retard warm und herzlich begrüßt hatte, sprach er von Arbeiten und Büchern, die Retard vermutlich schreiben würde, jedoch noch nicht veröffentlicht hatte. Dann hielt er noch einmal meinen Ärmel fest (wie ein Maître d' Hôtel, der einen Zechpreller stellt, dachte ich) und sagte: Unsere Heilige Mutter Kirche hat auch mich von Kindesbeinen gelehrt, an Zeichen und Wunder zu glauben. Stets war ich dennoch ein Herätiker, doch nun verneige ich mich vor Ihnen, Maestro de las Letras, ich habe viel von Ihnen und Ihrer wunderbaren Inkarnation gehört. Willkommen auf spanischem Boden, Mateo Alemán!

Retard, der alles gehört hatte, nickte, als bräuchte das Wunder meiner Wiedergeburt die wissenschaftliche Bestätigung von seiner Seite. Ich schaute mich um und suchte Dimitri Lifschitz. Seine Verwicklung in meinen Fall interessierte mich vor allem. Doch er verspätete sich.

Kam dann schnaufend und unter Entschuldigungen in seinem großkarierten Jackett, als der Botschafter gerade seine kleine Rede hielt, Korolenko beglückwünschte, Retard belobte und mich zum Glück nicht erwähnte, obschon er meinen Namen mehr als einmal benutzte, um den spanischen Anteil an diesem Ereignis herauszustreichen.

Er reklamiert Sie für sich, ja, sagte Lifschitz, der sich an meine Seite zwängte. Daraus wird nichts. Denn Sie sind unser, caballero!

Ich schob ihm ein volles Glas zu, das er auf einen Zug leerte, sich die Lippen wischend.

Wir haben wichtige Dinge miteinander zu bereden, sagte er. Wie geht es Ihnen sonst, keine Kopfschmerzen? Die Reise?

Auto und Pässe gestohlen, sagte ich.

Ich weiß, ich regle das zu Ihren Gunsten.

Er schloß und öffnete seine großen Augen, was ein Zwinkern andeuten sollte, ein tröstendes Inseinvernehmensetzen. Ob nüchtern oder von Alkoholfahnen umgeben, immer zeigte er eine absolut zuverlässige väterliche Miene. Er drückte mir die Hand und erhob sich, auffällig und die anderen störend, um sich an Retards Seite zu begeben. Im Vorbeigehen zwickte er Nadja in den Arm. Sie kreischte übertrieben laut, was den Botschafter endlich veranlaßte, das letzte Wort zu finden und sein Glas zu heben. Der Sekt würde Katalanisch sein und die *tapas & pastas* aus dem spanischen Devisenrestaurant im Hotel Rossija.

Die geladenen russischen Autoren tranken alles, was angeboten wurde. Später sang ich mit ihnen *Kalinka* und *Ay Carmela* und die Lieder der Jarama Front, an der weder ich noch sie ihr Leben riskiert hatten. Die Sekretäre und Attachés schauten uns befremdet an, aber schließlich mußten sie zeigen, daß sie in diesem Post-Perestroika-Moskau ein Land mit freier Meinungsäußerung vertraten.

Ah de la vida ... Nadie me responde? sagte Retard und trank mir zu.

Wo mehr als zwei Russen beisammen sind, erklärte uns Lifschitz, gibt es am Ende einen patriotischen Ausbruch. Was für ein Volk, wenn es nur gute Herrscher hätte. Kommen Sie, Alemán, die Stunde der Wahrheit hat geschlagen.

Er zog mich in einen Winkel dieser mit Plüsch und Gobelins und goldgerahmten Gemälden überladenen Residenz.

Lassen Sie mich gleich auf den Punkt kommen, sagte Lifschitz und hielt sein Gesicht nahe an meins, als wollte er mir ins Ohr flüstern.

Jener Überfall im Februar, im Park María Luísa von Sevilla, das waren wir, meine Leute. Es tut mir leid, daß wir Ihnen Kopfschmerzen bereiten mußten. Aber Ihre Krankheit, sagen wir, Ihre Sensibilität, hatte Sie bestens für uns vorbereitet, sowie die lieben Gonorrhöbakterien den Doktor Faustus bei Thomas Mann für seine Visionen. Und hatten Sie nicht schon immer Visionen? Ihre Krankheit ist nicht tödlicher als das Leben selbst. Kommen wir zur Sache: Sie haben, mein Kompliment, tapfer mitgespielt, und wie immer ist unser schlechtes Gewissen der beste Antrieb für unsere Taten. Als ein *familiar* haben Sie sich geglaubt, der noch in dieser Zeit Verfolgung zu fürchten hat, und haben in uns, Ihren Freunden, Auftraggeber von KGB, CIA i tak dalje gesehen... Nichts davon ist richtig. Ich werde Ihnen den Namen des Unternehmens, dessen Teilhaber ich bin, nicht verraten und nur soviel sagen: Wir machen Zukunftsforschung. Unser Präparat in Ihrem Kopf hat wunderbar funktioniert, Sie haben sich dirigieren lassen und Eindrücke gesammelt – auf diese allerdings legen wir größten Wert, denn jeder Stimmungsumschwung gerade in den Ländern, wo wir in Zukunft expandieren wollen, ist sehr wichtig. Als Geschenk für Ihre Dienste vermachte Ihnen unser Wunderplättchen beinahe jede Sprache dieser Welt. Bon. Doch nun hören Sie mein Angebot: Wir laden das Ding in Ihrem Kopf noch einmal auf, und Sie bleiben, unter Vertrag, versteht sich, als der erste experimentelle Mensch unserer Firma mit unendlicher Lebenserwartung. Oder – (Lifschitz sah mich an, als müßte er sich von mir für immer verabschieden) oder Ihre Uhr läuft ab, der Pakt wird beendet und – adios, Carmela. Überlegen Sie, ich brauche Ihre Antwort nicht heute abend. Aber so ist Ihre Konstellation, Mateo Alemán. Und sagen Sie nicht, Sie wären nicht gern so unsterblich wie Ihr Vorgänger. Und nun Entschuldigung, ich will mit Retard auch noch ein Wörtchen reden. Addio!

Spürte ich das vertraute weiße Rauschen, den Schwebezustand, der einer Ohnmacht vorausgeht? Ich spürte nichts. Ich rauchte und hielt dem vorbeigehenden Kellner mein leeres Glas zum Nachfüllen hin.

Die Neue Ökonomische Politik in Moskau? hatte Lifschitz bei anderer Gelegenheit gesagt. Die Wirtschaft besetzt die Kommandohöhen der Geheimdienste, und auf den leeren Sockel von Felix Dscherschinski stellen wir Henry Ford. Leider sind wir in derselben Situation wie Lenin und die Tscheka in den zwanziger Jahren und fragen uns: Wie integrieren wir das Verbrechertum? Natürlich muß die Wirtschaft wie die Geheimdienste darauf achten, saubere Hände zu behalten.

Ich schaute mich nach Retard um, ich wollte ihm alles sofort erzählen. Aber Retard war gegangen. Er hatte darauf verzichtet, mit einem Wagen der Botschaft oder im Wagen von Lifschitz ins Hotel gefahren zu werden. Er hatte sich ein Taxi bestellt, einen jener breiten Wolgas, wie er sie aus Berlin kannte (und Berlin hatte sie anMoskau zurückgegeben), und vermutlich hoffte er, es könnte dasselbe Taxi sein, das er in Berlin benutzte, wenn er die Chance hatte, sich mit Berlinguers Damen im Weinrestaurant Ganymed zu treffen.

Im Hotel bekam ich meinen gestohlenen Paß (und ich schaute zur Tür, als stünde dort der gestohlene Lada). Ich fragte nach Dr. Retard und erfuhr, der Bürger sei ausgezogen. Ohne eine Nachricht zu hinterlassen?

Keine Nachricht.

Ich erwachte mit Kopfschmerzen, mit einem Geschmack im Mund wie nach Metall. Wo bin ich? Der

## XVI

Blick aus dem Fenster zeigt eine brüchige Fassade mit vielen kleinen Fenstern. Davor ein Baugerüst. Mein Gesicht im Spiegel, das ich lange nicht betrachtet habe, zeigt einen Fremden. Ein bartstoppliges Gesicht mit tiefen Furchen von der Nase zum Mund. Ich erinnere mich, von Catalina geträumt zu haben, jener heiteren Catalina bei unserer Ankunft in Lissabon, die alles gewährte, ohne etwas zu wollen; wie unerfahren im Bett, neugierig; doch je länger der Traum währte, desto mehr verwandelte sie sich, wurde unersättlich, ihre anfangs bettelnde Stimme überschlug sich: Jetzt jetzt jetzt! Ich erwachte keuchend und träumte weiter mit offenen Augen, sah sie in ihrem hellen Gabardinemantel, das kleine Seidentuch, das ich ihr im Corte Inglés gekauft hatte, um den Hals, eine Dame wie aus den Reklameseiten der Illustrierten, unabhängig, über sich bestimmend, im Auftrag ihrer Firma reisend, eigenes Konto, Kreditkarte auf ihren Namen (Catalina de Espinosa), die grünen Augen unter den gezupften Augenbrauen spöttisch, mit dem Billett für die Schiffskabine winkend.

Ich hatte gestern noch lange in der Hotelbar gesessen, denn das Hotelrestaurant schloß um elf, zwei Rausschmeißer, den Revolver im Gürtel, vertrieben die Tänzer und Trinker und zwangen auch die Hotelgäste, den Weg über die Straße zu nehmen, wenn sie ins Hotel wollten. Die Bar, die ein besseres Zimmer war, füllte sich gegen Mitternacht zu meinem Erstaunen mit einer Schulmädchenklasse, in Begleitung eines oder zweier Lehrer.

Die Lehrer grüßten mit erhobenen Biergläsern und suchten meine Aufmerksamkeit. Ich erwiderte mit leichtem Kopfnicken und vermied, die Mädchen anzusehen. Keine war älter als achtzehn, und jede trat auf mit der adretten Bescheidenheit russischer Schulmädchen (sagte ich mir), die diese von ihren Müttern gehüteten und gebügelten Theaterkleider trugen für einen Besuch im Bolschoi. Ein wenig ängstliche List in den Augenwinkeln irritierte mich, ein ausgerutschter Lippenstift, der ihre Kindergesichter nur noch kenntlicher machte. Immer wenn das Telefon klingelte, erhob sich einer der Lehrer. Dann schickte er eines der Mädchen aus dem Zimmer, indes die anderen die Köpfe zusammensteckten, wie schadenfroh, oder als müßten sie sich vor einer Gefahr schützen. Manchmal verschwand auch der eine und andere Barbesucher, finnische oder schwedische Bauarbeiter (wie ich ihren Reden entnahm), mit einem der Mädchen, und so wandelte sich das unschuldige Bild meiner Vorstellung. Die Lehrer waren Zuhälter und die Mädchen Stricherinnen. Nur daß sie zugleich auch Lehrer und Schulmädchen waren.

Wieder sahen mich die Lehrer erwartungsvoll an. Ich machte eine Handbewegung, die einer von ihnen falsch verstand. Er kam an meinen Tisch.

Die Rechnung bitte, sagte ich, um ihn abzuweisen, aber er legte mir ein Album auf den Tisch.

Sind Sie Schullehrer? sagte ich.

Früher einmal, ja.

Ich bin auch Lehrer, sagte ich, aber er lachte, als wäre das Wort nur ein Synonym für seine derzeitige Profession.

Wenn Sie eine russische Frau suchen, vielleicht für eine Ehe im Ausland, ich vertrete ein seriöses Heiratsunternehmen. (Er reichte mir eine Visitenkarte.) Kommen Sie vorbei. Wir zeigen Videofilme, alles gebildete, zuverlässige Frauen und sehr schön, wie sie hier sehen. (Er schob mir das Album zu.)

Ich bin verheiratet, log ich.

Aber nicht mit einer russischen Frau?

Ich verneinte.

Unsere Frauen gelten als die zur Zeit besten auf der Welt. Warum? Sie würden nie ihrem ausländischen Mann weglaufen. Weil ihr Problem ist: unsere russischen Männer sind brutal, trinken viel, sind verdorben von ihrem Militärdienst und den Lügen der Partei. Sie sind keine Partner wie westliche Männer.

Es wird auf beiden Seiten Unterschiede geben, sagte ich und legte fünf Dollar unter mein Bierglas.

Träumen Sie von einer russischen Frau, sagte der Lehrer und winkte mit seinem Album.

Ich wurde rot, als ich aufstand und die Blicke der Schulmädchen spürte. An der Bar kaufte ich eine Taschenflasche Scotch von dem Barkeeper und unterdrückte den Wunsch, Schokolade zu kaufen und sie (nach der Art von Siegern) unter diese Jugend zu verteilen. Auch der Barkeeper sah mich lange an. Ich wußte, daß er einmal Moskauer Meister im Schwergewicht gewesen war, und mir wurde kalt unter seinen Blicken.

Und welch heilige Eulalia oder wer immer (hörte ich Retard fragen) hat Sie davor bewahrt, sich eine russische Petronila ins so nahe Bett zu legen?

Es war der Versuch (hätte ich gesagt), in mein eigentliches Leben zurückzukehren, an mein Gymnasium in Sevilla. Nur daß die gleichaltrigen Mädchen in meiner Klasse ganz anders auftraten, wenn sie über und über mit Talmischmuck behangen, die wunderbaren Ärsche und Schenkel in engste Jeans gezwängt, die Beine spreizten und den Lehrer aus ihren schmachtenden (und Unschuld nicht einmal mehr vortäuschenden) Augen ansahen.

Das heilige Rußland, würde Retard spotten, das uns Westlern die Unschuld wiedergibt. Ein Mißverständnis, mein Lieber. Alles, was sie von Ihnen erwarteten, war die gute Tat in Form eines grünen Dollarscheins.

War es mir auch nicht gelungen, diese gute Tat (im Sinne Retards) zu leisten, so fand ich Gelegenheit am Nachmittag zu einer anderen guten Tat. Auf der belebten Twerskaja Straße in Nähe einer Buchhandlung rettete ich einen Hund. Warum die Bettlerin vor einer Buchhandlung saß, wird ein Rätsel bleiben. Denn niemand kaufte hier Bücher. Als ich dazukam, sah ich schon den Krankenwagen und zwei Milizionäre, die die alte Frau, war sie nun bewußtlos oder tot, auf eine Bahre hoben. Ihren Hund wollten sie nicht mitnehmen und hielten ihn mit Fußtritten davon zurück, dem Krankenwagen zu folgen.

Der Hund! rief eine Stimme, und es war wohl die des Hundes selber, denn niemand kümmerte sich weiter um das Tier. Hund! schrien die Milizionäre, Sobaka! Ein Schimpfwort. Der Hund sprang auf die Straße, und ich eilte ihm nach und zog ihn auf den Gehweg. Es war ein kleiner Hund, schwarz mit weißer spitzer Schnauze, einer weißen Blesse und langen Schlappohren.

Berganza, sagte ich zu ihm, das kannst du nicht machen, dich in den Verkehr stürzen und dein Leben aufs Spiel setzen. Hat nicht jeder Hund einen Schutzengel, und zufällig bin ich der deine.

Ich hielt ihn am Halsband fest, ich hatte Russisch mit ihm gesprochen, und ein paar Leute, die uns beobachteten, sagten dennoch: Ein Ausländer, das ist ein guter Herr für einen Hund. Kaufen Sie ihm etwas bei McDonald's, Väterchen, er sieht so verhungert aus.

Den Hund im Arm, der vermutlich nie durch Moskau getragen worden war, betrat ich das einzige Restaurant, das ich kannte, die spanische Bodega im Hotel Rossija. Man würde mich dort für einen spleenigen Engländer halten, der sich von seinem Hund nicht trennen konnte.

Kein Wort Russisch, Berganza, sagte ich zu ihm und schob ihn unter den Tisch. Ich winkte die Kellnerin, die Spanisch und Russisch sprach, mit einem grünen Geldschein herbei und bestellte doppelte Portionen, Wasser und Wein, Jamón Serrano und ein Filete Sangriente, Oliven und gesalzene Kekse, und Berganza wurde ebenso höflich bedient wie die Ausländer oder die georgischen Mafiosi am Nebentisch. Jeden Augenblick hoffte ich, Retard käme zur Tür herein.

Berganza ins Hotel Budapest einzuschmuggeln schien unmöglich. Der Invalide im Foyer erklärte sich bereit, eine Hundeleine zu besorgen, bestand aber darauf, ihn an eine der klassizistischen Säulen der Hotelhalle zu binden, während ich mein Zimmer aufsuchte.

Der Dollar, den ich ihm in die Hand drückte, war der angemessene Preis für eine Leine. Berganza fühlte sich unbehaglich, je mehr Aufmerksamkeit wir erregten. Er knurrte und zeigte die gelbfleckigen Zähne und drehte sich weg, als der Invalide seinen Bauch tätscheln wollte, einen gewissen Unterschied zwischen sich und dem Hund auf diese Weise deutlich machend.

Gut genährt ist er ja, sagte er.

Berganza, der durch mich bereits einer anderen Welt angehörte, prüfte verächtlich die nach Fisch und Sägemehl riechende Luft des Foyers.

If you are looking for a solution, sagte die Empfangsdame, die sich in den letzten Tagen immer weniger auf mein Russisch hatte verlassen wollen, I know an adress.

I don't want to shoot him on the moon, sagte ich grob und wandte mich, das Tier auf dem Arm, zum Aufzug.

Wait a little, Sir, sagte die Empfangsdame, no moon, it's a farm near Moscow, a lady we know who is a friend of animals.

Eine Arche Noah, sagte ich und blieb stehen.

Kind of it, sagte die Dame, besides the lady is beautiful.

Sie lächelte aus ihren Tatarenaugen und reichte mir einen Zettel.

BEDENKEN SIE IN RUHE MEINEN VORSCHLAG (las ich), UND FAHREN SIE NACH ... VIERZIG KILOMETER VOR MOSKAU ZU KATALINA ESPINOSSOW. MIT EMPFEHLUNGEN VON IHREM DIMITRI LIFSCHITZ.

Berganza sah mich aus seinen Kinderaugen an. Ich war enttäuscht. Auch er schien nur eine Chiffre in diesem Spiel ohne Ende zu sein.

Sehen Sie, sagte der Invalide, und sein Gebiß lächelte, manchmal kann auch ein Hund der Schlüssel zum Glück sein. Mir hat einmal ein Hund das Leben gerettet, am Kursker Bogen.

Ein andermal, sagte ich, falls Sie mir jetzt Ihre Kriegsgeschichten erzählen wollen.

Der Krieg, sagte der Invalide, leider sind wir gerade dabei, ihn zu verlieren.

Und ich weiß nicht, was ich gewinne, wenn ich diesen Hund behalte. Besorgen Sie mir in einer halben Stunde ein Taxi. Und die Rechnung bitte, sagte ich zur Empfangsdame.

Es ist alles bezahlt, sagte sie.

# Zwei Briefe

and she told me I was dead
and could never return

*Leonard Cohen, Lady Midnight*

Mateo Alemán an Alexander Retard

*1. November 1991 (?)*

Cher ami et casse-pieds:

Sollte dieser Brief Sie erreichen, wundern Sie sich nicht über das in Frage gesetzte Datum. Es steht mir nur ein alter russischer Kalender zur Verfügung, und die Umrechnung ins westliche System fällt mir immer schwerer. Sagen Sie nicht, es hätte mit meiner zunehmenden Russifizierung zu tun; es ist wohl eher so, daß mein Kopf mir in letzter Zeit immer mehr abhanden kommt, es mir immer schwerer fällt, die polyglotten Stimmen meines Großhirns auseinanderzuhalten, sogar das Russische kommt mir abhanden, auf das ich hier aus Gründen, auf die ich sogleich zu sprechen komme, angewiesen bin, es ist, als würden Motten ein Gewebe zerfressen, dessen Textur dann nur noch schwer erkennbar wäre. Die Gründe dafür sind mir bekannt. Ich werde darauf zu sprechen kommen, falls mir nicht auch noch die Worte abhanden kommen in der Sprache, die wir auf unseren Reisen benutzt haben. Welche war es? Es war durchaus eine Sprache der Verständigung und Brüderlichkeit, meine ich. Wo bin ich? Sie werden als getreuer Registrator meiner Umstände eine Ortsangabe vermißt haben, und diese zu geben scheint unmöglich. Ein Dorf in den Weiten vor Moskau, wohin man früher die Sträflinge verbrachte – das wäre schon eine zu präzise Bestimmung. Es ist mehr ein Gehöft, das zu einem Kloster gehört hat und wieder gehört, und das eine Art

Vorwerk für ein Dutzend Holzhäuschen in der Senke eines Hanges ist, die wir nicht sehen können.

Wir?

Wer ist wir, eine Frage, die ich erwartet habe, profesor de mis cinco sentidos. Wir: ist die Herrin, Katalina Alexandrowa (lachen Sie ruhig über die Analogien, es wird noch besser), eine Bäuerin, von der Art, wie sie Kusma Sergejewitsch Petrow-Wodkin gemalt hat, ganz milchgebende Mutter aus aufgeknöpfter lila Bluse. Das war sie auch. Eigentlich ist sie eine Wissenschaftlerin gewesen, aus jenem legendären Institut für Ökonomie in Sibirien, wo sie lange, bevor die Worte in Mode kamen, Glasnost und Perestroika vorgerechnet, vorausberechnet und auf den Nenner gebracht hat. Als die Rechnung nicht mehr aufging und sozusagen die Werbung die Wissenschaft fraß, hat sie ihre Rechner, ihre Kollegen Computer verlassen und sich hierher zurückgezogen auf den Hof ihres verstorbenen Vaters. Eine Erscheinung ist sie, Väterchen! Eine Katalina de todos los tiempos, eine Sofisbella (und also das Ziel meiner Reise?), eine Virtelia (suchten nicht Sie eine solche?), aber mit den Brüsten einer Helena (über welchselbe man seltsamerweise nie etwas erfährt in der Mythologie) und mit dem Gedächtnis einer Niobe. In Gummistiefeln, die Mistgabel in der Hand, möchte man bei diesem Anblick, Väterchen, lieber der Welt abschwören und ins nahe Kloster gehen und dem Weibe sich versagen. Bereuen würde man, denn es wäre, als verweigerte man sich der Mutter Erde, die uns ohnehin einmal aufnehmen wird. Und so wäre der Umweg über den Schoß doch nur einer ins Grab. Kommt der Abend und die Kuh ist gemolken und die Ziegen und Schafe getränkt und die Pferde stehen träumend vor ihren Futterraufen und die Tauben auf dem Dach und die Katze auf dem Ofen und die Hunde … (davon später mehr), wird aus der Bäuerin eine Dame, an deren Erziehung das heilige Petersburg, Kiew und Odessa gewirkt haben, und sollte jemand dies Anwesen mit der Arche Noah verglichen haben, dann wären wir die letzten Menschen, die an den Erhalt der Tiere und den Fortbestand der menschlichen Gattung denken. Katalina, gekleidet in ein langes Kleid, moosbeerenrot und durchgeknöpft (sie behauptet, es selber genäht zu haben, obschon ich fürchte, jemand hat es ihr aus einem Berjoska-Laden in Moskau mitgebracht), die grünfließenden Augen unter sorgfältig gezupften Brauen, die sie jünger machen als die grauen Strähnen in ihrem Haar vermuten lassen, die Augen... Die Worte gehen mir aus, es ist, als brennten sie im Ofen, von dem Katalina behauptet, sie schliefe auf ihm in jenen anderen Nächten meiner Abwesenheit. Denn, und das ist das Eigentliche, cher ami, sie spricht von mir, als sei ich nur ein Weilchen abwesend gewesen, im Ausland, vielleicht in Sibirien, so genau wollen es diese Russen nicht wissen, und wäre nicht meine von Tag zu Tag zunehmende Müdigkeit, würde ich ihr erzählen, woher ich eigentlich komme (aber auch das vergesse ich von Mal zu Mal mehr); ich könnte ihr von Ihnen erzählen, verehrter Meister unserer gemeinsamen Pilgerreise, und ich fürchte, sie wäre nicht gut zu sprechen auf die politische Ökonomie Ihrer Staatsführung, auf deren Vorhut, nehme ich an, sie und ihre Kollegen am Institut von Sibirien gehofft hatten.

Dabei sind die Gebäude des Vorwerks, die Ställe wie das Wohnhaus, in jämmerlichem Zustand, der fallende Schnee webt einen Poncho um unser Anwesen, aber der Winter droht wie jemand, der unentwegt mit der Faust an die Türen schlägt und Einlaß will. Wenn ich recht verstehe, erwartet sie, daß ich das eine und andere Schaf schlachte, falls die Bauern hinterm Hügel irgendwelche Vereinbarungen mit ihr nicht einhalten und nichts

Eßbares mehr liefern. Bis jetzt habe ich keinen von ihnen gesehen und habe auch keinen Überblick über die Vorräte des Hauses. In diesem Punkt ist Madame heikel, als wär's ihre ureigene Mitgift, die ich nicht anrühren darf. Wie bekannt mir das alles vorkommt! Meine Rolle beschränkt sich fürs erste darauf, mit den Hunden Umgang zu haben – und mit Katalinas Körper. Denn in dieser Rolle sehe ich mich zuerst, ein Verwalter ihrer Leiblichkeit zu sein, was damit beginnt, früh (noch früher ist sie draußen und kümmert sich um die Tiere) den Badeofen zu heizen (mit am Abend von mir gespaltenem Holz) und ihr das Badewasser zu wärmen, in das sie die erste Müdigkeit des Tages ablegt, und zu meiner Freude können wir ein paar Tropfen einer Lotion ins trübe Wasser geben, die ich einst (in einem anderen Jahrhundert, meine ich) in Berlin versucht habe zu verkaufen. Dann ist es, als ob die traumtiefen stummen Dienste der Nacht mit einmal übergingen in die planvolle Strategie des neuen Tages, bei der kein Zollbreit (was für ein Ausdruck) ihres großen weißen Körpers ausgelassen werden darf, indes ich jedes Mal den umgekehrten Weg versuche und sofort ihre träge Leiblichkeit am kleinsten Punkt zu erwecken suche, und gelingt die Attacke, sind es immer Rudimente anderer Sprachen, die mir einfallen, bis aus ihnen unsere eigene Prosolalia wird, die hier anzuführen taktlos wäre.

Dabei geht sie äußerst planvoll mit ihrem Tag um. Die Stunden bis zum Mittag, die ich, mit unterschiedlichen Arbeiten beschäftigt, dahindämmere, verbringt sie unterm Dach vor einem Rechner sitzend, der zu ihrem früheren Leben gehört, in der offenbar weisen Voraussicht, daß, käme es auf dem Roten Platz zu einem Machtumschwung (welcher Couleur auch immer) nichts gewonnen (oder verloren) wäre, wenn die Ökonomie in jener Stillosigkeit des Voluntarismus bliebe, der derzeit in Ihren Ländern, cher Maître, zum Experiment des Tages gehört.

Wie sehr stört mich ihr Gerechtigkeitssinn! Keinem Tier auf ihrem Hof gibt sie den Vorzug. Weder Hund noch Katze, Schaf noch Pferd. Obschon die Pferde sie am meisten beschäftigen, ihre Krankheiten, mögliche Darmkoliken, Lungenentzündungen, Hufkrankheiten, Halsstarrigkeiten, vorgetäuschte Schwangerschaften. Zum Glück haben wir nur eine Stute. Dagegen ist ihr *humble servant* stets bemüht, zwischen Hund und Katze auszugleichen. Den Katzen Schlupflöcher ins Warme öffnend und sie auf den Ofen hebend, Bissen vom Teller zufallen lassend, und die Hunde (ein Wolfshund, ein ungarischer Hirtenhund und mein neurotischer Beitrag) gerecht zu behandeln und dies durchaus kollegial, indem ich deutsch mit den Hunden rede und französisch mit den Katzen – alles zur Übung meines Kopfes. Dafür lasse ich mich auch von Katalina einen Westler und Internationalisten schimpfen. Durchaus ist mir die Kuh vertrauter als das Pferd, das ein hochmütiger Stiefvater des Menschen ist. Die Pferde lassen sich alles vom Menschen gefallen, aber nur, weil sie heimlich Buch führen über seine Verfehlungen. Eines Tages, das hat Swift, wie Sie erinnern, hinlänglich gezeigt, werden die Pferde den perfekten Staat kontrollieren. Ich bin sicher, daß dann Katalina sie anführen wird. Schweine? Nein, wir haben kein einziges Schwein im Stall, und so fehlen uns die Brüder und Schwestern Ihres chinesischen Horoskops (Issy hat es mir einmal verraten), und ich denke, hier drückt sich eine Art Protest Katalinas aus. *Animal Farm,* aber nicht im Stile Orwells. Sie erinnern sich: Alle Schweine sind gleich, aber manche Schweine sind gleicher. Außerdem, sagt Katalina, sind sie zu schnell bereit, die Schweine, in den fatalen Ruf auszubrechen: Wir sind ein Volk!

Da lobe ich mir Berganza, meinen Hund, der mich hergebracht. Eine andere Geschichte.

Ich schreibe das bei blakender Kerze, denn Strom erzeugen wir selber, doch nur bei dringendem Bedarf.

An wen schreibst du? fragt Katalina.

An einen Freund.

Bist du ein Mensch, hast du keine Freunde. Bist du ein Mann, hast du genug an mir.

Morgen will ich an Lifschitz schreiben. Eine obskure Geschichte, die ein andermal zu Buche steht, sollte uns Gott noch einmal zusammenführen im Café Felix oder in jenen Lokalen, die mir Amos in der Oranienburger Straße empfahl. Wie mag es ihm gehen? Der Brief an Lifschitz wird eine Absage enthalten. Ich bin nicht gewillt, mich als Wunder der Technik kaufen oder verkaufen zu lassen, um seine Geschäfte zu fördern. Auch wenn meine Tage nun gezählt sind, so gehe ich zugrunde als der Schullehrer Mateo Alemán, den die *Toyota-Gesellschaft* (wie Sie sagen würden) eine Weile für ihre Experimente mißbrauchen konnte. Was sie nicht gemerkt haben, ist, daß unsere Unsterblichkeit allemal in unserer Fantasie liegt.

Ein wenig, hoffe ich, wird es mir vor meinem Ende gelingen (schreiben Sie einen anständigen Nachruf, Maître), Katalina zu zähmen, was, ich ahne es, auf den Wunsch hinauslaufen könnte, sie mit mir untergehen zu lassen. Es wird so nicht kommen, die Frauen überleben uns aus Opposition.

Sollten sie nach Mexiko kommen, im Safe des Gran Hotel de la Ciudad liegt mein Bericht über unsere gemeinsamen Wanderungen. Scheuen Sie sich nicht, das Manuskript als den verschollenen dritten Teil des Guzmán de Alfarache zu veröffentlichen. Möge Ihnen die Preußische Seewirtschaft dafür einen Preis geben, da sich Cervantes auch nach meinem Tode an mir rächen wird, indem er Ihnen einen Preis in seinem Namen verweigern wird.

Empfehlen Sie mich Ihrer weitläufigen Familie incl. der Katze Memo.

Widmen Sie Amos das gemeinsame Manuskript, falls Sie einen Verleger finden.

Argos warne Sie vor den Nachstellungen unserer Feinde.

*Ihr Mateo Alemán: presente!*

Alexander Retard an Mateo Alemán

*Moskau, 13. November 1991*

Vuesa Merced & Weg-Genosse!

Gelobtseijesuschristus. Oder wie der Apostel Paulus sagt: Der Buchstabe tötet, der Geist macht lebendig. Item, so diese Buchstaben Euch nicht erreichen, Mateo, der Geist wird es. Habe in den letzten Wochen viel darüber nachgedacht, wie wir auf unserer Akademie den Geist per Buchstaben ausgetrieben haben, in unserem heißen Bemühen, das Citoyen-Bewußtsein unserer Nachgeborenen zu befestigen. Am Ende ward uns Er-Klärung aber keine Auf-Klärung. Womöglich wäre ich auch ohne Lifschitzens Nachhilfe ins Grübeln & Meditieren gekommen – bin längst darüber hinaus! Bin auf dem dritten Weg, Mateo. Einst glaubte ich wirklich mit den Worten des Martianus Capella, ich könnte der leichtfüßige (sic!) Gott Merkur sein, der die züchtige, bücherschwere Philologia heiratet, keine ganz schlechte Ehe, dachte ich, als mir die Göttin in Gestalt meiner schweren Helene erschien. Ihr erinnert Euch gewiß an Geschichten über die Mutter meiner Kinder? Dann lief mir der Teufel übern Weg in Gestalt meines Freundes Ole Knut Berlinguer, verschollen & verkommen, und der hielt die luziferische Fackel ins Stroh des Dogmas. Aber das Stroh war naß, es brannte nicht, glomm ein wenig – und stank!

Item, misa est.

Sag Euch, wo ich dies für Euch verfasse. Sitze im Moskauer Schriftstellerheim, ein Ikonenschrein besonderer Art, unter holzgeschnitzter Decke lasse ich mir den grünen georgischen Wein munden, und die Kollegen gehen ein und aus, und ich höre ihre Dispute und Meinungsverschiedenheiten durchs ganze Haus, das berühmt ist für seine Wanzen und für seine Küche. Ich komme vom Roten Platz – 13. November! Davon gleich mehr. Bringe Euch auch Kunde von der holden Isabeau, genannt Issy, und von ihrem Söhnchen Amos. Denn beide erbte ich ja von Berlinguer, Geschenke, die mir mit dem Feuer der Opposition kamen, als ich noch der Alexander der neuen Welten war (oder sein wollte) – aber wie hütet man eines anderen Liebe? Heimlich liebt sie noch immer ihren Berlinguer, und ergo ist sie eine hoffende Witwe, die mit mir eine Josefsehe eingegangen ist, mehr nicht. Doch im Vergessen erkalten wir alle, und die Weiber zuerst, was sie bigott macht. Oder wäre diese Abkehr nur eine neue, wenn auch letzte Lüge? Wie schon Ihr Guzmán als der Hüter Ihrer Erfahrungen wußte: No hay juicio de mil hombres, que igualen a sólo el de una mujer, para fabricar una mentira de repente.

Ich bin nicht ganz sicher, in Issys Fall. Denn das Kuriose ist, auch sie hat sich zurückgezogen – hören Sie, Alemán! in ein Frauenkloster zu Romont in der Suisse romande. Unglaublich! Denn das Kloster steht in Nachbarschaft eines Freudenhauses, wo die Animierdamen aus dem Libanon, aus Frankreich und Marokko in der Auberge de la Poularde verkehren, und Sternbergs Marlene könnte hier von *Morocco* ins Kloster wechseln, die Stöckelschuhe in der Hand. Ein Trappistinnen-Kloster, cher confrère, wo nur erlaubt ist, das Nötigste zu reden, und nur, wenn es mit Arbeit zu tun hat. Eine gute Methode, den Worten wieder einen Sinn zu geben. Ansonsten viel Schweigen, indes die Teufel der Erinnerung in ihren Köpfen kobolden und poussieren. Wer ein Leben hinter sich gebracht hat, mit Liebe und Kummer, Ehe und Kindern – tant mieux, denn Jungfräulichkeit ist längst nicht mehr gefragt in Romont. Erwäge dennoch, dorthin zu fahren und sie herauszuholen, ein dicklicher Ritter ich, ein beleibter tumber Tor, der sich im Akt der Befreiung die Liebe seines Dornröschens verdienen möchte. Kämen Sie mit? Wo sind Sie überhaupt?

Lifschitz schweigt sich aus, hat ansonsten mich mit allem Nötigen versehen, neuem Paß und neuem Namen (werde mich hüten, dies genauer mitzuteilen), und enttäuscht wird er sein, wenn ich in diesen Tagen dennoch meine heiligen Brüder verlasse. Denn diese himmlische Korrespondenz zu Lebzeiten, ich ein Klosterbruder, Issy eine Fille-Dieu, das ist mir zuviel Symmetrie, und daß wir gemeinsam, zwar über Länder getrennt, eine Liturgie aus dem 13. Jahrhundert singen könnten, erschreckt mich. Lieber eine schlechte Ehe als ein heilig Engelspaar.

Amos, der Jüngling, der sich lebhaft nach Ihnen erkundigt, wäre mit solchen Eltern erst recht von Gott & aller Welt verlassen. Soweit ich seine Stimme am Telefon mit dem Inhalt seiner Worte in Übereinstimmung bringen konnte, schert er ganz aus dem linken Spektrum aus. Wie oft habe ich ihn gewarnt, daß Gewalt sine studio nicht einmal Anarchismus ergibt, sondern Abhängigkeit von der Politik (oder vom Verfassungsschutz). Macht kaputt was euch kaputt macht: wenn die Anlage vorhanden ist, wie leicht gerät man dann unter das Kommando eines Militärs, der sich über den Umweg von UN-

Einsätzen disponibel hält für den Sprung in den Bundestag. Siegen, sagt der Bursche am Telefon, werden wir nur, wenn wir den kleinen Umweg über die rechte Flanke nehmen. Bei der Mentalität unserer Volksgenossen mag er nicht unrecht haben. Denn was haben wir erreicht, nachdem unser Versuch gescheitert ist? Daß wir die Sache nicht geträumt haben, will ich damit beweisen, indem ich die Folgen auf mich nehme, bei sozusagen offener Haustür. Ich werde zurückkehren und wieder meinen guten alten Hugenottennamen tragen. Wäre ich nicht ein glänzender Redner vor Gericht?

Möglich, daß die Wochen im Kloster (in einem nahen Dorf vor Moskau, ein Vorwerk, mehrere eingeschneite Hütten) mich für neue Illusionen bereitgemacht haben. Rien n'est jamais acquis à l'homme.

Gestern gesellte ich mich, so gut mich meine Beine tragen wollten, einer Rotte Fahnenträger auf der Straße zu, die vom Roten Platz zum Boulevard hinunter führt. Eine Kinderei, Parolen gegen die amtierende Regierung, ehrliche Gesichter unter den gerahmten Fotos von Stalin & Lenin, die sie wie früher an langen Stangen trugen – doch für mich war es wie eine Befreiung von der klösterlichen Stille der letzten Wochen. Am Bjelorussischen Bahnhof trank ich mit den Pennern Bier aus Einmachgläsern und schüttete mich aus vor Lachen.

Wie kam ich ins Kloster, werden Sie fragen. Es war mein Wunsch. Dispensiert vom Ritual der Klosterbrüder schlief ich lange auf harter Pritsche in kalter Zelle. Am Nagel die Pelzmütze, den Schaffellmantel, auf einem kleinen Tisch meine ganze Habe: ein silberner Parkerstift, den mir Issy geschenkt hatte, ein Notizbüchlein, das Gracián-Bändchen (in der bewundernswerten Übersetzung von Hanns Studniczka), ein Feuerzeug, das mir einmal Frau Dr. Mühlenbeck geschenkt hatte, eine Fotografie von Issy aus der Zeit, da sie Berlinguer gehörte, ein bei allem Mißtrauen in Gold und Honig getauchtes Gesicht, eine Ikone der Liebe in diesem Kloster; und auf dem Mauersims des vergitterten Fensters eine Teeschale, ein Kerzenstumpf und Streichhölzer. Nachts legte ich den Mantel über die Wolldecke, die angenehm war und vermutlich eine Spende holländischer oder kanadischer Glaubensbrüder. Einmal am Tag Gespräche mit dem Abt in einem Französisch aus der Zeit der Napoleonischen Kriege. Ein bei aller Geduld mißtrauischer Mann, der jeder Frage den Stachel nahm (ob ich nun nach Augustin, Paulus oder Teilhard de Chardin fragte), indem er sie mit leichtem Nicken schweigend aus der Welt entfernte. Nach einer Woche hatte ich keine Fragen mehr, und alles in meinem Kopf glich einem aufgeräumten Tisch – nur daß die Hilfstruppen meines Metiers, Papier, Zettel, Manuskripte, Bücher, Zigaretten, Zeitungen etc. unterm Tisch lagen wie schlafende Hunde.

Zu Beginn der dritten Woche gelang es mir, ein Kofferradio ins Kloster zu schmuggeln. Willis Conover, der inzwischen so alt sein muß wie Gott, sendet noch immer seine Musik über die mitternächtliche Kurzwelle und erläutert sie mit der vertrauten gutturalen Stimme – *This is jazz.* Und dann der bekannte erste Chorus aus Duke Ellingtons *Take The A-Train* ... Die Wonnen der Erinnerung, auch wenn sie die schmerzhaftesten sind, geben uns am Ende den stärksten Halt. So auch hier. Und wenn ich Glück hatte, geriet ich an einen Mozart, wenn auch nicht an unser Dissonanzen-Quartett.

Schmerzhaft, sage ich, weil man nicht in die Zeit seiner Anfänge zurückkann. Etwa ich in jene Arbeitsstelle zur Geschichte der französischen und deutschen Aufklärung, Berlin, Leipziger Straße 1960, da wir glaubten, wir hielten den Stein der Weisen in der Faust, ich meine, in der Hand.

Item, ich bin entschlossen, zurückzukehren und mich abermals der Romania Borussica zu stellen und als Bittsteller ans Tor der Max-Planck-Gesellschaft zu klopfen, die in Berlin das Fähnlein der Sieben Aufrechten um sich schart. Mein Beitrag? Das Motiv *Reisen* als ein Stammbegriff der Aufklärung.

Noch dies: Wo waren Sie heute mittag, als es vom Roten Spasski-Turm zwölfe schlug?

Um die Wahrheit zu sagen, niemand war gekommen. Außer ce pauvre Retard in seinem Russenpelz; denn es war verflucht kalt auf dem Platz. Schnee, staubig wie Asche und aus einem grauen Himmel rieselnd, bedeckte mählich das Katzenkopfpflaster des Platzes. Eine Weile stand ich mit dem Rücken zu den tropischen Verheißungen des GUM (via Karstadt) und erwartete in jeder langausschreitenden Dame Nadja zu sehen. Falls sie doch kam, verschwand sie im Kaufhaus. Korolenko mit seinem platonischen letzten Kapitel – zehn leere Seiten, die er über dem Lenin-Mausoleum aufblättern oder herausgerissen über den Platz verstreuen wollte, Korolenko kam nicht. Lifschitz? Hatte vermutlich Audienz beim Wirtschaftsminister oder saß mit einem Geschäftspartner von Bigger Books & Pockets beim Cocktail im Rossija. Noch immer schuldet er mir meinen Aufsatz über Sie, Mateo, seinerzeit gedruckt in der Deutschen Literaturzeitung. Ich hätte Ihnen damit das Leben beschnitten, Ihre Erinnerungen gestutzt, so daß Sie lange ausweglos im Bann meiner Erkenntnisse standen? Mir unerklärlich. Aber besser eine kommentierende, biografisierende Literatur als das Schamanentum mancher Schreiber heute, die Sie aufs Theater gebracht hätten, etwa als Mateo-Alemán-Maschine, your chestnut hair eine Perücke, und nichts bewegt sich, außer daß die Zuschauer nach vier Stunden mit lahmen Beinen dem

Ausgang zustreben. Andererseits muß man zugeben, daß vieles von unserer nachgelassenen Literatur uns für die Kämpfe der Gegenwart erzieht.

Und ich stand eine ganze Weile auf dem Platz, lief ein paarmal auf und ab, um meine Spuren im Schnee zu sehen. Erwarten Sie jetzt keine Geisterbeschwörung von mir, keinen Aufmarsch der toten Heere, kein vom Schnee ersticktes Rollen der Geschützlafetten, auch nicht ein Aufsteigen der Propheten & Henker hoch zur Tribüne des Kreml, von wo sie müde dem Versinken der Zeit entgegenwinken.

Nichts. Konnte es sein, daß zwischen zwölf und ein Uhr mittags ich der einzige Zeuge auf dem Roten Platz war?

Estas, que fueron pompa y/ alegría ... und so weiter und so fort in alle Ewigkeit.

Nun reden Sie, Mateo.

LAUS DEO!

*Ihr Alexander Retard.*

FÜR AMOS

*Dr. Alexander Retard*

*Die Details aus dem Leben des spanischen Schriftstellers Mateo Alemán (1547 in Sevilla geboren, um 1614 in Mexiko gestorben) entsprechen den Angaben seiner überlieferten Biografie. Alle anderen Figuren entsprechen der Vorstellung des Autors und sind freie Erfindungen.*

*Während der Arbeit an diesem Roman war ich Stipendiat der Akademie für Sprache und Dichtung Darmstadt sowie der Villa Waldberta in Feldafing bei München. Ich danke beiden Institutionen für ihre Unterstützung.*

8. Februar 1994 Fritz Rudolf Fries

## INHALT